KB072997

달의 노래

달의 노래 1

초판 1쇄 찍은 날 § 2006년 1월 16일
초판 1쇄 펴낸 날 § 2006년 1월 26일

지은이 § 이예린
펴낸이 § 서경석

편집장 § 문혜영
편집책임 § 이종민
편집 § 한지윤

펴낸곳 § 도서출판 청어람
등록번호 § 제1081-1-89호
등록일자 § 1999. 5. 31
어람번호 § 제5-0077호

주소 § 경기도 부천시 원미구 심곡1동 350-1 남성B/D 3F (우) 420-011
전화 § 032-656-4452 팩스 § 032-656-4453
http://www.chungeoram.com
E-mail § eoram99@chollian.net

ⓒ 이예린, 2006

ISBN 89-5831-938-0 03810
ISBN 89-5831-937-2 (SET)

※ 파본은 본사나 구입하신 서점에서 교환하여 드립니다.
※ 저자와 협의하여 인지를 붙이지 않습니다.

달의 노래

1

이예린 지음

도서출판

청람

서장 ⋯⋯ 11

一. 벗어날 수 없는 운명 ⋯⋯ 17

二. 만월의 축제 ⋯⋯ 57

三. 산호석의 연緣 ⋯⋯ 76

四. 월국의 사내 ⋯⋯ 110

五. 깨져 버린 교접지몽交接之夢 ⋯⋯ 139

六. 가례, 님 잃은 ⋯⋯ 169

七. 악연 ⋯⋯ 206

八. 사면초가四面楚歌 ⋯⋯ 238

九. 흉모凶謀 ⋯⋯ 261

十. 꽃잎에 숨결 덧대어⋯ ⋯⋯ 294

十一. 덫 ⋯⋯ 309

十二. 응장성식凝粧盛飾 ⋯⋯ 341

十三. 흑막에 가려진 달의 연심아! ⋯⋯ 384

十四. 선요의 익호 ⋯⋯ 400

달의 노래 2권 목차
十五. 금연禁緣 十六. 달빛을 등진 도주 十七. 무항 十八. 설국雪國
十九. 놓칠 수 없는 연심 二十. 탄신 축제 上 二十一. 탄신 축제 下
二十二. 꽃잠 二十三. 익호의 정체 二十四. 정인 二十五. 낭자하는 혼란
二十六. 암연黯然 二十七. 이별 二十八. 굳건한 언약 종장

······인어에 관한 전설은 더 흥미롭다.

초기의 기록에 의하면 인어는 능어(陵魚)라고도 하며

사람의 얼굴에 물고기의 몸을 하고 있고 손과 발이 있어

사람과 비슷했다고 한다. 그것은 여무(女巫)가 타고 다녔던

용어(龍魚)와 같은 동물이다.

이 반인반어(半人半魚)의 동물은 본래 성질이 매우 포악했는데

후세 전설에서는 그것을 미화시켰다.

인어에 관해서는 다음과 같은 이야기가 있다.

남해에 〈교인(鮫人)〉이라고 하는 인어들이 살았다.

그들은 바다 속에 살고 있기는 했지만

베틀에 자주 앉아 옷감을 짜곤 했다.

그래서 바다에 파도가 없는 깊고 고요한 밤,

별빛과 달빛만이 흐르는 밤에 바닷가에 서 있으면

간혹 깊은 바다 속에서 들려오는,

부지런한 교인들이 옷감 짜는 소리를 들을 수도 있다고 했다.

이 교인들은 사람과 같이 감정이 있어서 울기도 했는데,

울 때마다 눈에서 흐르는 눈물방울이 모두

빛나는 진주로 변했다고 한다.

또 어떤 이야기는 다음과 같이 전하고 있다.

바다 인어의 모습은 사람과 거의 비슷해서 눈썹이며 눈, 코,

입, 손과 발 등이 모두 있고 남녀 불문하고 모두가 아름다웠다.

피부가 옥돌처럼 희고 머리카락은 말총 같았으며

키는 오륙 척이나 되어 더욱 아리따웠다고 한다.

그래서 바닷가에서 아내나 남편을 잃은 주민들은 그들을 잡아다가

연못 속에 기르며 자신의 아내나 남편으로 삼았다고 한다……

—『중국신화전설1』 위앤커 지음 p.122

"교인?"

나는 고개를 갸웃거렸다. 그러자 마주 앉은 친구 녀석은 재차 힘주어 고개를 끄덕였다.

"그래, 교인. 인어라고도 하지만 교인이 옳아."

"정말…… 실제로 봤단 말인가, 자네?"

친구는 목소리를 은근하게 낮추더니 말을 이었다.

"직접 보지 않고서야 믿을 수 없는 존재라는 걸 내, 알지만 어쨌든 명예를 걸고 말하지. 교인들은 틀림없이 이 해안가 깊숙한 곳에 존재한다네. 그리고 종종 우리를 구경하러 올라오곤 하지."

"그, 그런……!"

나는 신음성을 터뜨리며 그대로 굳어버렸다.

친구는 곤드레만드레 만취해서도 허언을 입에 담지 않는 자였다. 더욱이 저 눈빛을 보면…….

"그럼 지금이라도 한번 구경 가면 안 될까? 나도 보고 싶네."

"그건 안 돼. 아니, 그럴 수 없다네."

친구가 일거에 뿌리치자, 나는 다시 의심 섞인 눈으로 되물었다.

"아니, 왜 안 된다는 겐가?"

"왜냐하면…… 망해가 있기 때문일세. 그들 세계를 보호하는 결계인 셈이지. 나 또한 가보려다가 실패하고 말았다네. 아마도 망해는…… 인간의 몸으로는 통과할 수 없는 모양인가 보이."

　　그러면서 자신이 들은, 어떤 교인에 관한 이야기를 찬찬히 들려
주기 시작했다.

—『교인(鮫人) 일지』 서장 중에서.

바위틈에 피워난 붉은 사랑.

그 이름, 섬백리향…….

서장

탄생과 소멸을 거듭하기를 수백, 수천 년. 지금에 이르기까지 소리없이 비춰왔던 달이 굳건히 뿌리내린 백송의 곁가지에 걸터앉아 있었다. 만월이라, 그 빛이 따뜻하도록 밝기도 하였다. 계집들은 눈초리에 바람을 일으키며 갖은 교태를 내보이고, 사내들은 앞 다투어 꽃들의 군무에 동행을 청한다. 농익게 술판이 벌어진 승회루 한구석에선 원래가 한몸이었던 양 나뒹구는 모습도 보인다. 허여멀거니 드러난 제 몸 가릴 정신이 어디 있을까. 또 다른 만월이 찾아들기 전까진 이 밤뿐인 것을.

이곳은 지엄하신 황제께서 굽어 살피는 월국(月國).

만월이 아니면 절대 있을 수 없는 일이다. 남녀의 유별함이

낮과 밤처럼, 땅과 하늘처럼, 흑과 백처럼 엄격하다. 너그러운 만월의 밤이 아니고서야 감히 누구도 그 선을 흩뜨려 놓을 엄두를 내지 못했다.

만월의 향연이로다. 저 혈기 가득한 이들을 비롯한 모두에게 베풀어지는 향연이다. 월국이라 불리는 땅이면 어디든 열린 귀를 풍요롭게 하는 풍악이, 눈을 즐겁게 해주는 오색찬란한 꽃등이 구분없이 펼쳐져 있다. 승회루를 지나 청의정 근처에는 아낙들이 모여 앉아 넉넉한 웃음을 흘리고 있구나.

"아가, 게서 뭐 하는 거니?"

아이는 자신을 걱정하는 어미의 목소리도 못 들은 채 멀거니 바다만 바라보고 있었다. 아낙들과 잡다한 수다를 풀어놓고 있는 사이라지만 어느 틈에 저렇듯 시야를 벗어난 걸까. 다시 한번 '아가!' 하는 외침을 날려보지만 소용없었다. 오히려 아이의 걸음은 물밑에 더욱 가까워져 가고 있었다, 마치 뭔가에 홀린듯.

퐁―

갑자기 바닷물이 빚어내는 청량한 음색이 들려온다. 여인의 가슴이 철렁 내려앉았다.

혹시나 아이가 빠진 거라면……!

휘둥그레진 여인의 눈이 작은 체구를 찾아 나서기 시작했다. 정말로 빠지기라도 한 건지, 아니면 커다란 바위 틈새에 가려진 건지 아이의 모습은 좀체 발견할 수 없었다. 오금이 저려왔다.

"아, 아가!"

"……."

"아가야!"

"응, 엄마."

여인의 숨넘어가는 외침이 무안할 정도로 태연한 대답이었다.

그러나 그것이 어디랴? 대답이 없었다면 아이가 익사했을지도 모른다는 끔찍한 두려움에서 벗어나지 못했을 것이다. 이렇게 반가운 안도감 역시 맛볼 수 없었을 것이다.

걸음을 재게 놀렸다. 다행히 아이는 무사했다. 그러나 지금이라도 아이를 붙잡지 않으면 아이 스스로 저 속으로 뛰어들 판이다. 다급한 손길이 아이에게 닿았다. 아이는 제 어미의 인기척에도 고개를 돌리지 않았다.

"저기…… 저길 봐."

못내 아쉬운지 아이의 손가락이 바다 속을 가리켰다. 제 어미가 자신으로 인해 놀란 가슴을 쓸어 내리고 있는 건 당최 모르는 얼굴.

"그만 가자. 이런 덴 함부로 오는 게 아니란다."

"싫어. 엄마, 저길 보라니까."

설마 하니 뭐가 있으려고? 하늘과의 경계가 사라진 밤바다는 여전히 깊고 컴컴할 텐데. 그래 보았자 어여쁘게 차 오른 만월을 거울처럼 담아내고 있는 것이 고작일 텐데.

하지만 오늘따라 아이의 고집은 제법 셌다. 그래, 뭐 저 나이 때면 으레 어른들이 제 말에 귀 기울여 주는 걸 필요로 하지 않던가.

아이의 나이, 다섯.

한창 쉴 새 없이 종알거릴 나이였다. 부단히 어른 흉내를 내고, 왕성한 호기심으로 제 어미를 지치게 만들기도 하는 나이였다. 결국 어쩔 수 없이 아이가 해달라는 대로 따라줄 요량으로 시야를 돌렸다.

"대체 뭐가 있다는 게니?"

"……어, 어?"

저런 표정은 아이답지 않은 것이었다. 애지중지하는 장난감을 동생에게 빼앗길 때조차 구경치 못한 허탈한 표정이었다.

"……없어졌어."

울 듯 말 듯 망연히 흐려진 아이의 눈빛.

아무것도 없었다. 그저 바위벽에 틈타 곱게 얼굴을 드러낸 섬백리향만이 거두어지려던 시야의 끝자락에 소소히 잡힐 뿐 그 어디에도 시선을 끌 만한 건 없었다. 그늘진 속에서도 붉은 잎사귀를 드리운 저 꽃. 그것은 만월을 구경하려는 듯 비스듬히 고개를 내밀고 있었다. 제 혼자 넉넉히 예쁘기도 하지. 한낱 미물에 불과하지만, 만월의 축복을 누리지 못할 까닭 어디 있을까.

"됐어, 그만 하고 이제 동생 돌보러 가야지?"

"……힝, 정말 있었는데. 정말로, 정말로 있었단 말야."

그래도 고집을 꺾지 않으며 못 박힌 듯 그 자리에서 걸음을 떼지 않는 아이. 그녀의 입가에 나지막이 짜증 섞인 한숨이 실렸다.

"그래! 알았으니 어서 이 어미의 말을 들으렴, 응?"

아이는 그제야 발길을 돌렸다. 추측컨대, 제 말을 믿어준다고 인정할 때까지 그대로 있을 작정이었을 게다. 그녀는 재빨리 아이를 품 안으로 이끌었다. 그녀의 시선이 잠시 바다에 머물렀다.

이 바다를 경계로 월국과 가람국, 설국이 존재했다. 가끔은 이 바다에 바람과 파도가 출몰하는 대신 교인(鮫人: 인어)을 보았다 하는 이가 있었으나 헛소리로 치부해 버리기 일쑤였다.

설마……

전설은 어디까지나 전설일 뿐이라고 어릴 적부터 여겨왔음에도 헛소릴 읊어대는 아이를 보니 막상 의심이 치솟았다. 하지만 다시 어림없다는 듯 도리질로 의심을 떨쳐 낸다. 그럴 리가 있겠는가?

"여긴 위험한 곳이야. 한 번만 더 혼자서 바닷가로 나오면, 혼날 줄 알아!"

아이는 대답이 없다. 대신 어미에 대한 반항심만이 쑥 내밀어진 입가에 묻어나 있었다.

"어서 대답 못해? 잘못했다고 하지 않으면 아버지께……."

"알았어요, 잘못했어!"

아버지란 말에 그제야 정신을 차린 모양이다. 잔뜩 겁을 집어먹은 표정. 다른 건 몰라도 제 아비 무서운 것 하나만큼은 제대로 알고 자란 아이였으니 그럴 만하였다. 아이의 말에 귀 기울여 주는 게 아니었는데. 괜스레 장단을 맞춰주는 바람에 자신까지 교인 타령을 해버리고 말았다. 얼토당토않지! 그녀의 찜찜한 마음 한구석엔 아까 들려온 물소리가 어디서 비롯되었을까 싶으면서도, 내치는 걸음은 아이를 청의정으로 끌고 가기 바쁘다.

그러나 그렇게 여인이 모든 가능성을 비워내고 있는 순간은, 어둠인 듯 바위를 등진 채 몸을 숨긴 형체가 조심스레 모습을 드러낸 순간이기도 했다.

어미의 손에 이끌려 가던 아이가 기척을 느끼곤 고개를 돌렸다. 형체는 다시 자취를 감추었다. 곧 아이를 다그치는 어미의 목소리가 이어졌다. 아이의 종종걸음 치는 모습이 작게 흩어진다.

더는 그들이 보이지 않게 되었을 때, 비로소 그 정체는 분명해졌다.

곱고 가녀린 선으로 대칭을 이루는 어깨, 장성한 사내라면 모아진 손 안에 들어오고도 넉넉할 섬섬한 허리, 그리고 다리가 있을 그 아래엔…….

문득, 만월의 보살핌으로 은비늘이 청아하게 빛났다. 기다란 머리채에 송송히 맺혀 있던 물방울들은 빛싸라기처럼 사방에 튀었고 물기를 매단 입술은 꽃인 듯 싱그러움을 더하고 있었다.

그것은 인간이되 한편으로 인간이 아닌, 교인이었다.

벗어날 수 없는 운명

一.

어디선가 분홍바람 불어오니,
노 젓던 뱃사공이 묻더라.
청공을 누비는 갈매기 너의 날갯짓인지,
파도조차 더위로 잠재운 태양 너의 짓인지.
하얀 사(紗) 엮어나간 구름,
가만 그림자 드리우며 대신 답해주는구나.
그것은 교인이 머물다 간 흔적,
그것은 바다님이 내려주신 꽃.
아아, 그 자리에 피어난 섬백리향
더 짙어진 그 향처럼 붉고 붉어라.

"그럴 리가 있나? 다시 한 번 수고해 주게."

월국, 연부. 내궁에서도 가장 안쪽에 위치한 곳.

그곳에 모인 두 명의 선남선녀 얼굴에는 믿기 힘든 이례적인 일에 당혹스러움이 스치고 있었다. 상대가 상대인만큼 세공을 맡은 장인도 여간 난처한 표정이 아니다. 사내의 조용한 채근에 장인은 잠시 후, 그들에게 갓 소독한 은침(銀針)을 다시 전해주었다. 그러나 반 시진도 채 못 되어 나타난 결과는 처음과 조금도 다르지 않았다.

"본디 마련된 산호석에 문제가 있는 건 아닌가?"

의당 서렸을 법한 짜증의 기색이 전혀 느껴지지 않는 어조였다. 장인은 그것이 더 두려웠다. 진땀을 빼며 단언했다.

"소인, 아뢰옵기 황공하오나 연부 내에 갖추어진 산호석들은 추호의 여지도 없는 것들이옵니다."

연부의 부관으로서 지내온 지 어언 삼십 년. 이제껏 많고 많은 경험들을 쌓아왔으나 이는 전대미문이었다. 방금 전까지만 하여도 다른 이들에게 별탈없이 산호석을 세공하였는데 이 무슨 일인지 그로서도 곡할 노릇이었다.

산호석과 따로따로 착색이 된 그 빛깔이 마치 흉조처럼만 여겨진다. 은침으로 채취한 두 사람의 혈액은, 장인이 아무리 용을 써도 먹혀들지 않았다. 연부만의 전통적인 세공 기술이 소용없단 얘기였다.

더욱이 저 사내는 이번 해를 보내고 나면 왕좌에 오를지도 모르는 인물. 공연히 그의 심기를 거스르지 않기 위해 최선을 다했음에도 불구하고 자칫하다간 애꿎은 화를 뒤집어쓰게 생겼으니, 이 일을 어쩐다?

오금이 저렸다. 초조함에 등에서 식은땀이 흘러내렸다. 그나마도 만황자가 아님을 다행으로 여기는 것이 나을까? 이 난국에서 헤매고 있는 자신을 위로하는 방법이라곤 딱히 그것밖에 없었다. 만황자였더라면 당장 파직은 물론이요, 치도곤을 면키 어려울진대. 항시 벌겋게 취기에 오른 균 황자의 모습이 떠오르자 저도 모르게 흠칫 경련이 일었다.

그래, 그는 그것만으로도 다행이라고 자신을 다독였다. 암, 틀림없이 욕을 보았을 게야. 어쩌면 이 목숨, 벌써 불귀의 객이 되었을지도 모르지.

해서 장인은 눈앞의 사내가 균 황자가 아니란 사실을 천운으로 여기기로 했다. 하지만 그렇다고 해서 마냥 안심할 수만은 없었다. 왕족이라는 막강한 지위 외에도 상대는 수많은 무용담 속에 오르내리는 호기로운 무사였다.

무심한 듯, 그러나 한껏 당겨진 활시위처럼 긴장이 느껴지는 사내의 눈빛. 지금껏 가까이서 볼 기회가 없었던 장인은 비로소 그 무용담들이 턱없이 과장된 것은 아니겠구나 짐작하였다.

"그렇다면…… 내일 다시 오기로 해요. 곧 양월식(禳月蝕)이 있을 터인데 이러다간 늦겠어요."

제대로 된 훈육을 받고 자란 규수답게 차분한 음성이 들려왔다. 그녀가 일깨우자 그제야 사내는 마지못한 듯 고개를 끄덕였다.

"그럼, 내일 봄세."

"송구하옵니다, 전하."

허허, 망조로고.

오늘이야 양월식 때문에 위기를 모면할 수 있었지만 내일은 어쩐단 말인가!

멀어져 가는 선남선녀의 모습을 바라보는 장인의 입가에 꺼질 듯한 탄식이 내려앉았다.

"거참, 큰일일세."

도로록…… 도로록…….

크고 작은 기포가 군집을 이루는 곳에 깊숙이 침투한 빛줄기가 점점 영역을 넓혀 나갔다. 뻗어나가는 그 형상이 마치 거대한 길목을 터놓은 것 같다. 그중에서도 빛줄기가 유난히 밝게 내리쬐는 곳이 있었으니 그곳은 또 하나의 천계(天界)인 수련국, 교인들의 황궁이었다. 굽이굽이 둘러싼 기와의 처음과 끝엔 백색 고운 수련이 피어 있고, 육중하게 솟은 여럿의 기둥엔 보석을 세공하듯 섬세하고도 정교한 문양들이 새겨져 있다. 그럼에도 단청을 하지 않아 단아한 멋을 자아내며, 장방형으로 안고 있는 낮은 둘레담은 황실로서의 위엄을 소박하게 드러냈다.

또다시 도로록, 도로록.

교교히 깔린 비취 빛 물결을 흩뜨리던 기포들이 짧은 생을 마
감할 즈음, 춤추듯 유연한 움직임 하나가 수련국의 담벼락을 넘
었다. 그러다 실수로 건드리고 만 화계(花階)의 한 부분이 움푹
패이고 말았으니, 뒤늦게 손질하여 보지만 이미 망가져 버린 꽃
부리.

혹시라도 누가 보았을까 두리번거리는 눈빛도 잠시, 다시 태
연한 낯으로 가던 길을 그대로 간다. 그곳은 황궁에서 조금 멀
리 떨어진 홍노의 처소. 홍노는 수련국에 단 하나뿐인 매파였
다. 평소엔 한 치 앞도 보지 못하는 장님이었는데 1)흑월이 뜨는
날만큼은 달랐다. 흑월에 가려지는 순간 동안 어둠에 묶여 있는
달의 기운을 받아 눈을 뜨기 때문이었다. 바로 그때 교인들의
배필과 길일까지 점지해 주었다. 그런 탓에 여러 겹의 수초에
가려진 홍노의 집은 오늘따라 인산인해를 이루었다. 홍노가 정
한 연령 대의 사람들 외에 가족들이나 친지들도 몰려든 탓이었
다. 화린은 작게 심호흡을 했다.

햇빛이 사라진 바다 속은 만월의 빛에도 불구하고 짙푸른 비
취 빛을 간직한 어둠이었다. 더욱이 흑월이 뜬 밤이기 때문에
다른 날보다 유난히 어두웠다. 그 어둠 속에서 염과 화린의 허
리춤에 매달린, 저마다의 새끼 복어가 빛을 밝혀주고 있었다.
이것은 인간들이 알고 있는 복어와는 달랐는데, 해가 드는 오후

----

1)흑월은 인간 세계에서의 대보름을 뜻한다

나절 팽창낭에 빛을 모으고 있다가 밤이 되면 지금처럼 독 대신 빛을 뿜어냈다. 지독한 방향치인 화린에게는 더없이 필요한 생물이기도 했다.

"이제 거의 도착했네요."

설렘으로 일렁이는 염이의 까만 눈망울은 화린의 것과 다르지 않았다.

염은 수더분하니 작은 체구를 가진 아이로 화린보다는 몇 달 일찍 태어난 몸종이었다. 아기 젖살처럼 통통한 볼에 너부죽하니 동그란 이마, 낮은 콧등. 그런 이목구비가 귀염성을 더한 탓에 염을 제 나이로 보는 이는 드물었다. 그래도 하는 짓은 보통 야무진 게 아니었다. 고 되알진 모습이 하도 귀여워 친동생처럼 살갑게 대해왔는데 가례라니, 벌써 그렇게 되었나? 올해 백일가례를 치르는 교인들은 화린, 몸종인 염과 교우를 비롯해 그녀의 앙숙, 혜금까지 합해서 열 명 남짓.

"으응, 교우 오라버니가 먼저 와 있으면 좋을 텐데."

대답하는 화린의 목소리가 들떠 있었다. 하반신에 길게 뻗은 지느러미가 작게 흐느적거렸다. 화린처럼 아직 가례를 치르지 않은 교인의 경우 지느러미는 은은한 비취 빛을 띠었는데, 사내의 경우에는 비취 빛보다 먹빛에 더 가까운 편이었다. 그러다가 가례를 치르면 그 먹빛이 진해지고, 계집의 경우에도 마찬가지로 비취 빛이 또렷해진다.

"공주님, 어서 오시지요."

앙숙, 혜금이 화린에게 알은체를 하며 웃어 보였다. 입 언저리만 올라갔을 뿐 눈가는 여전히 미치지 못한 서늘한 웃음이다. 화린은 여기까지 오는 동안 상승되었던 기분이 단박에 저조되는 것을 느끼며 차갑게 한마디를 던졌다. 건방진 것!

"비키거라!"

안으로 들어가니 교우는 오는 중인지 아직 그의 모습이 보이지 않았다. 판이 벌써 벌어진 모양이다. 배필을 점지 받고 들뜬 얼굴로 나오는 이들이 보였다. 화린을 알아보며 길을 열어주는 이들도 있었다. 일순 방금 마주쳤던 혜금이도 배필을 점지 받았는지, 그렇다면 누가 되었는지 궁금했지만 재빨리 접어버렸다. 혜금이 따위 누구와 가례를 올리든 무슨 상관이람. 나와 교우 오라버니만 점지 받으면 되지.

인파를 헤치고 들어가니 그 한가운데 붉은 휘장을 드리운 채 홍노가 앉아 있었다. 쿵쿵 크게 고동치는 설렘 속에 그녀에게 다가갔다. 홍노가 공손하지만 짤막하게 인사하며 패를 고르도록 했다. 여러 색의 간지들이 화린의 손길을 기다리고 있었다.

왜 이렇게 떨리는 걸까?

패를 뽑아 들기 전 화린은 다시 한 번 주위를 둘러보았다. 교우는 대체 무얼 하느라 이리 늦는 것일까? 아직도 보이지 않았다. 왠지 꼭 느낌에 교우의 얼굴을 보고 나서 패를 뽑아야 할 것만 같은데.

살포시 두 눈을 감았다. 떨리는 흥분을 가라앉히기 위함이었다.

백일가례 의식.

교인으로 태어난 이상 누구도, 심지어 부왕인 지륜조차도 피할 수 없는 숙명이었다.

사내 나이 열아홉, 계집은 열여덟. 생애 단 한 번, 돌아오는 만월이면 정해진 쌍은 육지 어디로든 올라가 백일 동안 교접을 해야만 했다, 인간들처럼.

무엇보다 생식기능을 몸속에 자리 잡도록 하는 시기로, 이때를 놓치면 영영 수태를 할 수 없었다. 그들에게 있어 백일가례는 가장 중요한 의식이요, 가장 중요한 시기였다. 수명은 인간들보다 길다고 하나 자손이 귀한 그들이니 능히 그럴 것이었다. 대개는 하나이며, 많아야 둘을 낳았다. 해서 해마다 돌아오는 백일가례의 횟수도 적은 편이었다. 더러는 그조차도 나이에 차지 않아 백일가례 의식이 치러지지 않는 해도 있었다.

가례를 치르는 까닭은 비단 그뿐이 아니다.

그것은 바로 달의 기운을 받기 위함이니. 인간 수명의 몇 배에 달하는 장수와 제법 풍요로운 생활을 누리는 것은 어디까지나 달의 기운을 받은 교인들에 한해서였다. 달의 기운은 오직 인간들과 같은 교접을 통해서만 받을 수 있는데 그렇지 못하면 단명(短命)의 운에서 벗어날 수가 없었다.

어쨌든 그때만큼은 인간의 두 다리를 가지게 된다는 말인데, 그날을 위해 사람의 말, 행동, 생각을 배우고 나서야 비로소 의식을 치렀다.

바로 오늘, 화린은 그 의식의 첫 발자국을 내디디려던 참이다.

다시 살펴보아도 교우 오라버니는 보이질 않는다. 아직도 오지 않은 모양이다. 더 늦출 수 없었다. 그녀 뒤로 기다리는 자들이 있었던 데다가, 그녀도 너무나 조바심이 난 터라 어서 빨리 확인하고 싶은 마음뿐이었다. 잠깐 불길한 뭔가가 뇌리를 스쳤지만 이내 털어냈다. 매도 먼저 맞는 게 낫다. 깊게 심호흡을 하듯, 소원을 빌듯 눈을 감았다 떴다. 그런 후에 잔뜩 기대감을 품은 눈으로 간지를 뽑아 들었다.

"……!"

이, 이건!

모두의 시선을 한 몸에 받으며 간지를 펼쳐 든 화린의 얼굴이 그대로 얼어붙었다.

홍노의 표정도 순간적으로 굳어졌지만 금세 원래대로 돌아왔다. 모두가 화린에게만 집중되어 있었으므로 이를 알아챈 사람들은 거의 없었다.

"그럴 리가 없는데, 그럴 리가!"

마침내 입을 연 화린이 무의식중에 고개를 내저으며 중얼거렸다. 구경하던 사람들은 화린이 그토록 바라던 교우가 배필로 점지되지 못하여 그런가 보다 안타깝게 넘겨짚을 따름이다. 그러나 그런 추측도 잠시, 화린이 간지를 펼쳐 듦과 동시에 홍노가 길일을 말하지 않았다는 것을 깨달으며 분위기는 한층 더 술 렁거리기 시작했다. 본래 간지를 펼쳐 들고 이름을 확인하게 되면 홍노가 곧바로 길일을 말해주곤 했는데, 지금껏 홍노는 침묵만을 고수하고 있었던 것이다.

"다시 할 테다, 간지 도로 내놔!"

"그럴 순 없습니다."

새로 꽂혀 있는 간지에 손을 가져가자 홍노가 단호히 물리쳤다.

"이런 엉터리 같으니! 그럼 나의 배필은 없다고 할 참이냐?"

홍노는 대답을 피했다.

"무엄하구나. 묻고 있지 않느냐? 어서 대답하거라!"

"그것은…… 때가 되면 나타날 것입니다."

"거짓말! 지금 뉘 안전이라고 말장난을 하려는 게지? 간지를 펼쳐 들게 되면 어떤 이름이든 배필의 이름이 적혀 있어야 정상 이잖아. 헌데, 보거라! 아무것도 적혀 있질 않아, 아무것도! 이래도 때가 되면 나타난다고 발뺌할 셈이냐?"

홍노의 주춤거리는 대답이 못마땅해 화린은 대놓고 비난했다. 그럼에도 꿈쩍 않자, 화린은 이제껏 누구도 의심하지 않았던 홍노의 점지력에 대해 의문을 던졌다. 수련국의 황제라 하더라도 감히 입에 담지 못할 말을 내뱉은 것이다.

"그렇게 여러 재상들 위에서 군림하려 들지만 그것도 허울인 게로군 그래. 아니면 이제 그만 그 자리를 다른 이에게 넘겨주는 것이 어때?"

소란을 지켜보던 이들이 날카로이 숨을 들이켰다. 화린의 얼굴에 짙은 조소가 떠올랐다.

"공주님, 말씀이 지나치시오!"

"그렇다면 지금의 실수를 다시 한 번 만회할 기회를 줄 테니 어서 내도록 해."

"아니, 마찬가지입니다. 이건 제아무리 공주님이라 하더라도 소용없는 일입니다. 한 번 뽑힌 수는 무슨 일이 있어도 뒤바뀌는 법이 없습니다."

둘은 물러섬없이 팽팽히 맞섰다.

그러나 여기서 고집을 꺾을 화린이 아니었다.

이렇게 허무하게 백지나 뽑자고 홍노의 처소까지 왔으랴?

아니다, 절대 그건 아니다. 황궁으로 돌아가는 대로 이 일에 대해 부왕(父王)께 문책을 받을지언정 절대 이대로 물러설 수는 없다.

"비켜라. 이번에도 백지가 나올지, 아닐지는 두고 보면 알 게 아니더냐?"

화린은 홍노가 대답하기도 전에 그녀의 손에 있는 간지를 가로챘다.

맹세코 교우 오라버니의 이름이 나올 때까지 뽑고 말겠어!

그렇게 투지를 태우며 간지를 뽑아 드는데 역시나 백지가 나왔다. 도저히 인정할 수 없었다. 한 번, 두 번…… 몇 차례에 걸쳐 뽑아낸 간지들은 족족 백지의 신세에서 벗어나지 못했다. 불안감이 가슴을 옥죄었다. 차라리 다른 사내 누구의 이름이라도 적혀 있다면 좋으련만, 그것조차 기대할 수 없었던 것이다.

"믿을 수…… 믿을 수 없어……!"

충격으로 커다래진 두 눈이 쏟아질 듯 흔들렸다.

곁에 있던 염이 걱정스런 기색으로 화린을 붙잡았다. 화린은 염의 손길을 가까스로 뿌리치며 시선을 돌렸다. 가장 마주치고 싶지 않은 혜금의 얼굴이 시야에 들어왔다. 처음부터 지켜보고 있었다는 듯 매우 흥미로운 얼굴이다. 혜금이 화린의 시선을 받은 채 그대로 앞서 나왔다.

"저…… 외람된 말씀이오나, 허락해 주신다면 소첩의 간자를 공주님께 드리고, 소첩은 다시 새로 배필을 점지 받아도 되겠나이까?"

이 자리에 모인 사람들 중에 화린과 혜금의 견원지간임을 아는 이들은 혜금의 제안이 진심이 아니란 걸 눈치채고 있었다. 그것은 명백한 조롱이었다. 그러나 그것을 순수한 선의로 이해한 홍노는 친절하게도 안 되는 이유를 조목조목 나열하기 시작했다. 그리고 맨 마지막엔 혜금의 배필을 거론함으로써, 화린에게 또 한 번의 충격을 안겨주었다. 혜금의 배필이 교우였다니!

"……교우 오라버니라고?"

화린은 죽일 듯이 혜금을 노려보았다.

즐거운 듯 시선을 받아낸 혜금은 마치 이렇게 말하는 것 같았다.

'그거 보십시오, 운명은 제 편이지 않습니까, 공주님?'

더 이상 견딜 수 없었던 화린은 그대로 홍노의 처소를 박차고 나갔다. 염이 그런 화린의 뒤를 힘겹게 뒤쫓았다.

한바탕 소동이 일어난 홍노의 처소는 그야말로 쥐 죽은 듯 조용했다.

"자, 가서 공주님께 전해주도록 하게."

멍하니 서 있는 무리 중 한 명에게 홍노가 건넨 것은, 화린이 내팽개치고 가버린 간지였다. 얼떨결에 받아 든 아이가 걱정스런 낯으로 망설였다.

"하지만 아무것도 적혀 있질 않은데 받으시려고 할까요?"

"말하지 않았나? 때가 되면 나타나기 마련이라고."

아이는 군소리없이 화린을 뒤따라갔다. 홍노는 착잡해진 마음을 추스르며 화린이 어질러놓고 간 간지들을 쓸어 모았다. 차마 이들 앞에 내뱉지 못한 한마디가 묵직하게 가슴을 짓누르고 있었다.

하필이면…… 하필이면 공주일 게 뭐란 말인가!

믿을 수가 없었다, 자신에게 배필이 없다니!

믿을 수가 없었다, 교우의 짝이 혜금이란 사실에!

그러나 그렇다고 해서 마냥 손놓고 있을 화린이 아니었다. 틀림없이 어딘가에 이 모두를 해결할 방안이 존재할 것이고, 그

방안을 찾아 반드시 교우 오라버니와 가례를 올릴 것이다. 그것
이 앞으로 그녀가 해야 할 일이었다.

괘씸하기 짝이 없는 혜금을 떠올리자 분한 감정이 쉬이 억눌
러지지 않았지만, 화린은 인정했다. 혜금이 아니었더라면 끔찍
스럽게도 눈물을 내비치고 말았을 터였다. 그 북받치는 기분에
눈물을 쏟을 뻔한 찰나, 혜금이 그녀를 자극한 것이었다.

어림없지. 네게 눈물을 보일까 봐? 천만에. 네 뜻대로 되는
일은 절대로 없을 거야.

그렇게 분노로 파르르 떨면서 언니 사린의 처소에 닿았다. 그
러잖아도 물의 정령을 통해 이 일의 전말을 듣게 된 사린은 화
린을 기다리고 있던 차였다. 그녀는 화린의 맏언니로, 그 아래
엔 오라버니이며 황자인 효겸과 화린보다 두 살 많은 여린까지
해서 네 남매였다. 교인들은 그렇게나 많은 자손을 낳은 황후를
일컬어 결코 예사는 아니라고 하지만, 사실상 효겸과 여린은 난
산으로 숨진 친구의 아이였다. 다만 그 이면을 아는 이가 몇 되
지 않아 그녀의 친자식으로 알고 있을 뿐이다.

"그래, 기분은 좀 어떠니?"

"모르겠어. 아니, 화도 나고 슬프기도 하고……. 복잡해. 언
니, 사실대로 말해줘. 이런 경우가 있긴 한 거야?"

그렇다고 대답해 주길 바라며 가만히 사린과 마주했다.

그럼, 많지. 네가 처음이라 아직 잘 몰라서 그런 거란다. 괘념
치 않아도 돼.

이중 어떤 대답이든 좋았다. 그녀가 유일무이하다는 그런 막막한 대답만 아니라면. 하지만 사린의 입에서 흘러나온 말은 화린이 기대한 대답이 아니었다.

"그게…… 홍노는 뭐라고 얘기하든?"

"언니도 모르는 모양이구나."

사린이 표정을 굳혔다.

"미안하다, 네게 도움이 될 만한 어떤 말도 해주지 못해서. 지금으로서는 홍노만이 그 해답을 가지고 있을 것 같다."

갑자기 어깨에 힘이 쭈욱 빠져나간 느낌이었다.

"어머니나 아버지께서도 모르실까?"

"글쎄다. 설령 아신다 하더라도 그건 두 분의 권한 밖이 아닐까 싶구나. 배필에 관한 모든 권한들은 홍노에게 있으니 말이야."

그것은 바꿔 말해 부모의 힘이 아무리 막강한들 홍노에게 영향을 끼칠 수 없다는 얘기처럼 들렸다. 왕은 절대 권력이 아닌 것이다. 그러니 공주인 자신에게 그리 뻣뻣하였을 테지. 기대감이 무너졌다. 그런 결론에 다다르자 방금 전 홍노의 처소에서 있었던 일이 후회가 되었다. 그렇게 거만하게 굴었으니 혹여 다른 방법이 있다한들 그것을 알려줄지도 의문이었다.

"그래도 일단은 아버지께 여쭈어보겠어."

"너의 뜻대로 하렴. 무력한 언니는 그저 네게 길이 열리길 바란단다."

그러나 아버지를 만날 수 없었다. 대신이 전하기를, 급한 정사를 돌보는 중이라 출입을 막았다는 것이다. 하여 화린은 그대로 처소로 돌아갈 수밖에 없었다. 이런 밤중에까지 내궁의 불을 밝힌 연유가 바로 자신 때문이라는 것은 알 턱이 없었다.

황제는 시종일관 무거운 얼굴로 침묵을 지켰고, 맞은편에 앉은 홍노는 황후의 다그침에 건조한 대답을 돌려주고 있었다. 분위기는 침중하다 못해 흑월을 품은 하늘마냥 캄캄하고 처연했다.

"그런 무책임한 대답이 어디에 있소? 홍노, 그대가 정녕 이런 식으로 부아를 돋울 참이오?"

"그런 게 아니오라……."

"듣기 싫습니다. 인력에 의해 어찌 될 수 없단 걸 누가 모른답니까? 내가 알고 싶은 건, 어째서 화린이 그런 불미스런 일을 겪어야 하는지 설명해 달라는 것이오."

황후가 날카롭게 일갈했다. 격한 노기로 인해 그녀의 어깨가 경련을 일으켰다. 일순 황제와 홍노가 무언의 시선을 주고받는 듯했지만 그런 사소함까지 알아챌 만큼 황후는 제정신이 아닌 상태였다.

화린이 사린에게 가 있는 동안 홍노는 황제의 부름이 있기도 전에 스스로가 알아서 내궁으로 거동했다. 그녀가 도착했을 때, 황후는 화린의 이름을 탄식조로 중얼거리며 짙은 실의에 빠져 있었다.

"참으로 송구하오나 그것 역시 흑월의 뜻입니다. 애초에 공주님께서 배필의 이름이 나타나지 않은 것도, 다른 이도 아닌 공주님이어야 했던 까닭마저도 흑월의 뜻인 겁니다. 비록 기약없는 훗날이나, 공주님께도 반드시 배필이 존재합니다."

"흥! 벽창호를 대하는 게 낫겠소!"

황후는 그런 홍노가 꼴도 보기 싫다는 듯 등을 돌려 자리에 누웠다. 평소 태연자약하고 냉정한 홍노의 성정에 믿음을 가져오던 터였으나 지금은 달랐다. 되레 저런 차분함이 황후의 심기를 거스르고 있었던 것이다. 무엇보다 눈에 넣어도 아프지 않을 금지옥엽 막내딸, 화린의 일일진대…….

황제는 그 틈을 타 조용히 홍노에게 눈짓했다.

"홍노 자네는 그만 물러가 쉬도록 하게. 늦게까지 길일을 점지하느라 수고 많았네."

"심려 끼쳐 드려 송구하옵니다."

홍노는 올 때와 같이 갈 때에도 기척없이 궐내를 빠져나갔다.

홍노가 가고 나서도 한참을 끙끙 앓는 듯했던 황후가 겨우 입을 열었다.

"정녕 명령으로도 통하지 않는 것인지요?"

곁에 누웠던 황제가 낮게 한숨을 흘렸다. 그 한숨의 의미는 첫째가 무력함이요, 둘째는 가슴 저미는 안타까움과 슬픔이었나니 차마 황후에게는 후자의 뜻을 내비칠 수가 없었다. 예로부터 왕권이 미치지 못했던 단 하나의 존재가 홍노인 것을 아는 황후가 저렇게 말을 꺼낼 정도면 얼마나 답답했을 거냐.

"대단한 걸 바라는 게 아닙니다. 그저 한마디, 화린에게……."

그는 현재 자신이 해줄 수 있는 최선의 대답을 궁리했다.

"알고 있잖소? 미안하외다. 화린의 일은…… 좀 더 시간을 두고 생각하기로 합시다."

황후에게선 아무런 대답이 없었다.

내심 교우가 화린의 상대이길 얼마나 바랐던가. 불과 어제까지만 하더라도 온전한 믿음을 기대어볼 순 없지만 그녀로서는 그저 염원하는 것만이 최선이라, 나머진 딸아이의 타고난 운명에 맡기는 수밖에 별다른 도리가 없다고 침착하게 여겨왔거늘.

황후 소운은 재차 한숨을 삼켰다. 그녀도 그럴 것이 어렸을 적, 제 오라비의 열 마디 말보다 교우의 한 마디를 곧잘 듣는 아이가 바로 화린이었기 때문이다. 마음 같아서는 서너 해 정도 더 미루고 싶었건만. 열여덟에 정해진 가례 의식이 아니었던들 이리 서두르진 않았을 터였다. 그런데 이 무슨 날벼락이란 말인가. 맏이 사린이나 효겸, 여린의 백일가례 때와는 달리 그녀의 불안은 좀체 가시지 않았다.

빛무리들을 한가득 안고서 날이 밝아왔다. 화린은 어제부터 싹트기 시작한 불안감을 상기시키며 아침을 맞이했다. 일어나자 제일 먼저 아버지를 찾아뵈어야겠다고 마음먹었었는데, 물의 정령이 이른 아침부터 꽤 오랫동안 화린의 손길을 기다리고 있는 눈치였다. 뭘까 싶어 다가가니 교우 오라버니로부터 편서가 도착해 있었다.

"진작 깨우지 그랬니?"

그나마 밝은 어조로 핀잔을 주며 편서를 펼쳤다. 그러자 소임을 다한 물의 정령은 포로록 포로록, 기포를 터뜨리며 사라졌다. 나중에 또 편서를 전할 일이 있으면 저 부서져 내렸던 기포가 뭉쳐 정령이 될 것이다.

편서의 내용인즉 간단했다. 화린이 조식을 끝내는 대로 찾아온다는 것이다.

필시 어제 일로 그러는 거겠지.

주위에 솟아오르는 기포들 중 아무거나 하나를 터뜨렸다. 그러자 곧 여럿의 기포가 뭉쳐 물의 정령으로 분하며 모습을 드러냈다.

"가서 교우 오라버니에게 이걸 전해."

어차피 입맛이 달아나 조식을 못하게 되어버렸다. 더욱이 교우 오라버니라면, 이 순간 부모님 다음으로 가장 빨리 만나서 의논해야 할 상대였다. 빠르면 빠를수록 자신을 침잠시키고 있는 두려움, 불안함을 떨쳐 낼 수 있으리라. 사실 어제의 일이야 소문을 통해 들었을 테고, 나머지 혜금에 관한 일이라든지 앞으로의 가례에 대해 물어볼 것이 많았다.

사린 언니의 말대로라면 교우 오라버니가 그 어떤 굳은 결심을 한다 하여도 소용이 없을 텐데. 과연 홍노에게 대적하려고 들까? 그게 아니고 혜금에게 돌아서 버리면……

생각하지 않으려 해도 자꾸만 떠오르는 잡념들과 씨름 중이던 화린은 자신을 부르는 교우의 목소리에 그제야 정신을 차릴 수 있었다.

"오라버니!"

"화린아, 하룻밤 새 얼굴이 많이 야위었구나. 통 잠을 못 잤을 거란 걸 알면서도, 늦은 밤에 찾아올 수가 없었다. 미안하다."

"으응, 아니야. 보나마나 예 부인께서 허락지 않으셨을 테니 그렇게 미안해하지 않아도 돼, 오라버니."

화린은 교우가 지닌 특유의 온화함을 반기며 응수했다.

예 부인은 교우의 어머니로, 궁중 예법을 가르치는 스승이었다. 어렸을 적 교우는 그런 예 부인을 따라 궐내를 드나들었고, 그러다 보니 자연스럽게 화린과 부딪치는 횟수가 많아졌는데, 사실 그때에만 하여도 화린과 교우는 개인적인 교류를 나누는 사이가 아니었다. 아니, 화린은 교우의 얼굴조차 모르고 있었다.

그녀가 늘 사린의 따라다녔던 데에 반해 교우는 예 부인의 잔심부름을 하느라 가까워질 새가 없었다. 가례를 준비하는 사린만이 오로지 화린의 관심 대상이었으므로 무심코 지나쳐 오기만 했었다.

그러던 어느 날, 사린이 가례 의식을 치르게 됨으로써 화린은 홀로 남게 되었다. 제 언니를 따라가겠다는 고집이 먹혀들지 않아 며칠 내내 부루퉁해 있던 참이었다. 이렇게도 저렇게도 달래어보지만 막무가내였다. 그런 화린을 보다 못한 예 부인이 교우에게 말동무가 되어드려라, 하고 명하였다. 바로 그때가 두 사람의 첫 시작이었다.

처음부터 교우가 '화린아' 라고 부른 것은 아니었다. 반면에 화린에게 있어 교우는 처음부터 '교우 오라버니' 였다.

"공주마마, 교우 인사드리옵니다."

"응? 교우? 이름이 교우야?"

"그렇사옵니다, 공주마마."

"몇 살이지?"

"올해로 아홉이옵니다."

화린은 두 눈을 반짝이며 유심히 교우를 살폈다.

키는 제 맏오라버니 효겸보다 작았지만 자신보다 몇 뼘은 크다. 주변에 사내라야 효겸이 전부인 화린에게 교우의 등장은 그저 신기하기만 했다.

"아홉 살? 나는 여덟인데. 그럼 오라버니네?"

"오라버니라니 당치않사옵니다. 그냥, 교우라 불러주옵소서."

교우가 황망히 얼굴을 붉혔다.

"아니야, 오라버니가 맞는걸? 효겸 오라버니도 나보다 나이가 많고 사내야. 그러니까 오라버니가 맞지. 이젠 교우 오라버니도 나한테 화린이라고 불러."

아주 어렸을 적, 화린은 효겸에게 오라버니 아닌 언니라고 불렀다가 심한 꾸지람을 들었다. 무작정 '왜?'라고 꼬리에 꼬리를 무는 화린의 질문이 귀찮아 대충 얼버무리고 만 대답이 이런 결과를 낳게 될 줄은 효겸 본인도 몰랐으리라. 더구나 무려 열 살이나 터울 진 효겸은 부왕을 따라 정사를 돌보느라 오라비 노릇을 한 적이 드물었다. 그래서 이번에야말로 제대로 된 오라버니가 생기는구나 싶어 화린은 모처럼 만에 기분이 좋았다.

"아니 되옵니다, 공주마마. 소인, 엄연한……."

"싫어! 안 된단 말야! 그러면 내가 효겸 오라버니한테 혼나. 그때에도 얼마나 혼났다구. 난 오라버니가 새로 생겨서 좋은데 교우 오라버니는 그렇지 않은 거야?"

화린이 이렇게 생떼를 부리는데야 교우도 당해낼 재간이 없었다.

나중에 이 일을 안 예 부인이 몇 번이고 호칭에 주의를 주었음에도 소용없었다. 아무리 신분이랄지 지위에 무감각한 나이라지만, 그 고집은 혀를 내두를 정도였다. 되풀이되는 설명에도 바득바득 우기는데 참으로 난감했다.

그래서 이번에는 방법을 바꾸었다. 교우에게 호된 벌을 내린 것이다.

물론 이 역시도 실패였다. 화린이 조르르 달려가 황후에게 허락을 조른 때문이었다. 다행히 막내딸의 황소고집을 익히 알고 있던 황후는 너그러이 허락을 내렸다.

　그 소동이 정리되었을 즈음 사린이 백일가례를 마치고 돌아왔다. 하지만 그녀에게 쏠렸던 화린의 지대한 관심은 모조리 교우에게 향한 뒤였다. 사린은 내심 섭섭하기도 했지만, 그들의 모습이 귀엽기도 해 그를 남동생처럼 대했다. 그렇게 화린과 교우, 두 사람은 입버릇을 고치지 않은 채 십여 년을 보내왔다. 이제는 바늘과 실 같은 두 사람. 화린이 있는 곳에 늘 교우가, 교우가 있는 곳엔 늘 화린이 함께해 그들을 따로 떨어뜨려 생각하는 건 거의 있을 수 없는 일이 되어버렸다.

　"어제 생각보다 늦게 홍노의 처소에 도착했는데 이미 화린이넌 가고 없더구나. 조금 더 서둘러서 일찍 갔어야 했는데…… 네 곁을 지켜주었어야 했는데, 이 못난 오라비를 용서해다오."

　화린이 고개를 저었다.

　"아니야, 오라버니가 곁에 있었다 하더라도 달라지지 않았을 거야. 그보단 어제 일은 들어서 알고 있겠지?"

　그녀가 가고 난 뒤에 교우가 도착한 거라면, 마침 있었던 혜금에게서 모든 이야기를 전해 들었을 것이다. 화린에게 그 어떤 배필이 없다는 것은 물론 혜금 그녀가 교우의 배필이라는 것까지 전부.

화린은 곧은 시선으로 교우의 대답을 기다렸다.

그 눈빛의 의미를 간파해 낸 교우는 여기까지 오면서 준비했던 위로의 말이며, 사과의 말들을 접어버렸다. 지금 화린이 듣고자 하는 대답은 겨우 그런 것 따위가 아니었으니.

"이런, 공주님께서 나를 시험에 들게 할 작정이군. 화린아, 누가 뭐라 하든 너의 짝은 나다. 혜금이나 다른 누구도 나의 배필이 될 수 없어. 이미 벌써 오래전에 화린이 너로 점찍어놓았으니 말이다."

"변함없이?"

되묻는 눈빛은 아직도 경계의 그늘로 어두웠다.

"그럼. 그깟 홍노의 얘기 하나도 두렵지 않아."

"정말이지?"

"맹세하마."

대답을 들려주는 목소리는 흔들림이 없었다.

"오라버니!"

그제야 화린의 경직된 표정이 풀어졌다. 그리곤 동시에 교우의 품으로 담쏙 안겨왔다. 예 부인이나 황후가 보았더라면 조신하지 못하다는 둥, 기품이 있어야 한다는 둥 당장 경을 치고도 남았겠지만 아무래도 좋았다. 전에도, 앞으로도 화린을 보듬어 안을 수 있는 사내는 교우 단 한 명이 될 테니 말이다.

"이거야 원, 우리 공주님 이렇게 의심이 많아서 어쩜 좋지?"

교우가 한껏 너스레를 떨었다.

화린은 살짝 흘기는 눈으로 대답을 대신했다.

"자, 약속해. 반드시 회귀 의식까지 마쳐서 저들의 코를 납작하게 눌러주자구."

"응. 그럴 거야."

"그럼, 그래야 화린답지."

회귀 의식은 백일가례를 마치고 난 후, 수련국으로 무사히 돌아온 교인들이 치르는 마지막 의식이다. 아무리 백일가례를 올렸다 하더라도 회귀 의식을 거행하지 않으면 소용이 없는데, 가장 결정적으로 교인의 몸으로 수태가 불가능했다. 즉, 이를 치름으로써 진정한 부부의 뜻을 완성하는 것이었다.

그렇게 교우와 회포 아닌 회포를 풀고 있을 무렵, 난데없는 물의 정령의 편서로 인해 화린은 가월정(嘉月亭)으로 향해야만 했다. 가월정은 백일가례를 앞둔 처녀들을 모아 본격적으로 인간들의 생활이나 예법을 가르치는 곳이다. 태용녀와 제용녀, 매용녀까지 해서 세 자매가 나누어 가르쳤는데, 그중에서도 교접에 관한 첫 수업을 맡은 태용녀는 새로 맞이할 제자들에 대해 매우 들뜬 표정이었다.

"자, 이제 다들 모인 것 같으니 가례가 있기까지 함께할 얼굴들을 마주 보며 각자 한 마디씩 인사를 하도록 하십시다."

태용녀는 자신에 대해 다소 간드러지는 목소리로 소개하며 제자들을 응시했다. 뿌듯한 눈빛이었다. 그러다가 차례대로 훑어가던 그녀의 눈이 잠시 화린에게 머물렀다. 가월정 이외의 바

곁소식에는 답답하리만치 어두운 그녀였지만 화린을 몰라볼 정
도는 아닌 게다. 태용녀는 제법 반가운 낯으로 다가갔다.

"화린 공주."

"......."

화린이 대답 대신 눈을 마주쳤다. 태용녀가 씨익 웃어 보였
다. 조금만 더 웃었다간 입가가 귀에 걸리게 생겼다. 생글거리
는 태용녀의 얼굴은 가례를 올린 지 스무 해가 지났다는 게 믿
어지지 않을 만큼 활기가 넘쳤다. 그녀를 두고, 하필이면 같은
반이 된 혜금이 가장 눈치없는 푼수 스승이라고 투덜거렸지만,
화린은 오히려 점잔 빼는 것보다 낫다고 생각했다. 다른 처녀들
도 화린과 생각이 일치했는지 자못 태용녀를 마음에 들어하는
기색이었다.

"말로만 들어왔던 화린 공주를 이렇게 만나게 되는군요. 이렇
게 성숙한 자태라니, 당장 오늘 밤 가례를 올려도 되겠어요. 호
호."

"과찬이십니다."

"그래, 화린 공주의 그윽한 입술을 훔치게 될 사내가 누구인
지 알려주시겠소?"

"......!"

화기애애하던 분위기가 일시에 찬물을 끼얹은 듯 조용해졌
다.

그러나 불행하게도 그런 살벌한 기류조차 태용녀는 느끼지

못하는 눈치였다. 되레 연신 웃음이 떠나지 않는 태용녀의 입술은 한 술 더 떠 험악한 분위기를 조성하고 있었다.

"왜 그러시오? 흠, 아마도 수줍음을 타는 것 같은데 내 앞에서 가릴 게 무어가 있소? 후훗, 하기야 화린 공주의 나이 적엔 그렇듯 부끄러워하기 마련이지. 자, 어차피 길일이 되면 알려질 마당인데 정히 부끄럽다면 귀뜸으로⋯⋯."

화린의 경직된 얼굴을 다른 뜻으로 받아들인 태용녀가 상체를 기울였다. 하지만 대답이 들려온 쪽은 화린 아닌 다른 쪽이었다. 바로 혜금이었던 것이다.

"저런! 아직도 배필의 이름이 나타나기 않은 게로군요."

화린은 혜금의 비릿한 웃음을 죽일 듯이 노려보았다.

그제야—정말 아둔하게도—이상한 낌새를 알아챈 태용녀가 말을 더듬으며 두 사람을 살폈다. 방금 전까지 살갑던 화린의 눈매는 바짝 약이 올라 표독스러워 보였다. 실룩거리는 빰은 복어의 그것보다 크게 부어오른 상태. 이대로 놔두다간 양쪽 모두 사단이 나게 생겼다. 태용녀는 두 사람이 앙숙이라는 사실조차 모르고 있었던 것이다. 생글생글 웃음으로 환하던 얼굴이 어색하게 일그러졌다.

"그, 그게 무슨 말이지요, 혜금 소저?"

"아, 스승님께서는 모르고 계셨군요? 공주님께서는 아직 배필이 정해지지 않았답니다. 그래서 오늘 이 자리에서 화린 공주님을 만나뵙게 될 거라 생각지 못했는데, 뜻밖이었지요. 어쨌든 홍노로부터 점지 받았으니 공주님께도 어서 빨리 배필의 이름이 나타나길 기원하는 수밖에요."

한껏 비아냥거림이 묻어난 대답이었다.

태용녀의 얼굴은 괜히 쓸데없이 긁어 부스럼을 만들었구나 싶은 후회막심한 기색으로 벌겋게 달아올랐다. 내심 바깥 물정에 어두운 스스로를 자책하고 있는지도 모른다.

"그, 그런……."

"후후후훗!"

이때 화린이 자지러지게 웃으며 안타깝게 버벅거리던 태용녀의 말을 잘랐다.

"참으로 불쌍한 노릇이로구나. 그렇게 해서라도 네게 마음이 없는 사내를 붙잡고 싶은 모양이니."

이번엔 반대로 혜금의 얼굴이 굳어졌다.

가월정 내 분위기는 싸하다 못해 살갗에 좁쌀 소름이 돋아날 판국.

고래 싸움에 새우 등 터지는 격으로 중간에 끼어버린 태용녀와 나머지 사람들은 앞으로 저 두 사람과 함께 수업할 생각에 저마다 암담한 표정 일색이었다. 섣불리 두 사람을 말리려고 하였다가 낭패를 본 적이 한두 번이던가! 상황이 이렇게까지 악화되었을 적엔 딱 한 사람, 교우만이 매듭을 지을 수 있었다. 그러나 곧 가례를 올릴 처자들만 모아놓은 가월정에 교우의 출입이 허락될 리 만무하다.

이윽고 귀밑까지 확확 지펴 올랐던 열기를 진정시킨 혜금이 입을 열었다.

"그, 그게 무슨 말씀이시온지요? 소첩, 아둔하와 공주님의 심오한 뜻을 헤아리기 어렵사옵니다."

"몰랐던 게로구나? 혜금이 너도 잘 알고 있을 거라 여겼는데. 정히 그렇다면 알려주마. 교우 오라버니는 나 화린이 아니면 누구와도 가례를 치르지 않는단다."

"이건 섭리와도 다름없는 일입니다. 교우 오라버니가 저의 지아비가 될 것은 변함없는 사실. 아무리 화린 공주님이라 하여도 그것을 거스를 순 없습니다."

겨우 아무렇지 않은 척 말했지만 혜금은 눈에 띄게 불안해하고 있었다. 더욱이 교우가 화린을 아끼고 편애한다는 것은 공공연한 사실일진대.

"글쎄다. 교우 오라버니가 마음에도 없는 여인과 가례를 치르려고 할까? 내가 아는 오라버니는 그럴 분이 아니야."

화린이 단호하고도 오만하게 딱 잘라 말했다.

"아니요, 반드시 가례를 치르고 말 겁니다. 두고 보세요."

"마음대로 하렴. 그럴 일이야 없겠지만 만에 하나, 교우 오라버니가 너와 가례를 치르게 되면 평생 나를 마음에 품고 살겠지. 그거야말로 비극이 아니겠느냐?"

"고, 공주님! 마, 말씀이 너무 지나치시옵니다!"

"뭐라? 네가 감히, 공주인 내게 대드려는 참이더냐?"

"소첩이 어찌…… 여부가 있겠사옵니까?"

화린이 일침을 놓자, 혜금은 마지못해 입을 닫았다.

"그래도 어제 일로 혜금이 네게 고마운 마음을 가졌었는데, 오늘 너의 경거망동은 불쾌하기 그지없구나. 어제까지만 하더라도 교우 오라버니를 내게 양보할 것처럼 굴더니 그것은 나를 기만하기 위함이었더냐?"

"……아, 아니, 그건 진심이었사옵니다."

"그래? 그렇다 한들 하룻밤 새 몰라보게 뒤바뀌었으니, 참으로 간사하구나."

혜금의 낯은 거의 흙빛이 되었다. 그녀의 입술 아래로 대답 대신 분한 경련이 내려앉았다.

어제 홍노의 처소에서의 일을 앙갚음하고 난 화린은 속으로 쾌재를 불렀다. 고얀 것 같으니. 한 번만 더 기어올라 보라지. 그땐 그 코를 더욱 납작하게 눌러주고 말 테다.

화린은 태용녀에게 잠시 허락을 구한 후, 가월정을 나섰다. 등 뒤로 혜금을 부르는 소리가 들려왔다.

"에구머니! 혜금아!"

혜금은 비척비척 몸을 일으키며 홍노의 처소로 향했다. 어서 가서 가월정에서 있었던 일들을 전부 고해바칠 작심이었다. 주위에서 참아라, 잊어라 하여도 이렇게 당하고 있을 수만은 없다. 그 상대가 화린 공주인만큼 더욱 그러했다.

어떻게든 이 빚을 갚아주리라.

뭐? 교우 오라버니가 나와 가례를 치르지 않겠다고?

화린의 말을 떠올리자 너무 분한 나머지 입술을 꽉 깨물고 말았다.

"아얏!"

아까는 그렇게 발끈하는 게 아니었는데. 순간적으로 화린의 꾐에 넘어가 이성을 잃을 뻔했다. 그저 어젯밤처럼 슬슬 약 올려볼 참으로 건드려 본 건데, 되레 자신이 당하고 만 것이다. 영악하게도 화린은 교우 오라버니가 자신을 편애한다는 사실을 이용해 있는 대로 그녀의 신경을 긁어놓았다.

교우 오라버니는 저런 천방지축 계집이 어디가 좋아서!

얼굴이 나보다 예쁘길 해, 마음씨가 곱길 해? 그렇다고 해서 몸가짐이 단아하지도 않을뿐더러 늘 제멋대로라 그 기분을 맞춰주느라 허리가 휘어질 텐데.

어딜 보나 자신이 훨씬 월등한데 왜 교우 오라버니는 내게 눈길조차 주지 않는 것일까? 정말로 홍노가 점지해 준 것과는 상관없이 화린에게 갈 참인가?

아니 돼!

비록 화린이 공주인 몸이라 이제까지 성질 죽이고 참아왔지만 교우 오라버니만큼은 양보할 수 없다. 무슨 일이 있어도 교우 오라버니는 나의 낭군님이시다.

혜금은 스스로를 다독여 가며 깊게 숨을 들이마셨다.

어려서부터 둘은 사소한 부분 하나에도 유별나다 싶을 만큼 경쟁을 해왔다. 그것은 자라면서도 점점 심해졌는데, 특히 교우에 관해서만큼은 그 정도가 더욱 심했다.

하지만 흑월이 뜨던 어제, 드디어 그 종지부를 찍을 때가 왔구나 하며 반가워했다.

늘 한결같이 애달는 마음에 달님이 감격하시어 교우 오라버니를 자신의 배필로 내려주신 것이다. 어찌나 기쁜지 홍노의 처소에서 화린과 마주쳤는데도 전혀 불쾌하지 않았다. 도리어 이제까지 헛물켠 화린의 신세가 딱해 보이기도 했다.

그런데 저게 무슨 말이람.

교우 오라버니가 설령 자신과 가례를 치른다 하더라도 평생 화린을 가슴에 품고 살 거라니!

다시 떠올려도 새록새록 부아가 치미는 말이 아닐 수 없었다.

늘 밉다 밉다 했더니 오늘따라 저 몸에 배어난 자신감이 너무나 싫었다.

"왔으면 냉큼 들어오지 않고 게서 뭐 하는 게냐?"

호되게 깨우치는 목소리에 화들짝 놀라서 쳐다보니 어느 틈엔가 벌써 홍노의 처소에 와 있었다. 앞만 볼 수 없었지 저 가는 귀로 사람들을 가려내는 것을 보면, 정말 선득하리만치 가까이하고 싶지 않은 인물이었다.

노인네 하고는. 무슨 귀가 그리도 밝아 사람을 놀래키나 그래.

양월식이 있은 다음날, 월국. 연부.

장인은 그들이 다시 찾아오자 자연히 긴장할 수밖에 없었다. 오늘은 그야말로 빼도 박도 못한 채 진땀만 흘리게 생겼구나 싶었던 탓이다. 지금까지 연부에서 일을 맡아오며 요행을 바란 적이 단 한 번도 없었지만 이번만큼은 요행을 바라게 되었다.

허나, 그의 소원은 이루어지지 않았다.

분명 혈액이 응고되지 않도록 유약에 섞었거늘, 어제와 같이 완벽히 분리되어 응고된 것이다. 핏본이 달라도 이 유약이라면 지금껏 응고를 막아왔는데 대체 어찌 된 일일까. 이쯤 되면 냉철하기로 정평이 난 저 황자로부터 추궁을 듣게 될 것이 뻔하다. 정비를 닮아 매사에 공정하고 사리분별에 흐트러짐이 없는 사내라 할지라도 말이다.

하지만 이번에도 그의 예상은 빗나갔다. 황자는 마치 오늘이 처음인 양 침착한 어조로 추이(推移)를 물었던 것이다. 장인은 자신의 잘못이 아님에도 어쩐지 더욱 송구스러워 기어들어 가는 목소리로 답했다.

"그게…… 어제와 똑같은 일이 벌어졌습니다. 산호석에 유약을 덧입히기도 전에 이미 분리되어 세공이 어렵게 되었습니다."

"또 그렇단 말인가요?"

여인의 목소리에는 희미한 짜증이 스며 있었다. 황자와는 달리 장인을 나무라는 눈빛이기도 했다. 장인은 다시 한 번 차근

차근 자초지종을 설명했다. 그러자 여인은 그에게서 시선을 거두었다. 그의 설명을 완전히 이해한 눈치는 아니지만 더는 그가 곤란해할 질문을 하지 않았다. 그저 가볍게 웃으며 황자를 향해 살가운 농담을 던질 뿐이다.

"이런, 협. 아무래도 우리의 금슬이 좋지 않은 건 아닐까요?"

"……."

"보셔요, 그럴 수도 있지 않겠어요? 아니면 우리를 시샘해서 일부러 골려먹으려 한다든지……."

황자는 대답이 없었다. 아예 그녀의 말을 한쪽 귀로 흘려보낸 것이다. 여인의 치근거림에도 아랑곳하지 않고 황자는 뻣뻣한 목석이나 다름없이 굴었다. 하다 못해 살가운 눈길조차 주는 법이 없었다. 이쯤 되면 그들을 지켜보는 장인도 무안해질 지경이었다.

허허, 이렇게 무뚝뚝한 사내를 보았나?

정략에 의한 혼인도 아니라고 들었거늘 어찌 이리 냉정하누.

대개 연부를 찾아오는 젊은이들은 상대편 여인의 칭얼대는 한마디에도 그저 좋을 때라 귀엽게, 사랑스럽게 받아주곤 한다. 지금 이 여인도 사내가 그래 주길 바라서 한 말이리라. 그런데 이 사내는 도대체 어떤 속셈인지 여인이 토라진 얼굴을 하는데도 달랠 생각을 않는다. 보채는 여인의 태도에 보일 듯 말 듯 귀찮아하는 기색마저 어린다. 그리곤 전과 다름없는 어조로 그에게 묻는 것이다.

"전혀 다른 방도를 구할 수는 없는 겐가?"

장인은 대답을 미루며, 어제 그들이 가고 난 후 연부 장인들과 가진 의논 끝에 내린 방법을 이용하고자 한자리에 모인 장인들을 차례로 훑었다.

"그런, 말도 안 되는 일이 어디에 있답니까?"

"허허, 유약을 다른 것으로 혼동하신 건 아니오, 어르신?"

처음엔 모두들 그의 말을 믿지 않았다. 예외없이 전통을 이어온 그들이기에 믿을 수 없는 게 당연했다. 하지만 끈기있게 설명하는 그의 모습에 무작정 아니라고 우길 수만은 없는 노릇. 하여 오늘, 그 기이한 일을 판가름하기 위해 장인들은 한 명도 빠짐없이 연부에 모였고, 어제 그가 말한 상황을 목격했다. 그리고 하는 수 없이 그에게 암묵적인 찬성의 눈길을 보냈다.

장인은 그제야 결정을 내리며 황자에게 대답했다.

"방법이 하나 있기는 하옵니다."

이로써 황자는 월국의 청사에 두 번이나 기록되리라.

몇 시진 전 혜금이 다녀간 뒤로부터 지금까지, 홍노의 처소가 불을 밝힌 채 새벽을 맞이했다. 그 부연 빛 속에서 홍노의 얼굴은 망설임으로 일그러져 있었다. 혜금이 목놓아 울고 간 뒤부터 부동 자세로 생각에 잠겨 있었다. 황제에게 자문을 구하지 않은 채 독단적으로 일을 처리해도 되는 것인지 회의가 들었던 탓이다.

그러나 몰랐으면 몰랐지 알게 된 이상, 화근의 시초를 이대로 놔둘 순 없다.

"화린 공주님도, 교우 오라버니도 모두 홍노의 뜻을 따르지 않겠다고 합니다. 흑흑, 그렇다면 쇤네는 어찌 되는 걸까요?"
"쇤네는 버림받고 말 거예요. 교우 오라버니에게서 버림받은 채 청상 과부처럼 홀로 남겨질 거라구요."

홍노는 감았던 눈을 떴다. 흑월의 어둠이 존재하는 동안만 제역할을 했던 눈자위는 하얗게 뒤집어져 있었다. 어쨌거나 화린은 달에게 받쳐질 제물의 운명. 제아무리 공주로 태어났다 한들 누군가에게 덜어줄 수 없는 숙명이다.
백 년에 한 번, 교인들은 그들을 대신해 육지에서 달의 기운을 받으며 살아갈 제물을 흑월의 뜻에 따라 뽑았다. 대부분의 교인들이 고작 백일가례를 한 번 치름으로써 달의 기운을 받아들였다고 여겨왔겠지만 천만에, 그것은 사실과 천지 차로 달랐다. 그들이 이 순간 목숨을 연명해 나갈 수 있는 이유는, 지금으로부터 백 년 전 제물의 운명을 타고난 교인이 있기 때문이었다. 그들을 대신해서 생명을 단축해 가면서까지 달의 기운을 받아내는 교인이 있기 때문이었다. 설혹 그 교인이 불운하게도 짧은 생을 마치게 되어도, 사해는 멸하지 않아 남은 세월을 채우고서야 한 줌 흙으로 돌아갈 수 있었다.

"휴."

처연히 한숨을 들이켰다.

이번 흑월이 바로 그 돌아오는 백 년이란 걸 알고 있었다. 그런 터에 제물의 운명이 될 누군가에게 지워줄 그 무거운 짐을 덜어줄 수 없는 자신의 무력함을 곱씹고 있었다. 허나, 그것이 이 엄청난 비밀을 떠안고 있는 나머지 한 명, 황제의 막내딸에게 지워지게 될 줄은 꿈에도 몰랐던 것이다.

그녀는 화린의 상처받은 눈을 기억했다. 곧 머지않아 더 아프고 잔인한 상처로 세상을 바라보게 될 눈이었다.

"무정한 달이시여, 조금이라도 먼저 제게 귀띔을 해주실 순 없으셨나이까? 그랬다면 당신의 아들도 그토록 커다란 실의에 빠지진 않았을 텐데……."

거듭 탄식했다.

그녀답지 않은 탄식임을 알았지만, 어쩔 도리가 없었다. 지금쯤 그녀보다 더 깊은 고통을 삼켜내고 있을 황제에게 생각이 미친 탓이었다. 괴롭기로 치면 황제만 하랴만 그녀의 가슴속은 그 어느 때보다 죄책감으로 무거웠다.

당신은 그 잔인한 과업을 제 딸에게 짊어주어야 한다는 상상만으로 충분히 괴로워하고 있겠지.

황제는 종종 제물의 운명을 천형에 빗대어 말하곤 했었다.

교인으로 태어나 교인의 삶을 빼앗긴 채 살아간다는 것. 덧없이 짧구나 비웃었던 인간의 수명으로 천태만상 희노애락 속에

던져진다는 것.

이것이 천형이 아니고 무엇이랴.

과연 화린이 제대로 살아갈 수나 있을까. 인간도 아니면서 인간이 되어 교우 아닌 다른 사내를 지아비로 받아들이며 그들을 대신해 달의 기운을, 그들의 결계인 망해를 존속케 해줄 수 있을까. 그녀의 머리 속으로는 그려지지 않는 화린의 모습이었다. 그저 그 짧은 생을 지내는 동안 함께하게 될 배필이 부디 좋은 사내이기를, 흑월과 상극인 만월의 운을 타고난 사내가 아니기만을 빌 뿐이었다. 그래야만 이곳 수련국이 무사할 수 있을 테니…….

홍노의 미간이 희미하게 구겨졌다가 펴졌다.

이제까지 만월의 운을 타고난 인간 사내와 흑월에게 선택된 교인이 맺어진 적은 단 한 번도 없었다. 그것은 어둠과 빛의 충돌과도 같은 이치. 궁극에는 빛에 밀리고 만다. 아니, 빛에 흡수되고 마는 어둠. 달 중에서도 가장 차 오른 만월의 기운이니 그리되면 망해가 소멸되고 만다. 그렇기에 흑월에 선택된 교인이 죽는 것은 당연한 이치.

때문에 흑월은 만월의 운을 타고난 자가 누구인지 늘 점지해 주었었다. 그 사내만큼은 피해가라고.

그러나 이례적으로 딱 한 번, 어리석은 교인 하나가 만월의 운을 타고난 인간 사내와 가례를 올리려 하였었던 일이 있었다. 상극만큼 끌어당기는 경우도 없다고 하였던가. 마주칠 확률도

적었지만, 일단 만나게 되면 걷잡을 수 없는 끌림에 사로잡히고
마는 불가해한 운명을 홍노는 그제야 비로소 확인할 수 있었다.
두 사람은 서로가 이루어질 수 없는 연(緣)인 줄 알면서도 멈추
지 못했다. 미친 듯이 서로를 갈구했다. 사내를 받아들이면 자
신이 죽을 텐데도 끝내 포기하지 못했다. 해서 어쩔 수 없이 홍
노는 황제께 고해 교인을 죽이도록 간하였다. 그렇지 않으면 그
들의 망해가 파멸될 것이므로.

그들의 결계인 망해가 파멸되었을 때 도래할 혼란은 어떤 경
우에라도 막아야 했다. 선조들의 과오만으로 충분했기에 황제
는 교인의 죽음을 윤허했고, 결국 두 사람이 함께 목숨을 끊은
것으로 일은 무마되었다. 홍노는 아직도 그때의 아찔했던 기억
에 몸서리가 쳐졌다. 백사장, 아니, 사막 한복판에서 모래 한 알
을 찾는 것과 다름없는 만남이 그렇게도 이루어질 수 있다는
걸, 처음으로 깨달았던 순간이었다. 다신 그럴 일이야 없겠지만
서도.

해서 망해는, 수련국은 아직도 건재할 수 있는 것이다. 공교
롭게도 흑월이 화린을 지목해 버리고 말았지만 뒤바꿀 수는 없
는 일.

"조금이라도 빨리 알아챘더라면 이 운명을 비껴갈 수 있었을
까?"

아니, 그럴 수 없다. 그건…… 불가능하다.

홍노는 이내 체념하며 일어섰다.

황후가 그와 감정을 교류하고 있다면, 홍노는 그와 이성을 공유하고 있었다. 때문에 그가 자신의 결심을 알아채기 전에 빨리 서둘러야 했다. 그는 천륜을 끊을 정도로 모질지가 못했다. 그렇게 되면, 그들 교인은 수십 세기 전 선조들이 그랬던 것처럼 물의 정령으로 분하고 말 터이다. 어떤 일이 있어도, 어떤 비난을 감수하더라도 이곳 수련국을 또 한 번의 사해(死海) 속에 잠기게 할 순 없었다.

　날이 밝음과 동시에 홍노가 가장 먼저 행동에 옮긴 일은 화린에게 편서를 부치는 일이었다. 그리고 난 뒤 화린이 없는 틈을 타 교우를 불러내리라.

　'지륜, 당신은 평생을 두고 이런 날 용서하지 않겠지.'

　홍노의 얼굴 위로 잠시 잠깐 연민이 어렸다가 스러진다. 극심하게 흔들리는 자신을 통제할 수 없다면, 이렇게라도 해서 외면할밖에.

만월의 축제

풍성한 만월의 손길이 미치는 곳곳마다 향비파와 당비파, 대나무피리와 세로피리, 생황의 고운 선율이 어우러졌다. 그러한 음악의 행렬 뒤엔 만월을 우러러 근심을 멸하게 해달라고 기원하는 이, 부귀와 영화를 염원하는 이들을 비롯한 온갖 백성들의 의식이 있었다.

저 고요하고도 평화로운 넉넉함에 기대어보려는 것.

마침 이날은 월국의 황제 재하에게도 근심이 있어 그 해결점을 만월에게 묻던 밤이었다.

'이젠 더 이상 지체할 수 없다. 월국의 왕좌를 물려받을 이, 대체 누가 되어야 한단 말인가!'

스러져 가는 한숨은 그의 표정처럼 무겁기만 했다.

달을 숭배하는 인간들의 땅, 월국.

이웃해 있는 나라가 주변 소국들과의 전쟁이 끊이지 않은 반면, 월국은 대체적으로 평화롭고 안정적이었다. 그리고 풍족한 나라였다. 그것을 달의 축복이 내려진 땅이기 때문이라고 백성들은 굳게 믿었다.

하지만 작년 추수절, 가뭄에 잇따른 흉작을 두고 백성들은 왕기가 스러져 가고 있다고 수군거렸다. 그전 같지 않음에 새 왕조가 열리기를 은연중에 학수고대하고 있는 것이다. 하여 재하는 이만 왕좌에서 물러날 준비를 해오고 있던 참이었다.

그해가 저물어가기 전 그는 만백성에게 선포했다.

"새해를 열어가는 첫날 새로운 왕이 등극하리라."

그러자 월국 각지에서 백성들이 몰려들었다. 선정대에 있는 봉화를 피워 올릴 새 왕조를 구경하기 위함이었다. 더러는 이 즉위식을 보려고 타지에서 몰려드는 이들도 많았는데 월국의 즉위식은 인근해 있는 주변국과 매우 달랐다.

왕족들 중에서도 선정대에 봉화를 피워 올리는 자가 왕위에 오른다.

그것이 그 오랜 월국의 역사를 이어온 왕위 계승 방식이었다. 그러나 이는 아무나 할 수 있지 않다. 단지 봉화를 피워 올릴 자격이 왕족에게 주어진다고 해서 왕족이면 아무나 봉화를 피워 올릴 수 있다는 말이 아니란 얘기다. 선정대 중앙에 놓인 불은,

새해가 시작되는 정초에만 볼 수 있으며 왕족 중에서도 왕재(王材)만이 봉화를 피워 올릴 수 있다. 처음으로 우선하는 것은 황자요, 둘째가 황녀, 셋째가 황후를 비롯한 황자비, 넷째가 나머지 사촌에 해당하는 황족들을 순서로 정해져 있으니 봉화가 빛을 밝히는 바로 그 순간 전 왕이 옥좌에서 내려서며 이렇게 말함으로써 새 왕조가 열린다.

"만월이 빛을 내리니 그 빛으로 굽어살피는 자, 왕이라 칭하노라."

월국이란 이름 그대로 왕을 가려내는 일조차 만월의 보살핌 아래 행하여졌다.

현 월국에는 세 명의 황자가 있다.

차비(次妃) 휘옥에게서 태어난 맏황자 균과 둘째 황자 조, 한 달 차이로 셋째 황자가 된 정비(正妃) 계연의 소생 협이 바로 그들이다.

재하를 비롯한 모두는 이 세 사람 중에 한 사람이 봉화를 피워 올리게 될 것을 믿어 의심치 않았다. 그러나 운명은 한 치 앞도 내다볼 수 없는, 예측불허라 했던가? 올해 정초 월국 청사에 길이 남을 만한 기이한 일이 벌어졌다.

세 명의 황자가 봉화를 피워 올리는 동안 두 개의 봉화가 빛을 밝힌 것이다.

균을 제외하고 조와 협이 피워 올린 두 개의 불은 쌍둥이처럼 똑같아 어느 하나 불길이 약한 것마저 가려낼 수 없었다. 전대

미문이었다. 이것이 흉조가 아니고서야 무엇이겠는가.

아니면 필시 폭군이 되었을 만황자 균이 봉화를 피워 올리지 못한 것만으로도 그저 안도해야 옳았을까.

조정은 분란에 휩싸였다.

한 나라 안에 두 명의 왕이 머물 수는 없는 법.

난제로다.

그리하여 재하는 뜻하지 않은 근심을 짊어지게 되었다. 조정은 더욱 뚜렷이 두 갈래로 나뉘고 하루에도 몇 번씩 엇갈린 찬반 논쟁에 조용할 날이 없었다. 애초에 왕좌에 뜻이 없었던 협은 조에게 양보하려 했으나 이것은 그렇게 간단히 해결될 문제가 아니었다. 결국 즉위식은 다가올 내년으로 미뤄졌지만, 누구를 왕좌에 앉힐 것인가를 두고 황제는 한시도 마음 편할 날이 없었다. 처음 얼마간은 선조들의 넋을 기리며 답을 구하고자 하였으나 이 역시 신통치 않아 그만둔 지 오래였다.

스슥, 스스슥…….

댓잎 스치는 소리가 날카로이 귓가에 부딪혀 왔다. 그의 얼굴에 얽어진 근심이 더욱 짙어졌다. 평소엔 운치있구나 하였을 이 미약한 소리에도 관대할 수 없었던 까닭은 왕좌 이외에도 한 가지가 더 있었으니, 그것은 바로 이 두 명의 여인이었다.

정비인 계연과 차비인 휘옥.

고결한 태생, 고아한 인품을 갖춘 계연은 월국의 만백성이 머리를 조아리는 명실상부한 황후임에는 분명하였지만, 몇 해를 넘기도록 왕자를 생산하지 못했다. 그것은 백 가지 덕목 중에 아흔아홉의 빛을 가리는 치명타로써 여러 대신들의 입에서 수차례 거론되곤 했었다. 하여 재하는 월국 제일미(美)라 손꼽히던 휘옥을 차비로 맞이하기에 이르렀다. 그때부터 문제는 비롯되었다.

이 무슨 얄궂은 운명인지, 휘옥이 균을 이어 왕자 조를 출산한 이듬해 계연도 왕자를 낳았던 것이다. 이름은 협이었다.

그러나 이미 그사이 실세를 장악해 버린 휘옥의 외척 세력들이었으니, 그들을 막기엔 너무 늦어버렸다. 재하의 총애를 한 몸에 받다시피 한 휘옥은 더욱 기고만장했기에 누구도 감히 그녀에게 대항하려 들지 않았다.

어이하면 흐트러진 조정의 기강을 바로 세울 수 있을까, 그렇게 고심한 계연의 진심을 뒤늦게 깨달은 그가 휘옥의 외척들을 견제하기 시작한 것은 불과 몇 해 전의 무렵이다. 아직까지 그녀의 외척 세력들은 그다지 수그러들지 않았으나 과도기라면 과도기의 단계에 접어들어 계연은 그녀와 동등하게나마 맞설 수 있게 되었다. 과열된 세력의 횡포도 잠시 주춤한 상태.

최근에 와서 견제 세력 쪽에 가담한 대신들이 그에게 탄원서를 올리는 일이 잦아졌으니, 이는 바로 협을 황태자로 책봉하라는 것.

"약조해 주셔야 합니다. 비록 비천한 몸이오나 간절히 바라건대, 조를 폐하의 명백한 후계자로서 인정하여 주시옵소서!"

눈물로 고한 휘옥의 모습이 눈에 선했다. 처음엔 그녀의 미색에 혹했지만 황후에게서 느끼지 못한 자유분방함을 그녀가 안겨주었다. 그는 그 경계없음을 사랑했다. 때 묻은 그대로를 드러내는 솔직함을 사랑했다. 그녀의 욕심과 이기심마저도 사랑했다. 다들 그가 그녀의 요요한 자태에 넋을 빼앗겨 버렸다고 수군거렸겠지만 말이다.

"장차 월국을 이끌어갈 성군이 아닌지요? 저는 폐하께 두 번째가 되어도 좋습니다. 그러나 협만큼은 아니 됩니다. 사리를 분별할 줄 아셔야 합니다."

낮은 목소리지만 일갈하는 눈빛이었던 황후 계연.

"후대에 가서 필히 태생의 정당성에 문제를 삼을 것이옵니다. 소인, 폐하의 빛나는 업적에 누가 될까 두렵사옵니다."

그렇듯 이제까지 숨죽여 왔던 대신들은 협을 황자로 책봉하여야 한다고 뜻을 모았다. 첫째로 휘옥의 출생을, 둘째로는 사치스런 행각을, 셋째로는 인격의 부족함을 문제 삼았다. 들리는 이야기로는 사실인지 아닌지 확인이 어려웠으나 휘옥이 서출이라고, 혹은 개구멍받이로 길러진 아이라고들 했다. 그러니 당연히 태생을 문제 삼을 수밖에.

그뿐인가? 늘 검소하여 청렴한 황후로 추앙받던 계연에게 휘옥은 오만 방자하게도 이렇게 말하였다고 한다. 황후이기 이전에 여자로서 아름다운 미덕을 가꿀 줄 모르는 것 또한 죄악이 된다고. 진정으로 폐하를 마음으로 섬긴다면 폐비가 되는 불운을 맞기 이전에 스스로가 황궁을 떠남이 올바르지 않겠냐고 말이다.

물론 그는 곧이 믿지 않았고, 휘옥도 그런 일화들을 부인했다. 심지어는 그가 총애했던 후궁의 암살 가능성에 대해서도 극구 부인했다. 한때 조정이 떠들썩해질 만큼 후궁 주향의 암살은 충격적인 사건이었는데, 실제로 주향의 사체는 궁에서 발견되지 않았다. 즉, 흔적도 없이 사라진 것이었다. 대신들은 하나둘, 그녀와 가깝게 지내던 휘옥을 은연중에 의심하기 시작했다. 사건이 있은 지 달포 만에 주향의 사체가 형체도 알아볼 수 없게 발견되고 나서 그 의심은 더욱 확대되었다. 궁에서 멀리 떨어진 산속에 이목구비의 살이 도려진 채로 죽은 여인. 독에 의해 내장은 이미 녹아버리고 없었지만, 그 독이 워낙 강했던 탓에 시체의 부패를 막을 수 있었으니 어찌 보면 제 꾀에 제가 넘어간 것이라고 볼 수 있었다. 어떻게 주향임을 확신하냐며 휘옥의 외척들이 반발했지만 이는 오래가지 못했다. 검시를 하면서 발견된 반지가 바로 주향의 것이었기 때문이다.

　이에 휘옥은 결백함을 주장하기 위해 제 목숨을 담보로 난동을 피웠다. 그런 까닭에 그는 모든 수사를 종결시켰다. 대신들 중에는 아직도 그녀의 행동이 계산된 것에 지나지 않는다고 간언하는 자가 있었지만 끝내 귀담아듣지 않았다. 어쩐지 생명력을 잃어가는 휘옥을 대하고 있자니 그럴 마음이 일지 않았던 탓이다. 잠시나마 의심했던 스스로가 참으로 못났구나 싶기도 하였었다. 명색이 차비인 그녀에게 그마저 믿음을 주지 못한다면 누군들 그녀를 차비로 믿고 따르랴.

해서 주향의 암살 사건은 흐지부지 일단락 지어졌다. 훗날에야 안 사실이지만 주향의 뱃속엔 달포가 채 되지 못한 태아가 있었다고 하였다. 살아 있었다면 또 한 명의 황자 혹은 황녀가 되었을 아이가.

이후 휘옥은 차츰 건강을 회복해 갔고, 다시 주향의 죽음을 언급하는 이 또한 없어지게 되었다. 차비의 외척 세력 또한 명예를 회복해 갔다. 아니, 전보다 더 기고만장해졌다고 하는 게 옳을 터였다.

"이대로 조를 황자로 두게 된다면 외척들을 영영 억누르지 못할 것이다."

번뇌의 시간들이 차츰 밝게 길을 터주었다.

비로소 월영당, 근심의 그늘이 만월에게 밀려난 것이다. 번뇌에 시달리던 눈은 한 손에 받쳐 들고 있는 노아차(露芽茶)의 그것처럼 맑게 개어져 있었다.

한편, 예화당. 황제 재하가 대신들을 불러 모으기 시작했다는 소식에 휘옥의 얼굴이 굳어졌다. 몰래 심어둔 환관이 황제의 명이 떨어지자 곧바로 그녀에게 전한 것이었다.

'그럴 테지, 그리할 터이지.'

가늘어진 휘옥의 두 눈에 의뭉스런 빛이 몰려들었다. 그녀를 찾음에 있어 왕이 전 같지 않음을 눈치챈 그녀는 오늘이 올 것을 대비해 계책을 세워놓고 있었다. 뜻하지 않게 너무 빨리 찾아왔지만 말이다. 조금만 시간을 더 벌어 황제의 마음이 자신에게 기울도록 했어야 했거늘.

그러나 휘옥은 결코 자신을 책망하지 않았다. 그럴 리가. 단지 하늘이, 운명이 그녀에게 인색한 것뿐이다. 그 놀음에 쉬이 휩쓸릴 그녀가 아니질 않는가.

'운명에 맡긴 채 휘둘리는 삶은 더 이상 살지 않겠어!'

그녀의 나이, 열여덟이 되던 해부터 악착같이 버텨왔던 다짐이다. 그 다짐은 지금까지 그녀가 운명과 맞서 싸우는데 커다란 힘을 주곤 했었다. 첩실의 딸로 태어나 어미 젖도 못 문 채 버림받은 아이는 친부(親父)를 비롯해 그녀를 업신여겼던 모두를 발치 아래로 꿇게 하였고, 정비조차 누리지 못한 실세를 마음대로 쥐락펴락하였다. 이 모두 그녀가 이룩한 것이었다. 안일하게 운명에게 기대어 얻은 산물이 아니었다. 이제까지 그래 왔고 앞으로도 그럴 것이다. 그러므로 새삼스레 야단 떨 필요는 없다.

짙붉은 그녀의 입술이 벌어졌다.

"조는 어디에 있지?"

"다영 아가씨와 함께 계화각에 계시옵니다."

궁녀가 조속히 아뢰었다. 계화각 쪽으로 시선을 튼 휘옥은 궁녀에게 등을 보인 채 나직이 물었다. 그녀의 동공에 냉하게 맺혀든 기운이 방금 전보다 짙어졌다.

"혜운궁의 움직임은?"

"그쪽에선 아직 소식이 없다 합니다."

흥, 눈속임을 하려는 게지.

"……협은?"

"마찬가지로 계화각에 함께 머무르다가 먼저 효양 쪽으로 걸음 하였다고 하옵니다."

"효양?"

그녀의 눈썹이 휘어졌다.

효양이라면 해안 근처였다. 잠시나마 굳어진 안면이 만족스럽게 풀어졌다. 황궁에서 멀어질수록 좋다. 외진 효양이라면, 더욱이 이같이 소란스러운 만월의 밤이라면!

오늘, 협 네놈의 죽음을 마음껏 애도해 주마.

"전하, 만월이라고는 하나 너무도 야심합니다. 곧 궁으로 돌아가실 채비를……."

황실 호위무사 야청이 결국엔 입을 열었다. 아까부터 줄곧 달의 위치를 헤아려 보고 있던 중이었다. 저만치 앞서 나간 그림자의 주인이 낮게 내려앉은 음성으로 부른다.

"야청."

"네, 전하."

"아니, 아니다. 이곳에 닿아 있는 닻별이 궁에서보다 밝은 듯해 그저 불러보았느니라."

사내는 야청의 다그침에도 아랑곳 않고 해안가를 거닐었다. 짙은 자색의 단의(短衣)를 정갈히 차려입은 그는 월국 정비 소생의 황자, 협이었다. 사념 많은 이 밤, 그에게 가장 필요한 것은 조용한 안식처였다.

그러나 오늘만큼은 그의 궁에서조차 허락되지 않은 바람.

황궁 근처에는 황실 악대가, 인근 마을에는 풍악이 사념을 흩뜨려놓아 쉴 곳을 찾던 중에 효양까지 걸어오게 되었다. 그럼에도 연연히 들려오는 곡조가 있었으니 그것은 소슬히 불어오는 바람결에 칠면초 스치는 소리. 흡사 피리 소리 같았다.

'축복을 빌어달라?'

계화각에 들어설 때부터 표정없던 협의 눈빛이 이제야 비로소 경계없이 흐려졌다. 입궐하기 전, 형인 조 몰래 그를 붙잡은 다영이 뉘우치듯 건넨 말에 차라리 그녀가 가여웠다. 애초에 그에게 연정을 품었던 일을 후회하는 것인지, 아니면 행여 그가 형에게 그녀와의 연정을 누설할까 두려웠던 탓인지 몹시도 불안한 안색이었다. 초조하게 읊조리던 음성도 마찬가지였다.

"잠시 지폈다가 사라지는 사련(邪戀)이길 바랐어요, 당신의 형님께나 저에게나. 하지만 어쩔 수 없었는걸요. 제발 원망을 하려거든 제게 해주세요. 제 마음을 단속 못한 저의 과실이 크니까요."

가늘게 좁힌 그의 눈가에 보일 듯 말 듯 희미한 경멸이 떠올랐다.

그래, 어쩌면 그가 설국으로 외정을 나가려 했던 그 즈음이었을 것이다. 그녀가 마음을 달리하기로 결심한 시기는.

한 고관대작의 고명딸로 귀히 자라난 다영은 차비 휘옥의 뒤를 잇는 미모로 익히 알려진 여인이었고, 협과 만남을 이어가게 된 지는 넉넉잡아 일 년이 지났다. 설국에서 돌아오는 대로 그의 배필이 되겠다 한 그녀가 형의 반려가 되기로 약조한 지는 고작 달포. 그녀의 변심에 가장 분개한 이는 다름 아닌 그의 어머니, 황후 계연이었다. 계연은 아직까지도 심기가 불편해 다영의 소식만 전해 들어도 분개함을 감추지 못했다. 어찌 보면 매우 공교로운 일이 아닐 수 없었다. 그가 다영과 가연을 맺으려 하자 가장 극심한 반대를 했던 어머니였던 탓에 더욱 그러했으리라.

물론 얼마지 않아 계연은 내심 잘되었구나 하였다. 누구보다 설국의 공주 예아를 며느리로 삼고 싶어했음이라. 그것을 눈치챈 협은 그저 모르는 척했다. 이번 설국의 반정 세력을 억누르는 데 기여한 그의 공이 큰 바, 그가 뜻을 내비치기만 한다면야 그야말로 일사천리로 진행될 혼사이다. 하지만 선뜻 내키질 않았다.

어머니의 말처럼 황자비 자리를 꿰차기 위해 다영이 자신을 이용한 것이 사실일지라도, 더러는 그녀의 세속적인 면모에 염증을 느꼈다 하더라도, 한때는 그의 초련(初戀)인 여인이었다. 그런 그에게 혼사는 버겁기만 할 뿐이니.

이제 그만 올 풀린 감정을 매듭지을 때가 왔음을 안다. 하여 오늘, 그녀와 형을 동시에 찾아뵌 것이었다. 기꺼이 축복해 주리라. 하늘을 올려다보는 협의 입가에 나직한 한숨이 얽혀들었다. 이후부터 그 어떤 감정의 더께도 더는 존재치 않으리.

"허읍……!"

닻별 내린 눈동자에 날카로운 고통이 스쳤다.

"전하!"

가슴팍에 거세게 내리꽂힌 화살을 움켜쥔 협의 곁으로 야청이 서둘러 다가왔다. 휙휙 기습에 놀랄 새도 없이 이어지는 공격. 사위를 둘러싼 놈들은 한둘이 아니었다. 그는 화살이 빠져나간 부위를 한 손으로 짓누르며 칼을 뽑고자 했다. 제길, 이건 그답지 않은 실수였다. 평소와 달리 스스로의 흉중을 지나치게 돌아보고 빠져 있던 나머지 방심해 버리고 만 것이다. 늘 세상과 벽을 쌓은 무심함 뒤로 잘 벼린 칼날과 같은 긴장이 매순간 몸에 배어 있다시피 한 그가 기습을 막아내지 못한 건, 어쨌거나 다영으로 인한 배신의 상처가 너무나 컸기 때문이다. 바로 그 틈을 타 공격이 스며들었을 줄은…….

"여긴 제게 맡겨주소서. 전하께서는 이미 상처를 입으셨습니다."

야청이 만류했다. 다른 때와 다르게 무척 진지한 얼굴이다. 적들을 물리친 연후 어떤 벌이든 받겠다는 각오가 서린 표정엔 당황스러움도 뒤섞여 있었다. 주의가 산만스럽다 싶으면서도 그를 호위하는 임무에서만큼은 똑부러지던 야청이 이게 어찌 된 일이랴 싶었지만 협은 이내 원인을 쉽게 파악할 수 있었다. 야청 역시 주군의 복잡한 심사에 하냥 물들어 있던 탓이리라.

"어서 피하십시오, 전하."

망설이는 협. 야청의 말처럼 그의 상처는 가볍지 않았다. 화살촉이 살 속을 헤집어놓은 부위에 통증이 더해지기 시작했다. 더 이상 이대로 있을 여력이 없음을 판단한 협은 한 번의 짧은 고갯짓으로 허락을 내렸다. 얼키설키 솟아 있는 바위틈에 몸을 숨긴 그의 뒤로 화살들이 빗발쳤다. 그의 안광이 서늘한 한기를 품었다.

휘옥이 보낸 자객이 분명하다. 그녀가 아니고서야 이런 악행을 저지를 이 월국의 만월 아래 누가 있겠는가? 직감에 가까웠지만, 선정대에서 봉화를 피워 올린 이후부터 심해진 그녀의 적개심을 떠올리면 그리 어렵지 않은 추측이었다. 흉부에서 조금만 아래로 위치를 바꾸었던들 어쩌면 협은 이 세상 사람이 아니게 되었을지도 몰랐다. 그것이 바로 놈들이, 아니, 휘옥이 목적한 바일 터.

지혈한 상처 끝에 점차적으로 피가 멎었다. 야청이 놈들을 거의 제압해 가는 모양인지 소란스러움도 차차 잦아들었다. 하지만 그때였다, 어디선가 화살 하나가 재빠르게 날아든 것은.

두 번째 고비였다. 전광석화라, 협은 그를 겨눈 화살을 간신히 피할 수 있었다. 천만다행한 일이었다. 창졸간에 생긴 일로 인해 그의 신경은 민첩하게 곤두섰다. 때문에 들을 수 있었다.

그를 비껴간 화살이 바위도, 그의 하반신을 반쯤 적셔놓은 바닷물도 아닌 무언가를 내처 관통하는 소리를.

"아악……!"

여리게 터져 나온 비명 소리를 들은 것은 그 다음이었다.

이로써 두 번째 방심인가. 그의 눈에 완연한 짜증이 어렸다. 갑작스레 벌어진 일에 평정을 놓친 사이 이번엔 물가에 있는 기척마저 감지해 내지 못했다. 설마 하니 얼음장과도 같은 이 바닷가에 누가 있으리라곤 생각지도 않았다. 어쩌면 살기가 느껴지지 않아서였는지도.

허나 그렇다고 해서 또다시 방심을 허락할 순 없는 노릇. 협은 검집에 손을 가져갔다. 야청이 놓친 적수일 수도 있고, 어쩌면 미리부터 그가 이곳으로 오길 기다렸던 나머지 적수일 수도 있다. 살기가 느껴지지 않는 것이 이상했지만, 어느 쪽이든 이 검으로 가차없이 베어내야 할 상대임에는 분명하리라. 주의 깊게 응시하며 다가갔다. 그러나 이도 잠시, 협은 완전히 빗나간 예상에 그대로 멈춰 서고 말았다.

화살 박힌 왼쪽 팔을 부여잡으며 여인이 통증을 호소하고 있었다. 여인은 날개 부러진 새처럼 가느다랗게 떨고 있었다. 이럴 계제가 아니었다. 협은 서둘러 여인에게 다가갔다. 하필이면 왜 이곳에 있었는지를 비롯해 언제부터 이곳에 있었는지, 그녀의 옷차림이 얼마나 해괴했는지는 헤아릴 틈이 없었다. 당장 여인의 팔에서 화살을 빼내는 것이 우선이었다.

"아플 거다, 잠시만 참아…….."

말을 끝마치는 동시에 조심스럽고도 정확한 손놀림으로 화살을 잡아 뺐다. 여인의 신음 소리가 흐느끼듯 흘러나왔다. 화살이 빠져나간 자리에 피가 분출하기 시작했다. 협은 단의 밑단을 찢어 상처를 동여맸다. 생명엔 지장이 없겠지만 무고한 사람이 그로 인해 다쳤다는 죄책감에 협의 마음이 무겁게 내려앉았다.

날이 밝는 대로 여인의 식솔들에게 바래다주리라. 그전까지는 황궁으로 데려가 상처를 치료해 줄 요량이었다. 얼마나 놀랐을까? 가만히 시선을 들어 그녀와 마주했다. 여인을 찬찬히 훑어보는 그의 눈에 놀라움이 어린 것은 그때부터였다.

그 심상치 않은 시선을 알아챈 여인이 서둘러 달아나려 했지만 천만에, 그는 전혀 놓아줄 생각이 없었다. 그에게 붙잡힌 이상, 그의 눈길을 그대로 받아낼 도리밖에.

여인을 좀 더 가까이 끌어당겼다. 얼어붙은 듯 서로의 숨소리가 들리지 않게 된 지는 이미 한참이었다. 설마 하니 이 바닷가에서 목욕을 하진 않았을 터인데 여인의 머리는 흠뻑 젖어 있다. 흑단같이 새카만 저 머릿결. 밤하늘에 옻칠을 한 듯 반짝반짝 윤기를 쏟아내고 있었다. 도르르. 물방울이 떨어져 내리는 머리카락 끝에 손을 가져가면 그대로 먹물이 묻어날 것만 같다. 빼어난 절색은 아니지만 풍기는 단아함은 뭇 사내의 마음을 동하게 하고도 남을 만큼 충분했다. 그중에서도 석류 빛의 도톰한 입술은, 사내라면 한 번쯤 그 감도를 확인해 보고 싶어할 만큼 그윽해 보였다. 저 입술이 품은 과즙을 빨아들이는 상상만으로도 숨결은 거칠어졌다. 그러다 물매화처럼 하얗게 드러난 목덜미 아래로 드러난 반라에 가까운 여체를 보는 순간, 그의 눈빛은 또 한 번 동요를 일으켰다.

가슴만 반쯤 가리운 천조각은 속옷이라 하기에도, 그렇다고 해서 기녀들의 옷이라 하기에도 뭣했다. 월국의 청루(靑樓) 어디에도 이런 옷차림의 기녀는 없었다. 미천한 기녀의 신분으로 금의를 차려입는 것은 더욱 불가능하다. 그렇다면?

"대답해. 그대는 월국의 사람이 아니야, 그렇지 아니한가?"

"……!"

단단한 흑석 같은 눈동자와 영근 진주알 같은 눈동자가 부딪쳤다.

"아니면……."

그의 눈이 위험하게 번뜩였다.

"내게 활을 겨눈 저 무리들 중 하나의 계집인가?"

"……."

"녀석을 기다리고 있었나? 그래?"

빈틈없이 맞댄 하체는 물속에도 고스란히 느껴졌다. 여인은 허리 아래 아무것도 입고 있질 않았다. 심증을 굳힌 협은 여인의 머리채를 움켜쥐었다. 벙어리는 아닐진대 여인에게서는 아무런 대답이 없었다.

"어서 대답해라. 누굴 기다리고 있었지?"

더욱 위협적으로 그의 하체를 밀어붙였다.

그러자 여인은 강한 부정의 의사를 내비치며 고개를 내저었다. 여인의 눈이 날카롭게 빛을 발했다. 손가락 사이로 물결처럼 부드러운 머리카락이 빠져나갔다.

"전하!"

야청의 목소리가 침묵을 갈랐다. 그를 부르는 소리가 몇 차례나 들리는 듯했지만 협은 대답하지 않았다. 여전히 눈앞의 여인만을 집요하게 주시할 뿐. 그럴수록 야청의 목소리는 더욱 커져만 갔고, 끝내는 그 외침에 거두어질 것 같지 않던 그의 시선이 야청에게로 옮겨갔다.

첨벙—!

빛보다 빨랐던 찰나에 생긴 일.

틈을 놓치지 않고 여인이 물속으로 사라져 버렸다.

"안 돼!"

협은 결코 한눈을 파는 게 아니었다고 후회하며 주변을 뒤졌다. 영문 모르는 야청이 다가와 그의 상처를 돌보려 했으나, 그는 이 해안 일대를 샅샅이 수색하란 명령으로 일축해 버리기만 했다. 뭔가를 찾는 데에 혈안이 된 그의 모습에 휘옥이 보낸 자객들 중 일부를 잡기 위한 것으로 이해한 야청은 다른 몇몇 무사들을 불러 협의 명령을 전했다.

하지만, 아무리 찾아도 여인은 발견되지 않았다.

"사…… 해?"

"그렇다네, 사해(死海). 즉, 말 그대로 죽은 바다라는 뜻일세."

어눌한 내 물음에 친구는 간결하게 대답했다.

"이 사람 하고는! 그게 말이 되나? 바다가 죽다니."

친구는 그저 의미심장한 눈으로 바다에 시선을 던지기만 할 뿐이었다.

친구의 안막(眼膜)엔 허옇게 메밀꽃이 일어나고 있었다.

"그것은 교인들이 죽은 세계를 뜻한다네."

"점점 모를 말만 하는군, 생사는 늘 함께하네. 그것이 자연의 섭리가 아닌가?"

"자연의 섭리를 어기면 화를 자초하고 말지. 교인들은 교인들만의 생계 규율이 있네. 우리가 숨을 들이쉬며 호흡하듯, 그들은 달의 기운을 받아야만 살 수 있지. 그들에게 달은 공기요, 태양이요, 물이요, 또 음식인 셈이지. 그들의 삶을 지탱해 주는 양분일세."

나는 그제야 무릎을 탁 치며 친구의 설명을 받아들였다…….

三.
산호석의 연
緣

"산아할멈!"

숨넘어갈 듯 다급한 목소리에 산아할멈이 문을 열어젖혔다.

"아니, 이런! 공주님이 아니시오?"

산아할멈은 지체 않고 안으로 화린을 이끌었다. 이 깊은 밤중에 찾아온 이가 화린 공주라는 것도 놀랄 지경인데 한쪽 팔이 피로 흥건히 젖어 있는 걸 보니 가슴이 철렁한 모양이다. 옆방에서 한창 신혼의 들뜬 기분을 만끽하고 있던 염이도 헐레벌떡 산아할멈의 방으로 옮겨왔다.

"세상에나! 공주님, 이게 무슨 일이시래요?"

"시끄럽구나. 고 입 좀 다물거라."

염이의 조잘거림에 산아할멈이 통박을 주며 흘겨보았다. 염
은 화린보다 가렛날이 빨라 달포쯤 먼저 월국에 와 있던 참이었
다. 그들이 의식의 장소로 선택하는 곳은 대부분 월국으로, 이
웃해 있는 가람국은 월국과 설국의 사이에 놓여져 두 나라의 대
조적인 기후를 반씩 지녔고, 설국은 사시사철 흰 눈으로 뒤덮여
있었다. 그 밖에도 가람국과 설국의 국경을 가로지르는 곳에 많
은 소국가들이 군집해 있으나 그곳엔 항시 전쟁이 끊이지 않았
다. 온난한 기후라든지 가장 가까운 지리 등 가례를 치르기엔
여러모로 월국이 수월한 편이었다.

"쳇, 공주님이 이렇게 다치셨으니 걱정돼서 그런 거잖아요."

"괜…… 찮아. 생각만큼 그렇게…… 아프지도 않은걸."

화린은 다치지 않은 나머지 한쪽 손으로 송송 맺힌 땀을 닦아
내며 겨우 웃어 보였다. 사실 아까 놀란 것으로 치면 이까짓 상
처쯤은 아무것도 아니었다. 그런데도 염이는 화린의 팔에 묻어
난 피를 보며 흥분을 가라앉히지 못했다. 바로 옆의 산아할멈이
아무리 눈치를 줘도 소용없었다.

"아프지 않긴요! 피를 이렇게나 많이 흘리셨는데, 아프지 않
을 리가 있겠어요? 그래도 용케 예까지 찾아오셨구면요."

"아니야."

화린은 입술을 비죽이며 툭 내뱉었다.

"네? 그게 무슨 말씀이세요?"

"여기 찾아오느라 엄청 헤맸단 말이야. 달이 떠 있는 서쪽 방

향에서 그대로 걸어오면 된다고 하기에 한참을 걸었는데, 알고 보니 엉뚱한 집이었어."

실룩실룩, 경련이 이는 뺨. 못내 억울하다는 화린의 투덜거림에 염은 그럴 줄 알았다는 듯이 한숨을 포옥 내쉬었다. 옆에 있던 산아할멈도 상처를 돌보다 말고 이마에 손을 얹었다.

"공주님, 아무래도 동쪽 방향으로 잘못 가셨던 듯하오."

"아니야! 달이 떠 있는 쪽으로 걸어왔으니 제대로 간 거란 말이야."

화린이 굽힘없이 박박 우기자 산아할멈의 입가에 꺼질 듯한 침음성이 내려앉았다.

"보시오, 공주님. 지금은 달이 정점에서 기울었으니 공주님께서 달이 향한 쪽으로 걸어가셨다면 쉰네, 장담하오만 동쪽이 틀림없소."

"그, 그…… 달이 떠 있는 쪽이라고 했으니 어쨌든 맞는 거잖아!"

화린은 벌겋게 달아오른 얼굴로 쩌렁쩌렁 소리쳤다. 그러나 산아할멈도, 염이도 그녀의 억지에 장단을 맞춰주지 않았다. 그저 체념할 뿐이다. 그녀가 누구도 못 말릴 방향치라는 것은 거의 모든 교인들 사이에서 통용된 사실이나 다름없었다. 그것은 일 년에 한 번만 제외하고 육지에 머무는 산아할멈이라고 해서 다르지 않았다.

"그거 보세요. 그러게 제가 그냥 수련국에 계시라고……."

"그럼 혜금이한테 고스란히 당하고 있으란 거야? 싫어!"

"에휴, 홍노라고 만만한가요 뭐. 쇤네, 그때 알아봤다니까요. 아무래도 홍노가……."

무심결에 필요 이상의 말까지 내뱉고 만 염은 자신을 노려보는 산아할멈의 기세를 느끼자 얼른 입을 꾹 닫았다. 그러나 이대로 조용히 넘어가 줄 산아할멈이 아니다.

"어쩐지, 염이 네년이 옷을 한 벌도 아니고 두 벌이나 준비해 달라기에 이상타 하였더니. 공주님, 어서 말해보소! 쇤네, 무지렁이 노인네이지만 알아야쓰겠소! 오늘이 공주님 가렛날이라는 얼토당토않는 거짓말일랑은 하지도 마소!"

화린의 얼굴에 난처한 빛이 떠올랐다. 그 사내로 인해 팔을 다치지만 않았더라면 조용히 산호석만 구해서 수련국으로 돌아갈 수 있었을 텐데. 모든 게 다 글러 버렸다. 자신 때문에 애꿎게도 염이만 산아할멈에게 혼쭐이 나게 생겼다. 화린은 입술을 자근자근 깨물다가 어쩔 수 없이 사정을 설명했다.

"홍노랑 약속했단 말야, 산호석을 구해오기로. 그래야만 내 배필을 교우 오라버니로 인정해 준댔어."

"아이고, 두야! 홍노와 약조하신 건 뭐고, 산호석은 또 무엇이오? 알아듣게 차근차근 말씀해 주시오."

화린은 딱 한 달 전 홍노가 자신을 부른 일을 떠올렸다.

역시나 짐작대로 가월정에서 그녀에게 당한 분함을 참지 못한 혜금이 미주알고주알 일러바쳤기 때문에 불러들인 것이었다. 홍노는 정해진 배필을 버리고 마음대로 가례를 치르는 것 역시 금기임을 상기시키며 다음과 같은 말을 했다.

흑월을 거스른 죄, 용서받지 못하매 추방은 물론이요, 명이 다하는 순간까지 실고(失苦)의 고통 속에서 불행해질 거라고 말이다.

그것을 막는 방법은 오직 하나, 바로 그들이 백일가례를 치르는 월국에서도 가장 귀하다고 알려진 산호석을 제단에 바치는 것이라고 했다.

화린은 더 망설일 필요도 없이 그 자리에서 홍노의 제안을 받아들였다. 산호석에 대해서는 금시초문이었지만 교우 오라버니와 정식으로 가례를 올릴 수 있단 것만으로도 제안을 수락할 사유는 충분했다. 틀림없이 구해오고 말겠다고 의지를 불태웠다. 이제까지 가질 수 있는 것은 별반 아무 힘도 들이지 않고 손에 넣을 수 있었던 그녀에게, 어쩌면 이것은 경험해 보지 못한 새로운 도전인 셈이었다.

홍노는 여기에 조건을 내걸었다.

무슨 일이 있어도 다른 이에게 함부로 발설해서는 안 될 것.

특히 그녀의 부모에게는 일체 함구해야만 했다. 대신 결계를 통과할 때에는 황제에게 들키지 않고 갈 수 있도록 도와주겠노라고 덧붙였다. 해서 아버지께 들통나지 않은 채 무사히 결계를 통과할 수 있었다.

"공주님께서 지금 어떤 죄를 짓고 계신지 아시고 있소?"

이윽고 화린의 설명을 가만히 듣고 있던 산아할멈이 아연해진 얼굴로 물었다.

"알아, 그런 것쯤은. 가례를 치르기 전이라 하더라도 함부로 결계를 드나들 수 없다는 거. 아버님께서 정한 수련국의 질서라는 걸 알지만 이건 어쩔 수 없는 일이잖아? 게다가 홍노가 빌려준 물의 정령 덕택에 다들 염이만 월국으로 간 줄 알고 있으니 걱정하지 않아도 돼."

"그래도 아니 되오."

"산아할멈!"

"그것이 가당키나 한 소리요?"

"싫어. 산아할멈이 아무리 반대해도 여기까지 온 이상 물러나지 않을 테야. 누구도 날 막지 못해!"

화린은 조금도 위축되지 않았다. 설혹 아버지께서 눈치채셔서 크게 진노하신다 하여도 자신의 선택에 후회하는 일은 없을 것이다.

산아할멈은 흔들림없는 화린의 모습에도 불구하고 안색을 펴지 않았다. 절대로 물러나지 않을 태세임을 확인한 이상, 아무리 그녀가 반대를 한다 해도 마이동풍이요, 쇠귀에 경 읽기라는 것을 깨달았기 때문이다. 산아할멈의 노안은 체념으로 흐릿해져 있었다.

"허면, 홍노가 초례주를 만들어주었단 말이요?"

"초례주? 아, 그거! 그럼, 마시고 왔는걸. 그러니까 이렇게 올 수 있었지."

산아할멈이 설레설레 고개를 내저었다.

"참말로 위험천만한 일이거늘, 공주님께서는 전혀 자각을 못하신 듯하니 쇤네 가슴이 타 들어가는 듯하오. 입이 방정이라 차마 담고 싶지는 않은 말이외다만 수련국에 가시기 전까지 조심, 또 조심하셔야 하오."

"응, 알아. 무슨 말을 하려는 건지."

화린은 자신있게 고개를 끄덕였다.

결계는 인간들의 사리사욕을 막기 위해 항시 닫혀 있다.

투명하나 결코 그 안이 비치지 않고, 얕으나 닿을 수 없는, 수련국과 인간들이 알고 있는 바다와의 경계.

같은 바다이면서도 물과 기름처럼 섞이지 못하고 나누어져 있는 곳.

교인들만의 백일가례 의식 때 허물인 듯 반어(半魚)의 몸을 벗어버리고 인간의 다리를 가지는 곳.

교인들은 그곳을 결계해(結界海), 혹은 망해(忘海)라 부른다.

망해는 교인들에게도 닫혀 있기는 마찬가지다. 그러나 백일가례를 올릴 교인들이라면 얘기가 다르다. 백일가례에만 꽃 피우는 섬백리향의 뿌리가 망해에 닿아 있을 무렵엔 순결한 교인들, 그중에서도 초례주를 마신 이들에게 한해 통과의 기회가 주어졌다. 정확히는 무사히 통과할 수 있었다. 지금의 화린처럼.

망해는 말 그대로 망각의 바다. 물의 정령들이 서식하는 곳이다. 본디 물의 정령이란 기억을 잃은 교인들의 잔해. 편서를 전달해 주고 황궁의 일들을 돌봐주지만, 망해에서만큼은 달라진다. 자신들의 망해에 교인이 있으면 더욱 삿된 무리들로 변하는 것이다. 그 '기억'을 빼앗고저 교인들을 유혹하는 것은, 어찌 보면 지극히 당연한 본능이었다. 그래서 그런 위험으로부터 보호해 주는 초례주를 꼭 마셔야 했다. 이를 마시지 않고 망해로 올라간 교인들 중에 대부분이 돌아오지 못했다는 얘기도 전해져 왔다.

하지만 그렇게 망해를 건너 뭍으로 올라간다 하여도, 백일이 지나면 섬백리향도 시든다. 망해로부터 보호해 주는 초례주만의 결계가 닫혀 버린다는 소리다. 통과할 방법이 전혀 없는 것은 아니었지만 그러기 위해서는 물의 정령이 될 위험까지 각오해야만 했다.

때문에 아직 백일가례를 치르지도 않은 화린이 망해를 통과하였다는 것이 얼마나 위험한 일인지 아는 산아할멈으로서는 걱정이 태산 같은 것이다.

"그럼, 푹 주무시오. 나머지 얘기는 쇤네의 명줄이 하 줄었을 것만 같아 아침에 들어야겠소."

이부자리를 펴는 산아할멈의 어깨가 유난히도 축 처져 있다.

망해도 문제였지만 앞으로가 더 문제이니.

무엇보다 화린의 고집을 조금이라도 꺾을 수 있지 않을까 고대하며 진을 뺀 탓에 기력을 잃은 듯했다.

이제까지 많은 교인들에게 어머니 노릇을 자처한 이 노인, 산아할멈은 화린을 향해 석연찮은 불안감을 지울 수가 없었다. 아무래도 홍노가 무슨 일을 벌이려는 듯한데…… 대체 무슨 일이지? 늘 의뭉스레 여겨온 홍노였기에 더 불안했다.

같은 뱃속에서 자랐는데도 어찌 그리 다를 수 있을까.

때문에 홍노와 자신이 자매라는 사실을 아는 이들은 얼마 되지 않았다. 만약 홍노가 언니가 아니었다면, 현재 홍노가 앉은 자리는 자신의 차지가 되었을 텐데. 안타깝게도 동생으로 태어났기 때문에 기회는 주어지지 않았다. 흑월은 우선권을 연장자에게만 주었다.

그러나 이미 이 생활에 물들어 버린 산아할멈은 홍노가 부럽지 않았다. 선택의 기회 없이 떠안게 된 업보였지만 이제는 보람마저 느끼고 있었다. 만월의 보살핌으로 교접을 행하지 않고도 교인들을 돌보는 일이 가능해진 그녀는, 해마다 한 번씩 수련국에서 교인들을 만나는 가장 큰 낙으로 삼았다. 그들 모두 그녀의 도움으로 가례 의식을 치른 자식과도 같은 자들이었다.

"미안해, 산아할멈. 산호석만 구하는 대로 금방 되돌아갈 테니 염려 마."

화린은 침상에 누워 잠든 척 두 눈을 감았다. 잠이 올 턱이 없다는 걸 알았지만 더는 산아할멈에게 걱정을 끼치고 싶지 않다. 좀 더 솔직히 말하자면, 산아할멈이 자신을 못 미더워하는 듯해 부아도 난 상태다. 약간 자존심도 상했다.

걱정하는 그 마음은 고맙지만 내가 천하에 둘도 없는 천방지축인 줄 안다니까.

"아얏!"

반대편으로 돌아눕는다는 게 다친 팔을 건드린 모양이다. 화린은 화끈거리는 팔을 내려다보며 낙인처럼 선명한 기억 속에 잠겨들었다.

망해를 건너오며 두 갈래로 나뉜 다리에 신기해하고 있는데 물으로 고개를 쳐드니 청명한 밤하늘이 보였다. 감탄을 아니할 수가 없었다. 그리곤 염이 남겨놓고 간 옷가지를 찾으려고 상체를 내미는데 놔두고 온 줄로만 알았던 간지가 바위틈에서 펄럭이는 것이었다.

'이상하다. 분명 놓고 온 것 같은데 언제 저걸 가지고 왔담?'

그러나 신경 쓸 필요 없다. 어차피 저 백지는 산호석만 구하면 그뿐이니까. 나중에 누구의 이름이 새겨지든 산호석을 제단에 바쳐 교우 오라버니와 가례를 맺을 테다. 펄럭이거나 말거나 상관없다고 여겼다. 그렇게 생각하며 옷가지에 손을 가져가는데 이때 간지에서 은은한 빛이 새어나오기 시작했다.

화린은 그제야 심상치 않음을 느끼곤 간지에 손을 뻗었다. 당장 누군가 오기 전에 옷을 갈아입어야 한다는 것도 잊은 채 간지를 잡으려 하고 있었다. 순간, 웬 사내의 음성이 들려왔다.

'처음 듣는 인간의 목소리라 그런 건가?'

그런 신기함 때문인지 가슴이 묘하게 두근거렸다. 교인들의 수어(水語)와는 확실히 다르다.

지금도 사내의 음성이 고스란히 귓가에 남아 있었다. 청량하게 살갗을 스쳐 간 바람과 무척이나 닮았던.

하지만 두 사내가 주고받는 대화를 엿들으며 저 까만 하늘에 점점이 흩어진 저것이 별이로구나, 되새기느라 때맞춰 몸을 숨기지 못한 것이 실수라면 실수였다. 진작 서둘러야 했거늘.

그리고 불시에 찾아든 고통.

자신의 팔을 쥐고서 상처를 동여매던 사내의 모습.

거칠고 단단한 체구의 느낌은 고작 한쪽 팔을 잡힌 상태였음에도 불구하고 단박에 의식될 정도로 생생하게 다가왔다. 마주친 눈빛에서 사내는 그녀의 모든 것을 읽어내려 했다. 그것은 두려움을 훨씬 뛰어넘는 감각이었다.

그렇기 때문에 사내의 질문에 그 어떤 대답도 할 수 없었다. 질문의 의미보다 사내의 존재만이 강하게 뇌리를 파고들었다. 더욱이 아무것도 걸치지 않은 하반신 사이로 그가 더욱 존재를 부각시키며 다가오고 있는 판이었다. 사내의 거센 힘에 압도당하지 않겠다고 버텨 겨우 정신을 차렸으니 망정이지 하마터면 어찌 되었을 것인가?

상상조차 거부하고 싶었다.

그랬더라면 자신은 지금 이곳에 없을 터였다.

하지만······.

인간의 체취가 원래 그렇게 강한 것일까, 아니면 유독 그 사내만 그렇게 강하게 남았던 것일까?

화린은 아직도 강한 여운으로 남아 있는 사내의 체취를 잊어 버리려 애쓰며 고개를 내저었다.

너무 낯설은 탓에 신기해서 그러는 것뿐이야. 내겐 교우 오라 버니밖에 없는걸.

결국 화린은 새벽동이 틀 때까지 한숨도 자지 못했다. 산아할 멈은 하룻밤 사이 몹시 피곤한 얼굴로 아침상을 내왔다. 겨우 국 한술을 뜨고 있는데 뜬금없이 던져진 화린의 질문에 산아할 멈의 수저가 허공에서 멎었다.

"산아할멈, 인간 사내들은 한결같이 체구가 그렇게 커?"

할멈은 그렇다고 대답했다. 그리곤 다친 팔의 상처는 어떤지 다시 묻는다. 그러나 화린은 대꾸도 않은 채 연신 혼잣말로 중 얼거렸다.

"어제 보니, 육 척은 넘는 듯 보이던데. 그렇게나 크다니⋯⋯."

"허면은, 팔의 그 상처가 사내로 인한 것이오?"

틈을 놓치지 않는 할멈의 질문에 화린은 필요 이상으로 깜짝 놀라며 두루뭉술하게 대답했다. 그러잖아도 걱정이 이만저만이 아닌 할멈에게 사내에게 받았던 충격을 떠들 순 없는 노릇 아닌 가.

"그, 그냥 근처에서 싸우던 몇몇 사내들이 쏘아대던 활에 맞 은 것뿐이야. 그들은 정신없이 싸우느라 해안가에 내가 있는 걸 전혀 모르는 눈치였어."

"그러면 공주님, 이제 산호석을 구하러 가실 건가요?"

언제 왔는지 염이 눈을 깜빡거리며 물었다. 그제야 정신을 차린 화린은 '응' 하고 대꾸했다. 일순 산아할멈의 표정이 암담하게 굳었다.

"설마 연부까지 가시겠단 말씀은……."

"왜? 맞는데? 홍노가 꼭 연부에서 산호석을 가져와야 한댔어."

산아할멈은 정색하곤 고개를 설레설레 내저었다.

"그게 어떤 물건인지나 알고 하시는 말씀이오? 연부에서는 산호석을 아무에게나 함부로 만들어주지 않소."

하지만 화린은 눈 하나 깜짝하지 않았다. 그깟 산호석이 귀하면 얼마나 귀해서? 함구하여야 한다는 홍노의 약속 때문에 차마 사린 언니에게조차 묻지 못했지만, 월국까지 왔으니 만사형통이라 여기고 있던 참이었다.

"그냥 산호석이라면 내 얼마든 대신 구해다 드릴 수 있소만, 연부의 산호석이라 하면…… 구할 수 없을 거외다. 포기하시오, 공주님. 그 일만큼은 쇤네도 양보할 수 없소."

"말도 안 돼! 그런 게 어딨어? 어차피 똑같은 돌에 불과한 것인데 뭐가 그렇게 유별나서? 산아할멈이 잘못 알고 있는 게 아니야?"

구하기 힘들다는 것도 아니고, 구할 수 없다니. 화린은 발끈했다. 산아할멈의 말을 믿을 수 없다. 하지만 누구보다 월국의 사정을 잘 알고 있는 이가 산아할멈이다. 그래서 덮어놓고 무시하자니 찝찝하고 불안했다.

"잘 들으시오, 공주님. 산호석은 월국의 예물로 아무나 만들 수 없소이다. 혼인을 약속한 남녀가 영원의 맹세를 간직하는 물건이 바로 산호석이라오. 보통의 산호석과는 세공 방법도, 의미도 다르지요. 월국의 것은 다른 어떤 산호석보다 유난히 붉은데, 그것을 주문한 사람의 피가 섞였기 때문이라오. 그들은 혼례를 치르며 서로의 피가 섞여 들어간 산호석을 나누어 가짐과 동시에 진정으로 부부의 연이 맺어진다고 믿어왔소. 바로 그런 탓에 월국 황실의 귀공예품을 관장하는 연부에서만 만들어진다고 들었소. 뿐만 아니라 월국의 인적부에 올라간 자가 아니면 주문조차 할 수 없게 되어 있다 하더이다."

화린은 날카로이 숨을 들이켰다.

옆에 있던 염이도 울상을 지으면서 한마디 거들었다.

"공주님, 그러게 몇 번을 다시 생각해 보시라고 말씀드렸는데. 이를 어째요? 아무래도 홍노가 수상쩍더라니만."

"아니야! 아니야, 그럴 리가 없어!"

"공주님, 홍노에게 속으신 거예요."

"함부로 단정 짓지 마! 설사 홍노가 거짓말을 했다 하더라도 산호석을 구해가기만 하면 되는 거니까. 무슨 일이 있어도 산호석을 구할 거니까 걱정 마!"

"공주님!"

산아할멈이 반대를 하기 위해 입을 열자 화린은 분기탱천한 얼굴로 딱 잘라 말했다.

"아니, 안 된다는 말일랑은 듣지 않겠어. 정 반대를 하겠다면 내가 여기서 나가는 수밖에. 다른 데서 산호석을 구할 때까지 머물 거야."

당장은 그 앞 못 보는 홍노의 손바닥에서 놀아났구나 싶어 심히 불쾌하고 괘씸하기 그지없었지만, 여기까지 온 마당에 오기가 솟았다.

그렇다고 해서 내가 포기하고 돌아갈 거라 예상했다면, 홍노! 그건 크게 잘못 생각하고 있는 거야. 이대로 망연자실 무너지지 않아!

"그럼 이제 어쩔 셈이오?"

산아할멈이 질끈 두 눈을 감으며 물어왔다.

"인간들은 이런 것에 약하다지?"

화린은 월국으로 올라오기 전 몰래 감추었던 장신구들을 꺼내놓았다. 머리에 꽂는 비녀부터 해서 가락지며 아직 한 번도 해보지 못한 귀걸이와 목걸이⋯⋯.

이중에 절반만 팔아도 반평생은 이 땅에서 호의호식하고도 남을 터였다. 그것을 인간들이 몰라볼 리가 없다. 감정을 거치지 않고서도 저 귀중품들이 얼마나 진귀한 것인지 한눈에 알아볼 게 분명했다.

"혹시 필요할지 몰라서 몇 가지 골라왔어."

"아주 단단히 준비를 해두셨구려. 허나, 그들에게 뇌물을 건네는 것 역시 조심하셔야 할게요."

산아할멈은 여전히 불안한 얼굴이었다. 그러나 더 이상 안 된다는 반대의 말은 입에 담지 않았다. 그랬다가는 정말로 화린이 나갈 것이 뻔했으므로.

"응, 알았어."

두고 보라지. 반드시 산호석을 구해내고 말 테니까. 교우 오라버니, 조금만 기다려.

화린의 눈에 무엇으로도 막을 수 없는 단단한 의지가 떠올랐다.

"그런데 공주님, 연부까지는 잘 찾아가실 수 있으시겠어요?"

그때까지 잠자코 있던 염이가 은근슬쩍 건넨 말이었다.

그렇게 화린이 산호석을 구하기 위해 고군분투하고 있을 무렵, 교우는 홍노와 얼굴을 마주하고 있었다. 햇귀가 스며들기 시작한 아침, 갑작스레 홍노로부터 서신이 도착해 부랴부랴 홍노의 처소를 찾았다. 뭔지 모를 불길한 예감에 조금도 지체할 수 없었다. 반각이 조금 지나서야 처소에 당도했다.

"정확하게 시간을 지켰군. 묘시(아침 5~7시)가 지나기 전에 오겠지 했는데."

이렇게 급하게 찾아올 줄 알았다는 듯이 홍노는 여유롭게 그를 기다리고 있었다.

"무슨 일이십니까?"

질문이 떨어지기가 무섭게 홍노의 입가가 커다란 곡선을 그리며 휘어졌다. 등줄기로 흘러내리는 불길한 예감이 더욱 진해졌다. 교우는 나약하게 흔들리는 마음을 다잡으며 그녀를 노려봤다. 만약 화린에게 무슨 일이 생긴 거라면 가만 놔두지 않겠어!

화린이 없어져 수련국이 발칵 뒤집힌 지금, 모두들 가장 관련이 깊은 자로 홍노를 지목하고 있었다. 황제의 명만 떨어지면 곧장 죄인의 신세가 될 그녀였다.

"그래, 화린 공주와 가례를 올리겠다는 생각은 여전한가?"

"물론입니다. 저와 화린이는 틀림없이 가례를 올리게 될 겁니다."

"후후후후!"

귀기마저 어린 웃음.

홍노는 전신이 들썩이도록 크게 웃어 젖혔다. 흑월의 기운을 받았다는 상징인 먹빛 지느러미가 웃음의 파동을 따라 똑같이 요동쳤다. 그 모습을 지켜보는 교우의 관자놀이에 푸른 힘줄이 솟았다. 불쾌하기 짝이 없는 노친네 같으니라구. 아침 댓바람부터 불러내더니 이렇게 놀려먹으려 그런 모양이었다. 분기가 차오르기 시작했다. 그러잖아도 없어진 화린으로 인해 불안해 미칠 지경인데!

"할 말 없으시면 이만 가보겠습니다."

딱딱한 그의 음성이 떨어지기가 무섭게 홍노의 웃음이 뚝 그쳤다.

"게 섯거라. 난 아직 가보아도 좋다고 허락한 적 없느니라."

그리고는 작게, 그러나 교우에게는 들릴 정도로 나직하게 덧붙였다.

"못난 놈 같으니."

언제 그랬냐는 듯 웃음기가 싹 사라진 홍노의 무표정 아래에는 등골마저 선뜩하게 할 차가움이 도사리고 있었다. 교우는 그제야 홍노가 본론을 꺼내려 한다는 걸 깨달았다. 홍노는 반어(半漁)의 몸 중앙에 길게 나폴거리는 지느러미를 손으로 쓰다듬으며 턱을 괴었다. 다른 교인들보다 유난히 지느러미가 큰 그녀는 언젠가 인간들의 세계에서 나비라 불리는 그 형상과 몹시도 닮아 있었다. 그것이 더러는 위협적으로 보일 때가 많았지만.

그런 그녀가 그의 방문이 있기 바로 전까지 자신의 나약함과 싸우고 있었을 줄은 꿈에도 짐작치 못했으리라. 아주 희미하게 스쳐 지나간 망설임의 흔적 역시 더 더욱 몰라볼 것이고.

"가례라……. 화린 공주를 택함으로 인해 네 어미가 물의 정령이 되는 한이 있다 해도 끝내 그 가례를 고집할지 몹시 궁금하구나."

"어머니께서 물의 정령이 되신다니, 그게 무슨 말씀이십니까?"

"아니지. 비단 네 어머니 예 부인뿐이겠느냐? 수련국 전체가 선조들이 밟아온 것처럼 사해에 잠기게 될 판국인데."

교우의 이마에 깊은 골이 패였다. 점점 모를 말만 늘어놓는 홍노를 보면서 지금껏 지탱하고 있던 인내심이 고갈되는 것을 느꼈다. 사해? 사해라니…… 그, 그럼……?

되묻기 위해 입을 열자, 친절하게도 홍노가 먼저 대답을 풀어놓았다.

"잘 들어라. 화린 공주의 배필은 수련국에 없다. 화린 공주는 그 어떤 교인과도 가연(佳緣)을 맺어선 안 돼. 왜냐고? 백 년에 단 한 번, 가려내는 제물의 운명을 화린 공주가 지녔기 때문이다. 바로 모든 교인들을 대신해 달의 기운을 받아내는 제물인 셈이지. 황제 폐하와 나, 그리고 내 하나뿐인 동생을 제외하고는 아무도 모르는 사실이고, 또 몰라야 하는 사실이기에 생소하게 들릴 거라는 건 안다. 하지만 공주의 장단에 함께 날뛰는 네 놈을 보니 아니 말할 수가 없더구나."

"제물, 제물이라니 그게 무슨……. 백일가례로 달의 기운을 받지 않습니까?"

"다들 그리 알고 있겠지만 아니다. 제물의 운을 타고난 교인이 인간 사내와 교접을 취함으로써 달의 기운을 받게 되는 것이니라. 교인들이 백일가례를 치르는 까닭은 실상 두 가지 목적 때문이지. 첫 번째는 생식기를 자리 잡게 해주기 위함이요, 두 번째는 달의 기운을 보다 제대로 받을 수 있는 몸으로 열어두기 위함이다. 고작 백 일만으로 일평생 필요한 달의 기운을 소화해

내기란 불가능한 법이지. 교인에게 있어 달은 생명과도 같은 것. 공주께서 자네와 가례를 올리면 누가 달의 기운을 대신할 수 있겠느냐? 공주님이 아니면 절대로 안 돼. 누구도 그 운명을 대신할 순 없단 말이다. 그러면 우리는 또 한 번 선조들의 과오를 밟게 되겠지. 너와 공주의 앞을 분간하지 못하는 그 '사랑' 때문에 말이다. 자, 교우야. 이래도 소용없다 끝까지 우길 참이냐!"

홍노의 감겨진 노안은, 말이 이어질수록 시시각각 흙빛으로 변하는 그의 표정을 빠짐없이 관찰하고 있는 것처럼 보였다. 이 엄청난 사실에 교우는 망연히 그녀의 말을 되풀이하고 또 되풀이할 뿐이었다. 거짓이길, 농이길 바라는 한 켠의 작은 소망은 애초에 짓밟힌 지 오래. 어떻게 의심을 품어볼 새도 없이 몰아치는 홍노의 모습 속엔 일말의 거짓조차 찾아볼 수 없었다.

"그렇다면 저를 부르신 까닭은…… 아니! 화린의 운명을 바꿀 방법이 아니면 아니 듣겠습니다!"

너무나 아파 도리어 무감해지는 둔중한 고통이었다. 화린, 어째서 네 운명은!

"나라고 해서 그 운명을 바꿔보고 싶지 않았을 성싶더냐? 더 길게 말하고 싶지 않구나. 결자해지라 했지. 네가 심은 사랑이니 거두는 것 또한 네 몫. 화린 공주의 성정에 쉽게 단념하지 않을 게 자명하지만, 교우 너라면……."

"아니요! 싫습니다. 그럴 수 없습니다."

그는 일거에 뿌리치며 그녀에게서 등을 돌렸다.

"쯧쯧. 네 어미를 사지로 몰아넣겠다는 것이냐? 예 부인이 참으로 불쌍하구나."

두 여인의 얼굴이 동시에 떠오른다.

화린과 어머니 예 부인.

양자택일이라. 꿈에도 이런 날이 오게 될 줄 몰랐다. 화린의 손을 잡으면 어머니를 비롯한 만민의 교인들이 죽을 것이고, 어머니를 택하면 다시는 보시시 웃는 화린의 모습을 볼 수 없게 될 것이다. 어쩌면 그로 인해 화린은 영영 회복할 수 없는 깊은 상처를 입게 될지도 모른다. 그것은 화린에게 비수를 들이대는 행동이나 다름없었다.

'눈에 넣어도 아프지 않을 널 버리라고? 어떻게 그럴 수 있단 말인가.'

한켜한켜 더해만 가던 고통이 드디어 파열을 일으켰다. 교우는 가슴을 움켜쥐며 작금의 통탄한 운명에 광소(狂笑)를 터뜨렸다.

"교우야."

"듣지 않겠다 하지 않았습니까?"

말은 그렇게 되받았지만, 치열하게 부딪치는 갈등을 숨기기엔 역부족이었다. 그의 음성은 심하게 떨리고 있었다. 홍노는 그런 교우의 내면을 훤히 읽고 있기라도 하듯, 한층 누그러진 어조로 말을 이었다.

"생각할 말미를 주마. 여유가 없긴 하다만 나흘 뒤 다시 찾아오도록 하거라."

협은 월영당에서 부왕을 뵙고 난 후 연부에 들른 참이었다. 일전에 다영과 함께 만들었던 산호석을 반납하기 위함이었다. 산호석은 혼인이 파하여지는 경우 본래 만들었던 연부에서 다시 회수하게 되어 있었는데, 이것을 가지고 있을수록 쓸데없이 미련만 상기시키는 듯해 더 기다리지 않고 직접 나선 것이었다.

끝내는 유약으로 세공이 되지 않아 아교를 이용할 수밖에 없었던 산호석.

다시 생각해 보면 그날, 농담처럼 건넨 다영의 말은 사실인지도 몰랐다.

"이런, 협. 아무래도 우리의 금슬이 좋지 않은 건 아닐까요?"

일언반구도 않던 그에게 다영은 한참을 토라져 있었다. 그것이 그녀를 보듬어달란 무언의 의사였음을 알고 있었는데도 선뜻 다정한 손길마저 내밀지 못했던 것은 일일이 애정을 확인하고 싶어하는 다영의 태도에 지쳤던 탓이었다.

그녀만 탓할 순 없는 노릇이었다. 결국 이렇게 끝나고 말았으니 잘못은 그에게도 있는 것이다.

"전하."

야청이 소리없이 다가왔다.

"무슨 일인가?"

"노율이 회덕헌에서 기다리고 있단 전갈입니다."

"허, 내 분명 이제는 치료할 필요 없다고 하였거늘."

노율은 내의원에 있는 백발이 성성한 궁녀였다. 그가 어렸을 무렵부터 온갖 병치레나 고된 훈련으로 부상을 입을 때마다 정성껏 치료해 주었는데 입이 무거우며 속이 깊어, 가까이 하는 몇 안 되는 궁정 사람들 중 하나이기도 했다. 며칠 전 효양에서 입은 상처 역시 그녀가 치료해 주었는데 그만 되었다고 했음에도 부득불 치료하겠다고 저러는 것이다.

"전하!"

"내 몸은 내가 더 잘 알고 있느니. 고작 이런 상처로 유난 떨 나이는 지나지 않았는가? 가서 그대로 전하게. 치료는 어제 두고 간 약재만으로 충분하더라고."

여지를 두지 않는 딱딱한 음성에 야청이 조용히 물러났다. 협의 눈매가 잠시 흐려졌다.

지금쯤 그 계집은 어떻게 되었을 것인가?

상처는 깊지 않았지만 정말로 물속으로 사라진 게 맞다면, 더 심하게 덧나고 말았을 터인데.

협은 그날 밤 해안 일대에서만 계집을 찾는 데서 그치지 않고, 날이 밝는 대로 효양을 비롯한 인근까지 수색하란 명령을 내렸다. 그럼에도 계집을 찾지는 못했다. 그렇게 다친 팔을 하고 멀리 도망치진 못했을 거란 그의 계산이 보기 좋게 빗나간 것이다. 마지막으로 기대를 걸었던 청루에서조차 찾을 수 없었다. 계집은커녕 계집을 알고 있는 사람마저 없었다.

다친 팔, 작은 체구, 반라에 가까운 기묘한 옷차림.

과연 헛것을 본 거란 말인가?

실제로 그 말고는 야청도 보질 못했으니 그녀의 존재를 믿어
줄 사람은 단 한 명도 없었다.

그녀가 사라진 저 깊고 푸른 물속.

일순 교인이 아닐까 추측했지만 협은 그 어이없는 결론에 닿
은 스스로를 비웃었다. 그녀가 그만큼 신비롭고 이채롭단 것은
인정하는 바였으나, 물 아래 자신에게 부딪쳐 온 감촉은 그와
똑같은 다리임을 말해주고 있었다. 가늘고 매끄럽게 스쳤던 그
느낌.

하지만 그는 인정했다. 그 외설스러운 접촉만 아니었던들 그
녀에 대해 교인이라 결론을 내렸을 것이라고.

"이곳이 연부란 말이지?"

화린은 자신 키의 몇 배에 달하는 연부의 대문에서 서성이며
중얼거렸다. 염이의 말대로 이번에도 반나절 길을 헤매게 될 것
이 염려돼 방금 전까지 염이와 함께 걸어온 참이었다. 염이는
그녀가 나올 때까지 기다리겠다며 바깥에 있는 상태였다.

마음 같아서는 다음날 곧장 연부로 향하고 싶었지만, 다친 팔
이 하도 심하게 부어올라 그럴 수가 없었다. 물론 처음부터 그
녀가 순순히 팔의 상처가 어느 정도 아물 때까지 기다린 건 결

코 아니었다. 보다 못한 산아할멈이 그러다가 자칫 영영 한쪽 팔을 제대로 쓸 수 없게 될지도 모른다고 협박했기 때문에 가능했던 것이다.

화린은 연부에 들어서자마자 제일 먼저 보이는 노인에게 걸어갔다. 옻칠 비슷한 것을 하는 걸 보아하니 연부의 장인임에 틀림없으리라.

"어떻게 왔소?"

"응, 산호석을 만드려고 왔어."

노인이 이마에 주름을 잡았다. 뭔가 기분이 안 좋은 일이 있는 모양이다. 그녀를 한번 쭈욱 훑어보던 노인은 대뜸 호통을 쳤다.

"이…… 나이도 어린 처녀가 이렇게 버르장머리가 없어서야!"

화린은 어리둥절했다. 혹시 이 노인이 다른 사람에게 그러는가 싶어 주위를 둘러보니 처녀라 불릴 만한 사람은 자신뿐이다. 그렇다면 버르장머리없다는 얘기 역시 자신을 두고 한 말이 분명하다. 내가 무슨 말실수라도 했나? 제대로 말한 것 같은데…….

이상했다. 아직 가월정에서 월국 예법을 다 익힌 것은 아니었지만 의사소통은 그럭저럭 수월하게 하는 편이었다. 며칠 전 마주쳤던 그 사내가 구사하던 언어와 조금도 다르지 않았다. 그런데 왜 저리 고약하게 구는 것일까? 암만 돌이켜 생각해 봐도 잘

못한 건 없는데.

결국 화린은 수련국에서 하듯 똑같이 오만한 표정으로 대꾸했다.

"그대야말로 참으로 무례하구나. 단지 산호석을 만들겠다는데 왜 그렇게 화를 내는 거지? 길게 말하고 싶지 않아. 어서 산호석을 만들게 해줘."

"이런 후안무치한 경우를 보았나? 그래, 네 이름을 대보거라. 어느 아비, 어미 밑에서 자라 이 모양인지 알아야겠다."

"나는……."

화린은 이름을 말하려다가 입을 닫았다.

어차피 인적부에서 찾아보면 그녀의 이름은 올라와 있지 않으니 말해도 소용없을 것이다. 재빨리 머리를 굴렸다. 옷깃 안쪽에 장신구들이 몇 개 있지만 저 사나운 노인에게 먹혀들 것 같지가 않다. 그러나 어떻게든 구슬려야 산호석을 구해낼 수 있다. 거기에 생각이 미치자 조금 전까지 치밀었던 화가 누그러졌다.

"나는 이곳 월국 사람이 아니야. 하지만 산호석이 당장 필요해서 올 수밖에 없었어. 대체 무엇 때문에 그대가 그렇게 화가났는지는 모르겠지만 사례는 충분히 할 테니 하나 만들어주지 않겠어?"

이번에는 노인이 기가 막힌다는 듯 입을 다물지 못했다. 노인의 얼굴은 이제 더는 누런 혈색을 띠지 않았다. 아예 숯처럼 벌젖게 달아올라 있었다. 얼마나 화가 났는지 보여주는 단적인 예였다. 근처에 있던 다른 장인들도 두 사람의 말다툼에 웅성대며 몰려들었다. 화린은 일이 엉뚱한 방향으로 돌아가자 답답함에 발을 동동 굴렀다. 딴에는 구슬린다고 한 말이 되레 기름을 얹은 격으로 노인의 화를 부추긴 꼴이 되었으니, 이를 어쩌면 좋단 말인가!

"고얀 것! 내 연부에서 지내오며 여염집 처녀부터 대가집 규수에 이르기까지 수없이 많은 계집을 보아왔건만 이같은 경우는 처음 보는구나! 감히 네가 지금 국법을 어기라고 지껄이는 게냐?"

"말이 너무 심하잖아? 난 그저 산호석을 만들어달라고만 말했을 뿐인데 그렇게 매도하다니! 월국 사람들은 하나같이 전부 다 눈곱만치도 인정이 없고 사나운가 보지?"

"뭐, 뭐라고? 네 이년! 뚫린 입이라고 말은 잘도 하는구나? 보아하니 치도곤을 당해야 정신을 차릴 모양이니 조금만 기다려라. 그게 소원이라면 못 들어줄 것도 없지."

그런데 이때 들려온 목소리에 일순 주변이 조용하게 가라앉았다. 뭐라고 더 떠들 것 같았던 노인의 입도 대번에 꾹 다물어졌다.

"이 무슨 소란인가?"

관자놀이가 지끈해질 정도로 더해만 가는 말다툼은 전혀 끝날 기미가 안 보였다. 때문에 협은 시끄러운 소동을 피하려다가 끝내 지나치지 못하고 이들 틈에 끼어들고 말았다. 계집의 맹랑한 기세를 보건대 이대로 놔뒀다간 날밤을 새게 생겼다.

저 장인이 무슨 죄랴?

황자 된 도리로 저 계집을 벌하지 아니할 수가 없다. 장인의 말대로 치도곤을 맞게 해주는 것도 좋은 방법 중의 하나일 것이다. 협은 어디 그 괘씸한 면상이나 한번 봐주자 싶어 시선을 돌렸다. 헌데 옆에서 보여지는 태가 낯설지 않다.

그럴 리가! 내가 저런 버릇없는 계집과 면식이 있을 턱이 있나.

미간을 모아 이번엔 정면에 가까운 위치로 틀었다. 저 작달만한 키 하며, 이목구비를 훑던 그의 눈에 점차적으로 충격이 어렸다.

이…… 이런……!

단숨에 거릴 좁혀 계집의 어깨를 돌려 세웠다.

그와 마주친 계집의 눈동자가 튀어나올 듯 휘둥그레졌다. 상처로 동여맨 한쪽 팔이 아니더라도, 그를 알아보는 저 눈빛은 며칠 전 홀연히 사라졌던 그 계집이 틀림없다는 걸 말해주고 있었다. 반라에 가까웠던 그날의 옷차림과는 달리 평민의 차림새를 하고 있었다.

"너를 여기서 보게 되다니, 놀랍군. 나를 기억하나?"

계집은 말똥말똥 쳐다보더니 대꾸했다.

"응, 기억해."

계집의 무엄한 대답에 다들 아연한 얼굴이 되었다. 죽으려고
환장한 것이 분명하다. 그러나 그들이 협의 눈치를 보면서 판단
한 생각과는 달리 그는 그다지 험악한 기세를 보이지 않았다.

"무례하구나. 어서 고개를 숙여 예를 갖추지 못할까! 어느 안
전이라고 망발을 하는 게냐!"

장인이 꾸짖었다. 그럼에도 화린은 고개를 숙이지 않았다. 더
욱 꼿꼿히 등을 곧추세웠다.

그런 화린을 협은 가만히 지켜보고만 있다가 다시 말문을 열
었다.

"다친 팔은?"

"아직 다 낫진 않았어."

아무래도 계집의 말처럼 계집은 월국의 사람이 아닌 듯 보였
다.

협은 다시 한 번 확신했다. 그렇지 않고서야 황자인 그에게
무례하게 말을 놓지도 않을뿐더러 아직 혼인도 하지 않은 처녀
가 외간 사내를 똑바로 쳐다볼 수 없었을 게 분명하니까. 월국
의 하늘 아래 이미 혼인을 했거나 혼인을 약속한 사이가 아니
면, 이렇듯 그를 쳐다보는 것 자체가 죄악에 해당되었다. 남녀
유별은 월국의 가장 오랜 악습(惡習)인 동시에 양습(良習)이기도
했으니까. 게다가 그는 황족이니 그의 행차가 있은 후 그의 명
령이 있기 전까지는 고개를 땅 아래로 조아린 채 예를 갖춰야
한다. 아니, 그전에 배례를 해야 옳다. 낯선 이방인이니 그런 것

을 알 턱이 없겠지만 계집의 당돌함은 어딘지 모르게 자꾸만 그를 자극했다. 그는 딱딱한 얼굴로 따끔하게 일침을 놓았다.

"그런데 정말 예의를 모르는 처자로군. 여기에 있는 연부의 장인은 너보다 한참 연장자다. 예의에 맞게 행동해. 더욱이 이 연부에서 무사히 걸어나가고 싶다면 나를 그렇게 빤히 쳐다보지 않는 게 좋을 거다."

"난 무례하게 군 적 없어. 저 노인이 먼저 화를 낸 것뿐이라구."

끝까지 잘했다는 듯 도리어 언성을 높인다. 기막힐 노릇이다. 어쩜 저리도 뻔뻔할 수 있을까? 협은 무슨 일이 있어도 계집에게 예의범절을 가르쳐야겠다는 투지가 솟구쳤다.

"무엄하구나! 감히 뉘 안전이라고 대드느냐! 어서 황자께 예를 갖추지 못할까!"

계집과 다투던 연부의 장인이 다시금 면박을 주자, 계집은 뜻밖의 반응을 보였다.

오 척이나 될까 말까 한 자그마한 체구의 계집이 황자라는 사실에 경의를 표하기는커녕 조금도 예의를 차리지 않은 채 깔보듯 대꾸한 것이다.

"아하, 그래? 당신도 황족이었구나."

모두가 할 말을 잃은 채 입을 떡 벌렸다.

이런 당돌한 계집은 보다 보다 처음이었다. 이 계집은 도대체 누구인가?

그 정신없었던 만월의 밤 아래 부딪쳤던 그때보다 더욱 강렬한 호기심이 생겼다.

행색을 보면 그리 남루하지 않다. 그러나 어느 한구석 눈 씻고 보아도 주변국들에서 칭하는 왕족, 즉 공주라 불릴 만한 모습은 아니었다. 다른 신분도 아니고 공주를 사칭하다니. 역시나 실성한 계집인가? 실성한 계집이라 하더라도 이런 말버릇이라니 원래대로라면 치도곤을 당해도 벌써 당했을 터였다. 하지만 공주라? 협은 이상하게도 흥미가 솟았다. 보통 때라면 몹시 불쾌하고도 남았을 텐데.

"그러는 넌 어느 나라에서 왔지?"

농담 삼아 별 기대없이 묻자, 계집은 의외로 진지한 얼굴로 대답했다.

"수련국."

"수련국?"

그가 되묻자 계집은 대답을 도로 주어담기라도 할 것처럼 입술을 앙 깨물었다.

"그게 어디에 있는 나라지? 그럼 너는 공주란 얘기인가?"

들어본 적 없는 이름. 설국 주변에 자리한 소국들 중 어디에도 수련국이라는 이름은 들어보지 못했다. 정말 있는 나라라고 생각하지도 않았다. 거짓말이라고 추궁할 마음도 없었다. 협은 어디까지나 장난이고 오랜만에 찾아든 흥미로움에 계집을 놀려볼 작정이었다.

계집의 양 미간이 한곳으로 쏠렸다. 뭔가 대답하기 곤란한 듯 망설이는 모습이다.

역시나 거짓말인 게지.

"그렇다면 이렇게 대접할 수야 없지. 여기 귀빈을 안으로 모셔라."

"아니야, 잠깐! 나, 산호석을 가져가야만 해."

"산호석은……."

"알아, 여기 당신네 월국 사람이 아니면 만들어주지 않는다는 거."

계집이 말을 싹둑 자르며 가로챘다. 첫눈에 알았지만 참으로 건방진 계집이다. 아주 잠깐 직선적으로 말을 내뱉는 모습을 보며 결코 누군가의 시중을 드는 노비는 아닐 거란 확신이 들었다. 도리어 시중을 받는데 익숙하다면 모를까.

"그래서?"

"당신은 여기 월국의 황자니까 만들 수 있을 텐데……."

빤히 쳐다보며 중얼거리는 그것은 혼잣말이라기보단 그에게 만들어달란 얘기나 다름없었다. 협은 또 한 번 장난기가 발동했다. 그래서 시치미를 뚝 떼며 딴청을 피웠다.

"당신이 만들어줘."

계집의 당돌한 요구에 곁에 있던 야청이 급한 숨을 들이켰다.

그러나 정작 협은 조금도 놀라지 않았다. 그저 한쪽 눈썹을 들어올리며 약간의 관심만 내비칠 뿐이다.

"산호석을?"

계집은 대답 대신 세차게 고개를 끄덕였다. 아주 자신있는 표정이었다. 그가 거절할 거란 건 꿈도 못 꾼 듯이.

"싫다면?"

계집의 표정이 일그러지는 듯했지만 다시 오만하게.

"왜 싫은 건데?"

"일단 나는 너와 혼인할 마음이 없다."

협은 무표정한 얼굴로 냉정하게 딱 잘라 말했다. 계집은 자존심이 몹시 상했단 듯이 아주 잠시 그를 노려보더니 맞받아쳤다.

"그건 나도 마찬가지야."

둘을 지켜보던 이들의 얼굴이 사색이 되었다. 그러나 협은 하마터면 그답지 않게 소리 내어 웃을 뻔했다. 따지고 보면 그의 사내다움을 모욕한 것이기도 했지만 그럴수록 계집을 더욱 골려주고만 싶었다. 계집에게는 그를 충동질하는 뭔가가 있었다.

그런데 왜 하필 산호석을?

제멋대로에 버릇없다 싶은 계집은 산호석을 구하려는 것에 몹시도 필사적이었다. 무슨 연유로 산호석을 가지려 하는지 묻자 계집은 묵묵부답이었다. 그 나름의 추측을 해보지만 돈이 필요한 것으로 보이진 않았다. 대개의 여인들은 산호석을 장신구처럼 노리개나 목걸이로 착용했지만 왜 저렇게 산호석을 구하려는지 도통 짐작을 할 수 없었다.

문득 협은 그 굽힐 줄 모르는 모습을 보며 계집에게 진 빚을 떠올렸다. 어찌 되었든 그녀가 자신으로 인해 부상을 입은 건 사실이니까. 그래서 협은 훗날 이 작은 도움이 어떤 일을 불러일으킬 것이라고는 상상도 못한 채 그녀를 돕기로 결정을 내렸다. 그녀가 이 나라의 사람이 아닐 테니—미친 사람이 아니라면—다시 마주칠 일은 없을 터였다.

"좋다."

"정말이지? 고마워!"

계집은 조신하지 못한—월국의 규수의 기준에서 보았을 때—태도로 기뻐했다. 몹시도 신났는지 잇몸까지 다 드러낸 채 활짝 웃으며 그의 손을 맞잡은 것이다.

"대신 조건이 하나 있다."

"뭔데?"

미친 계집치고는 총명하게 반짝이는 두 눈을 보며 협은 말했다.

"네가 살고 있는 수련국에 대해 말해주면 된다."

계집은 순간적으로 표정을 굳혔다. 거짓말이라면 탄로날 것을 두려워하기 때문에 저러는 것이리라. 협은 다시 한 번 강조하듯 끊어서 말했다.

"싫으면 나 또한 네게 산호석을 쥐어줄 수 없다."

협이 돌아서서 나가려고 하자, 계집은 작은 손으로 그의 옷깃을 잡아쥐며 가지 못하게 막았다.

"내가 언제 싫다고 했어?"

四.
월국의 사내

과연 이래도 되는 것일까? 하지만 산호석을 구하기 위해
서는 어쩔 수 없는걸.

화린은 스스로에게 변명하듯 되뇌었다.

이제 조금만 기다리면 산호석을 손에 쥘 수 있게 된다. 그러
니까 그때까지 방법을 생각해 내면 돼.

연부의 노인은 상대가 상대인만큼 이번엔 섣불리 안 된다고
내치질 못했다. 그녀가 제의를 받아들이는 순간 설핏 웃는 듯
보였던 사내의 얼굴이 지금은, 빈틈없는 무표정으로 변해 다가
서기 힘들단 느낌을 가지게 했다. 뭐, 아까 처음 만났을 때를 제
외하고는 줄곧 저런 표정이었으니 이상할 건 없었지만.

그럼에도 생각지 못한 곳에서 다시 저 사내를 만난 것도 모자라 그의 도움을 받아 산호석까지 구할 수 있게 되었다는 것에 기분이 묘해진다. 어쩌면 그것이 저렇듯 무뚝뚝해 보이는 얼굴 뒤에 가려진 진짜 모습인지도 몰랐다.

"이쪽으로 와라."

사내가 그녀를 이끈 곳은 수십 개의 은침들이 나란히 꽂혀 있는 연부의 한구석이었다. 사내는 그중 하나를 꺼내 들었다. 그리곤 그것으로 약지(藥指)를 찔러 산호석을 만들 틀에 핏방울을 떨어뜨렸다.

"자, 너도."

"응."

그가 권한 은침을 받은 뒤 그와 똑같이 약지를 찔렀다.

노인이 그것을 가져가서 유약과 섞는다. 준비된 두 개의 산호석에 유약을 덧씌우자 붉은빛이 더해졌다. 일순 사내와 노인이 주고받는 시선이 묘하게 긴장하는 듯 보였지만, 화린은 산호석을 세공하는 것 자체가 그저 신기해 그다지 염두에 두지 않았다. 유약이 다채로운 빛을 띠며 산호석 위로 안착하는 동안 두 사람의 대화가 어깨 너머로 들렸다.

"이번에도 혹시 전처럼 아교를 이용한 것인가?"

"아니오, 그렇지 않사옵니다. 이번엔 전통 세공법을 그대로 따른 것입습죠."

"그래?"

사내의 되묻는 어조 안에 낮게 깔린 의심의 기운을 화린은 묘하게 감지할 수 있었다.

"예, 전하."

"……그럼 수고하였네."

"송구하옵니다."

산호석의 세공이 완전히 끝난 듯했다. 사내는 틀에서 산호석을 빼낸 후 소매깃에 넣었다.

지금은 주지 않을 모양이구나.

화린은 닭 쫓던 개마냥 그의 소매깃에서 시선을 떼지 못했다. 산호석을 만져 보지도 못한 채 사내에게 빼앗긴 기분마저 들어 어딘지 허전하기까지 했다. 쳇, 약속은 약속이라지만 그래도 한 번쯤 보여줄 수도 있는 것 아닌가? 그런 생각에 괜스레 저 사내가 밉고 원망스럽기도 했다.

사내는 화린의 심중을 읽기라도 한 듯 아주 엷은 미소를 띠며 일깨웠다.

"그리 조급해할 것 없다. 약속대로 수련국에 관한 이야기를 들려주기만 하면 이중 하나는 너의 것이 될 테니."

"알겠어. 어서 들려줄 테니 앞장서기나 해."

화린은 못마땅한 듯 불퉁거리며 재촉했다.

무의식중에 그런 말을 내뱉는 게 아니었는데.

다시금 후회가 되었지만 이미 내뱉은 말을 주워 담을 순 없었다. 사내가 그렇게나 집요하게 관심을 보일 거라곤 미처 예상치 못한 것이 가장 큰 실수였다. 대충 넘겨 버렸더라면 어떻게든 얼버무렸을 텐데.

그는 첫인상에서 느꼈듯 절대 호락호락한 사내가 아니었다.

그를 따라가는 동안 화린은 최대한 방안을 모색하기 시작했다. 교인이라는 정체만 밝히지 않으면 될 것 같았다. 수련국이 교인들의 나라인지 저 어딘가에 있는 나라인지 저들은 모를 테니까. 더욱이 저 사내와는 산호석만 받은 뒤 떠나면, 두 번 다시 마주칠 사람이 아니지 않은가.

"들어와라."

사내가 안으로 손짓했다.

화린은 잠시 멈칫했다. 그러잖아도 저 사내를 보면서 비롯되는 위화감 때문에 신경이 쓰였는데 좁은 공간에 단둘이만 있으려니 영 불안한 것이다.

"그렇게 호랑이 굴에 들어가는 표정을 지으려거든 돌아가. 잡지 않겠다."

차갑게 내치는 사내의 말에 화린은 마지막까지 남았던 망설임을 모두 떨쳐 냈다.

어떻게 잡은 기회인데. 그럴 수야 없지.

협은 자리에 앉으라는 그의 말에 자신처럼 정좌하는 계집을 기묘한 눈으로 쳐다봤다. 어쩌면 저 계집이 다른 여느 규수들과 같이 다소곳하게 앉을 거라 여기는 것 자체가 어불성설인지도 몰랐다. 세상천지 어디를 둘러보아도 저런 계집은 없을 것 같다. 보면 볼수록 신기한 기분마저 들었다. 처음엔 타지를 떠돌다가 정신을 잃은 모양이라며 측은지심이 들었는데, 다시 보니 타지를 떠도는 것처럼 보이진 않았다. 게다가 연부에서 있었던 그 얼마간 면역이 된 탓인지, 더는 계집의 무례함이 거슬리지 않았다. 이제는 귀엽고 색다르게 보이기까지 했다.

"마셔라."

계집은 흘긋 술잔을 들여다보더니 맹물이라도 되는 양 가볍게 마신다.

'요것 봐라?'

이미 그를 따라 고대로 정좌할 때 알아봤지만 태연히 그의 면전에서 술잔을 비우는데야 당황하지 않을 수 없다. 점점 계집을 놀려보고 싶은 흥미로움이 치솟는 걸 느꼈다.

"콜록! 이게 뭐지? 목구멍에서 불길이 치솟는 것만 같아."

계집이 자못 불쾌한 듯이 술 주전자를 노려보며 인상을 구겼다.

'그럼 그렇지!'

그 모습에 협은 기어이 참았던 실소를 터뜨리고 말았다. 그것을 비웃음으로 여겼는지 계집이 그를 흘겨보았다. 그리곤 그가 한 것처럼 똑같이 술잔에 술을 채웠다. 한 손으로 술 주전자를 쥔 채로 말이다. 만약 그녀가 월국 기루의 계집이었다면 당장 경을 치고도 남았으리라. 협은 어깨를 으쓱거리며 본론으로 들어갔다.

"술을 처음 마시는 모양이군, 방금 마신 건 국화주다. 자, 그럼 들려준다고 했던 수련국 얘기나 들어볼까?"

"좋아."

사내는 질문 하나를 마칠 때마다 술을 한 잔씩 따랐다. 억지로 강권한 게 아닌데도 질문에 대한 대답을 하고 나서 보면 어느덧 자신의 앞에 놓인 술잔은 말끔히 비워져 있었다. 그의 잔역시 비워졌다 채워졌다 하기를 수차례. 그럼에도 단 한 번도 화린에게 술 시중을 요구하는 법이 없었다. 오로지 자작이었다. 협은 잔을 비우며 처음엔 그녀의 이름을 물었다.

"화린. 그곳에선 나를 화린 공주라고 불러."

"화린이라……."

두 번째로는 나라의 위치를.

"망해를 건너면 바로 수련국이 나와."

"망해? 망해는 어디에 있지?"

"음…… 여기 월국 해안과 닿아 있어."

그는 별로 믿는 눈치는 아니었지만 알겠단 듯 고개를 끄덕였다.

세 번째는 황제의 존함.

"아버지는 지륜 황제."

네 번째로는 나라의 역사.

"듣기로는 한 차례 멸망했었다고 들었는데, 선왕 때의 일은 하도 오랜 과거라 기록이 없다고 배웠어. 그 이후 아버지께서 수련국을 현치(賢治)로 이어오고 계셔. 전쟁은 일찍이 단 한 번도 없었고."

그리고 지금은 그녀의 나이를 물었다.

"열여덟."

정신이 몽롱해졌다. 이제 그만 저 사내가 산호석을 돌려주었으면 좋겠는데.

사내는 그녀의 얘기를 더 부추기기만 할 뿐 산호석을 내주지 않았다. 술을 마시기로 치면 그녀보다 더 많이 마셨을 텐데도 전혀 흐트러짐이 없었다. 어쩔 수 없이 혼탁해진 정신으로 횡설수설 이야기를 털어놓았지만 화린은 그 흐려진 정신의 와중에도 교인이란 사실만큼은 절대 입에 담지 않았다.

"흠, 그럼 약속대로 산호석을 주도록 하마."

사내가 소매깃에서 산호석을 내려놓았다. 형형한 붉은 빛깔을 뽐내는 산호석이 그녀 앞에 내밀어져 있다.

화린은 혹시나 사내가 변심을 할까 싶어 그것을 얼른 손에 쥐었다. 서늘하지만 부드러운 감촉이 너무 좋았다. 이제 수련국에 돌아가기만 하면……

급한 마음에 비해 몸은 제 것이 아닌 듯 말을 듣지 않았다. 겨우 발을 디디고 일어섰다. 이 길로 수련국으로 갈 것이다. 홍노에게 산호석을 전해주고 교우 오라버니를 만나 진정한 배필이 되었노라 얘기해 줄 것이다.

그런데 걸음을 옮기기가 무섭게 휘청 나자빠지고 말았다.

쿵! 하는 괴음이 머리를 울렸다. 시야가 빙글빙글 돌았다. 그 빙글빙글 도는 천장 위로 사내의 얼굴이 겹친다. 사내의 눈길이 오래도록 머문 곳을 따라가니 그곳엔 반어(半魚)의 몸 대신 아직도 익숙하지 않은 자신의 허연 다리가 말려 올라간 치마 아래에 드러나 있었다. 다리를 응시하는 사내의 눈빛이 심상치 않다. 왠지 가려야겠단 생각에 치마를 내리려 했지만 사내의 손이 먼저 다리에 닿았다.

"……!"

화린은 움찔, 놀란 숨을 들이켰다.

"비, 비켜. 싫어. 갈 테야."

"아직 보내준다고 하진 않았는데?"

사내는 일어서려는 그녀의 어깨를 짓누르며 다리 사이에 하체를 실었다. 묵직한 무게감에 아등바등 몸을 뒤척였다. 거목 같은 사내의 몸은 꿈쩍도 않았다. 아니, 움직일수록 사내는 더욱 자극을 받는 것 같았다.

불현듯 스치는 생각에 화린의 동공이 커다래졌다. 이런 자세를 그림에서 본 적이 있었다. 춘화도. 가월정에서 교접 예시도라 일컬으면서 태용녀가 보여준 것과 흡사했다. 일순 흐릿했던 정신이 말짱해졌다. 다시 한 번 비키라고 명령했지만 사내는 조금도 귀담아듣지 않았다.

사내의 손이 슬금슬금 허벅지 위로 기어오르고 있었다. 치마를 들춰내자 배꽃같이 하얀 속살이 불빛을 받아 더 보얗게 빛났다. 사내의 호흡이 점차적으로 빨라지고 있었다. 설마. 화린은 그럴 리가 없다며 마음을 다잡았다.

"무, 무슨 짓을 하려는 거야?"

"화린, 이번엔 네 차례다."

사내는 대답 대신 엉뚱한 말로 나직이 내뱉었다.

"……?"

"바로 전에 내가 물었던 것처럼 너도 내게 묻는 것이다."

사내의 손이 이번에는 미끄러지듯 살며시 허벅지 안쪽을 쓸어 내렸다. 스쳐 가는 곳마다 소름이 일었다.

"시, 싫어. 궁금하지 않아."

화린이 좀 더 언성을 높였다.

하지만 그녀의 거절에도 표정을 바꾸지 않고 상체를 가까이 숙여왔다. 도통 그 속을 짐작할 수 없는 까만 눈과 마주쳤을 때 갑자기 이 사내가 덜컥 무서워지기 시작했다. 가슴이 세차게 두근거렸다.

벗어날 것이다. 여기서 벗어날래.

힘껏 몸을 일으키고자 했지만 허사였다. 부서질 듯 조그마한 여체와 크고 강인한 사내의 체구. 서로의 몸이 어슷하게 겹친 탓에 자신의 체구가 그렇게 왜소하게 여겨질 수가 없었다. 작고 무력한 육신을 가진 스스로에게 화가 날 만큼.

"내 이름은 협이다. 자, 화린. 날 협이라고 불러라."

"나를…… 놓아줘. 그러면 한 번쯤 불러주는 걸 고려해 볼게."

그러자 사내는 닿을 듯이 얼굴을 들이댔다.

여전히 표정없는 얼굴.

그의 숨결이 쏟아진다. 습하고 더웠다. 그날 밤처럼 바다 내음도 느껴졌다. 그의 강한 체취가 손에 잡힐 듯 뚜렷했다.

"협이라고 부르는 편이 더 빠를 텐데?"

마른침을 꼴깍 삼키며 그의 시선을 받아냈다. 마음 같아서는 이름이야 어찌 되든 부르지 않겠다고 버럭 소릴 지르며 고집을 피웠을 테지만, 지금은 어서 빨리 수련국으로 돌아가는 게 더 중요했다. 화린의 아랫입술이 파르르 떨리며 열렸다.

"혀…… 협."

일순 그의 눈에 반짝임이 스쳤다.

이제 되었으니 놓아달란 말을 하려고 입술을 벌리는데 그 틈으로 사내의 입술이 덮쳐 왔다. 화린은 고개를 돌려 날래게 그를 피했다.

"가만."

커다란 손이 반대로 돌린 턱을 잡아쥐었다.

"모르고 있는 모양이니 가르쳐 주마. 지금부터 내가 하려는 건…… 산호석을 만드는 데 있어 없어서는 안 될 가장 중요한 마지막 의식이다."

의식?

"필요없어. 그냥 이 산호석만 가지고 갈래."

"월국의 법도를 잊었는가? 산호석을 나눠 가지면 그게 바로 혼인을 뜻하는 것이다."

화린의 두 눈이 충격으로 커다래졌다.

"싫어! 아까는 당신도 싫다고 했잖아?"

가늘어진 사내의 눈이 또 한 번 반짝였다.

"생각이 바뀌었다."

대답할 틈도 없이 사내의 입술이 내려왔다. 흡, 흡하는 숨막힌 소리가, 웅얼거리는 목 졸린 소리가 바깥으로 새어나오지도 못하고 그에게로 삼켜졌다. 망측하다. 해괴하다. 더럽다는 생각은 오래가지 못했다. 엉킨 혀끝에 아까 마신 국화주의 열기가 불씨를 심어놓았기 때문이다. 감았다가 쓸어 내리기를 반복하는 그의 혀놀림에 열기는 더욱 뜨거워졌다. 온몸으로 퍼져나간 열기가 저릿저릿하게 감각을 건드리기 시작했다. 그러나 그것도 잠시, 화린은 폐에 가득 찬 공기의 압력을 이기지 못하고 끊임없이 그의 가슴을 두드렸다. 하지만 소용없었다. 그는 마치 흡혈하는 동물처럼 숨을 앗아가고 있었다.

단의가 벗겨지는 것도 몰랐다. 서늘하다 싶은 공기에 정신을 차렸을 즈음, 보드라운 젖가슴은 이미 그의 손아귀에 잡혀 있었다. 사내의 크고 거친 손바닥이 젖무덤을 감싸 쥐는 느낌, 올올이 곤두선 유두의 돌기를 손가락으로 쓸어 내리는 느낌에 화린의 동공은 아득하게 풀어졌다. 온몸을 뒤틀리게 할 정도의 스멀거림. 실타래처럼 뭉쳐 있던 감각이 전신으로 뻗어가고 있었다.
아직 여물지 않은 돌기의 끝이 그가 주는 지극히도 작은 자극에
팽창하듯 부풀어 올랐다. 탐나게 붉어지는 그곳에 사내가 입술
을 가져갔다. 혀끝과 유두의 끝이 잠깐 닿았을 뿐인데도 감각은
한층 예민해졌다. 사내는 맛나게 가슴을 빨았다. 아플 정도로
강렬한 쾌감에 화린은 번쩍 정신을 차렸다. 지금 그가 하는 짓
이, 자신이 느끼고 있는 이것이 얼마나 잘못된 일인가를 불현듯
깨달은 것이다.

"그…… 그만!"

말랑한 감촉을 만끽하던 그의 손이 멈췄다.

화린은 겨우 이곳에 온 이유를 상기시켰다. 그렇지 않으면,
이 싫지 않은 느낌에 돌이킬 수 없는 일을 저지를 것만 같았다.

"됐어. 이제…… 갈 거야."

"진짜 공주의 삶을 주도록 하겠다."

가슴을 배회하던 사내의 손이 천천히 아래로 내려가기 시작
했다. 그리곤 종아리를 잡아 올려 그의 허리에 감게 했다. 놀란
것은 그 다음이었다. 아래와 아래가 맞닿았을 때, 아주 단단한
뭔가를 느낀 것이다. 화린은 두 눈을 커다랗게 떴다. 그러자 더
놀랍게도 사내가 입가에 진한 미소를 띠었다. 화린의 눈이 이번
에는 깜빡깜빡거렸다. 그 무뚝뚝하고 차가워 보이는 얼굴이 저
렇게 변할 수도 있구나 하는 신기함 비슷한 것이었다.

"피, 필요없어. 난, 이미…… 진짜 공주니까."

"한번 경험해 보고 난 후에 판단하는 것도 나쁘지 않지."

사내가 또 한 번 씨익 웃었다.

젠장! 웃지 말란 말이야!

화린은 속으로 욕설을 삼켰다. 기막힐 노릇이었다. 사내의 웃음 한 번에 아직도 진정되지 않은 가슴이 세차게 일렁이다니. 일전에 태용녀가 말한, 계집을 녹일 수 있는 미소가 있다면 바로 저런 미소를 두고 하는 말일 게다. 아니야, 정신 차려! 이제는 저 사내가 아니라 자신이 무서워지려 했다. 스스로가 생각해도 제정신은 아니었다. 저 요상한 국화주 따위 애초에 마시는 게 아니었는데.

"부탁…… 이야. 이대로 보내주면…… 정말로 고맙게 여길게. 산호석을 구할 수 있게 해준 것도 고마워."

"아니, 얼마나 고마운지 직접 확인해 볼 테니 더는 말하지 않아도 된다."

다시 사내의 입막음이 시작되었다. 이리저리 도리질을 치자 그녀를 움직이지 못하게 단단히 고정시킨 후 목구멍까지 깊숙이 혀를 밀어넣었다. 처음보다 더욱 습하고 격한 혀놀림이 이어졌다. 자유롭던 두 팔은 이미 그의 한 손에 포박당한 채였다. 헐거워진 가슴 가리개가 그의 가벼운 손짓 한 번에 바닥으로 풀썩 떨어졌다. 서로의 맨가슴이 마찰을 빚어내며 겹쳐졌다. 이젠 상체를 들썩이지도 못했다. 짓눌린 가슴에서 그의 더운 체온이 전이됐다. 가닥가닥 뻗어 있던 신경세포들이 일제히 요동치기 시작했다. 두려웠다. 왈칵 치솟는 두려움에 온몸이 마비되는 것만 같았다. 하지만 안 돼! 화린은 애써 마음을 다잡았다. 산아할멈의 말이 경종처럼 머리 속을 울린 때문이었다. 바로 그 순간, 사내의 혓바닥을 암팡지게 깨물었다.

"……!"

경직된 채 사내의 반응을 살폈다. 그로 말미암아 자신을 해코지하려 들면 어쩌나 두려움이 들었던 탓이다. 그러나 사내는 주춤거리기만 할 뿐 더욱 투지를 불태우며 입속을 빨아들였다. 아프기로 치면 제법 아플만 해서 비명이라도 지르지 않을까 생각했는데 틀렸다. 사내의 완력이 더욱 거세진 것이다.

이제 마지막으로 남은 단 하나의 장막, 속곳에 사내의 손길이 닿았다.

그것만은, 그것만은 안 돼! 화린은 있는 힘껏 몸부림을 쳤다. 그러나 너무 심하게 실랑이를 벌이는 바람에 속곳이 부욱 찢어지고 말았다. 미동없던 그의 눈이 새카맣게 얼룩진 욕정으로 흔들렸다. 의도야 어찌 되었든 간에 사내의 수고를 덜어준 셈.

사내가 찢어진 속곳을 거둬냈다. 동시에 화린에게서 날카로운 외침이 터져 나왔다.

"여기서 멈춰!"

그러나 사내는 듣지 않았다.

어쩌면 듣지 못한 것 같기도 했다.

오히려 그녀의 외침과는 정반대로 바지춤을 끌러 내리며 서

서히 그녀의 몸 한가운데로 단단한 그것을 비벼대고 있었다. 인
내심이 극에 달했다는 듯 터뜨리는 사내의 거친 신음성에 공기
가 파장을 일으켰다.

그 커다란 양물이라니. 차라리 보지 말 것을, 화린은 후회했
다. 그녀의 몸을 관통할 기세로 곧추선 사내의 상징에 온몸이
마비되는 것만 같았다. 뜨거운 기운이 전부 다 한곳으로 쏠리는
것 같았다. 화인에 찍힌 것처럼 발끝이 오그라들었다.

"으윽."

신음인지 흐느낌인지 모를 소리가 입가에서 흘러나왔다. 그
러나 그의 헐떡임에 파묻힐 만큼 작고 미비했다.

사내에게 잡힌 한쪽 다리가 넓게 벌어졌다. 그의 손가락이 몸
안쪽 가장 깊숙한 곳을 살살 어르듯 문지르기 시작했다. '안 돼,
싫어!' 하는 외침도 그를 막진 못했다. 드디어 그가 손가락을 깊
게 집어넣었다. 엉덩이를 뒤로 빼려 해도 소용없었다. 그럴수록
그의 손가락은 더 깊게 파고들어 화린을 당혹스럽게 했다. 화린
은 커다랗게 상체를 들썩였다. 홍노에게 속은 거라던 염이의 목
소리가 환청이 되어 울려댔다. 탐탁지 않아 하던 산아할멈의 목
소리도.

정말, 홍노가 바라던 것이 이런 것이었을까?

끝내 망해를 건너지도 못한 채 몸을 더럽히고 마는 것일까?

갖은 힘을 다해 그의 어깨를 밀쳐 냈다. 어디서 그런 힘이 솟
았는지 나중에 돌이켜 보아도 모를 일이었지만, 어쨌든 그것은

꽤 성공적이었다.

"지금 멈추지 않으면 맹세코 당신을 죽여 버리고 말겠어!"

사내가 다시 다가오려 했다.

"그만! 명색이 월국 황자씩이나 된다는 자가 고작 싫다는 여인을 겁탈하는 짓밖에 못해?"

갑자기 뺨이라도 한 대 맞은 것처럼 그가 얼굴을 잔뜩 굳혔다.

아주 잠시 상처를 받은 듯 보이기도, 아닌 듯 보이기도 했지만, 딱딱하게 경직된 그 표정만으로는 한 옴큼의 감정도 읽을 수가 없다. 다만 그의 검다란 동공은 독기 어린 화린의 모습만을 투명하게 되비치고 있었다.

상처 따위 받았을 리가 없어!

덜컥 겁이 나려 했지만 화린은 그렇게 단정 지어 버렸다. 그러나 그가 엄청난 자제를 하고 있다는 것만큼은 확실했다. 가만히 숨죽였다. 꽉 다문 그의 입술은 그 어떤 말도 내뱉을 것 같지가 않았지만, 완력으로 당해낼 수 없다면 기다려 보는 도리밖에 없었다.

그리고 참으로 절묘하게도 이 버거운 침묵을 뚫고 들려오는 소리가 있었다.

"전하."

"……."

해안가에서의 첫 만남처럼 그는 대답이 없었지만, 바깥에서는 두 사람의 존재를 파악한 듯 대답을 기다리지 않은 채 말을 이어갔다.

"황후마마의 급한 전갈이 있으셨습니다. 속히 혜운궁으로 가 보셔야 할 듯하옵니다."

사내는 가만히 몸을 일으켰다. 화린도 따라서 몸을 일으키려 하자, 그녀를 안아 올려 침상에 눕혔다. 서늘한 이불 자락을 그녀의 가슴께까지 덮어주었다. 그리곤 지그시 양 어깨를 누르며 입을 열었다.

"이대로."

"……?"

"이대로 기다리고 있거라. 셈하지 못한 나머지 계산은 돌아와서 치르도록 할 것이다."

그것은 경고. 단단히 다짐을 두는 눈빛이었다.

"싫어."

지지 않고 쏘아붙이자, 사내는 평정의 가면을 벗어던지고 험악하게 으르렁거렸다.

"당장 이 자리에서 널 해치울 수도 있다! 더 이상의 반항은 용납치 않아."

"당신에게 진 빚은 충분히 갚았잖아! 비겁하게 이러지 마."

"겁탈이라 했지? 어디 돌아와서도 네 입에서 그런 소리가 나올 수 있는지 두고 보도록 하마. 안타깝게도 내, 황자로서의 자질이 부족해 너같이 건방진 계집을 꼭 길들여 놓아야 직성이 풀릴 듯싶으니 말이다."

사내의 목소리가 더 낮고 위험하게 들린다. 그런 후에 사내는 화린이 뭐라고 대꾸하기도 전에 바깥을 향해 커다랗게 소리쳤다.

"야청! 지금 즉시 궁녀 하나를 불러들여라. 그리고 날 호위하지 않는 대신에 이 계집이 달아나지 못하게 각별히 신경 쓰도록 해라!"

잠시 후 사내는 묘한 존재감만을 남겨두고 떠났다.

마침내 화린이 떨리는 손으로 옷가지들을 챙겨 입기도 전에, 그의 명대로 궁녀 하나가 대령했다. 화린을 감시하기 위해 보낸 것이 분명한 궁녀는 일거수일투족을 살폈다. 낭패감에 화린은 입술을 질끈 깨물었다. 이럴 계제가 아닌데. 잠시라도 지체할 틈이 없었다. 그렇게 전전긍긍하는데 갑자기 좋은 묘수가 떠올랐다.

"이쪽으로 와서 옷 갈아입는 것을 도와주지 않겠어?"

궁녀는 경계하는 낯은 여전했지만 다가와 화린이 옷 입는 것을 도와주었다. 그러다가 소맷자락에 팔을 끼워넣을 무렵, 궁녀의 양쪽 팔을 등 뒤로 꺾었다. 행여 소리를 지를까 봐 나머지 한 손에 준비해 둔 재갈을 궁녀의 입에 물렸다. 궁녀의 시야가 닿지 않는 이불 자락 틈에서 요대(허리띠)를 돌돌 말은 것이었다.

"미안. 옷 좀 빌릴게. 대신 여기 이 장신구들을 전부 줄 테니 다 가져."

궁녀의 옷과 바꿔 입은 화린은 마지막으로 궁녀의 비녀들을 빼앗아 그럴듯하게 머리에 꽂았다. 다소곳하게 고개를 숙이고 걷는다면 아무에게도 걸리지 않고 무사히 황실을 빠져나갈 수 있을 듯했다. 서둘러야 했다, 그 비겁한 사내가 오기 전에 어서.

하지만 문가에 다다른 화린의 걸음이 우뚝 멈췄다. 밖에는 또 하나의 난관이 그녀를 기다리고 있었다.

바로 사내의 호위무사. 야청이라 했던가? 어쩌지? 왜 감시하지 않고 나온 거냐고 물으면 금방 표가 날 텐데.

가급적이면 그녀가 밖을 나서는 데에 있어 호위무사가 의심스럽게 여기지 않을 만한 일이 필요했다. 화린은 발을 동동 구르며 적당한 대안을 찾아내는 데 골몰했다. 음식을 가지러 간다든지 어디가 아프다는 것도 영 내키지가 않는다. 마땅한 핑곗거리가 딱히 떠오르지 않아 이리저리 주변을 서성이는데 문득 머리를 스치는 생각이 있었다.

"그거 말이야, 음…… 투한이 어디에 있지?"

투한(偸閑).

월국 사람들은 그렇게 부른다지?

가월정에서 배운 대로 기억하고 있는 게 맞다면, 투한은 월국에서 사용하는 요강단지 같은 것이었다. 월국은 뒤를 보는 공간이 있음에도 넓은 구조를 지닌 집마다 투한을 방 안에 배치해 두고 있다고 하였다. 그 얘기를 들으며 불결하고 찝찝하다 여겼던 화린은 오늘날, 투한이 있는 것에 무한한 안도를 느꼈다. 그것이 없었다면 이렇게 안성맞춤인 핑계도 만들어낼 수 없었을 테니 말이다.

궁녀는 침상에서 조금 떨어진 곳을 고갯짓으로 가리켰다. 화린은 그림으로만 보아온 투한을 집어 들고 문밖을 나섰다. 예상대로라면 투한을 가지고 있는 것만으로 충분하게 의사가 전달되리라. 생리적인 일에 솔직한 교인들과는 반대로, 다소 부끄러운 듯 은밀한 듯 남의 시선을 의식하는 인간들이니 용도까지 아는 마당에 새삼 물어보지야 않겠지.

기회가 있다면, 바로 지금이리라.

혹여나 들킬까 염려되는 마음을 가라앉히며 조심스레 걸음을 떼었다. 다행히도 호위무사는 투한 단지를 보자 별다른 기색 없이 시선을 거두었다. 이제, 제대로 길을 찾는 일만 남은 것이다.

"더는 늦출 생각을 하지 말아라. 나로서는 충분히 오래 기다려 주었으니, 이 늙은 어미의 말을 들어줄 때도 되지 않았느냐?"

황후 계연이 서안 위로 예폐(禮幣)를 올려놓으며 근엄하게 말했다.

오늘따라 계연은 평소보다 더 단호했다. 그 까닭은 그들 사이에 놓여진 예폐 때문이리라. 굳이 세세히 살펴보지 않아도 설국에서 건너왔을 터다. 하여 이참에 설국과의 혼사 문제를 반드시 매듭짓고 말겠다 벼르고 있었을 테지.

"그것에 대해서는 이미 말씀드렸습니다."

"나는 인정할 수 없다고 하였었느니라!"

"다시 말씀드리겠습니다. 이를 불효로 내치신다 하여도 재고의 여지는 없습니다. 예아 공주와의 혼사는 거두어주십시오."

두 부녀의 생김새는 비슷한 듯 다르나, 그 안에 서린 냉정함은 똑같다. 세월의 흐름에도 흐트러지지 않는 그녀의 냉정함은 협이 어려서부터 배워온 것이기 때문이었다.

"내 참으로 고약한 아들을 두었구나. 예아 공주는 네게 있어 천군만마가 될 여인이다. 그것을 모르지 않을 터인데 어찌 이리 무모하게 일을 그르치려 하느냐?"

조와 다영과의 국혼이 가까워올수록 계연의 압력은 점점 심해졌다. 다영이 세가(世家)의 여식이다 보니 적이 신경 쓰이는 모양이다. 그래서 더 조바심이 나는 게지. 차마 대놓고 드러내진 못하지만 협은 그녀의 저 차가운 표정 뒤에 가려진 초조함을 잘 알고 있었다.

"어차피 때가 되면 가려지는 왕재, 누군가의 힘을 빌어야만 얻어질 수 있는 자리가 아니잖습니까? 혹 그것이 누군가의 힘을 빌어야만 얻을 수 있는 자리라 할지라도 제 힘으로 일으키지 못하면 소용없습니다. 사내 된 도리로 비굴하게 여인의 힘을 빌리다니요?"

"그, 그런……!"

계연은 말을 잇지 못했다.

설마 그가 이렇게 노골적으로 반대의 뜻을 펼치리라곤 미처 예상치 못했으리라. 평소 그가 무뚝뚝하고 직설적인 편이었지만 옥좌에 앉는 일만큼은 그래도 다르지 않을까 기대를 품어왔는데 막상 그보다 더했으면 더했지 덜하지 않은 모습을 확인하니 그 어찌 충격이 되지 않으랴?

협은 그만 자리에서 일어서려 했다. 적어도 조의 유한 성정을 반만이라도 닮았던들 그녀의 상심을 달래주기 위해 따사롭게 한마디라도 건넸을 터이다. 그러나 그런 온정 따위 어미인 그녀에게조차 물려받지도 못했거니와 그것의 필요성을 절감하기도 전에 무예를 연마하며 잊어버렸다. 더러는 쓸모없다고 여긴 적도 있었다.

"그럼, 이만 물러가겠습니다."

계연은 탄식을 자아내며 그를 붙잡지 않았다.

혜운궁을 빠져나오는 협의 발걸음이 쫓기듯 시급했다. 회덕헌에 놔두고 온 화린을 어서 보아야겠단 생각뿐이다. 계연의 부름이 있던 순간부터 화린을 두고 가야 한다는 것이 영 마음에 걸렸다. 때문에 계연과 마주하면서도 마음은 콩밭에 가 있었으니 내내 좌불안석일 수밖에 없었다. 야청이 급전(急傳)이라 알려오지만 않았어도 혜운궁에 오지 않았을 것인데. 그런 마당에 그 중요한 급전이 고작 예아 공주와의 혼담이라니. 예폐를 보자마자 그는 후회하지 않을 수 없었다.

하지만 회덕헌에 닿는 순간 걸음은 우뚝 멈춰졌다.

화린은 가고 없었다!

대신 재갈을 물린 채 끙끙대는 궁녀만이 침상을 지키고 있었다. 방 안에 감돌던 태울 듯한 열기는 싸늘히 식어 허탈하기까지 했다. 아직 물리지 않은 술상만 아니었더라면, 그날처럼 꿈인가 생시인가 하였을지도 몰랐다.

협은 입에 물린 재갈과 결박을 풀며 궁녀에게 물었다. 궁녀는 바닥에 이마를 대고 거듭 자신의 경솔함을 빌었다. 그리고 화린의 장신구를 그에게 전했다. 하나도 빠짐없이 전부. 행여 그 장신구들을 소지하고 있다간 더 큰 죄를 뒤집어쓰게 될지도 모르므로.

"계집이 빠져나간 지 얼마나 되었느냐?"

"그, 그게…… 한 시진 정도 지난 줄 아옵니다."

혹시나 했던 기대감이 풀썩 무너지고 말았다. 그쯤이면 벌써 황실을 빠져나가고 없으리라. 눈뜬 장님과 다를 바 없이 길눈이 어두운 화린이 아직도 궁 안을 헤매고 있을 줄은 꿈에도 짐작치 못한 그였다.

"그만 가보아라."

궁녀는 재차 자신의 잘못을 빌며 물러났다.

홀로 남겨진 협은 그녀가 누웠던 침상으로 다가갔다. 흑옥 같은 화린의 눈망울이 선연히 아른거린다.

공주 놀음이라니, 미쳐도 곱게 미친 게지.

처음엔 단순히 그렇게 여기며 놀려줄 심산으로 회덕헌으로 이끌었었다. 그러나 볼수록 넘치는 생기가 시선을 떼지 못하게 했다. 미쳤을지언정 꾸밈없는 솔직한 모습에는 매료되고 말았다. 그녀를 대하고 있노라니 이제껏 엄격히 규제를 두고 있던 예법이란 것도 사실은 인간들의 겉치레에 불과한 가식이 아닌가 하는 당치않은 의문마저 들었던 것이다.

그러다가 술에 취해 몸을 가누지 못한 그녀가 우스꽝스럽게 넘어지고 말았다. 그런데도 웃을 수 없었다. 치마 아래 드러난 뽀얀 젖빛 속살에 넋을 잃고 만 때문이었다. 술기운으로 발그레 물든 뺨은 또 얼마나 아름다웠던가. 그답지 않게 충동적으로 입술을 탐한 것도 결코 무리는 아니었다. 아직 보지 못한 다른 부위도 만지고 싶었고, 가지고 싶었다.

앙탈을 부리듯 반항하던 그녀가 차츰 반응하기 시작하자 욕심은 더욱 커져만 갔다. 그녀는 궁녀들처럼 그를 만족시키기 위해 거짓 교성을 내지르지도 않았고, 교태를 부리지도 않았다. 그의 지위 앞에서 주눅 들지 않는 당돌함도 좋았다. 협은 정성껏 화린을 애무했다. 그녀의 몸은 감도 좋은 입술만큼이나 매끄럽고 탄력이 넘쳤다. 그래서 그녀를 반드시 차지하고 말겠단 투지가 무럭무럭 솟았다.

허나 그녀는 끝까지 그를 받아들이려 하지 않았다.

마음 한구석으로는 싫다고 뿌리치는 그녀의 말을 단지 성관계에 대해 가지는 막연한 두려움일 뿐이라고 치부해 버렸는데 그것이 아니었던 모양이다. 그녀의 눈에는 어떤 절박함 같은 게 스며 있었다. 바로 전까지 보였던 모습과는 확연히 달랐다. 좀 더 확실하게 사내를 달아오르도록 하기 위해 궁녀나 기녀들이 써먹는 계산적인 '거부'가 아니었다. 돌연 화가 났다. 이제껏 그가 겪어온 것들은 모두 이에 속했으므로 혐은 그 거부를 인정할 수 없었다. 이 보잘것없는 계집이 황자인 자신을 내치다니 있을 수 없는 일이었다. 거부를 당했다는 데서 오는 모욕감은 그의 자존심에 치명타를 입혔지만 거기서 물러날 순 없었다. 어떻게 해서든 그녀를 자신의 것으로 만들겠다는 의지가 그를 일깨운 것이다. 그런데 그사이 그녀가 가고 없다니.

이 순간 가장 먼저 찾아든 감정은 분노.

무슨 일이 있어도 반드시 너를 잡아내고야 말겠다는 맹목적인 분노가 혐을 눈뜨게 했다. 오금이 저릴 정도의 한기가 그의 눈빛에 스몄다.

밖에 있는 야청에게 사람을 풀어 계집을 잡아들이라 명했다. 벌써 궐내를 벗어났을 테니 필요하다면 인근 마을까지 뒤져서 찾아내라 하였다. 만약 잡아들이지 못하면 이 부주의한 책임을 물어 엄중한 처벌을 내리겠다고 어깃장을 놓았다.

'이대로 기다리고 있거라. 셈하지 못한 나머지 계산은 돌아와서 치르도록 할 것이다.'

싫다며 한껏 반항하던 화린의 모습이 떠오른다.

처음부터 달아날 작정이었으니 그깟 궁녀 하나가 뭐 그리 어려웠겠는가. 여느 계집과 똑같이 취급하며 방심한 그의 잘못이

컸다. 요망한 것! 손목과 발목을 모두 묶어놓아 달아날 수 있는
빌미를 주지 말았어야 했거늘.

침상에 가지런히 놓여진 장신구들을 손에 쥔 채 협은 제일 먼
저 연부로 향했다. 연부의 장인은 그녀가 어디로 갔는지 전혀
모르는 눈치였다. 어딘가 갈 만한 정보를 흘리지 않았을까 하여
작은 기대나마 품으며 들렀건만 이도 허사인 것이다.

야청의 무리들은 몹시 긴장한 표정으로 궐내는 물론 궐 밖까
지 수색했지만 찾을 수 없었다고 아뢰어왔다. 화린을 놓친 것은
처음부터 그의 방심이 빚어낸 실수, 누구를 탓하랴. 가장 먼저
화린이 없어졌을 때, 야청에게 죄를 묻고자 했던 마음이 아주
없는 것은 아니었지만 이내 접어버렸다. 야청 아닌 누구라도 투
한 단지를 비우러 가는 궁녀를 잡아세울 사람은 없었을 테니까.
그들에게 치졸한 화를 부리는 것이 내키지 않아 협은 그저 짤막
하게 물러가라고만 했다.

그녀의 행방이 또다시 묘연해졌다.

문득 이번에도 팔의 상처를 돌보아주지 못했다는 데에 생각
이 미치자 분노가 한풀 꺾여졌다.

대체 어디로 숨어버린 게냐? 아직 이 월국 땅을 벗어나지 못
했을 것이 분명한데, 너 하나조차 찾아내지 못하는 나를 허수아
비 황자라며 어디선가 비웃고 있음이 아니더냐?

협은 그녀가 남기고 간 이국적인 장신구들을 가만히 보고 있
다가 거칠게 뇌까렸다.

"이깟 것들로 계산을 대신할 수 있을 거라 생각했다면 커다란 오산이다, 화린."

산호석을 소매깃에서 꺼냈다. 그 핏빛 광채를 보는 협의 눈이 매섭게 번뜩였다.

"이것의 대가는 오직 한 가지로만 받겠다."

그의 말을 알아듣기라도 한 듯 산호석에 영롱한 빛이 어렸다가 사라졌다.

그녀가 정말로 공주라면 그녀의 왕국에서, 그렇지 않다면 혹 어딘가의 땅에서 그와 같은 단 하나의 산호석을 지니고 있을 터였다. 왠지 그렇게 생각하자 이상하리만치 안도가 되었다. 어디에 있어도 이 산호석이 그와의 매개체가 되어줄 것만 같은 강한 유대감이랄까.

야청은 땅이 꺼져라 길게 안도의 한숨을 내뱉었다. 다른 수하들의 눈에는 그렇게 비치지 않았을 테지만, 누구보다 협을 가까이 모신 야청에게는 그 작은 계집 하나 때문에 거의 이성을 잃고 날뛴 것이나 다름없어 보였다. 다영과의 일에도 꿈쩍 안 하시던 분이 갑자기 왜 그리하셨을까.

모를 일이다. 암만 돌이켜도 모를 일이었다.

그래서 계집을 놓쳤을 때, 틀림없이 주군께서 벌을 내리시겠지 싶었다. 그러나 뜻밖에도 주군은 행동에 옮기지 않았다. 여전히 선불 맞은 곰마냥 성난 기세였지만 말이다.

맹랑하기도 하지.

꼬박꼬박 반말을 해대기에 반백치인가 싶었는데, 설마 하니 투한 단지를 들고 궁녀 행세를 했을 줄은 또 누가 알았으랴?

다시 생각해도 아찔한 순간이 아닐 수 없었다.

"나리, 날이 어두웠습니다요. 게서 무얼 하시는지요?"

수하 중 하나가 멀뚱거리며 그의 상념을 토막냈다.

자라 보고 놀란 가슴 솥뚜껑 보고 놀란다 하였던가. 야청은 협의 심화로부터 벗어난 터라 난데없이 불쑥 얼굴을 들이민 수하의 낯짝을 보고는 아니 놀랄 수 없었다. 아니나 다를까, 덩치도 꽤 큰 것이 주군과도 조금 닮았다.

"예끼, 이 사람아! 기척 좀 하고 다니게."

면박을 주며 눈을 흘기자 수하가 시무룩하게 입을 비죽인다.

"참내, 나리께서 듣지 못하셔 놓고는……."

"뭣이 어쩌고 어째?"

야청은 본인 스스로가 모처럼 만의 이례적인 일에 골몰한 나머지 경계를 게을리하였다는 사실을 인정했지만, 굳이 속내를 드러내지 않았다. 평소에도 자주 기어오르는 저 수하에게 만족감을 심어주고 싶지 않았던 탓이다. 옳거니 이놈! 야청의 눈매가 묘하게 반짝인다. 그것을 놓치고 수하는 계속 군소리만 읊어댔다.

"네 이놈, 그러잖아도 몸이 근질근질했는데 잘되었다, 간만에 대련이나 해보자꾸나."

덥석 멱살을 낚아채자 그제야 수하는 우거지상을 하며 도리
질을 친다.

"나리, 그…… 그게 저……."

"걱정할 것 없네. 달포 후면 자네가 혼례를 치른다는 걸 아는
데 설마 하니 그곳을 건드리기야 하겠나?"

그의 은근한 암시에 수하의 얼굴이 더욱 절망적으로 물들었
다.

아닌 게 아니라 일전에 멋모르고 그의 대련 상대가 되었다가,
정말로 사내 구실을 못하게 될 뻔한 적이 있었기 때문이다. 수
하는 자신의 아랫도리를 향해 씨익 웃어 보이는 야청을 보며,
이번에도 그때와 다르지 않을 것임을 예감했다.

제길. 이러다가 혼삿날을 미루게 되는 건 아닌지나 모르겠다.

五.

깨져 버린 교접지몽
交接之夢

"몹쓸 것! 부모님께서 얼마나 걱정하셨는지 알기나 하
니?"

사린의 다그치는 목소리엔 걱정과 염려가 묻어 있었다.

염의 가례 후 사라져 버린 화린. 수련국은 발칵 뒤집어졌다.
당장 잡아들이라는 황제, 황후의 명령이 떨어졌음에도 이미 망
해를 건너 버린 뒤라 어떻게 손쓸 여력도 없었다.

망해를 건너다니, 범상치 않은 누군가의 도움이 있었으리라.
그 누군가가 홍노일 거라고 결론이 내려진 시간은 그리 오래지
않았다. 홍노 역시 그 사실을 부인하지 않았다. 황제는 화린이
무사히 올 때까지 유예 기간을 두도록 했다. 그런 미지근한 처

사에 황후는 심한 불만을 드러냈지만 황제는 묵과해 버렸다.

그 소동의 가운데, 화린이 변함없는 모습으로 돌아왔다.

그나마도 일주일 안에 돌아올 수 있었으니 다행이라면 다행일 게다. 그러나 기어이는 염을 따라 월국까지 간 것도 모자라 한쪽 팔을 다치고 돌아왔다. 황후의 근심은 이루 말할 수 없는 지경에까지 이르렀다. 화린이 돌아온 그날, 황궁에 있었던 자들이면 모두가 너나 할 것 없이 황후의 격렬한 노성을 들었다고 전했다. 그 차분하고 온화한 황후가 순식간에 이성을 잃을 정도였으니 오죽이나 놀랐으랴?

화린은 그저 쥐 죽은 듯 가만히 있었다. 눈물을 쏙 빼놓을 만큼 매운 맛의 회초리가 한 대, 두 대 가해질 때마다 울기는커녕 아프단 신음조차 내지르지 못했다. 그럴수록 강도가 더 세진다는 걸 어릴 적 경험으로 몸소 터득해 왔기 때문이다.

그래도 성이 차지 않은 황후. 가례를 마치고 돌아오는 염이에게도 엄중히 문책하겠노라 명했다.

염이가 무슨 죄랴? 그저 죄가 있다면 자신을 주인으로 모신 박복한 죄지. 무슨 일이 있어도 염이에게 불똥이 튀는 일만큼은 막으리라. 화린은 그것만큼은 절대 안 된다며 부득불 애원했다. 굳이 문책을 해야겠다면 염이의 몫까지 달게 받겠다고 한 것이다. 그리하여 규율을 어긴 죄로 꽤 오랜 기간의 근신령이 내려졌다.

"미안해, 언니."

"화린이 너…… 아니, 아니다. 그래, 다친 곳은 괜찮니?"

뭔가 질책하려던 사린이 고개를 내저으며 목소리를 누그러뜨렸다.

"응. 붓기도 많이 가라앉았어."

"대체 어쩌다가 다치게 된 건지 내게는 말해줄 수 없겠니?"

"그건……."

화린은 말끝을 흐렸다. 그것은 누구에게도 아직 털어놓지 않은 부분이었다. 그녀가 교인으로서의 정체가 탄로날 뻔했다는 것을 알기라도 하는 날엔 그 죄가 더욱 무거워질 터이다. 섣불리 아무에게나 말할 수 없었다.

"나 혼자만 알고 있을게. 절대 함구하겠다고 약속하마."

사린이 흔들림없이 곧은 눈빛으로 강조했다. 그럼에도 화린의 얼굴에 드리워진 망설임의 기미는 쉬이 물러서질 않았다.

사린 언니라면…….

금기된 선요의 이야기를 비롯해 이제껏 수많은 비밀을 공유해 왔던 큰언니는, 화린이 가장 의지하는 이였다. 게다가 그녀가 이같이 물어오는 까닭은 또 한 번의 질책과 비난이 아닌 진정으로 염려하기 위함인 것. 그 헤아림에 화린의 입술이 망설임을 떨쳐 내고 벌어졌다. 홍노와의 약속이 마음에 걸렸지만 사린 언니에게만큼은 괜찮겠다 싶었다. 해서 천천히 홍노의 제안에서부터 시작해 망해를 벗어난 이야기를 들려주었다.

"제일 먼저 잠시나마 월국을 구경하고 싶었어. 언니에게서 들었던 모든 것들이 귀가 아닌 눈을 통해 실제로 그려지고 있었으니까. 그런데 그 잠깐 사이에 누구였는지 내가 숨어들었던 바위틈으로 다가왔어."

"누구?"

"가슴에 피를 흘리고 있는 그 사내는……."

화린의 눈빛이 일순 묘하게 흐려졌다.

단 한 번밖에 부르지 않은 이름. 이번엔 네 차례라며 자신의 이름을 부르라고 명령했던 사내. 그 기억은 맨정신으로 망해를 건너도 잊혀지지 않을 것 같았다. 아니, 온종일 그 사내밖에 생각나지 않았다. 한시도 그를 떠올리지 않은 때가 없었다. 정작 그에겐 단 한 번 들려줬을 뿐인 그의 이름을 수련국으로 되돌아와서는 수없이 불러댔다.

"협이었어."

"세상에!"

대답이 떨어지자, 그때까지 숨죽이고 있던 사린의 얼굴이 창백하게 굳어졌다.

"……언니?"

"아, 아니야. 계속 말하렴."

"어쨌든 그 협이란 사내는 상처를 지혈하는 중이었고, 나는…… 조용히 몰래 그곳을 빠져나가려 했어. 헌데 마침 화살이 날아든 거야. 쫓기는 것처럼 보이진 않았는데, 어쨌든 그는 화살을 피했어. 대신에 내가 맞게 된 거지."

사내의 커다란 체구에 압도되었던 그 순간이 기억에 닿자 어깨가 움칠거렸다. 어림잡아 육 척은 훨씬 더 넘었다. 대개의 교인들이 오 척에 못 미치거나 겨우 넘을 뿐이어서 더욱 놀랐으리라.

"그게 다니?"

"……."

다음 말을 기다리던 사린이 더는 참지 못하고 물었다. 화린은 잠시 망설였다. 사내에게 산 채로 잡힐 뻔했다고 하면 언니의 반응은 어떨까?

"사실대로 말해. 정말로 그게 다야? 아니지?"

동생의 침묵에 더욱 불안해진 목소리였다. 뭔가 숨기고 있음을 그대로 간파한 눈치. 자신을 심지어는 어머니보다 더 잘 안다고 할 수 있는 그녀가 아니던가. 화린은 힘겹게 고개를 끄덕이며 말을 이어나갔다.

"그 사내가 나를 봤어. 아니, 날 붙…… 잡았어."

사린이 쓰러지듯 털썩 주저앉았다. 화린은 체념조로 한숨을 되뇌었다. 그 일을 직접 겪은 자신도 이럴진대 전해 듣는 이라고 해서 다를까? 매사에 의연한 사린 언니라 하더라도 평상심을 유지하기는 힘들 것이다. 사린의 벌어진 입새로 거친 신음이 쏟아졌다.

"오, 맙소사!"

그녀는 한동안 말을 잇지 못했다. 아연해진 낯빛. 혹 이대로 혼절해 버리는 건 아닐까 싶어 화린은 재빨리 수습에 나섰다.

"하지만 그 사내는 내가 교인인 걸 몰라. 그건 맹세할 수 있어. 너무 어두웠던 데다가…… 마침 누군가 그를 부르는 바람에 달아날 수 있었거든."

이것이 고작 첫 만남에 불과하다고 미리 못 박아두지 않은 게 얼마나 다행인가. 그와 교접을 치를 뻔한 위기에 놓였던 사실을 언니 사린이 알게 된다면 혼절에서 그칠 거라곤 아무도 장담하지 못한다. 그렇다고 해서 여기에 안심하고 있을 때가 아니다. 당장은 눈앞의 언니를 안심시키는 것이 급선무였다.

"이후론 아무 일도 없었어. 정말이야."

그의 입술과 혀가 전신을 떠돌며 저릿한 감각을 심어놓았던 일을 빼고는, 애만지는 그의 손길에 아스스 빠져들었던 일을 빼고는 아무 일도 없는 것이다.

다시 생각해도 그와 산호석을 만들고 국화주를 마셨다는 얘기까지 하지 않은 건 잘한 일이었다.

"믿어도…… 되겠니?"

"응, 그게 마지막이었어."

화린은 가만히 진한 떨림을 삼켰다. 몇 날 며칠간 잠을 설치게 했던 그 충격적인 기억이 되살아났다.

그의 체구 아래 꼼짝없이 놓여 있게 되었을 무렵, 밖에서 그를 부른 시기가 조금만 늦춰졌더라면 여지없이 더럽힘을 당했을 터다. 그야말로 완전히 빼도 박도 못하는 사면초가의 상태.

그 화를 모면할 수 있었던 것은 어찌 보면 행운이었다. 아니, 필시 달님의 보살핌으로 기적이 일어난 게 분명하다. 허나, 일변으로는 이런 생각도 들었다. 자신이 한낱 평범한 인간 계집이었다면 어땠을까? 화린은 이에 대한 대답을 알고 있다. 그 순간 협을 자신의 몸에 받아들이고 말았을 것이다. 전혀 거칠지 않은 부드러운 그의 손길에 모든 것을 내맡겼을 게 틀림없다.

떠올릴수록 아찔한 접촉.

처음엔 결박당한 짐승마냥 옴짝달싹도 못한 채 고스란히 그를 느끼는 게 고작이었다. 한 가닥 숨 쉬는 것조차 허락되지 않은 눈빛. 그 메마름 속에서 까닭 모를 두근거림만이 커다랗게 울렸었다. 두려움인 줄 알았던 그것이 야릇한 열기로 변해가자, 자신도 모르게 그에게 반응하고 있었다. 그의 단단한 어깨를 매만지고 싶기도 했다. 어쩌다 그렇게 되었을까? 아무리 자문해도 해답을 찾을 수 없었다. 단지 하나, 가례를 치르기로 한 교우 오라버니에게조차 느껴보지 못한 감정이란 것만큼은 확실했다.

"설마 그가 산호석을 만들어준 건 아니지?"

언니가 거짓말임을 눈치채지 못하길 바라며 애써 태연히 고개를 끄덕였다.

"응. 산호석은, 여분으로 준비해 두었던 장신구들과 바꿔서 얻을 수 있었어."

"사실이니?"

의아한 듯 반문하는 언니에게 뜨끔하며 웃어 보였다.

"그럼. 그 장신구들은 한눈에도 구하기 힘든 값진 것들이었으니까."

"그렇구나. 연부에서 그리 쉽게 만들어주진 않는다고 들었는데, 운이 좋았던 게야."

언니는 겨우 침착해진 표정이었다. 그렇지만 충격은 가시지 않은 듯 눈가가 경직되어 있다.

"……알고 있니? 그는, 아니, 협은 월국의 세 번째 황자란다."

"아, 그랬구나……."

언니도 알고 있었구나.

마지막 말은 속으로 삼켰다. 경악을 금치 못하던 언니의 모습에서 어쩌면 협에 대해 알고 있을지도 모르겠다고 생각했는데 그 추측이 옳았다.

"월국엔 세 명의 황자가 있어. 균, 조, 협. 이중 옥좌에 앉을 가능성이 있는 사람은 조와 협, 두 사람이라고 들었어. 단지 백일뿐인 기간 동안이라 이 사정을 제대로 아는 교인들은 드물지만 어머니께서는 따로 연통을 들으시거든. 어쨌든 네가 만난 협 황자는 정비 소생이지. 나머지는 차비의 소생이야."

사내의 위엄 어린 모습을 보며 주눅마저 들었던 화린은, 훗날 그를 다시 만나게 될 일이 없기만을 빌었다. 갑자기 사린이 도저히 안 되겠단 표정으로 듯 고개를 내저었다.

"안 되겠구나. 백일가례를 월국에서 치르는 건 위험해. 어머니껜 내가 잘 말씀드려 볼 테니 가람국으로 가렴."

"싫어. 그렇게 되면 염이를 만날 수 없단 말야. 그리고 만월의 축제 역시 꼭 보고 싶어."

비록 협과 마주하게 되는 위험을 감수하게 되더라도 월국에서 가례 의식을 마치고 싶었다. 대부분의 교인들이 월국에서의 좋은 추억을 안고 돌아오는데, 그녀의 정체를 믿지도 않을뿐더러 실성한 계집으로 취급하는 사내 때문에 계획을 바꿀 순 없었다. 더구나 가례 날짜만 맞으면 염을 만나 만월의 축제 때 꼭 함께하기로 하지 않았던가.

"염이는 나중에 이곳에서 만나도록 해. 그러다가 그 사내가 널 기억이라도 하면 어쩌려고 그러니? 제발 좀 고집 피우지 마렴."

"기억한다 해도 상관없어. 내가 교인인 것만 모르면 되잖아."

그가 자신을 기억할까?

궐내 후궁들이 많으니 어쩌면 그녀들과 함께하면서 차츰 잊게 될 가능성이 있다. 그러나 두 번씩이나 심상치 않게 부딪친 일들에 미루어 보면 그녀를 잊지 못할 가능성도 만만치 않게 크다.

반항심으로 비뚤어진 화린은 언니에게 모든 걸 털어놓은 자신의 행동을 후회했다. 어떤 일이 있어도 말하지 말았어야 했거늘. 아무리 자신을 귀애하는 사린 언니라 하더라도 받아들일 수 없는 일이 있는 것을.

하지만 이제 와 후회해 무엇하랴? 이미 쏟아진 물이요, 시위를 떠난 화살인 것을. 이로써 월국에서의 가례 의식은 물거품이 되고 마는 것인가. 그 푸근한 만월 아래 흠씬 정이 깃든 남녀의 모습을 훔쳐보며 얼마나 부러워했는데. 자신과 교우 오라버니도 그리 될 거라고 스스로를 다독였다. 가람국이라니. 목전에 두고 일이 이렇게 틀어져 버릴 수 있을까? 그건 아니 된다!

"싫어! 절대로 포기 못해!"

미련을 놓지 못한 화린의 얼굴이 아프게 일그러졌다. 사린이 못내 답답한 어조로 언성을 높였다.

"잘 생각해 봐. 다음번에도 그와 부딪쳤을 때 무사히 피할 수 있을지를 말야. 그 백일 동안 그와 마주치지 않길 바라는 건 거의 불가능에 가까워."

"그건……."

분하게도 언니의 말은 거의 완벽하게 맞았다. 그때야 기적적으로 그를 피했다지만 다음번에도 기적이 일어날 거라 장담할 수 있을까? 그렇지 않다. 더욱이 그가 황자의 지위를 이용해 그녀를 갖겠다고 나서면 교우 오라버니가 있다 하더라도 무력하게 당할 수밖에 없다. 아니, 그가 무력을 쓰기 이전에 화린 스스로가 무너질지도 몰랐다.

"말해두지만 협은 결코 호락호락한 상대가 아니야. 어쩌면 월국의 황제가 될지도 모르는 인물이란 말이다. 알아듣겠니?"

그가 절대 호락호락하지 않다는 언니의 말은 반박할 여지가 없었다. 하지만…….

더욱 절박한 심정이 되었다. 척박한 가람국은 절대 가고 싶지 않다. 반드시 월국이어야만 했다.

"언니, 부탁할게. 월국에 가서는 가례를 마치는 그날까지 얌전히 지낼 거야. 설령 그 사내를 만난다 하더라도 언니가 우려하는 일은 벌어지지 않아. 그냥…… 사람을 잘못 보았다며 아닌 척하면 돼. 황자인 그가 그 많은 사람들의 얼굴을 일일이 기억할 리는 없잖아? 제발, 제발 부탁할게."

"안 돼. 지금껏 너의 말을 다 들어주었지만, 이번만은 허락해 줄 수가 없구나. 부디 이 언니를 원망하지 마렴. 이건 너와 모두를 위한 일이야."

그녀는 냉정하게 등을 돌리고 가버렸다.

근신령이 풀어지자마자, 화린은 제일 먼저 홍노를 찾아갔다. 어서 빨리 이 산호석을 전해주어야만 했다. 이곳으로 돌아오고부터 악몽이 계속되었다. 밤에는 그에게 잡히는 꿈을 꾸었고, 낮에는 그를 만났던 기억들이 되풀이됐다. 살갗을 맞대고 숨결을 섞었던 감촉은 그렇게 단 하루도 빠짐없이 화린을 괴롭혔다. 차라리 누구에게라도 털어놓을 수만 있다면 완전히 벗어나진 못해도 가벼워지지 않았을까? 하지만 누구에게 말하랴? 아무도 없었다, 아무도. 그나마 믿었던 사린 언니조차 그 첫 만남을 전해 듣고 난 뒤부터는 화린에게 관대하지 않았다. 안팎으로 벼랑으로 내몰린 느낌이었다.

다 이 요사스러운 물건 때문이야!

흉측한 벌레라도 되는 양 산호석을 노려보며 생각했다. 협에게서 건네받을 때만 하여도 그 빛깔 참으로 곱구나 하면서 귀히 여겼는데, 이제는 보는 것조차 겁이 났다. 이것을 지니고 있어 그를 떠올리게 되는 것 같았다. 그의 것이면서 화린의 것이기도 한 산호석. 돌이켜 보니 그게 바로 의식이었다. 서로가 함께 산호석을 만드는 그 과정이야말로 혼인 의식의 하나였던 것이다.

"홍노에게 전해주기만 하면 끝인 거야."

그러면 협과 관련된 모든 기억들을 떨쳐 낼 수 있을 터이다.

"들어오십시오, 공주님."

문을 열기도 전에 홍노의 목소리가 담을 넘어왔다.

홍노는 화린이 수련국을 벗어난 다음날, 바로 탄로가 나서 역시 화린처럼 곧바로 근신 처분이 내려졌다고 들었다. 어머니 소운 황후가 고작 근신령으로 다스렸을 거란 생각은 안 들었지만, 이후 홍노에게 또 한 번의 처벌이 내려졌는지 아닌지는 소식을 접할 기회가 없었다.

화린은 들어오는 즉시 산호석을 내려놓았다.

"자, 홍노가 말한 대로 산호석을 가져왔어."

주름으로 물컹거리는 홍노의 손이 천천히 산호석을 더듬었다. 감정하듯 이리저리 확인하던 홍노가 감은 눈으로 말했다.

"연부에서 만들어오신 것이 분명하군요. 애쓰셨습니다."

"그럼 이제 교우 오라버니랑 가례를 올릴 수 있는 거지?"

홍노에게서는 한동안 대답이 없었다.

"대답해! 지금 묻고 있잖아? 설마 이제 와 약속을 물릴 생각인 건 아니지?"

다그치는 중에도 겨우겨우 화를 억누르고 있었다.

이걸 어떻게 만들었는데! 이걸 만드느라 하마터면 수련국으로 돌아오지 못할 뻔했다. 어떤 속셈이 있을지도 모른다며 다른 방법을 찾아보자던 염이의 만류까지 무시하고 홍노와의 약속을 믿은 자신이었다.

"설마 처음부터 내가 산호석 따위 만들지 못하고 포기할 거라 생각하고 지어낸 거짓말이었느냐?"

"아닙니다, 공주님. 제가 어찌 감히……."

홍노가 앞을 보지도 못하는 눈을 뜨며 부인했다. 흰자위밖에 보이질 않는 홍노의 눈을 보며 화린은 주춤 물러났다. 홍노를 무서워하는 건 아니지만 저렇게 눈을 뜨고 있는 모습만큼은 너무나 섬뜩하다.

"아니긴 뭐가 아니지? 그러니까 아무 말 못하고 있는 게 아니더냐? 제단에 바친다는 것도 전부 거짓이었어. 나를 기만한 게 아니라면 어서 당장 말해보거라!"

"송구하옵니다. 만일, 공주님께서 산호석을 가지고 계신 상황이 몇 달 전과 같다면 달라졌겠으나…… 문제는 교우이옵니다."

"교우 오라버니가 왜?"

"그것은 공주님께서 직접 교우를 만나보셔야 해결이 될 듯하옵니다."

혹시 교우 오라버니에게 무슨 일이라도 생긴 걸까?

화린은 불안해졌다. 이럴 줄 알았으면 진작 교우 오라버니를 만나고 오는 건데. 산호석을 떨쳐 내고 싶은 마음이 간절해 교우 오라버니에게 먼저 들러야 하는 것도 접어둔 채 홍노에게로 온 것이다.

"좋아. 교우 오라버니를 만나고 오도록 하겠어. 나중에 가서 다른 말이나 하지 마."

"잠깐 기다리시오."

등 뒤로 들려오는 홍노의 목소리가 화린을 멈추게 했다. 홍노의 입가가 잠시 차갑게 굳었다가 풀어졌다. 곤란하게 되었다. 진즉에 교우를 불러내 일의 전말을 들려주었으니 망정이지 하마터면 일을 그르칠 뻔하였다. 천만다행이지 뭔가. 애를 먹긴 했지만 교우 녀석을 불러들여 놓고 미리 손을 쓰지 않았으면 한바탕 난리가 났을 터였다. 계획대로라면, 화린은 지금쯤 산호석을 얻은 후 인간 사내와 가례를 올렸어야 마땅한데…….

하여, 화린이 수련국으로 돌아왔다는 소식을 듣고 홍노는 기함할 듯이 놀라고 말았다. 분명 인간 사내와 가례를 치렀을 텐데, 수련국으로 돌아온 걸 보면 필시 도망을 쳤겠지. 아마도 일에 차질이 생긴 모양이었다. 그렇다면 차선책으로 교우를 이용하는 수밖에.

"……공주님, 이 산호석은 공주님께서 지니고 계셔야 합니다."

"뭐라고?"

드높아진 언성 외에도 못마땅한 심기가 고스란히 얼굴에 배어 있었다.

"교우와의 가례가 확정되기 전까지 이 산호석의 주인은 공주님뿐입니다."

"몰라, 그런 것 따위! 어차피 교우 오라버니와 내가 가례를 올릴 게 분명하니 자네가 맡아준다고 여기면 되잖아?"

"이것은 쇤네가 맡는다고 될 일이 아닙니다. 이제까지 산호석을 잘 보관하고 계셨을 터인데 어찌 된 연유로……?"

화린의 얼굴이 화락 붉어졌다.

못된 할망구 같으니!

저것은 자신을 떠보려는 수작이다. 이 산호석을 얻기 위해 어떤 일까지 겪었는지 뻔히 알 텐데도 저렇게 묻다니. 산호석을 다시 떠안을망정 협과 있었던 일은 절대 입에 담지 않을 거란 걸 죄다 꿰뚫고 있었다. 밉살맞은 혜금이 한 말이지만, 홍노를 대하고 있을수록 기분이 나빠진다는 것만큼은 토 달 필요 없는 사실이었다. 화린은 분에 못 이겨 신음 소리를 내뱉으며 산호석을 손에 쥐었다.

교우의 처소는 황궁에서 제법 가까운 위치에 있었다. 근신령이 내려지면서 일체 외부와의 소통을 금하게 된 탓에 교우 오라버니가 보내온 물의 정령도 만나지 못했다. 그래서 기본적인 안부조차 모르고 지내왔는데, 오늘 홍노의 말을 듣고 나니 뭔가 일이 생긴 모양이었다.

으리으리하게 크진 않지만 기품이 느껴지는 처소에 들어서며 주위를 살폈다. 단아하고 수수한 멋을 자아내는 화계가 안 본 사이 더욱 잘 가꾸어져 있다. 예 부인의 손길이 닿았으리라. 그 가운데 교우 오라버니가 보였다.

"오라버니!"

"화린아!"

혈색이 도는 얼굴을 보아하니 어디가 아픈 건 아닌 모양이다.

"그래, 오늘로서 근신령이 풀어졌다고 들었어. 이거야 원, 너무 오랜만이라 반가워 몸 둘 바를 모르겠군. 그간 잘 지냈니?"

"응, 오라버니가 걱정해 준 덕분인걸. 염려해 주어 고마워. 너무 보고 싶었어."

돌연 교우의 안색이 어두워졌다.

원망이라면 몰라도 자신은 화린에게 고맙단 말을 들을 자격이 없었다. 아니, 지금부터 그 얘기를 털어놓고 나면 저 착한 아이는 두 번 다시 자신에게 웃으며 고맙다고 말하는 일 따위는 없을 것이다.

"오라버니, 우리 이제 가례를 올릴 수 있게 되었어. 기쁘지 않아? 가렛날은 오라버니가 점지 받은 날로 하면 된대."

교우는 잠시 입술을 깨물었다.

"화린아, 들려줄 말이 있다."

그의 어조 속에 담긴 딱딱함을 알아챘는지 화린의 표정도 단박에 굳어졌다.

"나쁜 소식이 아니길 바라. 그래, 무슨 말인데?"

"우선 정말 미안하구나. 나 때문에 그런 고생을 했을 터인데."

"미안하다니? 왜, 어째서 오라버니가 미안하다 말하는 거야? 오라버니…… 그게 대체 무슨 말이야?"

뭉싯뭉싯 불안감이 번져 왔다.

교우가 죄책감을 견뎌내지 못한 채 나직이 대답했다.

"나…… 화린이 너와 가례를 치를 수 없게 되었어."

"……뭐, 뭐라고?"

점차적으로 핏기가 가시는 화린을 보니 도저히 말할 용기가 나질 않았다. 교우는 시선을 피하며 마지막 말을 이어나갔다.

"너와 떨어져 지내는 동안 혜금이에게 마음을 줘버렸다. 혜금이를 배필로 점지 받았을 때만 해도 이렇게 사랑하게 될 줄은 몰랐는데……. 그래서 얼마 전 혜금이와 가례를 치르겠다고 홍노에게 얘기해 놓았다. 비겁하다고 욕해라. 너에게만은 할 말이 없어. 혜금이 아닌 네게 죄인이 되기로 했으니 날 욕해."

"마, 말도 안 돼! 아니야, 오라버니. 지금 나한테 장난치는 거야, 그렇지?"

교우의 얼굴이 아프게 일그러졌다.

"정말 미안하다."

"이건…… 잘못 들은 거야. 어쩌면 악몽을 꾸고 있는 건지도 모르지. 교우 오라버니는 나밖에 모르니까. 그러니까 이건 가짜야."

텅 비어버린 까만 눈동자가 눈물로 반짝였다. 교우는 화린의 뺨에 손을 가져가려다가 거두었다. 무슨 염치가 있어 저 눈물을 닦아주랴? 자신이 저지른 엄청난 잘못으로 하여금 앞으로 두 번 다신 화린을 대할 수 없을 것인데.

이 순간, 교우는 홍노에게 가장 지독한 분노를 퍼붓고 싶었다.

화린과 어머니, 아니, 수련국. 이 두 가지 중 하나를 선택하도록 만든 홍노가 죽이고 싶게 미웠다. 화린이 아닌 수련국을 택해 버린 자신은 더욱 용서할 수 없었다. 아직도 절반은 제물의 운명에 관한 홍노의 말이 믿어지지 않았지만, 아니, 믿고 싶지 않았지만 붉게 충혈된 화린을 보게 되자 극심한 후회가 치밀었다. 내, 너에게 무슨 짓을 한 건가.

차라리 수련국 따위 망해에 잠겨 사해가 되든 말든 너를 택했다면 이리 가슴이 찢어지진 않았겠지. 내 사랑은 겨우 이 정도밖에 안 되는 거였어. 널 지켜주겠다던 맹세도 한순간에 저버릴 만큼 비겁한 놈이었던 거다. 마음에도 없는 혜금을 들먹이면서까지 비수를 꽂은 나를 용서치 마라.

"화린아, 부디 좋은 배필을 만나거라. 이 오라비처럼 못난 사내가 아닌 너를 행복하게 해줄 상대가 나타나기를 기원해 주마."

"싫어! 교우 오라버니가 아니면 누구와도 가례를 올리지 않아! 오라버니 아닌 다른 사내가 배필이 되는 것은 이제껏 단 한 번도 생각해 본 일이 없단 말이야!"

악에 받쳐 버럭 소리 지르던 화린의 눈매가 벌겋게 충혈되자, 순간적으로 교우는 자신의 어깨에 짊어진 무게를 벗어던지고 이대로 화린과 가례를 치르겠다고 말해 버릴 뻔했다.

"……화린아!"

"오라버닌 지금 거짓말하고 있는 거야. 그렇지? 내가 정숙하지 못하게 처신하니까 버릇을 고쳐 주려고 일부러 그러는 거야, 맞지? 알았어, 교우 오라버니. 다신 그렇게 제멋대로 행동하지 않을게. 약속할 테니 그런 말일랑은 하지 마."

눈가에 맺힌 눈물처럼 목소리도 흠뻑 젖어 있었다. 교우는 울컥 솟는 감정을 다스리며 최대한 모질게 말하려 애를 썼다.

"혜금이와 가까워지면서 깨달았다. 네게 가지고 있던 감정은 한낱 오누이 같은 감정에 지나지 않았음을 말이다. 언젠가는 너도 이 오라비처럼 진실로 사랑하는 짝과 맺어질 것이니라. 황후 마마께는 내가 말씀드리도록 하마. 네게 이런 식으로 상처를 준 사람이 바로 나란 사실에 내 스스로도 쉽게 용서가 안 될진대, 어찌 네게 이해와 용서를 구하겠니? 그저 미안할 따름이구나."

"아니! 어머니께 말씀드리지 마! 난 오라버니가 마음을 바꾸고 다시 돌아올 거라 믿어. 우리의 가롓날은 변함없이 예정대로 치러지게 될 거야. 월국에 가서 기다릴게. 그때까지 잘 있어."

멀어져 가는 화린의 뒷모습을 무력하게 지켜볼 수밖에 없었다. 그의 곁으로 혜금이 다가왔다. 화린과 그의 대화를 모두 엿들은 눈치였다. 교우는 여전히 죄책감과 불안이 가시지 않은 눈빛으로 중얼거렸다.

"미안하다, 화린……."

"불쌍해서 어쩌나? 설마 월국까지 가서 기다리진 않겠지요?"

교우의 얼굴의 한층 더 굳어졌다. 그것이 바로 홍노가 처음부터 계획했던 것이었다. 화린이 혼자서 월국으로 가면 나머진 알아서 해결될 거라고. 그러니 허튼짓 말라고 주의를 주었었다.

"왜? 만약 그렇기라도 한다면 당신, 화린을 따라 정말로 월국으로 갈 작정인가요? 날 놔두고?"

완벽한 곡선을 그리는 혜금의 입술에서 독기 어린 음성이 흘러나왔다. 이렇게 복잡할 때 알아서 조용히 있어주면 좋으련만, 그녀는 그럴 생각이 조금도 없어 보였다. 한층 성숙미를 드러내는 그녀는 가례를 앞둔 여인들 중에서도 출중한 미모를 자랑했다. 그러나 유감스럽게도 그에겐 하등 소용없는 아름다움이었다.

"월국으로……."

말끝을 흐린 교우는 허탈하게 먼 곳을 응시했다. 따라갈 수만 있다면 오죽 좋으랴. 배필로 정해진 사내여야만 하는 게 아니라면 주저없이 그리했을 터이다.

그를 힐끔거리던 혜금이 불만스럽게 채근했다.

"왜 대답이 없죠? 혹시 아직도 화린에게 미련이 남은 건가요? 그렇담 우리 일은 없었던 걸로 하는 게 낫겠군요."

그 말에 교우가 난처한 기색으로 그녀의 앞을 막아섰다.

"그런 뜻이 아니란 거 잘 알잖아."

사실은 너 따위야 가버리든 말든 알 바 아니란 말을 해주고 싶었다. 이처럼 신경을 긁어대는 여자와 한평생 살아야 한다는 것이 그를 더욱 지치게 했다.

"몰라요. 내가 당신 속마음을 어떻게 알아?"

"화린이 너무 걱정되어서 그래. 널 버린다는 뜻이 아니야."

그제야 혜금의 얼굴이 누그러졌다. 그 표정의 변화를 알아챈 교우는 살며시 그녀를 끌어당겼다. 그녀가 나긋하게 안겨오며 속삭였다.

"당신이 이렇듯 우유부단한 태도를 취할 때마다 내가 어떤 기분이 드는지 알아요? 마치, 남의 남자를 뺏은 것 같아."

"……."

"네, 물론 맞는 말이긴 하죠. 홍노의 예언만 아니었으면 당신은 원래대로 화린 공주와 가례를 올렸을 테니까. 중간에 낀 나 같은 건 영영 모르고 지나쳤을 테죠. 하지만 당신이 진정으로 날 배필로 받아들이고자 한다면, 더 이상 불안을 느끼지 않게 해줘요. 의심하지 않게 해달란 말이에요."

"그랬군. 미안해. 이후부터 화린을 만날 일은 다신 없을 거야."

"정말인가요?"

교우는 여전히 지친 기색을 거두지 못한 채 고개를 끄덕였다.

"내가 그렇게 파혼 의사를 밝혔으니 화린도 잘 알아들었겠지. 만에 하나 월국으로 간다 하더라도 더는 관여치 않을 거야. 이제 안심이 되었나?"

"네, 고마워요."

만족스럽게 대답하는 혜금이 입가에 교소를 흩날렸다.

가렛날을 이틀 앞두고 화린은 궁궐을 나섰다. 교우와 만나고 난 후부터 말수가 적어진 그녀를 보고, 황후와 사린이 드디어 철이 드는 모양이라고 입을 모았다. 하지만 이는 화린의 타 들어가는 심사를 전혀 모르고 하는 말이었다.

월국에 가서 먼저 기다리는데도 교우가 오지 않으면 어떻게 하나. 정말로 혜금이에게로 마음이 돌아서 버린 걸까. 화린은 걱정으로 시들어갔다. 식사량은 현저히 줄었으며 웃는 횟수도 줄어들었다. 그나마 잠을 이루기라도 하면 다행이나 그것은 극히 드문 경우였다. 간신히 잠이 들어도 부지기수로 악몽이 찾아들었다. 그 악몽 속엔 언제나 협이 있었다. 때로는 첫 만남으로 그치기도 하고, 때로는 거구의 체구 아래 나신으로 몸부림치기도 했다. 그중에서도 가장 소스라치게 놀랐던 악몽은 화린이 교인임을 알아버린 그가 잔인하게 생포하는 꿈이었다. 교우를 비롯한 누구를 불러도 소용없었다. 구경하는 사람들 모두가 괴물을 쳐다보듯 혐오스런 시선을 던지기만 했다. 거기까지 꿈이 미치면, 벌써 추녀 끝으로 아침이 밝아 있었다.

어머니께 사실대로 털어놓을까?

아니야, 그럴 순 없어. 어떻게 말씀드려. 교우 오라버니가 이제 와 파혼을 선언해 버렸다고? 그에게 버림받아서 가례를 치를 수 없게 되었다고? 그렇다면 나의 배필은 누구란 말인가?

착잡한 얼굴로 고개를 내저었다. 그 후의 일은 불 보듯 뻔했다. 부모님께서 대노하실 것은 물론, 당장 교우 오라버니를 불러들여 책임을 물을 터이다. 그리하여 당신의 딸과 강제적으로라도 가례를 치르라 명하겠지. 그것은 그녀가 가장 원치 않는 일이었다. 모두의 비웃음 속에서 거행되는 가례는 바라지 않았다.

"어, 여긴……?"

낯설다. 여긴 처음 오는 곳이었다. 월국에 가기 전 친구들의 얼굴이라도 먼저 보고 갈 셈으로 접어든 길이건만, 아마도 이런저런 생각에 골몰해 있느라 그만 엉뚱한 곳으로 빠져든 모양이었다. 어디지? 이제까지 단 한 번도 와본 기억이 없었다. 뿐만 아니라 무겁도록 고요한 것이 근처에 거주하는 이들조차 보이질 않았다.

이런 곳이 있기나 했을까 싶을 정도로 생소한 기분. 호기심에 이끌려 방향을 바꾸지 않은 채 그대로 들어갔다. 짙게 드리워진 해초가 드문드문 통로를 에워쌌다. 염이 옆에 있었다면 당장 되돌아가자고 말렸을 것이다.

반 식경 정도 걸었을까? 물옥잠들이 커다란 잎을 드리운 안쪽에 흐릿한 뭔가가 시야에 닿았다.

"……누구, 거기 누구 있는가?"

조심스레 말을 건네어보지만 침묵은 변함없었다. 화린은 천천히 다가갔다. 누군가 미동없이 앉아 있는 윤곽이 서서히 드러나기 시작했다. 하나의 빛줄기가 희붐히 내려앉은 윤곽은 천상 여인의 자태였다.

이 외진 곳에, 누구일까? 누구란 말인가?

화린의 얼굴 위로 의당 치밀 법한 두려움 대신 고요하고도 조심스러운 신중함이 서렸다. 조용히 상대를 주시했다. 치장하지 않은 기다란 머리칼을 단정하게 한쪽으로 모은 채 눈을 내리깐 여인은 지극히 낯선 느낌을 가지고 있었다. 초면이 분명하다. 뭔가 깊은 생각에 잠겨 있었던 듯 여인은 이쪽을 돌아보지 않았다. 그러다가 화린의 그림자가 비스듬히 겹쳐 올 때서야 비로소 마주했다.

"……!"

커다랗게 열린 여인의 두 눈에 실망 비슷한 것이 짧게 스쳐갔다. 잠깐 새였지만 낯선 화린을 확인하는 순간, 기대감으로 반짝였던 눈동자가 어둡게 꺼져 가는 것을 지켜볼 수 있었다. 그 다음엔 여인의 입술이 작게 벌어졌다가 닫혔다. 누구의 이름을 부르려 했던 걸까. 아스라이, 아스라이…… 무의식중에 그녀의 입술에 실렸던 이름은 소리도 내어보지 못하고 거두어졌다.

여인은 누군가를 기다리고 있었던 게 틀림없었다.

벌겋게 생채기가 나도록 밀화가락지를 움켜쥐고서 누구를 기다렸던 걸까?

아래로 내려간 화린의 시선이 여인의 오른손에 오래도록 닿았다. 원래는 왼손 무명지(無名指)에 끼었던 모양으로 가락지를 패용한 자국이 보였다. 아깐 미처 보지 못했던 밀화가락지의 안쪽엔 조그맣게 글자도 새겨져 있었다. 그 글자는…….

아, 그랬구나!

여인의 그 커다란 실망감 앞에 어쩐지 미안함으로 가슴이 저며왔다. 될 수만 있다면 여인이 간절히도 기다렸던 누군가가 되어주고 싶을 정도로.

미안, 내가 당신이 만나길 바라는 사람이 아니어서. ……그 사람이도록 기대를 걸게 한 것도 미안해.

화린은 오래전 맏언니 사린으로부터 몰래 듣게 된 이야기를 떠올렸다.

선요…….

아직 가례 의식을 치르지 못한 교인들은 결코 들어서도, 마주해서도 안 되는 금기시된 이름. 그녀를 만날 수 있도록 허락받은 이는 오직 한 명. 어머니 소운뿐이었다고 하였다.

불과 몇 년 전까지 선요는, 곱고 반듯한 이목구비로 가례를 앞둔 청년들에게 선망의 대상이었다. 물의 정령은 그녀의 노랫

가락에 흥겨워했고, 그녀의 손을 타고 흘러나오는 음율은 거친 파도를 잠재웠다. 그녀는 타고난 악사였다.

그런 선요를 신부로 얻은 행운의 사내는 황궁에서 조금 떨어진 진주령의 익호였는데, 꽤나 장대한 기골로 알려진 인물이었다. 큼직큼직한 외모 덕에 자칫 험상궂게 보일 수 있었지만 본디 성정이 과묵하고 됨됨이가 올곧아, 그를 두려워하는 이들은 없었다. 가까운 친구들은 그의 행운을 진심으로 축하해 주었다.

두 사람은 축복과 부러움 속에서 가례를 올리고 월국으로 향했다. 통과의례처럼 남은 관문, 뭍에서의 백일만 견디면 수련국에서 백년해로하는 일만 남은 그들이었다.

그러나 머지않아 그들에게 불행이 들이닥쳤으니.

뭍으로 올라간 지 두 달여 만에 선요 혼자 수련국으로 되돌아온 것이다. 선요는 익호가 어찌 되었냔 물음에 대답없이 고개만 구슬피 주억거렸고, 일체 어떤 말도 하지 않았다. 약간의 정신착란 증세마저도 보이는 듯했다. 답답한 소운이 이렇게도 저렇게도 달래보았지만 소용없었다. 되돌아온 이래 끼니조차 굶더니 끝내는 정신을 놓아버리고 말았다. 또 한 번 놀란 것은 그 다음이었다.

선요가 목소리를 잃어버렸다!

놀란 소운이 당장에 어의를 불러들였는데 그가 말하길, 이미 수련국에 되돌아오기 전에 목소리를 잃은 것이라 하질 않겠는가.

세상에! 어떻게 그런 일이!

평화롭고 고요하던 수련국은 순식간에 커다란 파문에 휩싸였다.

그 해사하던 선요에게 대체 무슨 일이 생긴 걸까?

그녀의 신랑 익호는?

소문은 일파만파 번져 나가 가례를 앞둔 이들에게는 더 무서운 이야기로 변질되기까지 했다.

새신랑 익호가 죽임을 당한 게 아니라 다른 인간 여자와 눈이 맞아 돌아오지 않는 것이라고. 때문에 걸림돌이 된 선요를 해칠 음모를 꾸몄다고 말이다. 혹은 그가 미색에 홀렸을 리 없다며 수련국에서의 단조로운 삶에 환멸을 느낀 나머지 일부러 죽음을 가장한 채 모험심과 정복욕에 취해 인간들의 땅에 남아 있는 게 분명하다고 떠드는 이도 있었다. 선요를 위험에서 구해내려다 죽었을 거란 추측을 한 이는 극소수에 불과했으며, 그들은 익호의 몇 안 되는 절친한 친구들이었다.

선요에 대한 소문도 무성하기는 마찬가지.

일변 익호가 그녀를 인간들에게 팔아버린 게 틀림없다더라. 그런 와중에 구사일생으로 달아난 그녀를 산아할멈이 도와주었다고 하는 이가 있는가 하면, 일변 익호를 탐낸 인간 계집이 선요에게 투기를 부린 나머지 살인을 교사하려다가 실패하였다고 말하는 이. 반대로 선요가 수려한 미남자에게 마음을 빼앗겼는데 그만 익호에게 들통이 나서 그녀만 돌아오고 상심한 그는 여전히 월국에 있을 거라고 말하는 이와 선요의 심한 반항으로 범하지도 못한 채 그 죄가 알려질 것을 두려워한 악인이 그녀를 벙어리로 만들어 버렸다고 단언하는 이들도 있었다.

많고 많은 이야기들이 꼬리에 꼬리를 물고 늘어지며 도마에 오르내렸다. 그 누구도 정확한 진의는 알지 못했다. 무엇보다 선요가 여전히 식음을 전폐한 채, 자신이 겪은 일에 대해 글로 써도 전달하려 하지 않았기 때문이다.

이런저런 억측이 난무한 가운데, 소운이 산아할멈을 불렀다. 산아할멈은 한 쌍의 교인들이 육지에서 무사히 교접을 마칠 수 있도록 도와주는 어머니 같은 존재로 이번에도 마찬가지로 선요와 익호의 신혼 생활을 보살펴 주었었다. 그러나 그런 산아할멈조차도 자세한 내막을 알지 못하는 눈치였으니.

산아할멈이 선요를 발견했을 때에는, 벌써 몇 시진 전에 선요가 독에 의해 목소리를 잃은 뒤였다고 한다. 축 늘어진 몸. 이리저리 옷가지가 찢긴 흔적이 보였으나 다행히 겁탈은 당하지 않아 우선 서둘러 수련국으로 돌려보낸 것이라며, 익호는 선요가 당한 일을 앙갚음하기 위해 나섰다가 사라진 상태라며, 꺼져 가는 한숨과 함께 말을 끝맺었다. 익호의 행방은 지금까지 묘연하기만 했다.

찾는다 한들 이제는 다시 오지 못할 터.

사람들은 앞으로 익호를 만날 것이라 기대하지 않았다. 수련국을 감싸고 있는 망해(忘海)가 익호를 받아들이지 않을 게 분명했다. 백일가례가 끝남과 동시에 닫혀 버리고 마는 결계. 굳이 망해를 통과하고자 한다면 목숨을 담보로 하는 수밖에 없었지만 이제까지 살아서 돌아온 예는 극히 드물었다. 아니, 그런 성공담조차 그저 허구로 지어낸 이야기일 뿐이라고 말하는 자가 많았다. 그럴진대 누가 감히 물의 정령이 될 위험을 무릅쓰고 망해를 통과하려 들겠는가. 익호는 그들과 같은 교인이지 신선이 아니었다.

이로 인해 백일가례 의식은 낯선 세계에 대한 설렘이 아닌 불신과 두려움으로 피하고자 하는 교인들이 하나둘 늘어나기 시작했다. 부왕(父王) 지륜은 근심에 싸였다. 이대로 자연의 순리를 거스르면 수련국은 곧 멸망의 길에 이를 것이므로.

그것은 절대로 안 되는 일.

과거에 교인들의 세계가 멸한 역사는 단 한 번으로도 족했다. 더욱이 선조들이 남긴 과오의 산물을 하루도 빠짐없이 지켜보고 있는데야 두말할 필요가 없는 것이었다.

물의 정령…….

멸하여진 선조들의 혼은 기억을 잃은 채 물의 정령으로 분했다. 그것은 종신형으로 평생 교인들의 손발이 되어 온갖 일을 해야 하는 것이다. 그리고 이들은 결계의 역할을 하는 망해에 서식하고 있었다.

이곳을 또 한 번 사해(死海)로 만들 순 없었다.

그는 소문을 막고자 선요에 대해 함부로 입방아를 찧는 이가 있으면 중죄에 처했고, 가례를 피하는 자가 있으면 마찬가지로 중죄로 다스렸다. 허나, 그 무성한 소문들이 그들의 수호신, 수룡(水龍)에게까지 흘러들어 가는 것은 누구도 막지 못했다. 수룡은 격노했고 한동안 월국에는 재앙이 이어졌다. 수로(水路)를 이용하는 인간들은 죽음을 면치 못했다. 파도를 일으키고 암초를 심어놓아 배가 난파당하게 만들었다. 수룡의 화는 거기서 그치지 않았다. 극히 드문 경우였으나 백일가례를 하는 중에 인간과 사랑에 빠진 나머지 남은 생을 버리고 그들의 아내나 남편으로 살아가기도 하였는데, 그런 교인들에게마저 저주를 내렸던 것. 교인들도 비극적인 죽음을 맞이했다고 한다. 이는 전해지기만 하였을 뿐 사실임을 확인할 근거가 없었으나 그가 자비를 버렸음은 자명한 일이었다. 이후 월국에서는 수많은 용신제가 치러졌다. 그 결과, 다행히 가례 의식은 예전처럼 변함없이 월국에서도 이어지게 되었고, 선요의 일도 다른 이들의 기억에서 차츰 무뎌져 갔다.

······어쩌면 그것이 선요가 가장 바라는 일이 아니었을까. 그렇게 모든 이들의 기억에서 흐려져 가길 정말 바라마지 않았을까. 그 헤아릴 수 없는 아픔의 무게에 그저 먹먹하기만 했다.

화린은 마음속으로 가만 되뇌었다. 그리곤 또 가만히, 곧아진 눈빛으로 단언했다.

"당신이 선요였구나."

六.

가례, 님 잃은…

"**밤**기운이 참으로 맑구나. 이러다가 달빛에 취하겠어."

향원루 쪽널마루에 정좌한 조가 엷게 웃음을 띠며 말했다. 협은 가벼이 수긍하며 못가로 시선을 던졌다. 나직나직 고개를 내민 물여뀌들이 그들을 바라보고 있었다. 담장을 경계로 흠씬 무르익어 가는 축제의 분위기가 전해져 왔다. 국혼 이후, 처음으로 찾아든 만월은 그 어느 때보다 의미가 깊었다. 황자비가 된 다영은 차비 휘옥과 함께 예화당에서 운치를 즐기고 있었다.

"예아라 하였던가?"

조가 운을 떼었다. 이번 국혼에 접견하였던 설국의 공주를 일컫는 것이다.

"네. 설흔 태자와 동행하였지요."

"그래, 맞아. 아버지와 황후께서 몹시도 눈여겨보신 모양이더구나."

"재색을 겸비한 여인이니 그러실 만하지요."

협의 어조는 건조하리만치 담담했다. 그것이 무관심임을 눈치챈 조의 입가에 낮은 한숨이 가라앉았다. 어긋나 버린 기대가 빚어낸 안타까움이리라. 예아 공주는 앞서 말한 대로 재색을 갖춘 미인이었고, 심성도 고왔다. 무엇보다 협에게 향한 애틋한 연모의 정을 공공연히 드러내었으니 그럴 만하였다. 그러나 그 스스로가 동하지 않아 방관하는 것으로 대답을 대신해 왔다. 물론 얼마 전 황후의 직접적인 압력에 못 이긴 나머지 한차례의 차가운 일침을 가했지만 말이다.

"협아."

혹, 동생이 아직도 다영을 마음에 두고 있음인가 싶어 조의 안색이 별안간 어두워졌다. 무엇보다 다영으로 인해 마음을 걸어 잠근 것은 아닌지 그것이 가장 걱정되었다. 이번 예아 공주와의 일을 보며 거의 확신을 하고 있는 중이었다.

"……정리가 되지 않은 것이냐?"

여유를 두고 묻는 질문에 협은 호탕하게 웃어 젖혔다. 과연 여리고 온화한 성정을 지닌 그의 형다웠다. 아우의 드문 웃음에 조가 어리둥절한 기색을 보였다. 하지만 저 못가를 지나 담벼락으로 울려 퍼지기도 전에 협의 웃음은 뚝 그쳤다. 다영이 형님

인 조와 국혼을 치를 때조차 그저 아름답구나 감탄에 그쳤던 그
는 더 이상 마음의 동요를 느끼지 못했다. 아니, 그런 순간에조
차 그의 관심은 사라져 버린 화린에게 기울어 있었다.

"그럴 리가 있겠습니까? 제가 염려하지 않아도 된다고 누누
이 말씀드리지 않았습니까, 형님?"

호형호제라, 휘옥이 들었다면 경을 치고도 남았을 일이다. 허
나, 두 사내는 단둘이 있을 때만큼은 그런 격식을 버리기로 하
였으니. 이복(異腹)임에도 동복(同腹) 못지않은 우애였다.

"뒤늦게야 알았다, 네가 비(妃)와 혼인을 약조하였었다는 것
을."

어찌 알았을까. 다영이 노심초사 숨기고저 하였던 일인데.

협은 그 출처가 궁금했지만 입에 담지 않았다. 그저 한마디로
형의 근심을 덜어줄 뿐이다. 하지만 그의 눈가로 한줄기 가느다
란 경멸이 스치는 일은 어쩔 수 없었다.

"이미 지난 일입니다."

"참으로 둔하고 못난 사람이지, 내가."

짙은 자책을 담은 조의 눈이 술기운 때문인지 더욱 탁해졌다.

"그런 생각일랑은 거두어주십시오. 제 마음이 깊게 닿지 않아
놓아버린 인연이거늘. 형님께 이리 짐을 얹어 드린 저를 도리어
탓할 노릇입니다."

"고맙구나, 아우야."

조가 탄복하듯 중얼거렸다. 협은 조용히 형 앞에 높여진 빈

잔을 채웠다. 찬연한 향을 머금은 송화주가 적당히 차가워 마시기에 알맞았다.

조의 눈길이 다시금 아우에게로 향했다. 그리곤 아우가 알아채기 전에 날래게 시선을 거두며 술잔을 비워냈다. 그의 미간이 희미한 굴곡을 그렸다. 치졸한 자아를 적신 술맛이 오늘따라 유별나게 썼다.

나란 놈은 이리도 우유부단한 놈이었단 말인가. 이기적인 놈이었단 말인가.

아우의 설익은 상처까지 파헤쳐서 무얼 확인해 보고 싶은 것이더냐. 만약 네가 나와 같은 처지에 놓였다면 다영의 집안과 척을 지게 되는 한이 있더라도 국혼을 물렸을 테지. 그러고도 남았을 테지. 아무리 다영의 집안이 세가라 한들 늘 그리했듯 정도대로 걸었을 게야. 그러나 나는 그리하지 못했다. 그런데도 넌……

협은 다시 말없이 잔을 채웠다. 서로의 술잔 위로 침묵이 고이고, 말갛디말간 달이 고였다. 다시 그 위로 조의 한숨이 미세한 파랑을 심어놓았다. 그의 가라앉은 심기를 꿰뚫은 협이 낮게 고개를 저었다.

"그러지 마십시오, 형님. 진즉 인연이라 여겼으면 형님이라 해도 놓지 않았을 겝니다. 정녕 아우를 바늘방석에 앉힐 셈이신지요."

"그래, 허면은 이제부터 심려치 않으마."

협의 말없는 눈빛을 받아내며 조는 겨우 웃음을 내비쳤다.

잔을 비울 때즈음 다영의 시비(侍婢)가 잰걸음으로 다가왔다.

"전하!"

"무슨 일이지?"

시비가 가쁘게 차 오르는 숨을 가다듬으며 아뢰었다.

"비께서 휘옥마마와 함께 예화당에 머무르시는 틈을 타 수녕전에 도둑이 들었다 하옵니다."

"없어진 물건은?"

조의 물음에 시비는 한층 수그러진 어조로 대답했다.

"다른 건 그대로인데, 하필 연화룬(蓮花韻)만 없어졌다 하옵니다."

"저런!"

연화룬이라면 국혼을 치를 때 조가 다영에게 건네준 패물 중에서도 가장 진귀한 것으로 정교한 연꽃 문양 외에도 맑고 청아한 음색이 마음을 평안케 해주는 신기한 물건이었다.

"한 환관이 도둑인 듯 지나쳤던 이의 인상착의를 일러준 대로 뒤져 보고는 있으나 아직까지 오리무중입니다. 때문에 비께서 얼마나 상심이 크신지……."

"아무래도 일어서야 할 것 같군. 그래, 곧 수녕전으로 옮길 채비를 하마. 너무 상심치 말라고 전하여라."

협도 그를 따라 향원루를 나섰다. 안 봐도 훤할 일이었다. 지금쯤 수녕전은 발칵 뒤집혀 있을 터이다. 다영의 상심이 크다

정도로만 전한 시비의 말은 겉치레에 불과했다. 자신을 비롯한 조가 이 만월의 밤을 고요히 보내려면, 무슨 수를 써서라도 도둑을 잡아들여야 했다. 그의 안색이 달갑지 않음으로 잔뜩 굳어 있었다.

그러나 월국은, 만월의 빛이 잔잔하게 닿아 있는 이곳 수련국의 분위기에 비하면 그나마 평화롭다고 할 수 있었다. 수련국은 그 어느 때보다 침중했다.

화린이 가고 없는 빈 방 안.

산산조각나 버린 동경의 파편들은 잔인한 충격의 잔해였다.

황제 지륜은 부들부들 떨리는 손으로 동경 조각을 줍기 시작했다. 갑작스런 파열음에 따라 들어온 소운 황후, 홍노가 그를 만류하기 위해 다가갔다.

"놔두시오!"

절절한 노여움이 배어난 목소리가 그들을 주춤하게 했다. 건드리면 가만있지 않겠다는 듯 악다구니라도 부릴 기세였다. 그의 눈은 벌겋게 충혈되어 있었다. 황제가 된 이래, 단 한 번도 보여준 적 없었던 눈물을 오늘 흘리고 있는 것이다. 금지옥엽 익애(溺愛)해 왔던 막내딸을 완전히 떠나보내고 난 오늘, 그는 초인적인 힘으로 이성의 끈을 쥐고 있었다.

하지만 경대의 모서리에 놓여진 잔을 발견하는 순간, 간신히 그를 지탱해 주던 이성의 끈마저도 툭 끊어지고 말았다. 지륜은 믿을 수 없는 얼굴로 잔을 들어올렸다.

"이, 이런……."

그것은 초례주 잔이었다.

자그마치 세 모금의 양이 들어갈 술잔에는 정확히 딱 한 모금의 초례주가 남아 있었다. 망해를 건너기 위해서 반드시 마셔야 한다는 초례주, 교인들의 기억을 욕심내는 삿된 물의 정령들로부터 보호해 준다는 바로 그 초례주였다. 아마도 자신이 제물의 운이란 사실에 충격을 이겨내지 못한 화린이 초례주를 마저 다 마시는 걸 잊은 모양이었다.

그는 눈알을 굴리며 거칠게 소리쳤다.

"당장 화린을 데리고 오시오, 지금 당장!"

과연 화린이 망해에 당도하기 전에 붙잡을 수 있을까.

황제의 명을 거역할 수 없어 모두들 화린의 뒤를 따랐지만, 돌이키기엔 너무 늦었을지도 모른다는 불길한 예감이 자꾸만 떠올랐다. 그 한 모금의 초례주가 어떻게 화린의 인생을 바꾸어 놓을 것인가.

만약…… 만약…….

연연히 불어오는 순풍에 기다란 머리카락이 나부꼈다. 시린 밤바람에 홍조 어렸던 뺨이 창백해졌다. 깜빡이는 두 눈에 둥근 달이 걸려 있었다. 오늘로서 두 번째였다, 월국에서의 만월은. 그날은 혼자였지만 오늘은 교우와 함께일 거라고 여겼었는데……. 그토록 기다렸건만 교우는 결국 나타나지 않았다.

"달아, 휘영청 밝기도 밝아라. 고운 내 님 미소도 밝아라……."

언젠가 언니 사린이 들려주었던 월국 만월가(滿月歌)였다. 화린은 처연한 곡조로 읊어 내리다가 그만 툭, 눈물을 흘렸다. 격해진 감정을 이겨내지 못한 탓이었다. 기어이는 버림받고 말았구나. 백일가례는 꼭 함께 치르자 하였는데. 무슨 일 있어도 나뿐이라 하였는데. 이제 꼼짝없이 혼자 된 몸이구나. 그렇게 생각하니 스스로가 못 견디게 슬퍼졌다. 못 견디게 화도 나고 원망도 솟았다.

문득 비단 향낭에 넣어두었던 밀화가락지가 생각나 꺼냈다. 그것을 한참이나 달에 비추던 화린은 짧게 한숨을 내쉬었다.

빛 고왔던 밀화가락지. 주인 잃어 이제는 혼탁해지기만 한.

이틀 전 선요가 떨어뜨리고 간 밀화가락지였다. 도망치듯 자신을 피하지만 않았어도 그녀의 손에 돌려줬을 터인데. 끝내는 선요를 찾지 못해 그대로 진주령을 빠져나와야 했다. 그리곤 나중에라도 돌려주어야겠다 싶어 향낭에 고이 간직해 두고 있던 참이었다. 아마도 자신에게 해를 끼칠 것이라 지레 겁을 집어먹고 달아났으리라. 다른 교인들이 얼마나 험담으로 상처를 안겨주었으면 그리했을까. 험한 일을 겪고 낭군까지 잃었으니 무던히도 외로웠을 텐데, 화린을 오로지 경계하기만 했다. 돌이켜 볼수록 참으로 안타까웠다. 어찌 보면 버림받은 자신의 신세보다 더.

그나저나 큰일이었다. 월국에 오르기 전 사린 언니에게라도 전해주려 했거늘, 이렇듯 깜빡 잊고 그대로 향낭에 넣은 채 와버렸으니 이를 어쩐다? 이걸 찾느라 선요가 고생할 걸 생각하니 미안함이 배가되었다. 빨라도 가례가 끝나야만 돌려줄 수 있다. 하지만 교우 오라버니가 올 거라 장담할 수 있을까. 월국에 오르고 나니 더욱 갈팡질팡했다.

그녀의 마음도 이같을까? 배필을 잃어 공허해진 그 마음도 이러하진 않을까?

"아니야, 교우 오라버니는 반드시 올 거야!"

화린은 마음을 굳게 다졌다. 이제나저제나 연연불망 그에게 향해 있는 그녀를 잊지 않고 이곳으로 올 것이다.

그런 생각을 하며 그녀는 산아할멈의 집까지의 위치를 가늠하며 천천히 걸음을 옮겼다.

해안가에서 그리 멀지 않은 곳이라 조금만 더 가면 된다. 그때 외워둔 길이니 이번엔 헤맬 염려도 없었다. 걸을 때마다 스치는 옷자락의 감촉이 부드러웠다. 그녀의 몸에 신기하게도 꼭 들어맞는 저고리와 치마는 은은한 주홍빛이었다. 산아할멈이 바위틈에 숨겨놓은 칠보함에서 꺼낸 옷이었는데, 교우의 옷은 가지런히 개어진 채로 가슴에 품었다.

"아얏!"

마을로 당도할 무렵이었다. 화린은 다급히 뛰어가던 여인과 부딪쳐 넘어지고 말았다. 뭐가 그리 급한지 여인은 사과의 말 한마디는커녕 옷에 묻은 흙먼지도 털어내지 않고 가버렸다. 화린은 새 옷에 묻어난 흙을 털어내며 일어섰다. 아직 교우 오라버니한테 보여주지도 못한 새 옷인데, 이게 뭐람! 넘어지다 생긴 얼룩은 아무리 털어도 없어지지 않았다. 따라갈 수만 있다면 어서 쫓아가 무례함을 꾸짖고 싶었지만 어찌나 빠른지 뒤꽁무니도 보이지 않았다.

"보나마나 산아할멈에게 꾸중을 듣겠네. 어떤 행실 고약한 아낙이 밀치는 바람에 이렇게 되었다고 말해줘야지. 그 얼굴, 기억이라도 해두었으면 좋으련만."

여인이 사라진 방향을 노려보며 투덜거렸다. 무슨 사정이 있을 테니 언짢아하지 말자고 이해하려 해도 실룩거리는 뺨은 어쩔 수가 없다. 그러나 그것도 잠시, 행실 고약한 그 여인이 다시 되돌아오는 게 아닌가.

"아깐 정말 죄송했어요. 혹시 다치신 곳은 없나요?"

이번에도 그냥 지나치려 했다면 한바탕 야단이라도 쳐줄 작정이었는데, 대뜸 사과부터 해오는데야 화를 낼 수가 없었다. 더욱이 여인은 무례했던 행동과는 판이하게 진심으로 미안해하는 얼굴이었다.

"……괘, 괜찮아요."

자신보다 연장자인 듯해 화린은 존대했다. 이미 연부의 노인과 한바탕 싸우고 난 뒤에야 알았지만, 가월정에서 마저 다 배우게 된 월국 인간들의 예법엔 연장자에게 존대하는 것이 원칙이라 하였다. 자유로운 교인들의 수어와는 달리 존대어가 명시되는 저들의 언어는 확실히 복잡했다.

"어머, 이를 어째. 옷에 얼룩이 생겼군요. 보아하니 새 옷 같은데……."

여인은 더욱 죄송스러워했다.

여인의 말대로 이것은 새 옷이다. 교우 오라버니만 곁에 있다면 이 옷을 입은 채 가례를 올렸을 터이니, 그냥 '새 옷'이 아니라 예복을 더럽힌 셈이다. 하여 화린은 쉽게 화를 가라앉히지 못했다. 그 언짢은 심사가 그대로 목소리에 묻어났음은 물론이다.

"그러게 왜 사람을 밀치고……!"

"……정말, 죄송하게 되었습니다."

"아니, 되었어요. 앞으로는 조심하도록 해요."

"그럼 사죄의 뜻으로 이걸 받아주시겠어요?"

여인의 손바닥 위에 올려진 옥비녀가 달빛을 받아 은은하게 빛났다.

"썩 필요한 건 아닌데……. 그냥 받은 셈 칠 테니 가져가도록 해요."

여인이 정색하며 옥비녀를 가지도록 권고했다. 그래도 주춤거리며 받으려 하지 않자 여인은 화린의 등 뒤로 걸음을 옮겼다. 화린보다 키가 약간 더 큰 여인의 손길이 머릿결에 닿았다.

"자, 머리를 이렇게 늘어뜨리는 것도 좋지만 비녀를 이용해서 하나로 틀어 올리면 훨씬 더 기품있어 뵌답니다."

기껏 치장까지 해주었는데 돌려주자니 여인이 무안해할 것 같았다. 화린은 엷게 미소를 띠며 말했다. 좀 전보다 한결 누그러진 어조였다.

"고마워요. 잘 쓰도록 할게요."

"저기…… 실은 정말 급한 부탁이 있는데……."

그래서 아까 그리도 급하게 뛰었던 것일까. 여인은 몹시도 절박한 표정이었다.

"무슨 부탁인가요? 제가 들어줄 수 있는 거라면 도와드릴게요."

여인이 기다렸다는 듯 대답했다.

"지금 아가씨가 품에 안고 있는 그 옷을 제게 주면 안 될까요?"

"이 옷은……."

"정말 이 은혜는 잊지 않을게요. 대신 제 옷을 드릴 테니 제발!"

여인의 옷은 한눈에도 고급스러워 보였다. 하지만 교우의 옷과 바꿀 수는 없는 노릇이었다. 망설이는 화린의 기색을 지켜보던 여인이 더욱 간절히 애원했다.

"나중에 장에서 제 옷을 팔면, 아가씨 품에 있는 그런 옷 서너 벌쯤은 거뜬히 마련할 수 있을 거예요. 당장 급한 처지인 절 좀 도와주세요. 이렇게 간곡히 부탁드려요!"

여인은 말하는 도중에도 간간이 주위를 살피고 있었다. 누군 가에 의해 쫓기고 있음이 분명하다. 대체 어떤 일에 연루되었기 에 생면부지인 자신에게 매달릴까. 그 피치 못할 사정이야 어떻 다손 치더라도, 여인을 이대로 뿌리칠 수 없었다. 옷이야 다시 산아할멈에게 지어달라고 하거나, 아니면 만드는 방법을 배워 서 교우에게 손수 지어주면 되는 것을.

결정을 내린 화린은 여인의 손에 교우의 옷을 쥐어주었다.

"고마워요! 정말······ 고마워요!"

"아니에요. 제가 망을 봐드릴 테니 저쪽 담벼락에서 어서 갈 아입으세요."

여인이 재빨리 옷을 갈아입었다. 교우의 옷으로 남장을 하고 나서도 여인은 몇 차례나 고마움을 전한 후 사라졌다. 여인의 뒷모습이 시야에서 완전히 멀어졌다. 화린은 여인이 남기고 간 옷가지를 물끄러미 쳐다보았다. 어떻게 처리해야 할까? 장터가 어디쯤에 있는지도 몰랐지만 걸음에 익숙지 않은 그녀의 다리 는 벌써부터 아파왔다. 그러나 그 고민은 순식간에 찾아든 일행 으로 인해 중단되고 말았다.

"저기에 있구나, 잡아라!"

조용하던 골목길은 온데간데없이 사라졌다. 저벅저벅 땅 울 리는 소리, 사람들의 고함 소리로 소란스러워졌다. 처음엔 무슨 행렬인가 싶었지만 곧 그게 아니란 걸 깨달을 수 있었다. 그들은 화린의 주위를 에워싸고 있었다. 밝힌 횃불 아래 헤아릴 수 없을 만큼 많은 사람들이 모습을 드러냈다. 이게 대체 무슨 일이란 말인가. 도무지 알 수 없는 일이었다. 단지 그들의 머리 위로 길게 뻗은 깃발이 심상한 일만은 아니란 걸 짐작케 해주고 있었다.

"저건 궁정의 옷이 분명합니다."

"저 옥비녀를 보십시오! 그 계집이 틀림없습니다!"

그들의 지목을 받은 화린은 번쩍 정신을 차렸다. 손에 든 이 옷과 여인이 해주고 간 옥비녀 때문인 것이다.

"이 옷은 내 것이 아니……."

"거짓말 마라!"

매섭게 말을 자르는 목소리가 있었다. 어슴푸레한 어둠 속에서 목소리의 주인인 듯한 여인이 다가왔다. 많은 이들이 굽신거리며 그녀에게 길을 터주고 있었다. 수십 개의 화려한 머리장식. 금실이 수놓인 적의(赤衣)를 차려입은 여인은 범상치 않은 신분을 드러내고 있었다. 그녀의 얼굴은 명백한 불쾌함으로 딱딱하게 굳어 있었다.

철썩!

여인은 다가오기가 무섭게 화린에게 손찌검을 했다. 무방비의 상태로 뺨을 얻어맞은 화린은 바닥을 짚고 일어섰다. 수치와 굴욕이 한데 엉켜들었다. 이제껏 자라오며 어머니 아닌 누구에게도 맞아본 적 없는 그녀였다. 헌데 저 여인이 뉘라고 자신을 때린단 말인가. 아픔보다 당혹스러움이, 그보다 짙은 분노가 화린을 일깨웠다.

"괘씸한 것! 감히 왕궁에서 소드락질을 하다니!"

"내가 한 게 아니야! 함부로 몰아세우지 마! 난 단지 지나가는 여인에게 옷을……."

얼핏 화린보다 연장자인 듯했으나 존대하지 않았다. 지위야 높을지 몰라도 저렇게 막되먹은 여인에게 존대할 생각은 눈곱만치도 없었다.

"무엄하구나! 아무리 천해, 배우고 할 줄 아는 것이 소드락질이라지만 그 무슨 말버릇이냐! 게다가 이젠 거짓말까지 하다니. 정녕 네 목숨이 아깝지 않은 게로구나?"

여인의 손이 다시 한 번 날아들었다. 피하려 했지만 여인의 손이 더 빨랐다. 이번에도 맞게 될 모양이었다. 그렇다면 가만히 맞고만 있지는 않을 것이다. 같이 때려서라도 내 결백함을 듣게 만들 것이다. 이 수많은 무리들 앞에서 모욕감을 심어주고 말 테다. 그렇게 다짐하며 두 눈을 부릅뜨던 순간이었다.

"만민의 황자비로서 자비를 베푸심은 어떻겠습니까?"

가해지리라 생각했던 마찰 대신 또 다른 목소리가 굵직하게 이어졌다.

범접할 수 없는 위엄이 단번에 느껴지는 목소리였다. 화린은 조용히 시선을 옮겼다. 여인의 손은 다른 손에 붙잡힌 채였다. 아마도 새로이 등장한 목소리의 주인일 것이리라.

누구일까?

화린의 머리 속에 가장 먼저 떠오른 의문이었다. 저 손찌검을 막아주어 고맙다는 생각은 그 다음이었다.

목소리의 주인공이 누구였는지 그토록 궁금해했던 이유 중에 하나는 어디선가 들어본 듯 귀에 익숙한 목소리였기 때문.

그 불길한 추측이 제발 아니길 바라며 분주히 사내를 살피기 시작했다. 빨리 알아낼수록 좋았다. 그래야 뱃속을 휘젓는 불안함이 얼른 없어질 테니까.

하지만 그런 다급함과는 달리 사내의 얼굴은 제대로 보이질 않았다. 담장에서 비어져 나온 나무초리가 길게 팔을 뻗어 그늘을 드리웠기 때문이다. 허나, 거구의 몸집만큼은 빛을 등진 채 극렬히 드러나고 있었다. 화린은 질끈 입술을 깨물었다. 그렇게라도 하지 않으면 전신을 뒤흔드는 이 떨림이 흐느낌처럼 새어 나올 것만 같았다. 사내는 그 떨림을 즐기듯 천천히 그늘을 벗어나오고 있었다.

서, 설마?

심장이 얼어붙는 것 같았다.

바위틈 아래, 선혈로 붉게 새겨진 기억.

화살이 그녀의 팔을 관통한 것이라면, 그의 음성은 그녀의 심장에 깊숙이 박혀 버렸다. 이는 아픔보다 극명하게 기억되는 순간이었다. 아무리 반추해 보아도 흐릿해지지 않는. 불현듯 아물었던 팔의 상처가 다시 도지기라도 한듯 예리하게 아파왔다. 거

죽을 뚫고 나올 것처럼 심장이 세차게 뛰었다.

드디어 사내가 달빛을 받으며 모습을 드러냈다. 동시에 화린은 시선을 피했다. 굳이 보지 않아도 그 사내임을 확신할 수 있었다. 그의 이름을 기억하는 혀가 벌써부터 소리 내어 움직이려 했다.

"전하!"

황자비라 불린 여인은 즉시 잡힌 손을 빼내며 얼굴을 붉혔다. 그리곤 나쁜 짓을 하다 들킨 마냥 황급히 눈길을 내리깔았고, 나머지 이들은 배례로써 존경을 표했다. 마침내 사내에게도 완연한 만월의 광채가 쏟아졌다. 기억보다 수려한 외모는 그의 비범함을 더해주었으며 호걸임을 짐작케 했다. 반석같이 다부진 체구는 사내대장부다운 위용이 넘쳐흐르고 있었다. 이윽고 그때까지도 화린에게 향해 있지 않던 그의 시선이 그녀와 마주함으로써 양날의 칼 위에 발을 딛고 있는 듯한 긴장을 불러일으켰다.

"이자가 도둑이 분명합니까?"

그가 꺼낸 말로 인해 화린은 현실로 되돌아올 수 있었다.

난, 도둑이 아니야!

협은 몇 번이고 자신의 눈을 의심했다. 그날과 옷차림은 달랐지만 틀림없는 그녀였다. 그의 손에 한 줌 온기만 아련하게 남기고 떠난 그녀였다. 그러더니 홀연히 감쪽같이 사라졌을 때와

같이 이번에도 홀연히 나타났다. 꿈에서조차 만날 수 없던 그녀
가 드디어 그의 앞에 존재해 있는 것이다.

그날 밤, 빛이 닿지 않는 어둠 속까지 이 잡듯 뒤졌었다.

칠흑의 어둠이 그녀까지 가로채 간 것인가.

끝내는 발견되지 않았다. 단서조차 발견할 수 없었다. 그 허
탈함 앞에 분노는 사그라든 지 오래였다. 그저 나타만 준다면
절대 놓치지 않겠다고 벼르고 있던 참이었다. 어쩐지 망연자실
하기까지 한 기분으로 가까스로 포기마저 해야 했던 그는, 돌아
오는 만월이면 그녀를 떠올리곤 했었다. 참으로 무익하구나, 스
스로가 인정했던 바였지만 말이다.

화린. 진주알처럼 영근 눈에 되비친 자신을 마주하며, 다시금
확신했다. 그녀가 맞았다. 다른 무엇도 아니다. 뜨거운 피와 살
로 이루어진 사람이 분명했다.

가까이 끌어당기려 손을 뻗었다. 존재감이 느껴지지 않을 정
도로 작은 체구여서 직접 만져 보아야만 잠시나마 해갈할 수 있
을 것 같았다. 이제까지 양껏 그녀를 탐해본 적이 없었지만 앞
으로는 기대해도 좋으리라. 협은 벌써부터 심한 갈증을 느꼈다.

그러나 화린은 주춤거리며 달아나려 했다. 그날처럼 또 그렇
게.

"도둑이 달아난다. 잡아라!"

누군가 소리쳤다.

또다시 사라져 버리겠다고?

천만에. 어림없는 일이다. 그녀 하나 온전히 잡지 못해 놓쳐 버린 허수아비 황자는 되지 않을 것이다. 그런 불쾌한 경험은 한 번으로 족했다. 두 번 다시 도망가지 못하도록 단단히 옭아 맬 것이다. 차라리 도둑인 게 다행이다. 잡을 수 있는 명분이 생긴 것이니까.

협은 강하게 뿌리를 튼 의지를 따라 단숨에 그녀를 포획했다.

"이거 놔! 놓으란 말이야! 난 도둑이 아니야!"

평정 잃은 붉은 입술이 격렬히 소리를 질렀다.

"도둑인지 아닌지는 가보면 알 일이지. 네가 황궁에 가서도 결백을 주장할 수 있는지 어디 한번 두고 보자꾸나."

다영이 서슬 퍼런 음성으로 면전에 대놓고 비꼬았다.

화린의 거센 몸부림이 뚝 그쳤다.

"좋아, 얼마든지! 너희들이 말하는 황궁으로 기꺼이 따라가 주도록 하겠어. 그러니 경고하는데 내 몸에 손대지 마!"

상대가 이 나라 황자비인 다영만 아니었던들 모두가 그녀의 당당함에 탄복했을 터였다. 협은 여전히 경계를 늦추지 않으며 잡았던 손을 놓아주었다. 그러자 기다렸다는 듯 차갑게 그에게서 떨어졌다. 화린은 오히려 황자비인 다영보다 자존심이 드세 보였다. 몸에 밴 호기로움은 공주라는 황당무계한 거짓말이 믿겨질 만큼 감탄을 자아내고 있었다. 하지만 다영에게 끝끝내 수그러들지 않는 모습이 그녀의 마음에 들 리 없었다. 다영이 가던 길을 멈추곤 바람을 일으키며 다가왔다.

"너의 혀는 예의범절이란 것을 도통 모르는 모양이구나? 내 오늘은 저 만월에게 자비로움을 빌려 너의 무지함을 용서하기로 했다. 허나, 이후부터는 그런 아량을 기대치 마라!"

이리도 기구할 수 있을까?

남들은 오순도순 가례를 잘만 치르고 오는데, 왜 유독 내게만은 저 운명이란 것이 이런 심통을 부리는 걸까? 가례 첫날부터 버림받은 것도 모자라 도둑으로 몰리고, 이렇게 붙잡혀 오도 가도 못하는 신세가 되었으니 대체 어쩌면 좋을까?

화린은 억장이 무너지는 듯했다. 지금쯤이면 도착을 하고도 남았을 시간. 아직도 소식없는 그녀 때문에 산아할멈이 얼마나 노심초사하고 있을 것인가. 너무 걱정한 나머지 수련국으로 편서를 넣지 않았기를. 혹시나 교우가 자신의 뒤를 따라왔다면 산아할멈과 조용히 자신을 기다려 주길 간절히 바랄 뿐이었다.

"자, 어서 연화룬을 내놓아라. 그러면 네 목숨만은 살려주마."

"말했잖아, 난 그런 거 모른다고. 본 적도, 들은 적도 없는 걸 어떻게 말해?"

벌써 몇 시진째 되풀이되었는지 모른다. 황자비는 지친 기색 없이 화린을 심문했다. 피로에 지쳐 어서 이곳을 벗어나고 싶었지만 그것은 그다지 가망있어 뵈지 않았다. 그녀의 기세를 보건대 아까 말한 연화룬을 찾아내지 못하면, 이대로 억울한 누명을 뒤집어쓴 채 죄인으로 살아가게 될 판이다.

"허면 이것에 대해서는 뭐라 둘러댈 참이더냐?"

옥비녀를 쥔 황자비가 눈앞에서 손을 흔들고 있었다. 그렇게도 가지고 싶은 욕심이 일지 않더니 애초에 이런 화를 불러오느라 그랬던 모양이다.

"말했잖아. 그것도 그 여인이 주고 갔다고!"

더욱 격앙된 화린의 대구에 철썩 황자비가 뺨을 때렸다. 아까부터 계속 반말을 하는 것에 심사가 뒤틀려 있던 황자비가 기어이는 분통을 터뜨린 것이다. 화린이 홱 고개를 쳐들며 노려보았다.

"왜? 그렇게 노려보면 어쩌겠다는 거지? 한 번 더 때려주랴?"

그에 대한 화린의 대답은 하나였다.

철썩!

마찬가지로 똑같이 황자비의 따귀를 올려붙인 것이다.

이 믿을 수 없는 광경에 시녀들이 입을 다물지 못했다. 여기저기서 경악에 찬 헐떡임이 들려왔다. 황자비는 그 자리에 얼어붙은 듯 미동을 않고 있다. 아직도 충격에서 못 벗어났음이라. 완전히 한쪽으로 돌아간 뺨 위로 손자국이 선명히 드러났다. 화린은 여전히 씩씩거리고 있었다. 여차했다간 한 번 더 황자비의 뺨을 올려붙일 기세였다. 이때, 곧 정신을 차린 황자비가 수녕전 용마루에 닿을 듯이 크게 노성을 질렀다.

"이런 발칙한 것을 보았나! 감히 황자비인 내게 손찌검을 해?"

황자비의 손이 다시 한 번 올라갔으나 화린이 이를 붙잡았다.

모두가 또 한 번 놀란 숨을 들이켰다. 화린은 황자비가 잡힌 손을 빼내려 해도 꿈쩍하지 않았다. 허공에 가로놓인 손을 두고 두 여인의 눈동자가 팽팽히 부딪쳤다. 시녀들은 황자비의 명령이 있기까지 그대로 지켜보는 수밖에 없었다. 아무리 작은 고추가 맵다지만 저 여린 체구 어디에서 그런 힘이 솟았는지 그저 놀라웠으리라.

화린은 황자비를 마주하며 강단있게 쏘아붙였다.

"네 고약한 손버릇을 고쳐 주기 위해서라면, 내 손을 더럽히는 한이 있더라도 얼마든지 더 때려줄 용의도 있어. 나한테 한 번 더 맞아볼 테야?"

황자비의 얼굴이 벌겋게 달아올랐다. 그렇게 굳어 있는 틈을 타 화린은 시녀들을 둘러보았다. 그리곤 신랄한 비웃음이 담긴 한마디를 건넸다.

"신기해, 여기 월국이란 나라는. 황자비를 고르는 기준이 이 고약한 손버릇에 있나 보지? 그렇지 않아?"

정적은 한층 더 고조되었다.

마른침을 삼키는 소리조차 머리카락 한 올이 바닥에 떨어지는 소리조차 똑똑히 들릴 지경이었다. 황자비의 눈은 지독한 분노로 한기를 뿜어내고 있었다. 아랫것들에게 웃음거리가 된 것도 모자라 자신의 지위까지 폄훼당했으니 온전한 정신일 리가 없었다.

"네가 아주 겁을 상실한 모양이구나. 뭣들 하고 있느냐? 당장 이 계집을 형장으로 끌어내라. 그렇게야 혼쭐이 나고 싶다는데 너그러운 인정이란 사치인 게지. 어디 형장에 가서도 그 입을 함부로 놀릴 수 있는지 두고 보기로 하겠다."

황자비의 목소리가 부들부들 떨려 나오고 있었다. 쳐다보는 눈빛만으로 누군가를 죽일 수 있었다면 화린은 곧바로 죽은 목숨이리라. 아니, 황자비의 눈빛은 화린에게 죽음 이상의 것을 암시하고 있었다. 그 형장이라는 곳이 어떤 곳인지 아는 바가 없었지만 앞으로 더한 시련이 화린을 기다리고 있다는 것 하나만큼은 자명해 보였다.

늦은 밤, 급하게 횃불을 밝히는 움직임이 분주했다. 어리둥절한 관리들의 표정만 보아도 황자비의 명령이 난데없는 것임을 알 수 있었다.

"계집을 형대에 묶는 즉시 장형 칠십 대에 처하여라."

집행관리인이 주춤했다. 주변 사람들도 동요하기는 마찬가지였다. 어두운 구석구석마다 놀란 신음 소리가 들려오고 있었다. 그때 나인 중 하나가 걸어나왔다.

"황자비 전하, 저 계집에게 장형은 무리일 듯 보이옵니다."

"지금 당장 사형을 내리지 않은 것만으로도 계집에겐 다행한 일이다. 그대 또한 아까의 행태를 직접 지켜보지 않았더냐?"

황자비는 다시 떠올리는 것만으로도 치가 떨린다는 표정이었다. 나인이 조용히 고개를 가로저었다.

"장형은 무려 사 척에 달하면서 그 넓기가 상당한 회초리이옵니다. 저 계집의 머리 하나를 뺀 크기이지요. 그런 회초리를 칠십 대나 내리시다니요. 계집은 그전에 죽을지도 모르옵니다. 그리되면…… 전하의 성정에 대해 몹쓸 소문이 따라다닐 게 분명합니다. 부디 거두어주옵소서."

"흠. 그래, 좋아. 그대의 뜻이 갸륵하여 받아들이도록 하겠다. 계집에게 태형 삼십 대에 처하여라!"

잠시 잠깐 망설이던 황자비가 명하였다.

그리하여 화린은 서른 대에 달하는 매를 맞게 되었다. 손발을 묶인 상태라 꼼짝없이 고통을 이겨내야만 했다. 이를 안쓰럽게 여긴 집행관리인이 조금만 힘을 늦추려 하면 여지없이 황자비의 불호령이 날아들었다. 허투루 하면 처음부터 다시 시작하도록 명하겠다며 으름장을 놓은 것이다. 스물여덟, 스물아홉…… 마지막 서른에 이르러서 화린은 억눌린 신음을 내뱉었다. 맞는 중에도 아프다고, 그만 하라고 소리 내어 외치고 싶었지만 황자비에게 만족감을 안겨주기 싫었다. 그래서 있는 힘껏 입술을 깨물며 참았다.

황자비가 얼굴을 들이대며 물었다.

"이제 좀 정신이 드느냐? 그럼 이번엔 바른대로 털어놓거라. 연화룬을 어디다 감췄는지 말하기만 하면 수녕전에서의 무례함은 여기서 눈감아주도록 하겠다."

"내 대답은 조금도 변함이 없어. 연화룬 따위 어떻게 생겨먹은 물건인지 모르지만 그건 내 알 바가 아니야. 그깟 볼품없는 옥비녀와 옷조각이 날 도둑으로 몰아세울 만큼 타당한 근거가 된다고 생각해? 차라리 그 시간에 진짜 도둑을 쫓는 게 빠를 거야."

황자비의 눈에 번쩍임이 일었지만 예상외로 발끈하지는 않았다. 대신 비릿한 웃음을 담으며 시녀들에게 손짓했다.

"근거라? 그거 좋겠군. 여봐라, 이 계집의 옷을 샅샅이 뒤져라!"

시녀들이 몰려와 화린의 몸을 뒤지기 시작했다. 그리고 누군가 그녀의 허리춤에 매달린 향낭을 보며 소리쳤다.

"마마, 이것 좀 보시옵소서!"

"안 돼! 이리 내놔!"

시녀들이 재빨리 선요의 밀화가락지며 그녀가 아끼는 장신구들을 빼앗았다. 황자비가 번뜩이는 눈으로 밀화가락지를 들어올렸다.

"이건 뭐지?"

"안 돼, 그건!"

다급히 외치며 황자비의 손에 쥐어진 밀화가락지를 빼내려 했지만 어림없었다. 화린의 양팔이 시녀들에 의해 붙잡혔기 때문이다.

"마마, 여기에도 있사옵니다."

그것은 협과 함께 만든 산호석이었다.

"가만, 이것은…… 황족만이 패용할 수 있는 산호석인데. 오호라? 연화룬은 이미 다른 데로 빼돌리고, 나머지는 다른 후궁들의 것이겠구나? 미처 숨기지 못한 것이 틀림없어."

"내놔! 그건 당신네들 것이 아니란 말이야!"

여인은 화린의 외침을 아예 무시한 채 등을 돌렸다.

"분명 더 숨긴 것이 있을게다. 이 계집의 속옷 하나까지 남김없이 벗겨라. 그리고 지금부터 후궁들을 전부 한자리에 불러 모아 이중에 없어진 장신구가 있는지 알아보도록 하라!"

"네, 마마."

이날은 화린의 생애 있어 결코 잊혀지지 않을, 가장 치욕스러운 날이었다.

늘 그녀가 꿈꿔왔던 대로라면 오늘 밤은, 교우 오라버니와 함께 얼굴에 홍조를 띤 채 설레는 초야를 치르고 있었어야 할 터. 순결하고 수줍은 여체를 여기 시녀들이 아닌 지아비에게 드러내어야 할 터였다. 그러나 모든 것들이 잔인하게 틀어지고만 있었다. 시작부터 틀어져 버린 운명은 너무나 가혹했다. 시녀들은 대여섯. 혼자인 화린이 싫다고 발버둥을 치는 것에도 한계가 있었다. 그들이 상처를 스칠 때마다 고통으로 움찔거리느라 피하기가 어려웠다. 더욱이 형장은 궁녀들만 모인 수녕전과는 달리 형을 집행하는 남자 관리들이 버젓이 함께 놓인 자리였다. 화린의 눈이 수치심으로 커다랗게 열렸다.

"싫어! 이거 놔!"

어느새 화린은 나신의 몸으로 형장에 놓여졌다. 향낭 이외에 더 이상 아무것도 발견이 되지 않았다. 황자비는 곰곰이 생각에 잠긴 얼굴로 왔다 갔다 화린의 주변을 서성이기만 했다. 그러는 사이 화린은 굴욕감을 가누지 못하며 주섬주섬 옷을 챙겨 입었다. 방금 전까지 옷을 억지로 벗겼던 시녀들 중 누구 하나 화린이 옷을 입는 것을 도와주지 않았다. 섣불리 나섰다간 황자비에게 미움을 사고 말리라. 그들에게 무슨 죄가 있을까. 단지 죄가 있다면 저들 머리 위에서 손가락 하나로 모든 걸 조종하는 황자비에게 있거늘.

"자, 다시 한 번 묻도록 하겠다. 그렇다면 네 옷을 가져간 여인이 어디로 숨었는지 말해. 이번에도 모른다고 할 생각은 마라. 너희 둘은 사전에 이 일을 짜고 벌였어. 그 계집이 소드락질을 하는 동안 너는 궐 밖에서 망을 보고 있었겠지. 이래도 아니라고 할 텐가?"

상황은 화린에게 더욱 불리한 쪽으로 몰리고 있었다. 여인이 주고 간 옷가지부터 해서 옥비녀, 전혀 상관없는 밀화가락지와 애물단지인 산호석까지. 아무리 설명해도 누구 하나 믿어주는 이가 없었다.

"마마……."

후궁들의 의견을 알아보라며 황자비가 명령을 내렸던 시녀였다.

"그래, 다들 뭐라고 하더냐?"

제발, 화린은 자신의 결백이 증명되기를 기원했다. 목소리가 너무 작아 어떤 내용인지 알아들을 수 없었지만 이번만큼은 운명이 비껴가지 않기만을 바랐다. 시녀의 말이 이어질수록 황자비의 안색은 심상치 않게 변해갔다. 급기야는 거세게 도리질을 하며 언성을 높였다.

"그럴 리가 없다! 후궁들이야 뭐라고 말했든 여기 장신구들은 저 계집의 것이 아니야!"

그래도 운명이 아직까지 자신을 저버리지 않은 모양이었다. 화린은 불행 중 천만다행이라 여기며 반박에 나섰다.

"아니, 난 진정으로 결백해. 그러니 내 향낭에 있어야 할 그것들을 어서 돌려줘! 지금 돌려주지 않는다면, 당신이야말로 당신이 말한 도둑질을 스스로가 하고 있는 셈이 되니까. 그건, 한낱 범인(凡人)도 아닌 황자비께서 하셔서는 안 될 일이잖아?"

"결백하다? 그렇다면 왜 달아나려 했지? 그런 상황에서 도망을 치려하니 더욱 의심을 받는 것이 아니냐!"

어지간히도 화린의 결백을 인정하기 싫었던 모양이었다. 황자비는 연이어 힐난을 쏟아붓더니 형장 관리인들에게 화린을 옥에 가두라고 명했다.

"죄인을 날이 밝는 대로 다시 문초하도록 하겠다."

균은 먹잇감을 발견한 승냥이마냥 눈을 희번덕거렸다. 이미 술을 걸게 마신 터라 흰자위 사이로 벌건 핏줄이 풀어져 있다.

만월의 축제라 성장한 차림새는 불량스럽게 벌어져 있다. 황제나 황후가 이 모습을 봤다면 또 한말씀 하셨을 게다. 하지만 그외 다른 사람의 눈에는 이상하달 것도 없다. 이게 바로 평소 그의 모습이니까.

"그래, 바로 저 계집이다."

이렇게 반가울 데가 있을까.

때아닌 밤중에 웬 소란인가 싶어 형장을 들른 것이 뜻밖에도 구미에 맞는 계집을 발견한 것이다. 시종이 아뢰기를, 다영 황자비가 죄인을 문초하는 중이라 했다. 황자비에 책봉된 지 얼마나 되었다고! 그 얌전한 얼굴로 벌레 한 마리도 못 죽일 것처럼 내숭을 떨더니 드디어 본색을 드러내는 건가? 벌써부터 황후 흉내를 내려고 시끄럽게 구는구나.

여차하면 망신 좀 시켜줄 작정이었다. 두고두고 웃음거리를 사게 만들어 조의 얼굴에 먹칠을 하는 것도 꽤 괜찮은, 아니, 재미난 생각이었다.

그런데 그 순간, 계집이 눈에 띈 것이다.

정말로 무고한지 아닌지를 떠나 바락바락 대드는 모양이 여간 앙칼진 게 아니다. 그 말투며 눈빛이 오히려 다영 황자비보다 오만하고 도도했다. 전혀 천박하지 않았다. 그가 바라던 계집임을 한눈에 알아볼 수 있었다. 원래 타고나길 여색을 가까이하고 술과 노름에 탕진하던 그라 고분하니 얌전한 계집보다 저렇듯 길들이는 맛이 있는 계집을 좋아했다. 그래서 다영이 없는 틈을 노려 옥사를 찾은 것이었다.

보초를 서던 이들이 그를 보더니 알아서 슬그머니 피해준다.

월국 첫째 황자 균, 그는 절대 그렇게 불리는 법이 없었다. 대놓고야 말은 못하지만 열이면 열, 모두가 그를 망나니 황자라고 일컬었다. 그 스스로도 잘 알고 있고, 또 인정하는 바였다. 결국 올 정초에 봉화대를 피워 올리지 못했기 때문에 허울뿐인 황자로 남겠지만 어떻게든 살아가게 마련인 것이다.

옥사 맨구석에 지친 기색으로 기대앉은 계집이 보였다. 그의 입가가 만족스럽게 호선을 그렸다. 이런 횡재를 하게 될 줄이야. 외모야 아주 박색만 아니면 크게 문제될 게 없다며 온 것이었는데 그렇지 않다. 제대로 치장만 해놓으면 서시도 부럽지 않게 생겼다. 슬슬 허리 아래에서 열기가 뭉쳐 오고 있었다. 바로 한 시진 전에 기루에서 기생들과 질펀한 방사를 벌였음에도 열기는 누그러지지 않았다.

그의 기척을 느낀 계집이 번쩍 눈을 떴다.

"놀랄 필요 없느니라. 나는 너를 도와주러 온 사람이다."

그런데도 계집은 잔뜩 품은 경계를 풀지 않으며 어깨를 빳빳이 세웠다. 균은 문을 따고 안으로 들어갔다. 계집이 단호하게 내쳐 물었다.

"누구지?"

"말하지 않았느냐? 네 편이라고."

그가 가까이 다가서자, 계집은 그만큼 뒤로 물러났다.

"허허, 의심이 많구나. 너를 빼내어주기 위해 잠도 마다하고 이리 왔건만. 그리 매정하게 굴 것 없느니라."

"누구인지 어서 밝히지 않으면 소릴 지르겠어."

계집은 당장이라도 그럴 태세였다. 균은 화를 내기는커녕 껄껄 웃었다. 이조차도 앙탈로 보였다. 지금껏 기방은 물론이요, 산속이며 강가, 심지어 정자에서까지 온갖 곳에서 계집을 안아 보았지만 딱 한 군데 옥사 안에서의 경험은 아직까지 없었다. 그러나 곧 이도 치르게 될 터였다. 눈앞의 이 계집을 통해서.

"그래, 지를 테면 질러보거라. 될 수 있는 한 아주 커다랗게 질러. 허나, 누가 달려와 줄 거란 상상은 꿈도 꾸지 말아라."

"……누구야, 당신!"

계집의 턱을 잡아 올리며 은근하게 속삭였다.

"이곳 월국 사람들은 날 망나니 황자 균이라고 부른다."

계집이 눈살을 찌푸렸다. 그러더니 잠시 후 커다랗게 눈알을 굴렸다.

"하하, 이제 알아보는구나."

"날 풀어준다는 게 사실인가요?"

"두말하면 섭섭하지. 안 그런가?"

여지없는 대답에 계집의 안색이 밝아졌다.

"고마워요. 이 은혜는 잊지 않도록 하겠어요."

그러면서 계집이 자리에서 일어서며 옥사에서 나가려고 했으나 균이 그 앞을 막아섰다. 계집은 그 옆으로 비켜서 나가려 했지만 이번에도 실패였다. 취기가 오를 대로 올라 비칠비칠했지만 그는 엄연히 사내인 것이다.

"그리 급하게 굴 것 없지 않은가? 내 얘기는 아직 다 끝나지 않았느니라."

"나는 한시가 급해요. 정말로 보내줄 생각으로 왔다면 지금 보내줘요."

계집의 당당한 요구에 균은 더욱 달아올랐다. 급하기로 치면 그야말로 시급했다. 어서 그녀를 품에 안아야 할 것만 같았다. 균은 거칠게 숨을 헐떡이며 걸음을 앞당겼다.

"내 후궁이 되어라. 그러면 즉시 옥사에서 풀어주겠다."

"그런……!"

계집이 주춤 물러나는가 싶더니 그와 벌어진 틈을 공략해 빠져나갔다. 그러나 균은 놓치지 않았다. 우악스럽게 허리를 낚아챘다. 계집의 손과 발이 툭툭 그를 때렸지만 그것은 그저 둔탁한 소리로 그쳤을 뿐이었다. 아니, 오히려 더욱 달아오르게 할 뿐이었다.

"나는 너처럼 괄괄한 계집을 좋아하지. 그래야 안을 맛이 나거든."

균은 계집의 몸을 돌려 입술을 탐하려 하였다. 그 순간 퉤! 하는 소리와 함께 그의 얼굴에서 축축한 뭔가가 느껴졌다. 계집이 경멸스런 표정으로 그에게 침을 뱉은 것이다.

"이 더러운 짐승 같으니!"

계집은 쌕쌕거리며 분에 찬 숨을 토해내고 있었다.

"뭐라고? 이런 건방진 계집을 보았나!"

균의 달아오르던 욕정은 순식간에 차가운 분노로 돌변했다.

어느 정도의 앙탈까지는 너그럽게 받아주자 여겼으나 이 계집은 아니다. 그에 대한 혐오감으로 똘똘 뭉쳐 있었다. 균은 움켜쥔 주먹을 날려 계집을 쓰러뜨렸다. 계집의 입술에서 선혈이 튀어올랐다.

다시 망나니 기질이 발동한 겐가.

옥사의 소란에 보초를 서던 이들이 주춤 거리를 두기 시작했다. 행여 그들에게 불똥이 튈까 저어한 탓. 그들의 얼굴엔 또 하나 죽어나겠구나 싶은 연민이 가득 떠올라 있었다. 술에 취했을 때면 계집들은 알아서 그의 기분을 맞춰주곤 했는데, 그때 조금이라도 수가 틀리면 가차없이 주먹을 휘둘렀다. 운이 좋아 목숨을 연명해도 반송장이 되기 일쑤였고, 기분이 아주 고약할 때에는 가차없이 숨통을 눌러 버리기도 하였다. 그렇게 그의 손에 불귀의 객이 되어버린 계집들이 손으로 꼽을 수 없을 지경이 되었으니, 망나니란 바로 그런 술버릇을 두고 얻어진 별명이었다.

"다시 한 번 기회를 주지. 순순히 내게 안기겠느냐? 아니면……."

말끝을 흐리는 그의 눈에 광포함이 가득했다.

"아니, 죽어도 그럴 일은 없어! 네게 안기느니 차라리 내 혀를 깨물고 말지."

"그래, 그게 소원이라면 얼마든 시구문(屍口門)으로 보내주마."

균은 뼈를 으스러뜨릴 듯 계집을 움켜쥔 손에 힘을 가했다. 곧 아파 죽는다며 울고불고 할 게 분명하다. 살려만 달라며 목숨을 구걸할 것이다. 그러나 계집은 그의 기대에 부응할 생각이 없어 보였다. 들려오리라 예상했던 비명 대신 윽윽, 안으로 삭이는 신음이 귓가를 거슬리게 했다. 여러 차례 가해진 주먹에도 마찬가지였다. 네가 어디 잘못했다고 빌지 않고 버티나 보자라는 고약한 심보로 그 어느 때보다 강도를 높였는데도 입술을 즈려 물기만 할 뿐이었다. 다른 계집 같았으면 벌써 살려달라고 그의 발치에서 빌고 또 빌었을 텐데, 이놈의 계집은 무슨 오기를 이리도 죽기살기로 부리는지 비명조차 지르지 않았다. 물론 이제 와 목숨을 구걸한다 해도 곱게 봐줄 생각은 없었다.

"호오? 네년, 맷집이 상당한가 보구나?"

마지막으로 균은 계집의 납작한 배를 발로 툭 세게 걷어차며 비웃음을 터뜨렸다. 그리곤 보초를 불러 근처에 있는 인두를 달구어서 가져오도록 시켰다. 아직 계집은 의식을 잃지 않았다.

"자, 죽음이 멀지 않았다. 참말로 죽고 싶으냐?"

계집의 찢어진 입가 사이로 분한 듯 이를 앙다문 것이 보였다. 붓기 시작한 한쪽 눈과 그렇지 않은 나머지 눈에서는 그에 대한 증오가 읽혀지고 있었다. 발칙한 것!

"좋다, 조금만 기다려라. 내, 그래도 인정이란 게 있어 널 살

려둔다만 잠시 후에는 네 스스로 죽지 못해 안달을 하게 될 것
이다."

제일 먼저 계집의 고운 뺨을 망가뜨려 놓을 것이다. 그 다음
으로는 선 고운 어깨를 그 다음으로는 이어진 등을 그 다음으로
는 가슴을 뜨거운 인두로 지져 놓고 말 테다.

균은 보초가 빨리 오지 않자 슬슬 짜증이 났다. 더 이상 시간
을 끌고 싶은 마음이 없다. 어서 처소로 돌아가 잠을 청할 것이
다.

계집의 단의를 쥔 균의 손이 부우욱 반으로 찢어냈다. 군데군
데 파릇한 멍자국이 보였지만 그래도 제법 하얗다. 저도 모르게
그 살결을 쓸어보겠다고 손을 가져가는데, 심부름을 시켰던 보
초가 굳은 표정으로 그를 불렀다.

"전하……."

"왜 빈손이냐? 너도 이 계집처럼 되고 싶으냐?"

그의 무시무시한 협박에 보초가 황급히 고개를 조아렸다. 그
뒤로 빌어먹게도 막내 녀석 협이 보였다. 제길, 둘째인 조보다
도 더 보기 싫은 놈이다.

"예서 뭐 하시는 겁니까?"

협은 황후 계연을 지독히도 닮은 어조로 딱딱하게 물었다.

"보면 모르냐? 죄인을 벌하고 있던 중이었느니라."

"언제부터 형부에서 죄인을 폭행으로 다스렸습니까?"

"참견하지 마라. 이깟 계집 하나 죽이고 살리는 게 뭐 그리 대

수라고!"

균이 언짢은 심기를 드러내며 험악하게 인상을 굳혔지만 협은 꿈쩍하지 않았다. 되레 계집의 인중 위로 살짝 손을 갖다 대숨소리를 살피고 있었다. 명백한 무시였다. 저놈은 늘 그런 식이다. 더러는 둘째인 조조차도 그가 심화를 부리면 어느 정도는물러나 주었는데, 협은 전혀 그렇지 않았다. 정도에 맞지 않으면 무슨 일이 있어도 절대 굽히지 않았다. 그것이 때로는 약이오르기도 하면서도 위협적으로 느껴질 때가 많아 균에게는 가장 눈엣가시 같은 녀석이었다.

"밤이 깊었습니다. 이제 그만 잠을 청하도록 하십시오."

"아직 계집에 대한 처벌이 끝나지 않았다."

"그 처벌은 제가 따로 사리에 맞게 내리도록 하겠습니다."

또 한 번 자신을 무시하는 대답에 균은 부아를 터뜨렸다.

"뭣이! 네가 지금 날 무시하려 드는 게냐?"

"마음대로 생각하십시오. 어린 계집을 상대로 분풀이를 하는게 부끄럽지도 않습니까?"

되묻는 협의 목소리에서 평소보다 격하게 묻어나오는 기운이느껴졌지만 균은 그럴 리가 없다고 판단했다. 자신이 술을 과하게 마셔서 혼동한 걸 게다. 협은 어떠한 경우에도 감정 같은 걸내비치는 녀석이 아니었으니까. 그렇게 상념 속을 오가느라 계집의 드러난 살갗을 천으로 덮는 협의 손끝이 희미하게 떨리는걸 놓치고 말았다. 내리깐 협의 눈이 어떤 표정을 담고 있는지는 더욱 살필 여력이 없었다.

"월영당에서 이 소란에 대해 물으시기에 온 것뿐입니다. 이만
하면 되었습니까?"

"그, 그런……!"

말문이 막혀 아무런 대답을 할 수가 없었다. 미처 생각지 못
했다. 황제의 거처인 월영당은 형장과 아주 가까운 거리에 있었
다. 더구나 한밤의 횡포라면 예민한 황제의 귓가에 전해지는 것
도 당연했다. 균은 잠시 머리를 굴렸다. 저 면상을 인두로 지져
야 속이 후련할 것 같지만 계집에게는 그런대로 충분히 벌을
내린 셈이다. 사소한 만족을 채우자고 내일 아침부터 월영당에
불려갈 필요는 없는 법.

균은 반쯤 의식을 잃은 계집에게 눈을 박은 채 이죽거렸다.

"너, 오늘은 운 좋았지만 다음번엔 어림없을 줄 알아라."

七.
악연

자시가 넘어선 시각. 천공에 걸린 조각달이 차가운 빛을 뿌리고 있었다. 그 곁엔 점점이 흩어진 구름이 일엽편주처럼 떠다니고 있었다. 그 칠흑 같은 어둠 속에서도 형장에서의 소란에 잠을 이룰 수 없었던 일부 나인들은 야음을 타, 드디어 정신을 놓아버린 계집을 안타까운 눈으로 지켜보고 있는 중이었다. 망나니 황자의 손에 걸리면 그저 죽은 목숨이나 다름없는 것을. 울긋불긋하니 모질게 때린 흔적이 안 되긴 했으나 그래도 천만다행이로다. 그나마 저 얼굴을 보존한 게 어디랴?

달포쯤이었나? 장안에 내로라하는 기녀가 있었다. 이름은 휘련이라, 고담하여 기품이 있고 외모는 그에 걸맞게 우아했다.

그런데 불행히도 균의 눈에 들어버리고 만 것이니. 마다해도 죽음이요, 받아들여도 죽음이라. 다들 세상 끝난 표정으로 휘련을 위로했지만 그녀는 담담했다. 어차피 기생 팔자 노류장화인 것을 대수랴. 일찌감치 체념조로 응수하며 거문고를 뜯었다.

그런데 그런 우려와는 달리 의외로 균과의 얼마간은 꽤 잠잠했다. 그녀의 도도한 성품이 마음에 들었음인가. 기루의 문턱을 드나드는 균은 매우 흡족한 기색이었다. 꼭 한 번씩 도지는 지랄병도 잠잠해졌나 싶어 모두가 안도하며 가슴을 쓸어 내렸다. 이제야 균이 임자를 만난 모양이라고 수군거릴 정도로, 균을 다루는 휘련의 처세술은 상당히 능숙했다. 여느 계집 같았으면 오돌오돌 떨다가 첫날에 사단을 내었을 터인데.

그러더니 어느 날은 무슨 심사가 틀어졌는지 대낮부터 꼭지까지 술에 취해 휘련을 찾았다. 휘련은 마침 몸이 안 좋아 약을 지으러 잠시 자리를 비운 상태였다. 한 시진쯤 지났을까? 그녀가 당도하자 균은 옳다구나 생트집을 잡았다. 서방질을 하느라 바삐 돌아다닌 게라며 실랑이를 벌인 것이다. 아니라고 발뺌해도 소용없을 것임을 안 휘련은 그의 면전을 향해 조용히 비웃음을 던졌다. 마치 언제고 이런 일이 찾아올 줄 알았단 듯이.

균은 네까짓 것마저 나를 우습게 보는구나, 하며 인정사정없이 매를 휘둘렀다. 그리곤 대뜸 얼굴 한쪽을 인두로 짓이겨 놓고 발길을 뚝 끊어버렸다. 나중에야 안 사실이지만 휘련을 시샘한 나이 어린 기생이 휘련에게 그 아닌 다른 사내가 있다며, 두

서방을 섬기고 있다고 거짓을 고한 것이었다. 이후 휘련이 어찌 되었는지는 아무도 알지 못했다. 청루 어디에서 그녀를 보았다 하는 이도 없었다.

뿐인가. 이미 나흘 전에는 꽃가마 타고 시집가던 반가의 여식을 강제로 범하기도 하였다. 그를 막으려던 신랑은 지금껏 사경을 헤매고 있었고, 수치스러움을 견디다 못한 여인은 혀를 깨물고 자결하였다. 그녀의 아비는 딸의 꽃무덤을 어루만지다가 기어이는 화병으로 앓아누웠다. 천인공노할 짓을 서슴지 않는 황자의 처사를 간하기 위해 상소를 올렸건만, 차비 휘옥이 중간에 가로채 허사가 되었다 했던가.

낮을 적에 보았더라면 도로 틀어박을 걸. 쯧쯧.

딸 가진 부모들은, 자신이 휘옥이라면 분명 그리했을 거라고 불안감에 떨며 입을 모았다.

해서 나인들은 이번에도 휘련이 꼴 나겠구나 가슴을 졸이고 있던 참이었다. 보아하니 반은 산송장에 가까웠지만 그래도 계집 생명은 얼굴이라. 누가 어서 이 화(禍)를 막아주길 바랐던 것이다. 아니, 그것은 거짓부렁이었다. 어느 귀하신 몸이 저 미천한 계집을 구하겠다고 형부까지 걸음하실까? 벌써 자시가 가까워오는 시각에 말이다. 헌데 이때 떡하니 셋째 황자 협이 형장에 나타난 것이다.

"공연히 바깥에 있다가 무슨 봉변을 당하려고? 어서 침소로 들어오거라."

가장 손위의 나인이 걱정스레 채근했다.

이제 일은 무사히 정리되고 있었다. 그런데도 나인들은 그대로였다. 한시름을 놓아도 되지만 어쩐지 발길이 움직이지 않는 것이다. 저 무뚝뚝한 황자가 예까지 온 것도 사실은 신기했다. 망나니 황자 균이 이곳을 지나치기 전에 어서 자릴 피해야 했으나 호기심을 누를 정도는 아니었다.

"잠깐만요. 곧 들어가요."

곧 그들의 눈이 휘둥그레졌다. 그중 몇은 놀라서 입이 턱까지 벌어졌다. 그런 광경이라니. 재차 눈을 의심했지만 분명했다. 협 황자는 계집을 자신의 품 안으로 안아 올리고 있었다.

"전하……!"

실룩실룩, 야청의 목소리에 불만이 가득했다.

"번복하게 하지 말라 하였다. 너는 당장 노율을 불러와라. 난 이 아이를 데리고 처소에 가겠다."

"전하!"

협은 야청의 떫은 표정을 보며 나직이 경고했다.

"지금 그런 얼굴로 날 대할 자격이 있다고 생각하느냐? 일이 이렇게 되도록 방관하고 있던 널 어떻게 벌할지 아직은 정하지 못했다. 명령이다. 여기서 또 한 번 막는다면, 야청 네가 나를 군주로 여기지 않는 것으로 여기겠다."

품 안의 화린은 죽은 사람마냥 고요히 두 눈을 감고 있었다.

여리여리한 체구에서 전해져 오는 온기만 아니라면 그리 믿었을 것이다. 협은 군데군데 흉하게 멍울진 상처들을 보며 방금 전 옥사에 들이닥쳤던 순간을 떠올렸다.

처음엔 균의 비대한 몸집에 가리워져 화린을 볼 수 없었다. 한 발자국 더 가까이 다가갔다. 그래도 화린이 보이지 않았다. 혀가 꼬부라진 목소리로 웅얼거리는 균의 모습만 보였다. 균은 뭔가를 깔아뭉갠 채 부우욱, 부우욱 열심히 천 조각을 찢어내고 있었다. 협이 온 것도 모르는 모양이었다.

야청이 전한 말이 사실이라면 화린은 여기 어딘가에 있어야 한다. 그런데 어딜 갔단 말인가. 심지어 화린의 목소리조차 들리지 않아 더욱 애가 탔다. 그러다가 균의 몸 아래, 아가리를 벌리고 있는 천조각 사이로 심하게 부어오른 살갗을 보게 되었다. 바닥에 축 늘어져 있는 그 뭔가가 바로 화린이라는 걸 알아차리는 데에는 한참의 시간이 걸렸다. 심장이 내려앉았다. 화린이 살아 있는 걸 확인하기 전에는 숨조차 돌릴 수 없었다. 인중으로 쏟아지는 미약한 숨결. 그제야 겨우 안도할 수 있었다.

그런데 뭐라고? 균은 인두를 이용해 화린에게 벌을 내리겠다고 말하고 있었다.

협은 가슴속에 강한 살기가 꿈틀거리는 것을 느꼈다. 당장 달려가 균을 때려죽이고 싶었다. 피가 거꾸로 치솟는 기분을 달래느라 무진장 애를 써야만 했다. 어서 화린을 구해내야겠다는 마음만 아니면, 그의 뒤에서 야청이 붙들어 매고 있지만 않았으면, 그대로 폭발하고 말았을 일이었다.

'놔라!'

그는 고개를 홱 쳐들어 야청에게 경고의 눈빛을 보냈다.

그러나 야청은 놓아주지 않았다. 평소의 그라면 즉시 명을 받들었을 터이지만, 후에 어떤 벌을 감수하는 한이 있더라도 그럴 수 없다는 의지를 굳게 드러내기만 했다. 전하, 부디 이성을 되찾으십시오. 야청은 그렇게 애원하고 있었다.

가능한 한 최대한 빨리 화린을 빼내야만 한다. 그러기 위해선 절대로 균을 자극해선 안 되었다. 협은 가까스로 분노를 다스렸다. 그리고 균을 마주하지 않은 채 생각지도 않았던 거짓말을 했다. 부왕의 이야기를 꺼낸 것이었다. 그 편이 가장 안전하고 빠를 테니까. 말을 하는 와중에도 설핏설핏 드러나는 감정에 행여 균이 알아챌까 노심초사했었다. 여차하면 그의 감정을 알아채고 화린을 인질로 삼겠다고 우길 것이 자명했으므로.

균의 모습이 사라지고 나서야 화린을 품에 안을 수 있었다. 그때까지 간신히 그를 지탱해 준 이성은 오로지 화린에 대한 염려뿐이었다. 야청은 구설수에 오를 것을 염려해 화린을 자신에게 맡겨달라고 했다. 하지만 천만에. 나 아닌 다른 놈이 널 건드리게 하지 않아. 두 번 다시.

그의 입매가 단단히 굳어졌다.

이러자고 널 붙잡은 건 아니다.

화린 너를 또다시 놓칠망정……. 그러나 그의 난폭한 욕심은 한쪽에서 속살거렸다. 이러한 위험을 감수하는 한이 있더라도 화린을 놓치지 않을 거라고.

인정했다. 화린과 맞바꿀 수 있는 건 아무것도 없었다. 이런 무수한 감정들의 행렬을 거부감없이 받아들이는 스스로가 신기할 지경이었지만 아무래도 좋았다. 해안가에서 감각을, 영혼을 관통한 이끌림을 어떻게든 파헤쳐 볼 요량이었다. 대체 네가 무엇이건대 나를 이런 격정 속으로 몰아넣는단 말이더냐. 꼭 알아내고 말 터다.

이로써 세 번째.

이 지독한 간절함 속에서 되찾은 너를, 절대 놓치지 않을 것이다.

협은 피로 엉겨붙은 화린의 입술을 혀로 핥으며 이마를 쓸어내렸다. 나신이 된 화린의 몸에 핀 멍자국들에 가만가만 입을 맞추었다.

"전하, 노율이옵니다."

"들어오게."

거의 비슷한 시각에 노율이 당도했다.

지난 만월처럼 혹여 협이 상처라도 입은 건가 싶어 부랴부랴 한걸음에 내쳐 온 모양이었다. 그의 허락이 떨어지자 노율이 처소에 들어왔다. 때아닌 낯선 계집의 등장에 적잖이 놀란 기색이 노율의 노안에 어렸다.

"환자는 내가 아니라, 이 여인일세."

그 한마디면 모든 대답이 되었다는 듯 일체 어떤 말도 하지 않았다.

　밝게 부서져 내리는 빛이 화린을 일깨웠다. 한쪽 눈은 괜찮은데 다른 한쪽 눈은 돌덩이를 올려놓은 것마냥 무거웠다. 흙모래가 들어간 듯 뻐근했다. 여기가 어디지? 한쪽 눈으로만 바라보는 세상이 너무 불편해 이곳을 알아보기가 힘들었다.

　"일어나셨군요."

　화린은 대답없이 상대를 바라봤다. 희끗희끗한 백발을 하고 있는 노인의 얼굴에는 짙은 피로가 엿보였다. 노인은 다시 한번 입가에 깊은 주름을 만들어내며 말했다.

　"사흘을 누워 계셨습니다. 한쪽 눈은 정오쯤 풀어드리도록 하지요."

　그러고 보니 떠지지 않는 다른 눈은 몇 겹의 천에 감싸져 있었다. 그래, 그날 균이라는 황자에게 맞았었지. 교우 오라버니에게 버림받고, 도둑으로 몰리고, 그리고……

　자신이 누워 있는 침상을 비롯해 노인이 앉은 자리며 차분히 정리된 서탁, 반쯤 열린 마름창을 통해 보여지는 낯설지 않은 광경……. 분주히 움직이던 멀쩡한 한쪽 눈이 얼어붙은 듯 정지했다.

　아아, 여긴…….

　전신에서 피가 싸하니 빠져나가는 기분이었다.

한 번 왔었던 곳이다. 산호석을 받아내겠다고 뭣도 모르고 협을 따라 들어왔던 곳. 이곳에 또 오게 되다니. 가슴이 미친 듯이 뛰었다.

"······황자 전하를 찾으시는 겝니까?"

"아야!"

이곳에 어떻게 해서 오게 된 건지 묻고 싶었지만 말하는 게 힘들었다. 입 안에 얼멍덜멍한 게 느껴졌다. 건드리니 몹시 아팠다. 하지만 그보다도 몸이 더 아팠다. 여기저기 콕콕 쑤시는 게 수천 개의 바늘로 근육들을 찔러대는 것만 같았다. 아무래도 그날, 맞기는 제대로 맞은 모양이었다. 그땐 정말 죽는구나 싶었는데. 이렇게 눈을 뜨고 있다는 것 자체가 신기할 지경이었다.

"지금은 말하기가 힘드실 겝니다. 아직 입 안에 상처가 심한 상태라서요."

"나 좀 일으켜 줄래요?"

"안 됩니다. 아직 그 몸으로 일어나시는 건 무리세요. 혹 소피를······."

화린은 성급히 말을 잘랐다.

"아니요, 가야만 해요."

"가시다니요? 전하께서 곧 오실 테니 잠시만 기다리시면 됩니다."

"아니에요. 그 사람이 오기 전에 가야 한단 말예요!"

괄괄한 노성에 노인이 놀란 눈을 했다. 화린은 끄응 한쪽 턱 밑을 감싸며 고통스럽게 얼굴을 찌푸렸다. 흥분해서 저도 모르게 언성을 높이다가 입 안에 있는 상처를 건드린 모양이었다.

"지금 아가씨는 아무 데도 못 가십니다. 전하께서 아가씨 곁에서 한시도 떨어져선 안 된다는 명을 내리셨기 때문에 보내 드릴 수가 없습니다. 더구나 그 몸을 하고 어딜 가신단 말입니까?"

노인은 도저히 이해할 수 없다는 투였다.

그러나 화린은 정말로 시급했다. 노인의 기세를 보건대 그녀를 보내줄 리 만무했지만 이대로 있을 수만은 없었다. 제일 먼저 협에게서 달아나야 했고, 다음으로는 산아할멈에게 자신의 무사함을 알려야 했다. 화린의 가슴이 다급함으로 쿵쾅거렸다. 이번에는 지난번처럼 달아나기 힘들 것이다.

"부탁할게요. 이깟 상처를 치료하는 것보다 여길 빠져나가는 게 더 중요해요."

노인이 딱하다는 듯 혀를 끌끌 찼다.

"안심하셔도 됩니다. 아무래도 뭔가 잘못 알고 계신 듯한데, 이곳은 아가씨를 괴롭히셨던 첫째 황자 전하의 처소가 아닙니다. 바로 아가씨를 구해주신 셋째 황자 전하의 처소이지요. 그러니 염려 말고 푹 쉬십시오."

"아니, 믿을 수 없어. 내게는 그 두 사람이 다 똑같아요!"

세차게 고개를 내저으며 또 한 번 언성을 높였다. 그러자 노인은 안타까운 표정을 거두고 엄하게 비난했다.

"그런 말씀을 하시다니요? 아가씨가 의식을 놓아버린 지난 사흘간 전하께서 얼마나 걱정하셨는지 아신다면 그런 말씀은 못하실 겝니다. 소인, 못 들은 걸로 하겠습니다. 아가씨는 전하께 은혜를 입었습니다. 그걸 아셔야지요."

"그 사람은 날 도둑으로 잡았어요!"

"무슨 사정이 있으셨을 겝니다."

"아니요! 그가 날 붙잡지만 않았더라면, 이런 수모는 아예 겪지도 않았을 거라구요!"

화린은 다시 한쪽 턱을 움켜쥐었다. 상처가 아플수록 협에 대한 원망도 커졌다. 형장에서 황자비가 수치심을 안겨주었던 일, 첫째 황자 균에게서 몸을 더럽힐 뻔하고 모진 매까지 맞아야 했던 일……. 모두가 협이 자신을 붙잡아서 생긴 일이었다.

입에서 역한 냄새를 풍기며 흉측하게 훑어내리던 균의 시선이 떠올랐다. 그것은 두 번 다시 떠올리기 싫을 정도로 끔찍했다. 사내의 두툼한 살집이 자신과 맞닿았던 기억만으로 온몸에 소름이 끼쳤다. 인정하기 싫었지만 협은 달랐다. 균이란 사내가 자신을 쳐다보고 만졌을 때 깨달을 수 있었다. 배다른 형제라고는 해도 어떻게 저리도 다를 수가 있는 건지 놀라기도 했었다.

그래도 아니야, 당신네들은 똑같아!

주는 느낌만 다를 뿐, 협이 자신을 강제로 안으려 한 건 부인할 수 없는 사실이었다.

바로 이곳에서 협은 자신을 마음껏 희롱했다.

"아가씨가 이렇게 치료를 받을 수 있었던 게 다 누구의 덕분이라고 생각하십니까? 지금쯤 전하만 아니었으면 아가씨는……."

노인은 더 말하기도 싫다는 듯 말끝을 놓아버렸다.

"말이 지나쳤다면 죄송합니다. 하지만 이것만은 분명히 알아두십시오. 지금 아가씨를 가장 많이 걱정하며, 아가씨가 의식을 찾았다는 사실에 기뻐할 사람은 오직 전하뿐이라는 것을요."

화린은 체념의 한숨을 내쉬었다. 눈앞의 노인에게 아무리 설명해 봐야 듣지도, 믿지도 않을 텐데 더는 이러고 있을 시간이 없었다. 애초에 노인의 도움 따위 바라지 말았어야 했다.

"어딜 가시려는 겝니까?"

힘겹게 침상에서 벗어나 발을 내디디자, 노인이 정색하며 물었다.

"설마, 아직도 고집을 피우시려는 건……."

대꾸조차 않으며 한 걸음 두 걸음 떼는데 이마에 송골송골 땀이 맺혔다. 걸을 때마다 사내가 걷어찼던 갈비뼈 부근이 통증을 더해가고 있었다. 문 앞까지 닿으려면 몇 걸음을 더 걸어야만 했다. 노인이 문 앞을 가로막았다.

"보다 보다 아가씨 같은 고집불통은 처음 봅니다."

"비켜요."

이때 놀랍게도 문이 열렸다.

그러나 문이 열렸다며 마냥 기뻐할 수만은 없었다. 그곳엔 화린이 죽을 힘을 다해 피해가고자 했던 한 사람이 야차처럼 우뚝 버티고 있었기 때문이다. 협이었다. 화린은 가슴이 철렁 내려앉는 것을 느끼며 뒷걸음질을 쳤다. 협은 간신히 뭔가를 참는 표정으로 화린에게서 눈을 떼지 않고 있었다. 처음부터 끝까지 노인과의 대화를 엿들었음이 분명했다.

그가 비난하듯 딱딱한 목소리로 따져 물었다.

"그렇게 아파할 거면서 그땐 왜 소리조차 지르지 않은 거지? 응?"

화린은 못 들은 체하며 문틈을 노렸다. 하지만 협의 한쪽 팔이 너무나도 손쉽게 화린을 제압했다. 고개를 위로 쳐들어 그를 노려보았다.

"그날처럼 하지 않을 거라고 약속하지."

"믿을 수 없어요."

"좋을 대로 해."

"다 필요없으니 보내줘요."

화린이 톡 쏘아붙였다.

그의 눈에 번쩍 섬광이 일었다.

"그건 절대로 안 돼."

"그럼 내가 직접 걸어나가겠어!"

그러자 협은 화린의 어깨를 흔들며 잇새로 내뱉었다. 차갑고 어둡게 엉겨붙은 까만 동공이 화린을 위협했다.

"할 수 있으면 해봐. 노율을 비롯해 밖에 있는 사람들 모두 네가 아닌 나의 명령을 따를 테니까."

싸늘한 냉기가 뚝뚝 묻어나는 어조였다.

결국 그의 곁을 비껴가려던 시도는 보기 좋게 무너지고 말았다. 그녀의 대꾸가 있기도 전에 그가 화린을 두 팔로 안아 올려 침상으로 향했기 때문이다. 방 안이 떠나갈 듯 고래고래 커다랗게 질러대는 화린의 목소리를 듣고 달려오는 이는 아무도 없었다. 백발 성성하던 노인은 자리를 피해준 지 오래였다.

"정말로 내가 형님과 하나도 다를 바 없다고 생각하나? 그래?"

그녀를 침상에 눕히자마자 그가 물어온 질문이었다.

무섭게 굳은 그의 얼굴을 보고 있자니 도저히 그렇노라는 대답이 나오지 않았지만, 애써 그에 대한 미움을 상기시키며 두려움을 억눌렀다.

"적어도 내게는 그렇게 보여요."

무표정에 가깝던 그의 얼굴이 기막히게 일그러졌다.

"그게 아니라면 증명해 봐요. 여기서 날 보내준다면 내 판단이 틀렸다는 게 될 테니까."

"상관없다. 멋대로 생각해. 하지만 다행으로 여기는 게 좋을 거다."

협은 억양없는 목소리로 일깨우며 화린의 턱을 들어올렸다.

한입에 먹어치우고 싶을 만큼 도톰하고 고혹스러운 입술과

오뚝하고 야무진 콧날, 청량한 만월의 밤을 건져 놓은 듯한 눈동자가 서로의 숨결이 섞일 정도로 좁혀진 거리 안에 있었다. 이중 어느 하나도 건드리지 않고 지켜보기만 하는 것은 생각보다 상당히 고통스러운 일이었다. 협은 다시금 그녀의 말을 떠올리며 참아냈다.

"내가 형님을 조금이라도 닮았다면, 네 몸이 어떻든 개의치 않고 지금 이 자리에서 내 욕심을 채웠을 거다. 알겠나?"

그러나 화린은 여전히 반항 어린 눈으로 이곳에서 내보내 달란 말만 대신하고 있었다.

협은 문득 그날과 달라진 한 가지를 떠올렸다.

"누가 존대어를 가르쳤지?"

"내 나라에 월국 말을 가르치는 스승이 있어요. 그때는 제대로 배우지 못한 상태였지만."

"그렇군."

괜히 허전하고 마음에 들지 않았다.

그깟 말이 무슨 대수라고 멀어진 벽이 느껴지는 건지 스스로도 모를 일이었으나 버릇없을망정 예전처럼 툭툭 반말을 해대던 화린이 더 보기 좋았다. 물론 존대어를 하는 지금에도 화린은 건방진 편이었다.

"그만 잘래요."

요연히 빛나는 눈.

전혀 졸리지 않아 보이는 눈이었다. 아마도 그와 얘기하기 싫다는 뜻이리라.

"그래, 쉬도록 해라."

"네, 전하."

침상에서 멀어지던 그는 다시 걸음을 돌렸다.

화린이 존대하는 게 상당히 거슬렸다.

"화린, 나한테만은 존대하지 않아도 된다."

"그럴 수야 있나요? 황송하게도 이 몸을 구해주신 황자 전하이신데."

존경심이라곤 눈곱만치도 찾아볼 수 없는 존댓말이었다. 그 비꼬임이 가득한 어조에 협은 눈살을 찌푸렸다. 처소를 빠져나오는 중에도 화린이 눈을 감고 있지 않다는 걸 알고 있었다. 정확히는, 어떻게 하면 이곳에서 나갈 수 있을지 머리 굴리는 소리가 빤하게 들렸다.

할 수만 있다면, 달아나지 못하게 손이며 발이며 모두 묶어놓고 싶었지만 그것은 도리어 화린의 마음을 굳게 걸어놓는 결과만 낳게 될 것이다.

난공불락이로다.

협의 입가에 나직한 한숨이 걸렸다. 서둘러서는 아니 된다. 무엇보다 화린이 자신에게 신뢰를 가질 수 있도록 시간을 주어야 했다.

그로부터 이틀 후, 처소를 나올 무렵, 몇몇의 나인들의 대동하고 나타난 여인이 있었다.

"여기 계셨군요."

다영 황자비였다.

협은 평소와 다름없는 무뚝뚝한 어조로 말을 건넸다.

"예까지 어인 행차이십니까?"

"그건 황자께서 더 잘 아실 텐데요?"

다영 황자비의 샐쭉거리는 되물음에 협의 눈썹이 꿈틀거렸다. 그러니까 화린을 데려가려는 것이다. 그녀가 의식을 차렸다는 소식을 전해 듣고 온 것이 분명했다.

"아직 환자인 사람이오."

"그 이전에 죄인입니다."

다영이 곧바로 반박에 나섰다.

협 또한 기다렸다는 듯 포문을 열었다.

"들기로는 증거가 불충분하다고 들었습니다. 이렇게 된 이상 여인에게 죄를 묻는 것은 잘못된 처사라고 보여집니다만."

다영의 미간이 난처하게 좁혀졌다.

"그, 그건……. 하지만 감히 황족에게 손찌검을 하였습니다. 저 계집은 마땅히 중죄로 다스려야 합니다."

계집에게 죄를 물을 수 있는 적기라면 적기일 수 있는 순간을 놓치지 않으려는 심산일 게다. 장차 황제후가 될지도 모르는 그녀, 황실의 위상이 걸린 일을 쉬이 지나칠 수 없음이다. 그러나 그런 그녀의 커다란 눈동자 속엔 옥관을 쓰게 될 황제후로서 절대 입 밖에 꺼낼 수 없는 사심이 검게 똬리를 틀고 있었다.

'왜죠? 무엇 때문에 저 계집을 싸고도는 것인지요? 당신을 먼저 저버린 저이니 이런 뒤늦은 원망을 할 자격이 없다는 걸 너무나 잘 알지만, 어쩐지 서운해지는군요. 그런 서운함마저 이제는 죄악이라 비난하시겠지요. 허나, 제게 인색했던 온기 섞인 포용을 저런 하찮은 계집에게 너무 많이 보여주진 마세요. 그럴수록 저는 더 추악해질지도 모릅니다. 더 옹색해질지도 모릅니다.'

다영이 미처 단속치 못한 감정은 협에게 그대로 읽혀지고 말았다. 그의 눈이 잠시 동안 비소를 머금었다. 참으로 덧없소.

"이미 태형으로써 처벌을 내리지 않았습니까? 그것도 모자라 사흘 밤낮을 고통스럽게 앓은 이를 벌할 만큼 모진 분이셨습니까, 비께서는? 정녕코 터럭만큼도 가엾다 생각지 않으셨습니까?"

추상 같은 다그침이었다. 한 마디 한 마디 이어질수록 그의 언성은 격렬히 높아졌고, 검미는 한껏 위로 치켜 올려졌다. 딱딱 끊어진 어조에는 무표정을 벗어던진 얼굴만큼이나 지독한 한기가 서려 있었다.

다영이 주춤 뒤로 물러났다. 협 스스로도 자신이 자아내고 있는 험악한 기세에 멈칫하고 말았다. 화린에게 매질을 한다니. 상상만으로도 화가 치밀었던 탓이리라.

잠시 후 그는 전보다는 훨씬 누그러진 어조로 침착하게 말했다. 다영 역시 그녀의 지나침을 뉘우치는 기색이었다.

"여인이 소유하던 것들을 이제 그만 돌려주시지요."

"허나, 그 물건 중에는 월국 황실의 것임이 분명한 산호석이 포함되어 있었습니다."

그러자 협의 입매가 돌연 부드럽게 풀어졌다.

다영은 자신이 헛것을 본 거라 생각했다.

"그건 여인의 것이 확실합니다."

"그게 무슨 말씀이시온지⋯⋯?"

"이 사람이 나머지 한 개의 산호석을 지니고 있기 때문입니다."

경직된 그의 눈매는 일찍이 볼 수 없었던 미소를 살핏하니 내비치는 듯했다.

다영은 이번도 마찬가지로 헛것이라 치부해 버렸다. 때문에 그의 대답의 뜻을 알아차리는 데에는 한참의 시간이 걸렸다.

가만, 그것은⋯⋯!

"⋯⋯그, 그럴 리가!"

몹시도 충격을 받은 얼굴이었다.

협의 성정에 농을 할 사람이 아니니 재차 묻지도 못했다. 그가 알아서 설명해 주길 바랐지만 소용없었다. 그의 덤덤한 눈빛과 꽉 다물린 입매로 더 이상은 그에게서 어떤 설명을 기대하기 어려웠다. 그는 다시금 무표정한 황자 협으로 돌아와 있었다.

"도둑이라는 뚜렷한 증거가 있기 이전의 질책은 거두어주십시오. 증거도 온전치 못한 상태에서 비께서 여인을 묶어두려 하실수록 일은 더욱 커질 위험이 높습니다. 비께 누가 되는 일은 형님께서 원치 않으시는 바. 처음에 처음, 시작은 언제나 중요한 법입니다. 냉정함보다는 관대함과 온화함, 공정함으로 기억되는 황후가 되어주십시오."

혼란스러울 정도로 어리둥절한 기색인 다영을 보며, 협은 곧 궐내가 산호석에 관한 소문으로 시끄러워지게 될 날이 멀지 않았음을 짐작했다. 다영은 벌써부터 이 일을 알리고 싶어 발을 동동 구르는 눈치였다. 아마도 예화당으로 향할 것이다.

그의 예상대로 소문은 한 시진도 지나지 않아 예화당을 주축으로 월영당, 혜운궁까지 퍼져 나갔다. 반나절이 되었을 즈음엔 궐내 전체가 막내 황자 협의 황자비 이야기로 활기를 띠고 있었다.

부러움과 시기, 기쁨과 축복. 많은 나인들의 입방아에 오르내리는 가운데, 화린은 물의 정령을 불러낼 참으로 목욕을 하고 있었다. 그러나 노율이 보낸 이 나이 어린 나인은 좀체 화린의 곁을 떠날 생각이 없어 보였다. 아니, 아까부터 굉장히 신이 나 있었다.

별로 궁금하진 않았지만 어서 이 아이를 내보내야겠다 싶어 화린은 그 영문을 물었다.

"글쎄, 협 황자께서 드디어 비를 맞으실 모양이에요."

"그래?"

화린의 되물음에 아이는 머리를 세차게 끄덕였다.

"네, 지금 궐내가 온통 이 얘기뿐인걸요. 전하께서 먼저 말씀하셨다고 들었어요. 그러니 틀림없는 사실이겠지요."

나인은 연신 싱글벙글이었다. 올해에는 국혼이 두 번이나 있어 신이 나네 마네 호들갑이었다.

그러나 화린은 도저히 따라 웃을 기분이 아니었다.

정말 두 형제가 똑같지 뭔가.

옥사에서 자신의 후궁이 되라던 균의 말이 떠오르기가 무섭게 자신을 안으려던 협의 모습이 겹쳐졌다. 그가 균과 다른 게 한 가지 있다면, 그의 언변이 조금 더 청산유수라는 것이었다. 정말이지 다시 생각할수록 기가 차고 우스웠다. 진짜 공주의 삶을 준다더니, 결국 그의 후궁이 되라는 말이었던 게다. 애당초 그의 말을 받아들일 마음도 없었지만 그에게 놀아난 기분이 드는 것은 어쩔 수가 없었다.

"어? 왜 그러세요? 목욕물이 차가운가?"

화린의 언짢은 기색에 이 눈치없는 나인은 목욕물만 탓하며 머리를 긁적였다.

"좀 더 따뜻하게 해드릴까요?"

"아니, 이제 되었으니 그만 나가보렴."

다소 날카로운 대꾸에 나인이 울상을 지었다.

"쇤네가 혹시 잘못한 거면 용서해 주세요."

"네가 잘못한 일이 뭐가 있겠니? 그냥 혼자 있고 싶어 그런단
다. 노율에게는 꾸중 듣지 않도록 잘 말해둘 테니 어서 가보렴."

화린은 겨우 짜증을 가라앉히며 어색하게 웃어 보였다.

"그럼 쇤네가 필요하시면 언제든 부르세요."

"그래, 고맙구나."

시끄럽게 재잘거리던 나인이 가고 홀로 남자, 향낭에 있던 구
슬을 한 개 꺼내었다. 다행히도 이 구슬은 볼품없게 생겨서 황
자비 일행에게 빼앗기지 않았다. 어떻게 보면 흔하디흔한 조약
돌처럼 생겼다. 그것은 물의 정령을 부르는 구슬이었다. 구슬을
물에 떨어뜨리면 곧바로 기포가 생기면서 물의 정령으로 화한
다. 바로 이때 전해진 편서가 있으면 확인할 수 있었다.

포르륵, 포르륵……

기포가 터지면서 물의 정령이 모습을 드러냈다. 두 개의 편서
가 도착해 있었다. 하나는 산아할멈으로부터, 나머지 하나는 아
버지 지륜 황제로부터 온 것이었다. 먼저 산아할멈은, 이 편서
를 보는 대로 어서 소식을 전해주거나 빨리 와달라는 내용이었
다. 가랫날에서 며칠이나 지나 있는 상태에서 행방불명에 가까
워진 화린을 두고 몹시 걱정하면서, 한편으로는 화도 나 있는
것 같았다. 수차례나 편서를 보냈음에도 확인도 안 하고 무슨
일이 있느냐며 오늘 중으로 답신이 없을 시엔 수련국으로 편서
를 전할 예정이라는 것이었다. 편서의 어디에도 교우 오라버니
에 대한 내용이 없는 것으로 보아 오라버니는 아직도 나타나지

않은 모양이었다. 화린은 실망감을 감추며 편서를 작성하기 시작했다. 그리고 무사히 망해를 건넜는지 안부를 물어온 지륜 황제에게도 간단히 편서를 작성했다.

"그나저나 여기서 어떻게 빠져나간담⋯⋯."

그의 형과 하나도 다를 게 없는 똑같은 사람이라는 비난이 상당히 불쾌했던지 이후, 협은 화린을 어찌해 보려는 행동을 취하지 않고 있었다. 그러나 그렇다고 해서 그녀를 포기한 것이 아님을 알고 있었다. 행동 대신 말과 눈빛으로 은근한 암시를 해왔기 때문이다. 그렇게 그의 눈매가 조금이라도 부드럽게 풀어지는 기미가 보일라치면 화린은, 조심스레 자신을 보내달라는 의사를 내비치곤 했었다. 그러면 협은 즉시 표정을 굳히며 냉담하게 돌아서 버리기 일쑤였다.

목욕을 마치고 처소로 돌아갔을 때는 이미 협이 그녀를 기다리고 있었다.

시무룩한 표정으로 그를 지나치자 그가 옆에 앉도록 돌려 세웠다. 가만히 보니 서탁에 그녀의 향낭이 올려져 있었다. 황자비에게 빼앗겼던 모든 것들이 하나도 빠짐없이 그대로 들어 있었다. 화린은 향낭을 손에 쥐며 자리에서 일어났다. 그러자 협의 손이 다시 화린을 잡아 세웠다.

협은 여전히 무표정했지만 그게 아님을 알 수 있었다. 뭔가 고맙다거나 기쁘다는 대답을 바라는 눈치였다. 그렇지만 화린은 전혀 그럴 생각이 없었다. 어차피 이것들은 그녀의 것이고,

그가 자신을 도둑으로 잡지만 않았더라면 누군가에게 뺏길 일 같은 건 없었을 테니까.

"뭔가 잊어버리고서 빠뜨린 말이 있을 텐데?"

"아니요, 전혀."

그의 안면근육이 실룩거리는 게 보였다.

"따로 하실 말씀이라도 있으신가요, 전하?"

"화린!"

협은 화린을 그의 무릎 위로 앉도록 거칠게 끌어당겼다.

목욕을 한 뒤라 불빛에 드러나는 화린의 피부가 유난히 뽀얗다. 아직 상처가 완전히 나은 건 아니지만 멍은 많이 가신 상태였다. 다만 문제라면…… 아무 음식도 입에 대지 않는다는 것이었다. 그 고집은 어떤 협박에도 꺾여지지 않았다. 이틀 동안 굶은 것치고는 멀쩡했지만 나중에 쓰러지기라도 하면 큰일이었다.

쓴웃음이 입가에 걸렸다. 무엇이 문제인가는 물어볼 필요도 없었다.

결국 보내줘야 하는 건가.

상실감이 커다랗게 밀려들었다. 보내주기가 싫었다. 마음 같아서는 이 허기짐을 채우기 위해 억지로라도 취해 버리고 싶었다. 온종일 그의 곁에만 두고 싶었다. 하루에도 얼마나 수없이 고민하고 인내하는지 모른다. 하지만 문제는 그렇게 간단하지가 않다.

미움과 증오만 간직한 채 영영 마음을 닫아버릴 화린의 모습을 지켜보느니, 또다시 그녀를 놓칠 수 있다는 끔찍한 위험을 안고 살아가는 편이 나았다. 지금도 반쯤은 그에게 증오심을 가지고 있는 것 같았지만.

"내일 아침 너의 집으로 보내주도록 하마."

화린이 못 들은 것처럼 두 눈을 깜빡거렸다.

협은 다시금 무뚝뚝하게 일깨워 주었다.

"내일 널 보내주겠다고 말하였느니라."

"정말인가요?"

이에 대한 협의 대답은 진지한 눈빛으로 충분했다.

그러자 화린의 얼굴에 이제껏 보지 못한 화색이 돌았다. 어떤 꽃에도 견줄 수 없는 눈부신 미소였다. 그 해사한 미소에 협은 잠시 멍해졌다. 화린이 그에게 미소를 내비친 적은 손에 꼽아딱 두 번 있었다. 처음은 산호석을 만들어준다고 승낙하던 순간에. 나머지 하나는 바로 지금.

하지만 그 웃음 참으로 예쁘다고 마냥 좋아할 수만도 없는 게협의 심정이었다. 아니, 대번에 심기가 상했다. 세상천지 어떤 사내가 제 계집이 그의 곁을 떠나게 되었다며 대놓고 기뻐하는데, 그 모습을 좋아라 할까?

협은 씁쓸한 기운을 감추며 화린의 틀어 올린 머리를 풀어 내렸다. 정수리에서 가슴 끝으로 젖은 머리카락이 흘러내렸다. 목욕 후 물기를 제대로 말리지 않은 모양이었다. 똑똑 머리카락

끝에서 떨어지는 물방울에 손을 가져가니, 해안가에서의 화린과 처음 만났던 일이 떠올랐다.

이때 화린이 그의 무릎에서 내려와 재차 물었다.

"오늘 보내줄 순 없나요?"

한시라도 빨리 이곳을 벗어나고 싶은 게지. 정확히는 그의 곁을 떠나고 싶다는 뜻이리라.

협은 더욱 심기가 상했다.

과연 화린은 그녀로 인해 궐내가 떠들썩한 걸 알기나 할까. 다들 화린이 산호석을 지니고 있는 것으로 보아 그의 숨겨둔 정혼녀가 분명하다고 말하고 있었다. 이에 대해 어머니인 계연 황후는 다짜고짜 그를 다그치며 절대 출신도 모르는 천한 계집을 인정할 수 없다고 엄포를 놓은 마당이었고, 조는 놀라움을, 잠깐 마주친 균은 썩은 내를 풍기며 야유를 보내왔다. 정작 모든 관심이 그녀에게 쏠리고 있단 건 꿈에도 모른 채 화린은 자신의 집으로 돌아가겠다며 눈을 빛내고 있다.

일변, 이런 시기에 그녀를 궐내에 노출시키느니 감시를 붙여 궐 밖에 머물게 하는 방법이 훨씬 나을 거라는 생각도 들었다. 아직도 그를 거부하는 화린이었다. 그런 마당에 암암리에 혼인 이야기가 떠돌고 있다는 걸 눈치채기라도 하면…… 화린은 더욱 비뚤어질 것이 분명했다.

그렇다 하더라도 속 모르고 그의 심사를 긁어내리는 화린이 얄밉기 그지없었다. 협은 입술을 비틀며 화린을 무릎 위로 끌어앉혔다.

"한 번 더 그런 말을 꺼내면 방금 보내주겠다고 한 말은 없던 걸로 하겠다."

그의 쌀쌀맞은 대답에 화린은 한껏 그를 노려보기 시작했다.

이러니저러니해도 어차피 자신을 보내주게 될 게 아닌가?

화린은 자신을 손바닥 위에 올려놓고 마음대로 쥐락펴락하려는 그의 속내가 괘씸했다.

처음엔 마냥 기쁘다가도 갑자기 무슨 바람이 들었나 싶었다. 그러자 목욕 시중을 들던 나인이 들려준 말이 뇌리를 스쳤다. 비를 맞이한다고 했었지. 그런데 후궁도 아닌 자신을 데리고 있자니 이목이 꺼려졌을 터. 궁여지책으로 놓아주는 것이 뻔하거늘 저렇게 거드름을 피우다니.

그러나 생각보다 빨리 산아할멈에게 돌아가게 되어 천만다행이었다.

협이 처소를 떠나고 난 후, 화린은 노율을 찾았다.

이틀 전, 위험을 무릅쓰고 모의를 꾀하도록 도와준 노율에게 작별인사를 미리 해두어야 했기 때문이다.

의식을 되찾은 사흘 전부터였다. 식음을 전폐하는 화린을 보다 못한 노율은 마지못해 그녀의 부탁을 들어줄 수밖에 없었다. 약이며 식사는 정상적으로 하되, 협에게는 그렇지 않은 것으로 아뢰어주기로 한 것이다. 화린이 추측하기로 협은 성정이 모진 사내가 아니었다. 그녀를 구해주고 치료까지 해주는 걸 보면 인정을 기대해도 좋을 것 같았다. 그리하여 협은 이틀 동안 곡기를 끊었노라는 노율의 거짓보고를 전해 듣게 되었다.

"노율, 고마워요!"

노율도 지난 얼마간 이 유별난 환자를 돌보느라 고생이 많았을 터였다. 은빛 백발 성성한 노율은 화린과의 이별에 아쉬움을 감추지 못했다.

"내일 날이 밝는 대로 남은 기간 드실 약재를 준비해 놓겠습니다. 건강하셔야 합니다. 가끔, 이 노인을 기억해 주시면 더욱 감사하지요."

"응, 노율을 잊지 않을 거예요. 이곳에서 노율을 알게 된 것이 가장 기쁜 일인걸요."

다음날 아침, 밤새 잠들었던 해가 여인의 둔덕배기 같은 산봉우리에 얼굴을 드러내며 회덕헌 추녀 끝자락에도 완연한 빛을 심어놓았다. 협은 조식도 거른 채 말에 안장을 얹느라 바빴다. 화린에게 집으로 보내준다고 약조한 때문이었다.

"자, 여기에 타."

말을 관찰하는 화린의 눈에 기묘함이 스쳤다. 녀석이 콧김을 내뿜자 화린은 주춤 뒷걸음질쳤다.

"빨리 가고 싶다고 했잖나. 그러면 이 녀석의 힘을 빌리는 게 가장 좋다. 보기엔 사나워 보여도 온순한 녀석이니까 겁내지 않아도 돼."

손을 내밀어 화린을 부축하며 함께 말 위에 올랐다.

황궁을 벗어나서야 고삐를 늦추는데 그때까지 아무 말 없던 화린이 조그맣게 물었다.

"그냥 여기서 내려주면 안 돼요?"

"왜지?"

"여기서부터는 걸어갈 수 있거든요."

궁색한 대답이었다.

자신의 거처를 알리지 않기 위한 핑계라는 걸 협은 진작에 눈치채고 있었다. 그리고 그와 어떻게든 좀 더 빨리 헤어지고 싶은 것이리라.

"그럴 순 없어. 화린 네가 연화륜을 가져가지 않았다는 확실한 증거가 없는 한은 황실의 감시 아래 놓여지게 될 거다."

화린의 얼굴이 뾰로통해졌다.

"정말 내가 범인이라고 생각해요?"

"아니."

"그럼 그날 밤에 왜 날 붙잡은 거죠? 내가 도망치도록 놔줄 수도 있었잖아요."

나무라는 어조에는 짙은 원망이 배어 있었다.

"그냥 다른 이유가 있어서라고만 해두지."

슬그머니 웃음이 비어져 나왔다.

도둑이든 그 무엇이든 그녀를 잡을 명분이 있었음에 반가움마저 들었노라 말할 순 없는 노릇이었다. 그의 모호한 대답에 화린이 고개를 돌렸다. 미심쩍은 눈빛으로 협을 요리조리 뜯어 살핀 화린은 그의 본심을 꿰뚫고 있었다.

협은 일부러 지난날을 상기시키지 않기 위해 대답을 회피한 것이었다.

연부에서 만나던 날, 그녀를 억지로 취하려 했던 일을 진심으로 후회하고 있었다. 이토록 자신을 경계할 줄 알았더라면 다른 방법을 이용했을 거라고 말이다. 화린이 맏형 균과 같은 자신을 사람이라고 야멸차게 비난하던 기억은, 그에게 많은 고민을 안겨주었다.

"그럼 나도 하나 묻겠다. 처음 만났던 그날, 해안가에서 무얼 하고 있었던 거지?"

늘 놓치고, 또 놓쳐야 했던 탓에 이제야 궁금히 여기던 질문을 꺼냈다.

"……."

"대체 어디로 사라진 거지?"

그곳은 바닷가 중에서도 수심이 가장 깊은 곳이었다. 조금만 거닐어도 금방 목까지 물이 차 올라 헤엄을 쳐야만 했다. 인근에 멱을 감는 아낙들이 있지만 밤중, 더구나 만월의 밤에는 단 한 명도 없었다.

"……."

화린은 고집스레 침묵을 지켰다.

"좋아. 다시 묻겠다. 수련국은 어쩌고 월국에 오게 된 거지?"

"수련국엔 다시 돌아갈 거예요."

"그래?"

"네, 이곳에 할머니께서 홀로 지내시거든요. 그래서 만나뵈러 들른 거예요. 지금 가려는 곳도 할머니의 집인걸."

거짓말이라기보단 뭔가 숨기고 있다는 기분을 떨칠 수 없었다. 하지만 더 이상 캐묻지 않기로 했다. 차차 알아가면 될 일이다.

협은 어느 순간 무척이나 느려진 말의 속도에 고삐를 잡아당겼다. 그리고 화린의 상체가 앞으로 쏠리지 않도록 허리에 손을 얹었다.

역시, 기억하고 있는 대로였다.

한 줌도 채 안 될 것처럼 보였던 허리는 넉넉하게 그의 손 안에 잡혔다. 그러나 부드럽게 감기는 감촉은 상상보다 뛰어났다. 그녀를 안을 뻔했던 두 번째 만남에서조차 이 잘록한 허리를 탐할 기회를 가지지 못했거늘. 그와의 예기치 못한 접촉에 단박 굳어지는 예민한 여체를 알았지만, 협은 그녀의 집에 당도할 때까지 이 사소한 욕심을 거두지 않을 작정이었다. 화린의 털끝 하나 건드리지 않겠다던 각오는 잠시 동안 접어두리라.

"화린, 내 이름을 기억하고 있겠지?"

필요 이상으로 그녀의 귀에 가까이 대고 말했다. 전해져 오는 화린의 달콤한 체취에 감미로움마저 느끼고 있었다. 봄빛 곱게 망울진 살결이 너무나도 고왔다.

"네, 전하."

"네 입을 통해서만큼은 전하라 불리고 싶지 않다."

"그건 싫은데……."

화린의 중얼거림에 협은 즉각 눈썹을 곧추세웠다.

"그럼 내 이름을 부르지 않겠다?"

"……."

대답이 늦어지자 화린의 허리를 좀 더 꽉 옥죄었다. 화린이 어깨를 가늘게 떨었다.

"어서. 그렇지 않으면 당장 말을 돌려 궁으로 돌아가겠다."

"……협."

"존대하지도 말고."

화린이 마지못해 고개를 끄덕였다.

八.
사면초가
四面楚歌

"**아**니, 이게 어찌 된 일인 게요? 진작 오셨어야 할 분께
서 이제사 오시다니요?"

산아할멈이 밤새 눈 한 번 못 붙인 양, 주럽이 들어 거칠거칠
한 음성으로 말했다. 화린은 대답하기에 앞서 방 안을 두리번거
렸다. 어디에도 교우가 온 흔적은 보이지 않았다.

"설마 벌써 어머니께 알린 건 아니지?"

"공주마마께서 조금만 늦게 오셨다면 수련국에 알릴 생각이
었다오."

말을 타지 않고 걸어왔다면 어찌 되었을까. 화린은 떠올리기
도 싫었다. 역시나 교우가 오지 않아 서글펐지만 무엇보다 어머

니께서 아시게 될까 마음을 졸였으니 그나마 다행이었다.

"이미 타 들어간 속, 더 타버릴 구석이야 없지만 참으로 답답해 미칠 노릇이오. 어서 얘기 좀 해보시오. 교우는 어딜 가고 공주님 혼자, 아니, 저 사내와 같이 오게 된 건지……."

산아할멈의 재촉에 거짓말로 둘러댈까 고민하였지만 이내 마음을 바꾸었다. 어차피 교우가 올 때까지 기다리려면 누구보다 산아할멈이 그 사정을 다 알아야 도와줄 거라 판단이 선 탓이다.

"교우 오라버니는 아직 수련국에 남아 있어."

"그게 대체 무슨 말이오? 이 늙은이 귀가 어두워 도통 못 알아듣겠소."

화린은 한차례 심호흡을 한 뒤에 자초지종을 들려주었다.

교우 오라버니가 변심하여 혜금과 가례를 치르겠다고 한 일부터 가례 첫날 버림을 받은 일, 홀로 월국을 거닐던 중에 뜻하지 않게 누명을 쓰게 된 일까지 모두 털어놓았다. 산아할멈은 이마를 짚으며 통곡하였다.

"공주님을 이리 혼자 내버려 두고, 내 이 교우 놈을! 쇤네, 당장 수련국으로 가서 놈에게 엄벌을 내려달라 상소를 올릴 것입니다요."

"안 돼! 교우 오라버니는 반드시 올 거야. 그러니 조금만 기다려 줘, 응?"

그러나 요지부동. 그녀의 예상과는 달리 산아할멈은 강경했다.

"그거야말로 절대로 안 되는 일입니다!"

"할멈!"

화린이 꽥 소리를 질렀다.

"공주님 혼자 예서 기다리시다니요? 그러다 무슨 봉변이라도 당하면 어쩌실 게요?"

"그건 할멈의 지나친 걱정이야. 그런 일은 생기지 않는다구. 제발, 부탁할게. 여기서 오라버니를 기다릴 수 있게 해줘."

"두 번이 아니라 세 번, 네 번 애원하셔도 안 되는 일이 있소. 이것은 다 공주마마의 신변을 걱정하는 쉰네의 마음이니 너무 무정타 하시지 말고, 오늘 달이 떠오르는 대로 돌아갈 채비를 하시구려."

단칼에 자르며 산아할멈이 돌아섰다.

화린은 더욱 대차게 맞섰다.

"싫어! 그럴 순 없단 말이야! 날 한 번만이라도 봐줄 수 없겠어?"

"아까 공주님께서 대동하고 오신 사내가 뉘인 줄 아시오?"

"알아, 이 나라의 황자라는 거."

"그럼 더 설명이 필요없겠구료. 아까 공주님이 그 사내와 함께 오는 걸 보았을 때, 쉰네는 이 두 눈이 잘못되었거나 아니면 공주님께 뭔가 일이 단단히 잘못되었을 거라 짐작하고 있었다오. 둘 중 하나를 선택하는 건 공주님 몫이니 더는 말하지 않으리라. 이대로 고집을 피우시면 쉰네는 교우에게 벌을 내려달라

상소를 올릴 수밖에 없소. 그걸 원치 않으면 이제라도 수련국으로 돌아가시오. 내, 공주님께서 가례 전날 보내어진 편서(便書)를 중간에 가로챈 것까지는 눈감아주려 했거늘. 어찌 이리도 몰라준단 말이오?"

화린의 동공이 커다랗게 열렸다.

"그, 그걸 어떻게 알았어?"

"염의 가렛날, 공주님께서 월국까지 따라왔다가 황후마마께 크게 노여움을 산 일이야 듣지 않아도 알 수 있다오. 그러한 탓에 가람국으로 장소를 바꿀 것이다 이르셨는데 편서의 내용이 참으로 뜻밖이라 인편을 엄중히 다그쳐 보았지요."

빈틈없이 짚어가는 산아할멈 앞에서 화린은 할 말을 잃었다.

수련국으로 돌아가는 방법 외엔 어쩔 도리가 없었다. 지금은 그게 최선이었다.

"……알았어. 염이만 만나고 어두워지면 다시 돌아갈게."

염은 제 신랑과 함께 장터를 다녀오는 길이라 했다. 그러면서 화린이 여태 교우와 당도하지 않아 몇 날 며칠 편한 잠을 이루지 못했다며 눈물까지 글썽였다. 울음을 그친 염의 얼굴에 겨우 화색이 돌았다.

염이 빨개진 코끝으로 훌쩍거리며 말했다.

"흑. 공주님, 어찌 되신 거예요? 하도 안 오셔서 정말 무슨 일이라도 생긴 줄 알았단 말예요……."

"걱정 끼쳐서 미안해."

반가움에 서로를 부둥켜안았다.

염의 눈길이 화린의 뒤를 따라왔을 누군가를 찾아 분주히 움직였다.

"그런데 어찌…… 혼자세요?"

"으, 응."

"뭐예요! 쳇. 새신부를 혼자 놔두는 법이 어디에 있대요? 저 때문에 공주님이 어떤 고초를 겪으셨는데!"

아직 교우가 월국으로 오지 않은 사정을 모르는 염이 한껏 샐쭉거리며 잔소리를 늘어놓았다. 그러자 화린의 얼굴이 갑작스레 쓸쓸함과 참담함으로 복잡하게 뒤섞였다. 염이는 그제야 무슨 일이 있구나 싶어 허겁지겁 묻기 시작했다.

"이런, 혹시 가례 첫날부터 싸우셨어요?"

"……아니."

"그럼 안색이 왜 그렇대요? 이제 보니 너무 형편없이 상하셨어요."

자신의 얼굴을 근심 어린 손길로 어루만져 주는 염으로 인해 화린은 북받쳐 오르는 기운을 견디지 못하고 눈물을 훔쳐 냈다. 게다가 줄곧 염의 옆에서 못내 사랑스러운 듯 시선을 떼지 못하는 염의 신랑을 보고 있노라니 자신의 처지가 영락없이 비교되는 것이었다. 그녀와 교우 오라버니도 저랬을 거란 생각은 시기심마저 불러일으키고 있었다. 그리고 교우 오라버니가 한없이 미워졌다.

"교우 오라버니는 아예 오지 않았어. 나…… 가례 첫날부터 버림받았단다."

"에구머니나! 그게 무슨 말씀이시래요?"

염이 눈알을 커다랗게 굴리며 되물었다.

그러나 화린은 고개를 떨굴 뿐 대답을 잇지 못했다. 염의 얼굴이 도저히 믿을 수 없다는 듯 굳은 것처럼 자신 역시 이 상황을 믿고 싶지 않았다.

"이년이 잘못 들은 거예요, 그렇죠? 다른 이도 아니고 교우 도련님이……. 아니에요, 도련님이 공주님을 버릴 리 없잖아요. 마, 말도 안 돼요. 지금 농을 치시는 게죠?"

"그랬으면 좋겠지만 사실인걸."

화린은 서글픔을 억누른 채 담담히 말했다.

그럼에도 염은 믿으려 하지 않았다. 가례가 있기 전, 교우가 파혼을 선언한 이야기를 듣고서야 간신히 믿는 눈치였다. 한동안 염이 분개한 얼굴로 씩씩거렸다. 그를 홀린 혜금에게는 분함을, 그사이 약속을 져버린 교우에게는 실망감을 감추지 못했다. 무엇보다 염은 자신이 화린을 위해 아무 도움도 되어줄 수 없음에 깊은 무력감을 느끼는 듯했다.

"그럼 다시 수련국으로 되돌아가시는 건가요?"

"응, 산아할멈이 여기 있는 걸 절대 허락지 않아서."

"후, 만나자마자 이별이로군요."

"응, 이제 가면 염이 너…… 회귀 의식을 치를 때 보겠구나."

목소리가 미미하게 떨려 나왔다. 그것은 부러움이었다.

"네, 공주님."

"무사히 백일가례 마치고 회귀 의식 치를 수 있도록 가서 기원할게. 남은 가례 기간 동안 즐겁게 보내다가 오렴."

"감사해요. 저도 공주님께서 어서 다시 백일가례를 치르셔서 회귀 의식까지 무탈하시도록 빌겠어요."

"고맙구나."

갑자기 염의 얼굴에 의아한 빛이 스쳤다.

"그런데, 공주님."

"응?"

"아까는 쉰네가 잘못 본 줄로만 알았거든요. 누가 말을 타고 이곳으로 오기에 그저 지나치려는 건가 했는데 아, 글쎄, 공주님이지 않겠어요?"

아마도 협의 도움을 빌어 말을 타고 온 것을 본 모양이었다.

"아, 전하…… 아니, 협을 말하는 게니?"

염이의 눈동자가 놀라움으로 휘둥그레졌다.

"세상에, 그, 그럼 공주님이 맞으셨군요! 쉰네가 보기에 틀림없는 공주님이셨는데, 그럴 리가 없다고 생각했거든요."

"월국 황궁에서 오는 길이었어."

처음부터 전부 다 얘기할 작정은 아니었다. 하지만 염이는 언니 사린 이상으로 속내를 털어놓는 친구이기도 했다. 그러자 어쩌면 이 순간 자신이 가장 필요로 하는 것은, 복잡한 심정을 여과없이 털어놓을 수 있는 상대일지도 모른다는 생각이 들었다. 화린은 누구에게도 말하지 않았던 기억까지 솔직하게 털어놓았다. 경청하는 중간중간 염은 몹시 놀란 기색을 숨기지 못했으나 그런대로 침착성을 유지하고 있었다.

"그 사내는, 언젠가 먼발치에서 한 번 보았던 게 고작이었어요. 정말 뭐라 말씀드려야 할지……. 첫눈에도 호락하게 넘길 이는 결코 아닌 듯했는데 공주님과 그런 일이 있었다니, 앞으로 정말 조심하셔야겠어요."

화린은 서둘러 응수했다.

"응, 그럴 생각이야. 오늘 수련국으로 돌아갈 때 혹시나 감시하는 이들이 없는지 조심히 살피면서 가야 할 듯해."

"그런데 그 다영 황자비란 여인, 정말 못쓰겠군요."

"왜? 무슨 말이지?"

염이는 혹여 마을 사람들 중 누구의 귀에라도 닿을세라 귓말처럼 작게 들려주기 시작했다.

"그녀는 원래 협 황자와 연인 사이였대요. 하지만 그가 설국으로 외정을 나간 사이 형인 조 황자를 유혹해 황자비의 자리를 꿰어찬 거라고들 해요."

"설마, 그게 사실이야?"

염의 말을 믿을 수 없었다.

어떻게 두 형제 사이에 그런 일이 있을 수 있단 말인가.

화린은 자신을 살차게 쏘아보며 수치를 안겨주었던 황자비를 다시금 기억해 냈다. 차갑고 이기적이었으나 하나하나의 이목구비가 자로 잰 듯 균형을 이루어 완벽한 미모를 뽐냈던 그녀는 여자인 자신이 보기에도 천하절색이었다. 그럴진대 건장한 사내에게 두말할 필요가 있을까.

"그럼요. 지난 양월식까지만 해도 쉬쉬해 온 것을 조 황자만 모르고 있었던 모양이에요. 그걸 알았다면 국혼을 치르진 않았을 거라고 수군대던걸요. 협 황자가 옥좌를 형에게 양보하려는 기미가 보였기 때문에 변심한 거란 얘기가 대다수였어요. 사실 아직도 그가 옥좌에 앉게 될지 안 될지는 아무도 모르지만요. 대신들은 정비 소생인 그를 후계자로 내세워야 한다고 주장한다나 봐요."

"그랬구나."

화린의 두 눈에 자신도 모를 안타까움이 맺혀들었다.

그가 자신을 품으려 했다는 사실을 떠나, 어찌 되었든 간에 동병상련의 감정을 느꼈기 때문이다.

달이 미치지 못하는 어둠 속은 여럿의 형형한 눈빛들로 긴장된 분위기를 형성하고 있었다. 설핏 실려오는 바람결에 비릿함이 가득했다. 군데군데 널브러진 어구들과 어육들의 냄새였다.

수로와 맞닿아 있는 효양. 어찌 보면 한갓 어가(漁家)에 지나지 않는 허스름한 이곳은 그러나, 어렵(漁獵)을 가장한 이들이 반역을 도모하고 있었다. 협은 조용히 야청과 시선을 교환했다. 그들의 예상이 적중한 것이다.

본래 월국은 이십팔 개 군으로 이루어진 소국으로, 그중에서도 효양은 선왕 때부터 왕권이 가장 못 미치는 지역에 속했다. 때문에 협은 이곳에 대한 감시를 잠시도 게을리하지 않았다. 소노가 효양에서 근접한 제양으로 거처를 옮기고 나서부터는 더 더욱.

소노는 균의 오른팔 격인 심복으로 마찬가지로 주색을 가까이 하는 사내였다. 그러나 최근 들어 병세가 악화된 노부(老父)를 핑계로 주색을 멀리하기 시작했다. 균은 이에 심한 불만을 드러냈지만, 소노는 굽히지 않았다고 한다. 더구나 수도에서 한참 떨어진 제양으로 거처를 옮기고부터는 균과 사이가 점차 소원해지는 듯 보이고 있었다.

하지만 협은 이것을 액면 그대로 받아들이지 않았다. 이목을 끌지 않기 위해 나름 계획을 짰을 것이다. 그 이면에는 오늘 밤 일처럼 반역을 보다 수월하게 꾀하기 위한 궁극적인 목적이 있었으리. 그리하여 정예군들과 함께 매복하고 있는 터였다.

균의 성정으로 보아 조를 왕좌에 앉히려는 차비의 계획을 거스르려 하는 심산이 분명했다. 사실 협의 목숨을 호시탐탐 노리는 휘옥과 비뚤어진 균의 모자 관계가 어떻게 되든 말든 신경 쓰지 않았다. 협이 가장 염려하는 것은 조와 얼마 전부터 기력이 쇠해진 부왕이었다. 그 모반 세력에 휘옥이 얼마나 깊이 관여되었는지는 알 수 없으나 두 모자 세력이 설국에서 추방된 반정세력의 잔재들과 뭔가를 꾸미고 있음은 너무나 자명했다.

내밀한 연락망에 의해 수상한 움직임이 보인다는 소식을 접한 협은 아직 때가 이르다는 것을 알았다. 오늘, 그들의 존재를 확인한 것으로 어느 정도 수확은 거둔 셈이니 서둘러 일을 그르칠 필요는 없다. 곧 있으면 설국 왕의 탄신일이었다. 그때까지 추방된 잔재 세력을 파악해 내기만 하면 되었다. 협은 설국으로 전서를 날렸다.

"전하."

야청이었다. 가볍기만 하던 야청의 표정이 평소보다 가라앉아 보였다.

반쯤 효양에서 벗어난 협은 눈썹을 치켜 올렸다.

"아무래도 다시 효양으로 가보셔야 할 듯하옵니다."

대답없이 채근하는 시선에 야청이 다시 말문을 열었다. 협의 침묵은 많은 말들을 대신하고 있었다. 야청은 그 침묵을 읽어내는 단 하나의 충복이었다.

"화린 아가씨께서 지금 막 처소를 떠나셨다고 합니다."

"좋아. 야청만 남고 나머지는 제양과 황궁으로 흩어지도록."

협의 눈빛이 날카로이 번뜩였다.

결코 놓아주지 않아. 허수아비 황자 노릇은 두 번 다시 하지 않겠다, 화린.

밤하늘에 걸린 달은 어제보다 조금 이지러져 있었다. 자연의 이치라 했던가. 이렇게 점차적으로 이지러져 소멸에 이르고 다시 소박하게 차 오르는 것이 바로 달의 운명이라고.

언니 사린은 유독 달에 대한 이야기들을 많이 알고 있었다. 대개가 월국의 구전설화였는데, 그중에서도 유온과 규비의 전설은 화린이 가장 좋아하는 이야기였다. 난연히 빛을 쏟아내는 만월 아래 만난 남녀는 반드시 첫눈에 사랑에 빠지게 된다는 것으로 만월을 섬기는 월국인들에게 널리 알려진 이야기였다. 이날까지 벌써 몇 번을 반복하였을까. 소녀티를 벗을 무렵부터 들어왔으니 질릴 법도 했지만 화린은 전혀 그렇지 않았다. 들을수록 설렘의 감회가 더해만 갔다. 만월의 연인이 부부의 가약을 맺으면 신조차도 시기할 금슬을 누린다 하였지. 그래서인지 월국에서 가례를 올린 이들은 너무나 다정해 보였다. 전설 속 유온과 규비의 모습이 저렇지 않을까 싶을 정도로.

그것은 교우 오라버니와 자신도 그리될 것이라는 부푼 기대에 다름 아니었다. 어느 때부터인가 유온과 규비는 자신과 교우로 변해 있었다.

고우신 내 님은 어디 계시는가.
님 향한 연심을 밝혀주는 달아,
너의 교태로움 조금만 나눠주면 찾을 수 있을 터인데.
그때 마침 열리는 길목이 있었으니,
달꽃들꽃 낭자한 저곳에 노니는 내 님

금빛옥빛 선연하구나.
나를 반기는 그윽한 님의 손길
달빛을 훔치었나 하노라.
나를 안아주는 향긋한 님의 품속
그 어떤 부귀영화가 부러울까.
달 아래 맺어진 인연은
천겁만겁(千劫萬劫)에도 바래지 않을지어다.

유온의 노래를 낭낭히 읊조린 화린은 다음 만월을 기약했다.

"교우 오라버니……."

이지러졌어도 변함없이 밝기만 한 달을 품은 화린의 눈동자가 아쉽게 거두어졌다. 그저 귀동냥으로만 접해온, 손톱만하게 이지러진 갈고리 달을 이번에는 꼭 볼 수 있으리라 여겼건만 갈 때나 올 때나 혼자인 몸이로구나.

바위 틈에 잎사귀를 비죽 내밀고 있는 섬백리향이 보였다.

만월에만 피는 섬백리향이 있다고 들었는데…….

화린은 무릎을 굽혀 앞사귀에 손을 뻗었다. 얼핏 보통 섬백리향과 달라 보이지는 않지만 실제 자세히 관찰하면 꽃술 사이에서 은은한 빛을 발한다고 했었지. 그 꽃의 생명은 교인들의 가례 의식 기간처럼 딱 백일. 꽃이 지기 전에는 무슨 일이 있어도 망해를 건너야 했다. 그래서 백일이 되는 날, 교인들의 의식에 잠재된 회귀 본능이 그들을 일깨운다고 하였다. 이제 돌아갈 순간이 되었노라고.

"쳇, 지키지도 못할 약속 따위! 회귀 의식까지 꼭 치르자고 말해놓고는……."

들이키는 한숨의 무게가 무거웠다. 수련국으로 돌아가야 할 현실이 암담하기까지 했다. 근심으로 어두워진 부모님, 언니들과 오라버니, 그녀를 저버린 교우. 이들의 얼굴을 어떻게 마주할 것인가. 다시 돌아가면 자신의 배필은 누가 될 것인가. 아니다, 아니 된다. 그럴 순 없다. 교우 아닌 누구와도 가례를 맺고 싶지 않았다. 상상해 본 적도 없거니와 상상하기도 싫었다. 찰나의 찰나, 만월 아래에서 처음 마주친 사내의 얼굴이 스쳐 갔지만 그저 한쪽으로 온통 정신이 쏠려 버려 무의식중의 일인 듯 놓치고 말았다.

당장 이 일을 어쩌면 좋을까. 이 난국을 어찌 헤쳐 나간담.

발등에 떨어진 불을 살피기에만도 바빴다. 화린의 얼굴에 더욱 짙은 그림자가 드리워졌다.

생각할수록 첩첩산중이로다. 굳이 교우 오라버니를 벌해 달라는 산아할멈의 상소가 아니어도 그녀 홀로 수련국으로 돌아가게 되면 그녀는 물론이요, 교우 오라버니도 죄를 면키는 어려웠다. 그건 절대 안 되는 일. 만에 하나라도 그리되면, 그와는 영영 끝이었다.

걸음걸이가 해안가에 가까워질수록 더뎌졌다. 마땅한 궁여지책이 떠오르지 않는 탓이었다. 그러나 다음 순간 화린은 소스라치게 놀라고 말았으니.

"이 밤중에 여긴 뭐 하러 나왔지?"

묻는 음성은 지나치게 나직했지만, 어둠 속에서도 빛을 발하는 안광은 공기조차 베어버릴 듯 날카로웠다. 바위 위에 걸터앉았던 체구가 가만히 일어섰다. 육 척이 훨씬 넘는 장신의 체구가 사뭇 위협적으로 다가왔다. 화린의 얼굴이 일시에 굳어졌다. 협이었다. 옆엔 그의 심복 야청이란 자도 함께였다.

"……그, 그냥 바, 바람도 쏘일 겸……."

놀라서 굳어버리긴 혀뿌리도 마찬가지. 간신히 꺼낸 말은 엉키고 꼬여 어떻게 해볼 도리가 없었다. 그의 시선을 받고 있어서 더 그런지도 몰랐다. 분명 아까까지만 해도 따라붙는 자가 없었는데. 결국 그의 손바닥 안이란 건가.

"혼자서?"

그의 물음에 주춤 뒤로 물러났다. 강렬히 내리꽂힌 그의 시선에 가슴이 콩닥콩닥 요동을 치기 시작했다.

"그, 금방 돌아갈 참이었어."

"……그래?"

낭패다. 그는 별로 믿는 눈치가 아니었다.

"할머니께 쫓겨난 건 아니고?"

어떻게 알았을까? 휘둥그레진 눈을 아래로 떨어뜨리며 황급히 둘러댔다.

"아니야. 그럴 리가…… 할머니가 날 쫓아낼 리 없……."

"자, 여기에 타."

더 들을 필요도 없다는 듯 말을 잘랐다. 그리고 화린의 손을 홱 낚아챘다. 어느새 야청이 두 필의 말을 끌고 와 있었다. 화린은 그 제야 깨달았다. 협은 자신을 산아할멈에게로 데려가려는 것이다.

"그런 거 아니야. 할머닌 날 내쫓은 게 아니란 말야!"

말에 태우려는 손길을 뿌리치며 만류했지만 뒤이은 그의 말에는 어떤 반박도 할 수가 없었다.

"그래? 그런데도 쫓겨난 사람마냥 갈 곳 잃은 눈으로 이 늦은 밤에 헤매고 다닌단 말인가? 그것도 다 큰 처녀가 혼자서? 정말로 아닌지 맞는지는 가보면 알게 될 일이니 어서 타도록 해."

화린의 얼굴에 체념의 빛이 떠올랐다.

또 한 번 산아할멈이 기함하겠지만 지금으로선 피할 도리가 없었다. 협은 그럴싸한 핑계에도 넘어가지 않는 치밀한 사내였고, 그녀의 머리 속엔 별다른 뾰족한 수가 당최 생각나질 않았다. 설혹 있다 해도 이 사내 앞에서만큼은 금방 탄로날 게 뻔했다. 게다가 한편으로는 이렇게라도 유예 기간을 가질 수 있게 되어 불행 중 다행이라는 안도감마저 들었으니.

그리고 잠시 후, 그녀의 짐작대로 산아할멈은 대경실색했다.

협은 먼저 말에서 내린 뒤 화린을 부축하며 자신의 옆에 서게 했다.

'저 노인인가, 그녀를 내쫓은 이가?'

그의 눈길이 서늘히 노인에게 닿았다. 황족이라는 그의 신분에도 놀라지 않고 차분함으로 일관하는 눈매, 연륜의 깊이가 드러나는 얼굴. 그리 모질어 보이지 않았으나 어찌 되었든 저 어린 손녀를 내친 이였다.

다시금 해안가에 쪼그리고 앉은 화린의 모습이 떠올랐다. 처진 어깨에서 묻어나는 측은함은, 그녀의 의지로 떠나는 것이 아님을 말해주고 있었다. 협은 다시 놓치지 않겠다는 듯 화린의 손을 꼭 쥐었다.

대체 무슨 사정이 있어 그렇게나 처연한 낯으로 달을 올려다보고 있었던 걸까. 당장 따져 묻고 싶은 마음 가득했지만 협은 그러지 않았다. 화린에게서 결코 대답을 듣지 못할 것이 분명했으므로.

허나, 소박이라도 맞은 듯 정처없이 떠도는 그녀를 보고 있노라니 불쑥 뭔가가 충동처럼 치밀어 올랐다. 암만 보아도 쫓겨난 게 분명했다. 그녀가 뒤늦게 아니라고 도리질했지만 뜨끔해하는 눈빛은 이미 자신에게 들킨 뒤였다.

"전하!"

노인이 머리를 조아렸다.

언젠가 저 노인이 월국의 사람이 아니란 말을 들은 적이 있었던 협은 예를 갖추되 직설적으로 말했다. 화린을 내쫓았다고 생각하니 도저히 말이 곱게 나가질 않는 탓이었다.

"한 가지 묻겠소. 식솔을 둘 형편이 되지 않아 그런 거라면 이 여인은 내가 데리고 가겠소. 정말로 화린을 내쫓았소?"

노인은 한동안 놀란 기색을 감추지 못했다.

그가 화린을 거두어가겠다는 말에 놀란 것인지, 아니면 그녀를 내쫓았냐는 말에 놀란 것인지 분간할 수 없었다. 겨우 노인의 입에서 강한 부정의 말이 흘러나왔다.

"당치않습니다. 소인이 어찌 그런……!"

"정녕 사실이오?"

"여부가 있겠습니까요? 만약 거짓이라면 이 늙은이, 당장에 천벌을 받습니다."

협의 눈빛이 더욱 매섭게 빛을 발했다. 그리고 표정을 바꾸지 않고 조용하게 되물었다.

"허면 왜 이 야심한 시각까지 과년한 처자가 해안가를 방황하고 있었을까? 감히 여쭤봐도 되겠소?"

노인도 그의 옆에 있던 화린도 대번에 난처한 기색이 되었다.

노인의 침묵이 길어질수록 협의 의심도 깊어갔다. 하지만 침묵은 다른 이도 아닌 화린에 의해 깨지고 말았다. 화린이 노인의 곁으로 옮겨가며 간절히 청했다.

"내가 할머니께 대들어서 그래. 아까 꾸중을 듣고서는 울컥하는 바람에 그만 밖으로 나간 거란 말야. 할머니는 아무 잘못이 없어. 내가 버릇없어 그런 걸, 그러니 할머니한테 그러지 마."

협은 미덥지 않은 눈으로 화린을 응시했다.

"좋아. 그러나 완전히 의심을 거둔 건 아니야. 혹여 화린이 널 쫓아내는 것이 발각된다면, 그 죄를 곧바로 물을 터이니까."

그것은 비단 노인에게만 해당하는 말이 아니었다.

만약 화린이 허튼 마음을 먹고 이곳을 달아나려 한다면 곧바로 노인의 일신에 위험이 따를 거라는, 일종의 경고인 셈이었다.

일순 화린이 휘청거렸다. 핏기 가신 얼굴은 쓰러질 듯 창백했다. 그러나 그녀의 눈동자는 여전히 그에 대한 불신과 반항으로 뒤섞여 있었다. 협은 주변에 노인과 야청이 지켜보고 있다는 것도 상관하지 않은 채 화린의 어깨를 가까이 끌어당겼다.

"왜 대답이 없지? 이 침묵을 다시 황궁으로 돌아가고 싶단 뜻으로 받아들여도 되나?"

그의 매정한 다그침에 조개처럼 닫혀 있던 화린의 입술이 열렸다.

"천만에! 절대 그곳으로 가는 일은 없어."

"그렇다면 약속해라."

화린은 대답을 요구하는 그의 눈빛을 침묵으로 거부했다.

툭툭. 그의 손아귀에서 벗어나기 위해 몸을 비틀었지만 어림없었다. 그럴수록 협의 손에는 힘이 가해졌다. 여러 차례 날아든 주먹은 철옹성 같은 사내의 가슴에 상처 한 번 남기지 못한 채 힘없이 꺾였다. 그래도 화린은 멈추지 않았다. 이제 그만 지칠 법도 하건만 이 반항 어린 몸짓은 좀체 잦아들 기미가 안 보였다. 즈려 문 입술엔 굽히지 않는 고집이 가득했다. 결국 무슨 수를 써서라도 그의 곁을 떠나겠다는 의지인 것이다.

분노한 협의 얼굴이 차갑게 굳었다.

"좋다, 그게 네가 원하는 거라면."

협은 야청에게 떠날 채비를 하라 일갈한 후에 화린을 말이 있는 쪽으로 이끌었다.

화린이 분에 못 이긴 신음성을 내지르며 크게 소리쳤다.

"알았어. 약속, 지키면 되잖아!"

이번에는 협이 불신 담은 눈으로 대답을 대신했다.

화린은 다시 한 번 힘주어 말했다.

"약속할게. 약속한다고!"

두 개의 눈동자가 맹렬히 허공에서 부딪쳤다.

"믿어주도록 하마. 하지만 약속을 어길 시엔 각오하는 게 좋을 거다."

한참 만에 떨어진 대답이었다.

"할멈, 괜히 나 때문에 많이 놀랐지? 내가 잘못했어."

설핏 눈치를 보다가 화린이 주눅 든 목소리로 건넸다.

산아할멈의 얼굴에 서린 근심은 여전했다.

대체 어쩌자고 일이 이토록 기막히게 틀어지고 말았을까?

선요의 일 이후 처음으로 겪게 되는 난관이었다. 그때는 선요를 수련국으로 되돌려 보낼 수나 있었지만, 이번엔 꼼짝없이 월국에 묶이게 되어버렸다. 때맞춰 교우 놈이 오기만 한다면 오죽 좋을까마는 무턱대고 기다릴 순 없는 노릇.

연거푸 들이켜는 한숨이 오래도록 산아할멈의 입가에 매달렸다. 자신이 안절부절못하는 가장 큰 이유는 바로 이 나라 황자 협에게 있었다.

화린을 바라보는 협의 두 눈엔 사내로서의 맹목적인 관심이 깃들어 있었다.

"한 가지 묻겠소. 식솔을 둘 형편이 되지 않아 그런 거라면 이 여인은 내가 데리고 가겠소. 정말로 화린을 내쫓았소?"

자신의 궁으로 화린을 거두어가겠다니! 다시 떠올려도 충격 이 가시질 않았다. 안 돼! 화린 공주마마를 이대로 방치하고 있 을 수만은. 산아할멈은 더욱 조급해졌다.

"이왕지사 이렇게 일이 되었으니 공주님께서는 당분간 조용 히 계셔야겠소. 함부로 바깥에 나가선 아니 되오."

"알았어."

"황실의 사내를 만나는 일도 없어야 하오."

"응."

화린이 세차게 고개를 끄덕였다.

"공주님……."

이때 곁방에 있던 염이 빼꼼히 얼굴을 내밀었다.

그렇게 소동을 피웠으니 전부 다 지켜보았거나 듣고 있었을 것이다.

"그래, 염아."

"이년, 밤중에 잠 안 자고 뭘 했누?"

산아할멈이 톡 쏘아붙이며 핀잔을 주었다.

"잠은 무슨 잠이어요! 제가 그렇게 무사태평인 줄 아시어요?"

"쯧쯧! 누울 자릴 보고 뻗으라 했느니. 알고 있었으면 그냥 잠자코 쥐 죽은 듯 있을 일이지, 촐싹대기는!"

"아휴, 말을 말지, 말을 말아. 무슨 말을 해도 못 잡아먹어 안달인 양반께 말해봐야 소용없지. 공주님 걱정은 나도 못지않단 말여요!"

염이 두 눈에 쌍심지를 켜며 바락 대꾸했다. 그리고 그 틈에 슬그머니 화린의 곁으로 끼어앉았다. 산아할멈이 그런 염이를 한 대 때리겠다고 매찬 홍두깨를 집어 들었지만, 이미 화린의 등 뒤로 숨어버린 터였다.

화린은 두 사람의 신경전에는 아랑곳하지 않은 채 너울거리는 심지 끝을 가만 바라보았다. 닥친 일에 대해 궁리하느라 그 표정이 어두웠다.

"공주님, 이건 노파심이라 해도 알아야 쓰겠소. 혹시…… 쇤네가 걱정하는 일이 있었던 건 아니시오?"

"아니야, 그런 거. 그럴 리가 없잖아."

순간적으로 화린의 얼굴이 대번에 화악 붉어졌다.

그 심상치 않은 안색이라니. 산아할멈은 더 더욱 보아넘길 수가 없는 것이다. 옆에서 화린의 편을 들겠다며 염이가 거들어주려고 했지만, 여차하면 산아할멈이 정말로 홍두깨를 휘두를 기세였던지라 도로 입을 꾹 다무는 게 보였다.

"허면 그 사내가 공주님을 제 계집 다루듯 행동하는 이유가 뭐겠소?"

"참! 아니래두 그러네. 그, 그냥 내가 오갈 데 없는 거렁뱅이 계집인 줄 알았나 보지. 아까도 내, 내가 쫓겨난 줄 알고…… 동정해서 그런 걸 거야."

"그럼 이 쇤네 두 눈을 똑바로 보고 대답하시구랴. 참말인 게요?"

"그…… 렇다니까."

화린은 바닥에 고정했던 눈을 들었다. 그리고 겨우 기어들어가는 목소리로 대답을 연명했다. 매섭기가 어머니 소운 황후의 곱절인 산아할멈을 마주하자니 저절로 주눅이 들어버린 탓이었다.

"참으로 막막한지고……!"

산아할멈이 관자놀이를 짚으며 중얼거렸다.

"세상천지의 그 어떤 사내도 그런 동정을 품지 않는 것을. 자고로 사내란 동물은 대가없이 동정을 베풀지 않는 것을…… 정녕 모르신단 말이요?"

순진하게 눈망울을 굴리는 우리 공주 아기씨, 언제쯤이면 내 속을 알아줄꼬.

아무래도 자신이 모르는 어떤 일들이 더 있지 싶으니 산아할멈의 걱정은 더욱 가중되는 것이었다.

九.

흉모
凶謀

높게 솟은 용마루에 찬란한 빛이 내려앉았다. 추녀마루를 따라 월국의 상징 동물인 봉황들이 하염없이 줄지어 앉았고, 그 안으로 서까래가 다채롭게 이어져 있다. 궁궐 앞 넓은 마당에는 거칠게 다듬은 박석(薄石)이, 가운데로 난 어도(御道) 좌우로 각기 신분을 따라 품계석이 놓여 있었다. 그중에서도 수십 개의 돌기둥이 받치고 있는 모습은 금전옥루(金殿玉樓)의 장려함을 방불케 하였으니 진궁(秦宮)이로다. 그야말로 누대에 걸쳐 이룩한 것이 아니고 무엇이랴.

북쪽 금원(禁苑)의 방향으로 난(蘭) 향기와 화장품 향기가 감도는 수녕전, 다영 황자비는 화려한 거울을 덧없이 살펴보고 있었다. 그녀의 손엔 실제보다 더 실제 같은 연꽃이 쥐어져 있었는데, 이는 다름 아닌 얼마 전 소란의 근거가 되었던 바로 그 연화룬이다.

어찌한담, 이를 어찌한담.

간밤의 어둠을 밀어내고 돋을볕이 찾아들 때까지 그녀의 표정에 서린 근심은 조금도 수그러들지 않았다.

어제 침상에 들 준비를 하려던 찰나였다. 시비가 기쁨을 감추지 못하며 다가오더니 난데없이 연화룬을 건네주지 않겠는가. 물론 처음엔 그녀도 기꺼이 반가워했었다. 금이야 옥이야 애지중지하던 연화룬이 다시 자신의 손에 들어왔으니 그 기쁨이야 이루 말할 수 없었다. 하지만 때맞춰 조가 수녕전으로 거둥하면서부터 문제는 비롯되었다.

"허허, 드디어 되찾은 게로구려."

"네, 가람국으로 도망가려던 도둑을 잡았다고 하옵니다."

"그럼 며칠 전의 그 여인은 아닌가 보구려?"

순간 다영은 말문이 막혔다.

"아, 그 여인은……."

"나는 비(妃)가 이 일을 잘 마무리 지을 것이라 여기오. 그대가 누구요? 바로 이 나라의 황자비가 아니겠소?"

조는 그렇게 덧붙이기만 할 뿐 더 이상 일의 진상에 대해선 캐묻지 않았다. 그것은 완전한 신뢰였고 총애였다. 다영은 애써 설익은 웃음을 지어 보이며 대답했다.

"네, 그럼믄요. 저하의 신임에 어긋나지 않는 황자비의 모습을 보일 것입니다."

"그대가 자랑스럽소."

조가 흔쾌히 건넨 말에 그녀의 가슴은 돌을 얹은 듯 무거워졌다. 연화문을 찾았다고 좋아라 했더니 뜻하지 않게 문제가 생겨 버렸다.

그 계집을 또 보아야 한단 말인가.

그 천하에 둘도 없을 당돌한 계집의 얼굴을 떠올리자 좋았던 기분이 단숨에 가라앉았다. 누구도 그녀에게 대적하려 들지 않았거늘 그 계집은 무얼 믿고 그리도 오만하였을까. 지금 생각해도 참 석연치 않은 계집이었다. 차림새는 분명 월국이었건만.

만약 협이 아니었더라면 절도의 죄목 그 이상으로 다스렸을 텐데. 정말이지 천만다행이었다. 계집에게 그대로 죄를 뒤집어 씌웠다면 황자비로서 그녀의 체통은 땅에 떨어지고 말았을 터. 그렇게까지 일이 번지지 않은 것에 안도하지만 어떤 식으로든 계집을 불러들여 다시 일을 말끔히 매듭지어야 한다고 생각하니 다영은 실로 언짢은 것이다. 그의 품에 안겨 자리에 누워서도 잠을 청할 수가 없었다. 깊은 잠에 빠진 조. 그의 쌔근거리는 숨소리만이 새벽 내내 이어졌다.

그러나 그런 다영의 생각과는 달리 조는 잠들어 있지 않았다.

언제부터였을까, 비를 전처럼 가까이 대할 수 없게 된 것은.

조의 입가에 설핏 쓴웃음이 물렸다. 굳이 자문할 필요도 없었다. 그날 연화룬이 없어진 만월의 축제 때 아우 협과 대작을 하면서 비롯되었으니까. 이후부터 다영을 대하면 대할수록 한결같이 그를 우선으로 배려해 주던 협이 떠올랐다.

그런 동생인 줄 몰랐다고 이제 와 스스로를 속일 순 없는 노릇.

그렇다고 비를 나무랄 텐가? 유력한 왕재이기에 변심하였냐고 따져 볼 텐가?

용렬하게도 그럴 수가 없었다. 다영에게 원망하는 마음이 자리를 차지한 만큼 은애하는 마음 역시 뿌리가 깊었다. 수많은 번뇌로도 지우지 못한 감정이었다. 해서 조는 자신에게 화가 난 상태였다. 우유부단하다고, 사내답지 못하다고. ……협을 아우로 맞을 자격이 없노라고.

그러나 그는 화를 풀어낼 방법을 모른다. 협처럼 바람을 벗삼아 무예를 기를 재주도 부족했고, 균처럼 욕심을 부릴 줄도 몰랐다. 그저 책 속에 스민 온후한 선조들의 지혜에 마음을 가라앉히는 것이 고작이다.

오늘도 재상의 가르침을 받은 이는 단 한 명. 바로 그, 조뿐이었다.

올해 정초 선정대에서 봉화를 피워 올리고 나서부터 균은 암묵적으로 재상의 수업을 받지 않겠노라 말해둔 터였다. 그리고는 폐황자를 자처하며 만행을 일삼고 있었다. 비단 그 일이 아니어도 성정이 사나운 형님이었다. 다만 다음 해 즉위식이 거행

됨과 동시에 황제가 되지 못한 나머지 두 황자에게 직품을 내릴 예정이었기에 부왕께서 가까스로 묵과하고 계신 것이었다.

하지만 또 하나의 실질적인 왕재인 협은 부왕의 노염을 사면서까지 재상의 수업을 받지 않고 있었다. 때문에 재상의 근심도 이루 말할 수 없는 지경에 이르렀다. 선대에서 취해온 대로 보다 실질적인 국무를 가르치는 이 와중에, 저렇듯 한사코 왕재임을 거절하는 경우는 두 개의 봉화대가 밝혀진 일만큼이나 이례적인 탓이다.

마이동풍이라. 그의 호된 질책에도 협은 뜻을 선회하지 않았다.

둘 중 누가 왕좌에 오르든 그 결과를 사심없이 받아들일 생각이었던 조는 나직이 탄식했다. 동시에 그답지 않은 비틀린 상상이 밝아오는 여명에 기대 펼쳐졌다.

만약 그 아닌 협이 황제가 된다면…….

그렇다면 그때 가서도 비는 내게 웃어줄까?

조는 잠결에 그에게 안겨드는 다영을 밀쳐 냈다. 터럭만큼도 존재치 않았다 여겼던 불신이 차츰 그를 좀먹고 있었다.

'협아, 너 이리될 줄 처음부터 내다보고 있었던 것이냐?'

그제야 번쩍 섬광이 스치는 깨달음.

협은 그와 다영의 국혼이 있은 후부터, 가뭄에 콩 나듯 들었던 재상의 수업에 완전히 발길을 끊었다. 그때는 국혼으로 인해 정신이 없어 세세하게 살펴볼 여력이 없었지만, 돌이켜 보니 그의 생각과 맞아떨어졌다. 협은 그보다 먼저 앞을 내다보고 자리를 양보한 것이었다. 물론 다영과의 일이 있기도 전에 가끔 왕좌에는 그다지 욕심이 없다고 의견을 내비쳐 오기는 했지만, 확실하게 뜻을 접은 시기는 그때가 분명했다.

'못난 놈, 내 그러고도 어찌 네게 형님이라 불릴 수 있겠느냐.'

감당키 벅찬 죄책감에 온몸에 경련이 일어났다.

향원루에서 협의 흉중을 떠보려 했던 그의 얕은 이기심이 떠올랐다. 이 역시도 협은 진즉 알고 있었으리라. 모르는 체하는 것으로 그치지 않고 되레 그에게 위안을 해주기까지 한 아우가 아니던가!

조는 행여 다영에게 들릴세라 터져 나오는 회한을 꾹꾹 눌러 삼켰다. 살아가는 데 있어 평생 용서치 못할 졸렬함이로다. 정인에게 배신당한 협이 상대인 그에게 분노하지 않을까 짧게나마 염려한 그의 생각이 더없이 부끄러워지는 순간이었다.

화린은 연신 눈알을 데룩데룩 분주하게 굴렸다. 시비가 이끄는 대로 걸음을 옮기는 화린의 얼굴에는 놀라움이 번져 있었다.

월국의 황궁.

이곳을 다시 오게 될 거라곤 꿈에도 생각지 못했다. 그때에는 도둑 취급을 받으며 끌려 오다시피 한 터라 지금처럼 세세히 살필 경황이 없었는데 이제 보니 지나치는 누각마다 그 화려함이 잠시도 눈을 뗄 수 없을 정도였다. 그에 비하면 수련국은 간소한 편에 속했다.

이른 아침, 황실용 가마가 산아할멈의 집 앞에 대령했다. 처음엔 협이 보낸 줄 알았던 산아할멈은 상당히 꺼리는 눈치였다. 하지만 황후가 그녀를 황궁까지 모셔오란다고 전한 시비의 말에 마지못해 허락을 한 것이었다.

"그래, 네 이름이 화린이라 하였다고?"

한 나라의 황후답게 위엄 배인 목소리였다.

살짝 찢어진 눈매는 엄격함을, 호선을 그리지 않는 입술은 냉정함을, 높게 솟은 콧날은 차분함을 드러내고 있었다. 차고 무뚝뚝한 느낌이 협과 많이도 닮아 있었다.

"네, 맞아요."

"내 너를 진작 부르고자 하였으나 이미 처소를 옮긴 후였더니라. 협이 네게 산호석을 주었다고? 그것이 사실이더냐?"

화린은 잠시 망설였다. 사실대로 말해도 괜찮을 것인가? 그러나 바보가 아니고서야 자신을 훑는 황후의 눈빛이 호의적이지 않다는 걸 한눈에 알 수 있었다. 황후가 이 자리에 자신을 불러낸 까닭은 산호석의 출처가 아닌 단도리를 하기 위함일지니.

"사실이나, 연분을 맺고자 만든 것이 아니어요."

"자고로 산호석은 첩실 아닌 정실에게만 주는 예물이다. 그런데 연분을 맺기 위해 만든 게 아니다? 그럼 어인 이유로 만들었던 게지?"

"그 사연은 말씀드릴 수 없어요. 그러나 저와 협 황자에 대해서는 염려를 놓으셔도 될 거예요. 그와 전 아무 사이도 아니니까요."

이럴 줄 알았으면…….

가월정에서 황실용 경어를 배우지 않은 것에 대해 화린은 처음으로 후회를 했다. 손윗사람을 마주칠 일이야 일상이라고는 쳐도 황실을 드나들게 될 일은 그날 이후 더 이상 존재치 않으리라 여긴 탓에 태용녀의 닦달에도 불구하고, 무신경하게 건너뛰어 버린 그녀였다. 황실에서 쓰는 경어라고 해서 크게 다르지 않을 거라 넘겨짚은 탓도 있었다.

월국 황제, 황후를 알현할지도 모르니 익혀두면 좋을 거라던 태용녀의 말을 가볍게 무시했던 것이다. 다영 황자비야 하도 같지 않게 건방져서 반말로 응수했다 치지만, 눈앞의 황후는 달랐다. 더구나 황후는 화린이 말을 한자한자 뗄 때마다 눈썹을 일그러뜨리고 있었으니. 맨 처음, 협을 만났을 때와 똑같았다. 화린의 말투가 못내 거슬리는 것이리라.

"아무 사이도 아니다?"

"네. 전혀요."

"나중에 다른 말을 할 시엔 무거운 벌을 내리도록 하겠다."

"네, 황후마마."

화린이 물러가고 난 뒤 그녀는 개운치 않은 기분에 휩싸였다.

일개 후궁조차 제 처소에는 들이지 않았던 협이지 않은가?

딱 잘라 말하는 계집을 뜯어보았지만 어느 한구석 거짓으로
비치진 않았다. 즉시 노율을 불러 추궁했을 때에도 대답은 같았
다. 계집이 머물렀던 그 며칠간, 협과는 단 한 번도 합방을 하지
않았다고 하였다. 계집의 말이라면 몰라도 노율이라면 신뢰해
도 좋았다.

그래도 남녀 사이의 일이란 모르는 법.

오늘 화린을 따로 불러낸 것은, 행여나 언감생심 황자비 자리
를 노리고 있는 건 아닌지 알아보기 위함이었다. 다행히 기우에
지나지 않았지만 말이다.

'반가의 여식이 아닌 건 알았지만, 쯧쯧……. 당돌하기도 하
면서 어떻게 보면 어눌해 보이기도 하는 계집의 어디가 그 아이
의 관심을 끌었던 겐지.'

기본적인 훈육조차 거치지 않은 듯 보였던 화린을 떠올리며
계연은 다시금 못마땅한 한숨을 들이켰다.

혜운궁을 나서던 화린은 걸음을 멈추고 주변을 살폈다. 타고
왔던 가마에 가까워져 올수록 신음 소리가 분명해졌다. 고통의
기색이 뚜렷이 느껴졌다.

"이게 무슨 소리죠?"

화린을 안내하는 나인이 작게 아뢰었다.

"형부에서 들리는 소리입니다. 아마 죄인이 문책을 받는 것
같습니다."

"아……."

몸서리치게 떠올리기 싫은 기억 속엔 형부에서의 일도 포함이 되었다. 그날은 앞을 분간하기도 힘들 만큼 어두워 주변을 돌아보지 못했는데, 그리고 보니 신음성 뒤에 카랑카랑한 목소리도 섞여 있었다. 화린의 아미가 찡그려졌다. 가마에 오르기 전, 확인코저 하는 호기심이 동해 기어이는 형부 쪽으로 발걸음을 돌리게 했다. 예상대로 다영 황자비가 그곳에 있었다. 교우의 옷을 바꿔치기 해간 진짜 도둑도 보였다.

"고약한 성미는 나한테만 향한 것이 아니었나 보군."

툭 내던지듯 중얼거린 말에 다영 황자비가 고개를 쳐들었다. 분명 들었을 리는 없을 정도로 떨어진 거리이거늘 인기척을 느낀 모양이었다.

"그 대단한 연화룬을 찾긴 찾았나 보죠?"

화린은 옆의 나인에게 시선을 주지 않은 채 물었다

"네, 이틀 전 도둑을 잡았다 들었습니다."

"흥. 도둑이 불쌍하군요."

미련없이 돌아섰다. 등 뒤로 따갑게 꽂히는 다영 황자비의 시선이 느껴졌지만 화린은 돌아보지 않았다. 절대 자신이 먼저 말을 걸지는 않을 것이다. 아니, 말을 걸어준다 하여도 싸늘히 내칠 것이다. 생각만으로도 괘씸하지 뭔가. 억울한 누명을 쓴 자신에게 사과 한 마디조차 없는 황자비라니.

이제 다시 누군가에게 황궁으로 불려가는 일 따위 없을 거라고 여겼건만, 그 생각은 불과 하루도 지나지 않아 틀렸음을 깨닫게 되었다. 어제는 정비, 오늘은 차비의 부름이 있었던 것이다. 그것도 자신에게 패악을 부리다시피 한 다영 황자비와 함께.

'그냥 싫다고 끝까지 뿌리칠 것을……'

화린의 얼굴이 살짝 찌푸려졌다. 처음부터 선뜻 가겠노라 응한 것은 아니었다. 아직도 황자비와의 안 좋았던 기억이 생생한데 이런 호의를 베푼다고 해서 쉽게 잊혀질 리 만무했다. 덜컥 거부감이 먼저 드는 게 당연했다.

"뜻은 고마우나, 너의 황자비에게 가서 싫다고 전하렴."

하며 일언지하에 거절하자, 울상이 된 시비의 얼굴이 차마 안쓰러워 수락하고 말았으니.

대체 무슨 꿍꿍이일까 싶어 화린은 다영에 대한 반감을 억누르며 가마에 올라탔다. 이렇듯 꽃가마를 대령한 것도 그렇고, 깍듯한 예의가 몸에 밴 시비의 태도도 분명 그날과는 천양지차로 달랐다. 그럼에도 썩 내키지 않았다.

"이쪽입니다."

나인이 가리키는 곳에 다영과 처음 보는 차비가 앉아 있었다.

"그래, 이제 오는 게로구나. 오느라 수고 많았다."

궁궐의 북쪽 산자락, 명당수 어구가 흐르는 금원(禁苑)의 한가운데 다영이 몸소 일어나 다가오는 그녀를 반겼다. 차비는 자리에 앉은 채 화린이 오기를 기다리고 있었다.

"이리 오렴. 날씨 따라 운치도 더해져 실로 장관이란다."

다영의 말대로 금원 아래 내려다보이는 경치가 마치 한 폭의 산수화를 그린 듯 장관이었다. 정자 아래 경사진 곳은 일제히 화계로 이루어져 있고 탁 트인 하늘은 티없이 맑았다. 연한 홍잣빛 물질경이들이 가련히 피어 있는 못가는 줄기가 훤히 내비쳤고, 우거진 녹음과 한데 어우러져 말로만 듣던 선경(仙境)인가 감탄이 절로 나올 지경이었다.

"……와주어 고맙다. 혹시나 네가 안 올지도 모른다고 생각했거든."

화린은 대답하지 않았다.

급작스레 돌변한 다영의 행동이 더욱 미심쩍어 어색하기 그지없었다. 이러니저러니해도 자신에게 씻을 수 없는 모욕을 안겨주었고 자신을 해하려 하였던 인물이지 않은가. 화린의 눈엔 다영의 행동거지 하나하나가 그저 가식으로만 비쳤다. 아니, 불쾌하기까지 했다.

"그날 일은…… 참으로 미안하다. 진작 말했어야 했는데 이제야 말하는구나. 지금이라도 늦지 않았다면 그날의 잘못을 바로잡고 싶은데, 아직 마음이 풀리지 않은 게니?"

"유감스럽지만 나는 사과를 받아들일 생각이 없어요."

틈을 두지 않는 대답에 다영은 간신히 발끈하려는 것을 참았다.

이런 고얀! 제깟 것이 감히 황자비인 나를 거절하려 들다니.

궐내 후궁들조차 내게 환심을 사려고 앞 다투는 마당에 내 어찌하여 이 꼴이 되었는고.

다영은 점점 조급해졌다. 화계를 건너 차비에게 닿기 전까지 어떻게든 화린과 응어리진 것을 풀어야만 했다. 차비는 다영이 화린과의 일을 잘 매듭지었다고 철석같이 믿고 있었다.

"그래, 화가 많이 났을 것이야. 그리 심하게 대했는데 금방 풀어지는 게 되레 이상하겠지. 내 어떻게 하면 너의 상처받은 마음을 달래줄 수 있을까?"

"아니, 되었어요. 앞으로 마주칠 일이 없는데 굳이 그럴 필요야 없지요."

여전히 냉담하기만 한 화린.

경계를 풀지 않는 그녀의 태도에 다영은 부아가 치밀었다. 어찌나 분한지 안면근육까지 빳빳하게 경직되었다. 이리 친히 불러들여 극진한 환대를 베푸는데도 고마움을 모르다니. 예가 어느 안전이라고 저리 뻗댈까, 뻗대기는!

분해서 바르르 떨리는 다영의 입술이 한참 만에 미소를 만들어냈다. 이럴 때일수록 조와 협의 얼굴을 떠올려 가라앉혀야 했다. 어떻게든 이 아이를 잘 구슬려 내고 말리라. 다영은 치솟는 앙심을 삭이느라 무던히도 애를 써야 했다.

"그렇다면 너의 할머니에게 환심을 사면 되겠구나? 내 그러지 않아도 너와 네 할머니를 위해 준비해 둔 것이 있느니라."

"아니요. 이 역시 뜻은 고맙지만 받지 않겠어요."

다영은 시선조차 마주치지 않는 화린을 잠시 노려보았다. 그리고 끝내는 참지 못한 채 팩 쏘아붙였다.

"그래, 네 뜻이 그러니 어쩔 도리가 없겠구나."

그렇게 두 여인은 빗나간 방향을 맞추지 못한 채 차비가 있는 곳으로 당도하게 되었다.

"듣자하니 네 이름이 화린이라 한다지?"

차비가 살갑게 말을 건네왔다.

화린이 그렇다고 대답하자 차비는 만나서 반갑다는 의례적인 이야기들을 늘어놓았다. 정비의 엄격한 모습과는 달리 연륜이 느껴지지 않을 정도로 뛰어난 미모를 소유한 여인이었다. 위엄과 기품은 정비보다 부족했지만 오히려 그런 위압감이 없어 훨씬 대하기가 편했다. 그렇다고 해서 화린의 어머니 소운 황후처럼 자애로운 인상은 아니었다.

"궐 밖에서의 생활은 여기보다 편한 게니? 그때보다 얼굴이 더 좋아진 것 같구나."

이미 화해가 무산되었음에도 다영은 오랜 벗을 대하듯 스스럼이 없었다.

화린은 대답없이 가만 듣고만 있었다. 굳이 내색하려 한 건 아닌데도 표정은 적대감으로 굳어 있었다. 차비를 의식해 친한 척을 하려는구나, 생각하니 더욱 좋게 봐줄 수가 없었다.

기다리던 대답이 없자 다영의 얼굴에서 웃음기가 싹 가셨다. 침묵의 시간이 길어질수록 좌불안석. 분칠한 이마가 식은땀으로 얼룩지기 시작했다.

그런 묘한 침묵의 대립을 차비는 재깍 알아차렸다.

"이런. 도둑을 잡은 지가 며칠인데 아직 사과조차 하지 않은 거요, 황자비?"

질책하는 차비의 음성엔 날이 서려 있었다.

다영이 황망히 얼굴을 붉히며 말을 더듬었다.

"그, 그게……."

"허허, 이 무슨 황자비답지 못한 행동이오? 이 사람은 진작 해결을 보았으리라 믿고 자리에 부른 것인데! 곧 폐하께서도 화린 소저를 뵙고자 오신다 하였거늘, 참으로 실망이오."

"저, 폐하께서 행차하실 줄은……."

"듣기 싫소. 어서 이 자리에서 화린 소저에게 잘못을 빌도록 하시오."

다영의 안색이 흙빛으로 돌변했다.

"마마, 그건……."

"날 원망하지 않길 바라오. 이것은 황자비에게 모욕을 안겨주기 위함이 아니오. 잘못을 하였다면 즉시 바로잡아야 하는 것이 아니겠소? 더구나 화린 소저 역시 장차 황자비가 될 몸일진대, 이렇게 소원해져서야 되겠소이까?"

차비는 가차없이 다영을 몰아세웠다.

다영이 굴욕감으로 입술을 깨물었다. 그리고 화린에게 시선을 던졌다. 원망과 질시가 가득한 눈이었다. 차비만 이 자리에 없었던들 지난번처럼 뺨을 올려붙여도 몇 번을 올려붙였을 기세였다.

그러나 화린은 이에 신경 쓸 겨를이 없었다. 장차 자신이 황자비가 될 거라는 말의 진의를 파악하기에만도 바빴다. 불과 며칠 전 여기 황궁을 나올 때에만 하여도 협이 비를 맞아들일 거라는 소문이 자자했었다. 그런데 이게 대체 무슨 말인가?

"그리는 못하겠사옵니다."

다영의 목소리가 바르르 떨리고 있었다.

"그래요? 그렇다면 할 수 없지요. 여봐라, 당장 제홍 부인을 불러들이도록 해라!"

"마마! 제발……."

하지만 차비는 차갑게 다영을 외면했다.

"제홍 부인께서 자식에 한한 훈육만큼은 철저한 분이라 여겼건만, 아니었던 게로군. 그러니 그 책임을 제홍 부인에게 물을 수밖에!"

정적조차 얼어붙게 할 기세였다.

자리한 나인들은 물론 화린조차 기가 질린 얼굴이 되었다. 한순간이나마 어제 만났던 정비보다 너그럽지 않을까, 온정을 기대했는데…… 아니었다. 그것은 착각 중에서도 아주 잘못된 착각이었다. 차비는, 망나니 황자 균을 낳은 생모라는 게 전혀 이상하지 않을 정도로 잔인하기가 이를 데 없는 포악한 여자였다. 이런 몰인정한 상황의 한가운데 놓여진 화린은, 개인적인 감정을 떠나 다영에게 불쌍하다는 동정마저 일었다.

"되었어요. 사과는 받은 것으로 여길게요. 저로 인해 상관없는 누군가가 고통을 받아야 한다면 사양하겠어요."

"아니오, 화린 소저. 넓은 아량을 베풀어주어 도리어 고맙소만, 잘못을 바로잡는 것은 나의 몫이기도 하오. 황자비는 마땅히 잘못을 뉘우쳐야 하는 게고."

결국 다영은 그 자리에서 눈물을 쏟아내고 말았다.

"내…… 내가 잘못하였소, 화, 화린 소저……. 뒤늦게야 사과를 하게 되어 정말…… 미안하오."

"괜찮아요, 이젠."

화린은 흐느낌으로 들썩이는 다영의 어깨를 천천히 다독여주었다. 그럼에도 차비는 아랑곳하지 않은 채 다영에게 따스한 말 한 마디조차 건네지 않았다. 명색이 황자비로서 자존심이 상하고, 수치스러웠을 것인데 저리 방관만 하는 걸 보면 참으로 독하지 싶었다.

산아할멈의 집으로 돌아가는 가마 안에서 화린은 황제를 알현했던 기억을 다시금 더듬고 있었다.

아무리 산호석을 나누어 가졌기로서니 협과 혼인이라니.

황제의 말을 통해서야 나인에게 전해 들었던 소문의 주인공이 화린 자신이라는 걸 깨달을 수 있었다. 설국 공주와의 혼사에도 냉담한 반응을 보인 아들이 드디어 제 짝을 찾은 모양이라며 반색하던 황제에게, 화린은 조심스레 그럴 의사가 없노라고 말해 버렸다. 그러자 황제는 섭섭함을 드러내며 안타깝게 탄식했었다. 전날 정비가 보였던 반응과는 천양지차로 다른 것이다.

헌데 협은 왜 이에 대해 아무 말도 없는 걸까? 소문에 대해 모르지 않을 터인데.

생각은 거기서 멈춰 버렸다. 갑자기 가마가 우뚝 멈춰졌기 때문이다. 벌써 산아할멈의 집에 도착할 리는 없을 텐데. 화린은 바깥으로 고개를 갸웃거렸다. 가마꾼들은 일제히 가마를 내려 놓은 채 안절부절못하고 있었다.

"무슨 일이에요?"

가마꾼들 누구도 화린의 물음에 대답해 주지 않았지만 곧 그 까닭을 알 수 있었다. 가슴이 철렁 내려앉는 것만 같았다. 가마꾼들을 막아서고 있는 사내는 분명, 균이었던 것이다.

"어째 다른 반가의 여식보다 유독 콧대가 높다 했더니 다 이유가 있었군 그래."

균이 비릿한 웃음을 던지며 가마의 문을 열어젖혔다. 어서 나오란 뜻이었다.

하지만 화린은 가마에서 나오지 않을 생각이었다. 그래서 균에게 말하는 대신 가마꾼들에게 조용히 명령을 내렸다.

"출발하세요."

하지만 가마꾼들 중 어느 한 명도 움직이는 이가 없었다. 주춤주춤 균의 눈치만 보느라 화린의 말을 아예 못 들은 척하는 것이었다.

"네년이 내리지 않겠다면 이 몸이 직접 끌어내는 수밖에."

잠시 후 화린은 균의 무지막지한 힘을 이겨내지 못하고 가마 밖으로 끌려 나오게 되었다. 균은 화린의 멱살을 잡아 올리며 과장된 표정으로 이죽거렸다.

"아! 이젠 화린 소저라 불러야겠군."

"내려놔!"

싸늘하게 등줄기를 훑고 지나가는 두려움에 목소리가 제대로 나오질 않았다. 발끝이 땅에서 떨어졌다. 그의 손이 우악스럽게 화린의 목덜미를 쥐고 흔들었다.

"아니, 그럴 수야 없지. 안 그런가? 그날 미처 끝내지 못한 나머지 일들을 청산하고 나면 날 붙잡아도 놓아줄 테니 잠자코 있어!"

훅 끼쳐 오는 찌든 술냄새와 입냄새로 구역질이 날 것만 같았다. 이 냄새를 조금만 더 오래 맡았다간 정말로 속을 게워내게 될지도 모르겠다고 생각했다. 그리고 오늘로서 운은 다했구나 생각하는 순간, 놀랍게도 그의 손길에서 벗어나게 되었다. 허공에 떠 있던 발끝이 땅에 닿았다.

그러나 그것도 잠시 화린의 허리엔 금세 커다란 팔 하나가 휘감아졌다. 감촉이, 체취가 달랐다. 저 비열한 사내의 품속은 아닌데. 누굴까 싶어 고개를 위로 쳐드니 딱딱하게 굳은 협의 얼굴이 보였다. 가슴 깊이 안도감이 밀려왔다.

협은 음산한 목소리로 나직이 뱉어냈다.

"야청, 형님을 처소까지 잘 모셔다 드려라."

야청과 균의 몸싸움은 오래가지 못했다. 몸집만 비대한 균은
술까지 취해 균형조차 가누지 못한 채 야청에게 제압당하고 말
았던 것이다. 그러나 더는 지켜볼 수 없었다. 협이 화린을 그의
품으로 이끌었기 때문이다. 마치 균을 보는 자체가 해악이라도
되는 양.

야청이 화린을 향해 뭐라고 악담을 퍼붓는 듯했지만 무슨 말
인지 분간하기가 힘들었다. 그의 모습이 사라질 때까지 화린은
협의 가슴에 얼굴을 묻고 있었다.

"놀랐느냐?"

협의 표정은 여전히 험악하게 굳어 있었지만 입을 통해 흘러
나온 말은 정작 그 반대였다.

화린은 세차게 도리질을 쳤다. 그리고 수없이 되뇌었다.

"아니, 아니. 아니야. 안 놀랐어."

격하게 부정하는 목소리는 흐느낌 비슷한 떨림을 담고 있었
다.

협은 화린의 두 뺨을 자신의 손으로 감싸고 말없이 응시했다.
두 눈 가득 떠오른 공포를 보니 화린을 향한 보호본능이 와락
솟구치는 걸 느꼈다. 이슬이 맺힐 듯 말 듯한 눈망울이 그의 가
슴에 격랑을 일으켰다.

"나, 하나도 놀라지 않았어. 하나도 무섭지 않았어."

"그래, 그래야 화린이지."

협은 화린의 작은 등을 쓸어 내리며 살며시 끌어안았다.

이조차도 얼마나 망설였는지 화린은 모를 것이다. 여기서 조금만 더 힘을 주거나 욕심을 드러내면 균에게 하듯 자신도 피할 것이 분명했으므로.

결국 가마꾼들은 협에게 호된 질책을 받고 황궁으로 되돌아가야 했다. 그리고 화린을 자신의 말에 태워 무사히 효양의 처소까지 바래다 주었다.

차비 휘옥이 수녕전에 찾아들었다.

다영은 움찔 굳었다. 혹시 화린과의 일을 재차 비난하기 위함은 아닌지, 연화룬을 잃어버렸다 혼비백산했던 그녀의 경거망동을 꾸짖기 위함이 아닌지. 때문에 휘옥마마께서 행차하시었노라, 이르는 시비의 말에 반가움보다 덜컥 걱정이 앞섰다. 어제 그런 수모를 당하고 나서 얼마나 울었는지 모른다. 때리는 시어머니보다 말리는 시누이가 더 밉다고, 화린이 자신을 싸고돌자 살기마저 솟구쳤었다. 분하고 원통한 기분이 채 가라앉지도 않았는데 또 한 번 모진 질책을 받는다면 칵 혀를 깨물고 죽어버리고 말리라. 다영은 비장하기까지 한 마음으로 휘옥을 맞이했다.

하지만 우려와는 달리 휘옥의 안색은 매우 밝아 보였다. 휘옥은 인사도 마다하며 다영을 자신의 앞에 가까이 앉게 했다.

"내 이렇게 몸소 수녕전에 온 까닭이 무어라 생각하시오, 빈(嬪)?"

그걸 어찌 아누.

늘 휘옥과 함께이면 긴장이 되는 그녀였다. 더군다나 휘옥은 감정 변화가 급격하여 수시로 기분을 맞춰주어야 했는데, 다영은 이제껏 남이 자신의 비위를 맞추기에 급급했지 자신이 남의 비위를 맞춘 적은 없었으므로 더욱 어찌할 바를 몰랐다. 때로는 아주 드물게 계연과 휘옥이 한자리에 모이는 경우도 있었는데 그럴 때면 두 여인의 눈치를 보느라 진땀을 빼기 일쑤였다.

"……마마께서 무슨 좋은 일이라도 있으신지 소인, 아둔하여 모르겠사오나 예까지 몸소 거동하여 주신 것에 그저 황송할 따름입니다."

"하긴, 그건 빈에게 독심술을 할 줄 아느냐 묻는 것과 진배없지. 그냥 농을 걸어본 게니 괘념치 마오. 되찾은 연화룬은 잘 보관하고 있소?"

다영은 긴장하지 않을 수 없었다.

"네, 그러하옵니다. 마마. 어렵게 되찾았으니 앞으로는 더욱 각별히 주의하여 이같은 일이 벌어지지 않도록 해야겠다고 반성을 하던 중이었사옵니다."

휘옥이 두 눈을 가늘게 떴다. 그리고 짓궂은 웃음을 입에 물었다.

"반성이라…… 이 나를 원망한 게 아니고?"

"그, 그럴 리가 있겠사옵니까? 당치도 않사옵니다."

"후후. 그럼 그래야지요. 내 그리 내칠 수밖에 없었던 이유를 헤아려 주실 줄 알았다오. 그러면서도 한편으로는 황자비에게 미안하기도 하였지요."

이건 또 무슨 소리인가?

점점 모를 소리만 하는 휘옥에게 다영은 귀를 곤두세우며 대답했다.

"미, 미안하시다니요? 황공하옵니다."

"후후, 과연. 황자비로고! 사실 이제 와 꺼내는 말이지만 그간에 돌아가는 형국을 도통 모르는 듯해 심히 섭섭했다오. 그래서 언제고 그대에게 따로 언질을 주려던 차였는데 드디어 이 사람의 마음을 알아주는구려. 정말 다시 생각해도 그런 선견지명을 가지고 있었다는 것에 기쁘기 한량없소."

더욱 알아듣지 못할 말이었다. 게다가 선견지명이라니. 다영은 슬그머니 불안해지기까지 하였다. 갑자기 휘옥이 목소리를 낮추어 은근하게 말문을 열었다. 시비나 환관들이 들을 리 만무하였건만 아무래도 적이 신경 쓰이는 모양이었다.

"듣자하니 협이 그 아이를 가까이 한다지?"

"네, 그렇다고 들었습니다."

"허면 설국에서 혼담이 오간다는 것도 알고 있겠구료."

얼마 전 국혼을 치를 적에 설국의 공주 예아를 본 기억이 났다. 황제께서도 그녀를 마음에 들어하여 어쩌면 협과 가례를 치를지 모르겠다고 조가 흘리는 말로 일러주었었다. 그 소식을 들은 이후부터 휘옥은 줄곧 언짢은 심기를 유지해 왔다. 혹시나 설국 공주 예아와의 가례로 인해 협의 외척 세력이 조보다 커질 것을 우려한 까닭이었다.

하지만 그것과 화린이 무슨 상관이 있다는 것인가.

다영은 깊은 혼란에 빠졌다. 그러다가 화린이 가지고 있는 산호석에 생각이 미쳤다. 그렇다면!

"……그 아이가 협과 혼인을 한다면야 우리 황자께서 황제로 즉위하는 데에는 커다란 어려움이 없을 듯하오. 더는 길게 말하지 않으리다. 그대가 이 일을 일사천리로 처리할 거라 믿어 의심치 않겠소."

휘옥의 눈이 부푼 기대감으로 희번덕거렸다.

"소인이 어찌……."

"그것도 못하겠단 말이오?"

비단결마냥 부드럽던 휘옥의 음성이 높아졌다. 다영을 단번에 위축시키는 바로 그 목소리였다.

"쯧쯧. 그 조그만 계집 하나 구워삶지 못해서야 어찌 한 나라의 국모가 될 수 있겠소?"

그제야 휘옥이 말하고자 하는 바를 알아챘다. 그러니까 화린을…….

신경질적으로 움켜쥔 치맛자락에 흉한 주름이 생겼다. 자신의 자존심도 이같이 구겨지는 것만 같았다. 차라리 또 한 번의 거침없는 질책을 받는 것이 나았다. 매를 맞았으면 맞았지 화린을 만나는 일만큼은 가장 피하고 싶었다. 화린으로 인해 자신의 체통은 땅에 떨어지고 말았다. 그 계집에게 굽신거리라니. 아무래도 휘옥은 제정신이 아닌 듯싶었다.

이때 다영의 마음을 속속들이 꿰뚫어보고 있던 휘옥이 결정적인 한마디를 덧붙였다.

"비로소 조는 황자비를 통해 성군으로 거듭나는 거요. 어때, 해볼 만하지 않소?"

다영은 꿀꺽 침을 삼켰다. 나를 통해서라……. 그리만 된다면야 휘옥은 어제와 같이 자신에게 모욕을 주지는 못할 것이다. 아니, 휘옥뿐만 아니라 궐내 누구도 함부로 그녀를 얕잡아 보지는 못할 터. 어쩌면 조에 버금가는 권력을 손에 쥐게 되는 것이다.

"우리 황자비라면 충분히 그럴 수 있다고 생각하오만. 꺼려진다면 강요는 않겠소. 뭐, 황자비로서 체모도 중요할 터이니. 다른 방법들을……."

"아, 아뇨. 그럴 리가 있겠습니까? 화린이란 아이를 잘 구슬려 보도록 할 것이옵니다."

"참이오?"

"네, 반드시 그렇게 되도록 할 것이어요."

"괜찮겠소? 억지로 부담을 느껴가면서까지 무리할 필요는 없소."

한껏 과장된 표정의 휘옥은 그 어느 때보다 위협적으로 보였다. 적어도 다영에게는 그랬다. 가장 큰 부담이요, 압력인 것이다. 일부러 배려해 주는 척 물러서는 저 태도는, 겉보기에는 그럴지 몰라도 절대 진심이 아니었다. 이제 울며 겨자 먹기로 화린을 만나는 방법밖에 없었다.

다영은 정색하며 말했다.

"아니옵니다. 전하를 위한 길이온데 부담이라니, 당치도 않습니다."

"후훗, 정말 잘 생각하시었소."

그제야 만족스러움으로 환해지는 휘옥의 얼굴을 보며, 다영은 애써 씁쓸한 마음을 감출 수밖에 없었다. 내, 황후의 자리에 오르기만 하면 저 차비쯤 이 빠진 호랑이로 만들어 버리고 말 테다. 두고 보라지.

"송구하옵니다. 별로 대단치 않은 일이거늘."

수녕전을 나서며 예화당으로 향하는 휘옥의 얼굴은 모처럼만에 충만한 미소가 번져 있었다. 그야말로 앓던 이가 빠지는 듯했다.

어림없지, 설국과의 가례라니!

설마 하니 화린이란 출신도 모르는 계집과 혼인을 치렀다는데, 설국의 공주가 제 아무리 대단한 연심을 협에게 품고 있다 하나 공주 된 자존심으로 첩실로 들어앉겠다 하진 않을 터.

"홋후! 그리만 되어준다면……."

휘옥의 눈에 서늘한 비웃음이 내비쳤다.

계연이 협의 의사도 묻지 않고 비밀리에 설국과의 가례를 추진하여 그 외척 세력에 힘입어 조를 위협하려는 것은, 굳이 유추해 내려 하지 않아도 쉽게 짐작할 수 있는 일이다. 만약 그렇게 된다면 야물지 못한 다영의 외척들은 손 한 번 제대로 써보지 못하고 뒤로 밀려날 게 뻔하다. 그래서 조가 다영과 국혼을 치른다 하였을 때 가당치 않다고 반대한 것이다.

휘옥은 내심 설국의 공주가 조와 이루어지길 바랐다. 그녀가 생각하기에 설국은 더할 나위 없이 든든한 아군이었다.

되짚어보면 한 해 남짓 되었을까.

설국 황제 류훈이 총애하는 재상, 균제가 난을 일으켰다. 대국으로 치면 월국과 쌍벽을 이루었지만, 워낙 갑작스레 일어났기에 그리고 누구보다 믿었던 충신인만큼 그 충격이 컸기에 그들을 제압하는 데 많은 어려움이 따랐다. 확실친 않으나 부마로 삼으려고까지 하였다는 소문이 나도는 것을 보면 어지간히 아꼈던 모양이었다. 그랬으니 온전할 수 있었으랴. 황제 류훈. 차갑고 고결한 순백의 만년설의 기상을 자랑하던 그도 한낱 인간에 불과했으니, 이성을 잃고 날뛰는 것도 당연했다.

바로 이웃해 있는 가람국에게 원군(援軍)을 요청했지만 묵살되고 말았다. 간자가 가져온 정보에 의하면 균제의 반정에 가람국 또한 일조했다 하였던가. 다만 아직까지 정확한 근거를 찾지 못해 울분을 삼키고 있는 눈치였다.

어쨌든 일사불란하게 움직여야 할 군대마저 황제의 심기를 이어받아 우왕좌왕. 그나마 있는 황태자마저 칼 대신 기녀의 손이나 어루만지는 한량 짓밖에 익히지 못한 터로 심한 부상을 입고 말았다.

막다른 길목에 다다른 류훈이 겨우 붙잡은 지푸라기는 월국.

월국 선정대에 봉화가 피어오르는 날이면 친히 사신을 통해 축전을 보낸 우애를 떠올린 것이다. 선대가 물려준 우애에 불과했으나 두 나라의 화친은 썩 나쁜 편은 아니었다.

그때 협은 선봉에 나서 적진으로 뛰어들었다. 수장을 잃은 군대가 오합지졸이 되는 것은 시간 문제. 균제의 심복인 거구의 유공을 찾았다. 항시 끈끈한 주종 관계를 자랑할 정도라 했으니 그를 찾으면 균제 역시 자연히 찾아지기 마련이다. 담대하게 반정 음모를 일으킨 사내치고는 워낙 왜소하여 분간키 어려웠으나, 계산대로 유공을 찾음으로 인해 금세 가려낼 수 있었다. 두 우두머리의 결투가 이어졌다. 단구라 얕볼 계제가 아니었다. 황제가 총애하는 재상이자 으뜸가는 맹장이라 불릴 만큼, 꽤나 호적수였던 것이다.

그러나 이미 균제는 협이 출정하기 전에 몇 차례의 전투를 거친 몸. 누적된 피로는 협의 순발력을 당해낼 수 없었다. 그렇게, 일진일퇴의 호각지세 끝에 승패는 결정지어졌다. 원군에 비해 그 숫자가 무려 세 배나 되는 반정군. 드디어 중과부적이 되지 않을까 우려했던 설국 조정의 예상을 뒤엎고 명쾌하게 승전고를 울리게 되었다. 그럼에도 몇 각을 버틴 균제인 것을 보면 참으로 대단한 사내였다고, 아까웠다고 후에 사람들은 전했다.

지금쯤 월국의 원군이 아니었다면 어찌 되었을까.

그들의 도움으로 반정 세력을 억누를 수 있었던 것은 자명한 일이었다. 설국 황제 류훈은 만월이면 열리는 축제 때마다 사신을 보내 감사함을 표하는 것을 잊지 않았고, 수훈을 세운 협에게는 늘 극진하게 대하며 때때로 자문을 구해왔다. 그리고 은근히 국혼에 대해 암시를 던지기도 했다.

이런 호기를 놓칠 수 있을까.

협이 황제의 청을 무심하다 싶을 만큼 뿌리치는 것을 보면 더욱 그러했다. 허나, 자식 이기는 부모 없다고 끝까지 다영과의 국혼을 고집하는 조에게, 결국엔 어쩔 수 없이 백기를 들고 말았다. 그것이 지금에도 못내 아쉬움으로 남아 설국의 소식을 접할 때면 저도 모르게 다영과 설국의 공주를 저울질하고 있는 자신을 발견하곤 했다.

그녀가 그토록 설국에의 미련을 버리지 못하는 가장 큰 이유는, 자신에게 성을 물려준 아버지와 사촌 오라비들을 믿지 않는 데에 있었다. 혈연이라는 근본적인 결속에도 불구하고 의지할 수 없는 이들이 바로 그들이었다. 또한 조가 황제의 자리에 오르게 되면, 제일 먼저 처단해야 할 존재이기도 했다. 그들의 이용가치는 그때까지만이다. 휘옥은 늘 그것을 염두에 두고 그들을 대했다.

떠도는 소문처럼 그녀는 개구멍받이로 자라났다. 그렇게 귀히 여기던 애첩이 바라던 아들은 낳지 않고 쓸모없는 계집을 낳자, 아버지란 자는 아직 젖도 떼지 못한 딸을 버린 것이다. 어머니는 딸을 잃은 슬픔에 산후조리도 제대로 하지 않은 상태에서 돌림병을 얻었고, 이듬해 식구들의 차가운 냉대 속에서 비참한 죽음을 맞이했다.

휘옥은 그러한 사실을 모른 채 계부(繼父)의 손에 길러졌다. 계부는 평범한 농부였고, 다행히도 마음씨가 선량해 그녀의 유년기는 비교적 행복할 수 있었다. 적어도 그녀를 버린 아버지의 눈에 띄기 전까지는 말이다. 그녀의 아버지가 그녀를 한눈에 알아보는 것은 그리 어려운 일이 아니었다. 한때 자신이 끔찍이도 사랑했던 여인의 모습을 그대로 빼다 박은 딸이니 되레 몰라보는 것이 더 이상했으리라.

아버지는 돈으로 계부를 매수하여 그녀를 데려오려 하였으나 계부는 굽히지 않았다. 그러자 그는 방법을 바꾸었다. 누구의 손에 길러지는 것이 장차 그녀에게 이롭겠는지, 그가 가진 부(富)와 명성에 빗대어 설득하였던 것이다. 그녀를 진정으로 아꼈던 계부는 그의 뜻에 따를 수밖에 없었다. 계부는 가기 싫다고 떼쓰는 그녀에게 먼 훗날 다시 찾아오겠다는 약속으로 달래며 그녀의 손을 아버지에게 넘겨주었다. 그러나 휘옥은 아버지를 따라 집으로 들어서면서 깨달았다.

부와 명성? 윤택해지는 삶?

어디에도 그녀를 위해 준비된 것은 없었다.

그녀는 풍(風)으로 반신불구가 된 정실부인 양효에게 인사도 하지 못한 채 안방에서 쫓기듯 빠져나와야 했다. 여기가 어디인 줄 알고 함부로 발을 들여놓았냐는 호된 꾸지람과 함께 탕약을 담은 사발을 그대로 그녀에게 집어 던졌기 때문이다.

자신을 이곳으로 왜, 다시 불러들였을까?

이미 집 안 곳곳에 기울어 버린 가세(家勢)가 느껴지긴 했지만 몸종도 쓰지 못할 정도는 아니었다. 휘옥은 고단한 몸으로 하룻밤을 보내고 난 후 아버지란 자에게 진실된 대답을 요구했다. 답은 의외로 간단했다. 그의 친구에게 첩실로 팔기 위함이었다.

알고 보니 처음부터 그녀를 관심있게 눈여겨보았던 이는, 부정(父情)이란 이름하에 갑작스레 찾아든 아버지가 아니고, 우연히 계부의 집을 지나쳤던 아버지의 친구였던 것. 두 사람은 아직 어린 그녀를 두고 거래를 하였단다. 변변치 못한 사촌 오라비와 아버지 자신의 출세를 위해, 피붙이로 인정하지 않은 채 내쳤던 그녀를 이용하기로 한 것이다. 그녀는 분한 마음을 감추며 다시 계부에게 돌아가겠노라 하였다. 그 즉시 뺨 위로 매서운 고통이 날아들었다.

"천하에 불효막심한 년 같으니! 널 낳아준 은혜도 모른단 말이냐!"

그의 눈은 출세욕으로 충혈되어 있었고, 그녀를 한 번도 동생으로서 대우해 준 적 없었던 사촌 오라비들의 표정은 입신양명에의 부푼 꿈에 젖어 있었다. 누구 하나 진정으로 그녀의 처지를 가여워한 사람이 없었다. 모든 행동들을 집안의 감시 속에서 규제받으며, 아버지의 친구가 거두어갈 때까지 얌전히 지내야 했다.

그러나 그렇게 암담한 시간을 보내고 있던 그녀에게도 희망은 찾아들었으니.

몸종 대신 양효의 병수발을 하게 되었던 어느 날이었다. 양효의 오랜 친구 미송 부인이 병문안차 들렀다가 휘옥을 보게 된 것이다. 그녀는 휘옥의 빼어난 미색에 감동받아 황실에서 차비를 간택하고 있다며 기회를 제공해 주었는데, 그것이 오늘날 휘옥을 이 자리에 있게 한 계기가 되었다.

휘옥은 자신이 차비로 등극하자마자 거머리처럼 들러붙는 아버지와 사촌 오라비들을 모른 체하고자 했다. 굽신거리는 그 모양새에 동정조차 일지 않았다. 처음엔 그들을 실컷 조롱했다가, 자신의 어머니에게 한 것처럼 똑같이 야멸차게 내팽개칠 목적이었다. 하지만 그들은 그렇게 어리석지 않았다. 그녀가 자신들을 내치려 한다는 것을 눈치채고는 그녀의 출생에 대한 소문을 암암리에 퍼뜨림으로써 그녀를 위협하였다.

참으로 더러운 족속들이구나, 너희들은.

그들에게 일침을 가하려다 되레 맞은 셈이었다. 첩실의 자식이라는 것도 숨기고 입궁하였는데, 만에 하나 개구멍받이로 키워졌다는 이야기가 사실로 밝혀지면 언제 폐비가 될지 모르는 운명. 정비 계연과 부딪치는 일만으로도 버거웠던 휘옥은 곧 생각을 바꾸어야만 했다. 당장은 자신의 어미를 죽음에 몰아넣은 그들을 갈아 마셔도 시원찮을 판이었지만, 적어도 아직은 때가 아니었다.

황제 재하는 요즘 따라 자신을 멀리하고 황후 계연과 가까워지고 있는 마당이었고, 반대 세력들은 여전히 협을 후계자로 책봉하여 달란 상소를 올리고 있었다. 자칫 이대로 가다간 조가 협에게 밀려날 수도 있는 일.

그건 아니 되지. 절대로 안 돼.

十.
꽃잎에 숨결 덧대어…

"**뭐?** 황자비가 화린을?"

야청이 아뢰는 말에 협이 눈썹을 치켜 올렸다. 냉소가 번진 그의 입술이 살짝 비틀어졌다.

"연화룬도 되찾았고 도둑도 잡았으니 그 속을 알 만하군."

화린과 다영, 서로가 어느 하나 모자람없이 팽팽히 맞선 모습은 보지 않아도 눈에 휜했다. 그나마 이번엔 다영이 화린의 마음을 풀어주자고 부른 것이니 화병이나 들지 않으면 다행이었다.

"그래, 금원에서는 별 탈 없다고 하던가?"

야청에게 질문을 던지며 고개를 돌리려던 이때, 막 금원이 있는 방향에서 걸어나오는 화린의 모습이 시야에 잡혔다. 연옥색의 끝동을 단 상앗빛 저고리와 치마를 입은 화린은 이제 갓 피기 시작한 어리연꽃 같았다. 아마도 다영이 준 것이리라. 헌데 어찌 된 일인지 시비와 둘이서 옥신각신하는 모양새가 협의 귀를 쫑긋 세우게 했다.

"가지고 싶으면 가지렴. 어차피 할머니는 이런 거 별로 좋아하지 않으셔."

화린이 장신구를 건네려 하자 시비가 황급히 사양했다.

"아닙니다. 제가 어찌 감히 황자비께서 주신 하사품을……."

"뭐 어때? 누가 가지든 갖고 싶어하는 사람이 가지면 그게 가장 좋은 거지."

시비는 장신구를 가지고 싶기는 하나, 다영에게 들켰을 때의 후환이 두려워 망설이는 눈치였다. 마땅한 절충안을 모색하던 화린은 문득 어디선가 자신을 주시하는 시선이 느껴져 주위를 두리번거렸다. 하지만 그녀가 있는 곳은 돌담을 등지고 있어 협의 모습이 보일 리 만무했다.

결국 아무것도 발견치 못한 화린의 얼굴에 어리둥절한 빛이 어렸다. 협의 입가에 저도 모르게 설핏 웃음이 비어져 나왔다. 그 낮게 번지는 웃음에 온기가 스며 있음은 물론이요, 화린을 품은 그의 두 눈에 온기보다 더운 열기가 맺혀 있음을 알까. 다만 그의 곁을 지키는 야청만이 조용히 짐작할 따름이다.

잠시 후, 화린이 주위를 한 번 더 살핀 다음 말문을 열었다.

"황자비에게는 절대 말하지 않을게. 정 부담스러우면 이중에 절반만 가지는 건 어떻겠니?"

"정말, 그래도 되겠습니까요?"

"그럼. 난 이것만 가져가도 충분한걸."

"황송하옵니다."

시비가 거듭 고개를 숙였다.

드디어 두 여인의 옥신거림이 끝난 것이다. 협은 가마를 기다리는 화린에게로 천천히 걸음을 뗐다.

"이제 금원에서 오는 길인가 보군."

"협, 여긴 언제부터……."

금원과 가까운 방향에서 모습을 드러내는 그를 보며 화린이 의아한 낯빛을 지었다. 뜻하지 않은 그의 등장에 적잖이 놀랐는가 보다. 협은 대답없이 지그시 그녀만을 뚫어지게 응시했다. 무안해진 화린의 뺨이 발갛게 도홍빛으로 익어갔다. 이틀 전 균과 부딪친 일이 있은 후 그녀가 어떻게 지내나 몹시도 궁금하던 차였다. 물론 하루에도 빠짐없이 화린의 일과를 전해 듣고 있지만.

"다영 황자비를 만났다고?"

"응, 이제 집으로 돌아가려던 차였어."

"온 김에 궁궐을 구경하는 것도 나쁘진 않을 텐데?"

때마침 꽃가마가 당도했다.

"궁궐?"

자못 시큰둥한 되물음이었다.

협은 화린을 한 발자국 가까이 끌어당기며 작게 속삭였다.

"유온과 규비의 노래를 알고 있던데, 두 사람이 만났다고 전해져 오는 곳을 가보고 싶지 않나?"

"청월루(淸月樓)?"

화린은 두 눈을 똥그랗게 뜨며 반색했다.

산아할멈의 반대로 어쩔 수 없이 수련국으로 돌아가야 했던 그날 밤, 섬백리향을 만지며 중얼중얼 유온의 노래를 불렀는데 아마도 그때 엿들은 모양이었다. 청월루에 직접 가볼 수 있다니. 기분이 금세 들뜨는 건 어쩔 수 없었다.

하지만 이 사내를 멀리하라고, 산아할멈이 신신당부하지 않았던가? 그녀 자신도 마땅히 그래야 한다고 생각했다. 그런데 지금은…… 그런 맹목적인 거부감이 아주 조금씩 차츰차츰 흐려지고 있었다. 왜일까? 화린은 그 대답을 알고 있었다. 바로, 이틀 전 균으로부터 구해준 그에게 느꼈던 안도감 때문이었다. 그때 뭉클하게 솟아올랐던 감정은 아직도 잔재처럼 남았다. 그가 균과 하나도 다를 게 없다고, 비록 말은 그렇게 했지만 그게 아니라는 것쯤은 마음속에서 어렴풋이 느끼고 있었다. 도둑으로 몰린 자신을 붙잡은 일에 대해 엉뚱하게 화풀이하느라 그랬던 것이다.

그래도 안 돼. 이 사내가 네게 뭘 원하는지 잊은 거야?

관자놀이를 스치는 그의 손길에, 잠들어 있던 경계심이 화린을 깨우쳤다.

"할머니께서 너무 오래 있지 말라고 했는걸."

협은 그저 희미하게 눈가를 좁혔다.

인부들이 그녀가 타길 기다렸다. 화린은 간단히 인사를 하고
돌아섰다. 붙잡아 버릴까. 가까스로 유지했던 평정을 흩뜨리며
소매깃 사이로 아담하게 드러난 화린의 손목을 잡아챘다. 그때
처럼 무력은 아니었다. 밀어내기만 하면 뿌리칠 수 있는 미약한
힘. 그러나 마음의 무게는 손에 실은 무력보다 몇 곱절은 무거
웠다.

"응?"

그의 손을 말끄러미 바라보다가 다시 그의 눈을 응시하는 화
린.

협은 제 행동에 스스로가 놀란 듯, 손을 떼어내려다가 지그시
한 번 힘을 주었다가 놓았다. 옆에서 묘한 눈으로 쳐다보는 야
청이 거슬렸다. 안다, 이게 몹시도 그답지 않은 행동임을.

"아니다. 그만 가라."

하지만 몇 걸음 가지 못해, 가마에 오르기도 전에 화린은 되
돌아왔다. 화린의 얼굴에 스민 경계심은 아까보다 얇아져 있었
다.

"……저기, 협."

"음?"

"너무 오래 걸리지만 않는다면…… 구경해도 괜찮을 것 같아."

굳어 있던 협의 입매가 부드럽게 풀어졌다.

"대신에, 경고하는데 흑심은 가지지 마."

화린이 앙큼하게 덧붙였다.

청월루만 구경하는 거야. 그러니까 걱정하지 않아도 돼. 설마하니 그가 이런 탁 트인 공간에서 싫다는 여인을 강제로 취하려들겠어? 조금 떨어진 곳에 나인들도 보이니 여차하면 소리를 질러 얼마든지 위험에서 벗어날 수도 있겠는걸.

화린은 기우에 불과할 뿐이라며 생각을 달리했다. 어차피 이곳에 오래 있지도 못할 텐데 잠시 동안이나마 이런저런 구경을 하게 되어 잘되었다고 말이다. 그중에서도 청월루는 언니 사린이며 어머니 소운 황후까지도 가보지 못했을 게 분명하다. 나중에 수련국으로 돌아가 청월루를 구경했노라고 자랑할 생각에 발길이 가벼워지기까지 했다.

"이쪽 금원 뒤에서 조금만 내려가면 누구든 야연(夜宴)을 즐길 수 있는 승회루가 있어, 굳이 만월이 아니어도 발길이 끊이지 않는 곳이지."

야연이라. 나중에 염이와 함께 와보는 것도 좋을 것 같았다. 승회루를 살피던 화린의 눈이 맞은편으로 옮겨갔다. 이제껏 둘러본 궐내에 비하면 정말 단출하다고밖에 느껴지지 않는 작은 정자였다. 그 주변엔 이름 모를 하얀 꽃들이 소담하게 피어 있었는데, 언뜻 흰나비가 수풀 위에 앉아 있는 것처럼 보였다. 때

마침 바람이 불어왔다. 꽃잎 휘날리는 모양새가 영락없이 나비의 날갯짓이었다.

"해오라기 난초라고 부르지. 그곳이 바로 청월루다. 유온과 규비가 만났다고 전해지는 곳이야."

"아, 이곳이구나!"

언젠가 교우와 꼭 한번 들르고 싶었던, 백일가례를 치르기도 전부터 늘 마음속에 그려왔던 곳. 하지만 그녀의 곁엔 교우가 아닌 협이 있었다. 화린의 얼굴이 어두워졌다.

고우신 내 님은 어디 계시는가.

님 향한 연심을 밝혀준다던 달, 네가 찾아드는 밤이면 교우 오라버니 늦어서 미안하다시며 내 곁으로 돌아올까.

"그런데 유온과 규비의 전설을 어떻게 알고 있지?"

"예전에 언니에게 전해 들었어. 유온의 노래도 외우고 있는걸."

"그렇군. 언니에게서 들었다면 네 언니는 월국 사람이란 얘기인가?"

협은 그녀가 유온과 규비의 전설을 알고 있는 것에 대해 관심을 보이며 물었다.

"아니, 그냥 월국에 얼마 간 머물렀을 뿐이야."

"그래?"

"응."

"사실, 유온은 전설의 인물이 아니다. 선대의 왕이라고 알려져 있지."

"와! 그럼 실화란 얘기인가? 규비도 실존 인물이겠네?"

협이 고개를 끄덕였다. 그리고 한쪽 기둥에 기대앉아 풀 한 포기를 뽑아쥐며 말을 이어나갔다. 그의 눈길은 여전히 화린에게 고정되어 있었다.

"더 놀라운 건, 만월의 축제가 본디 월국의 것이 아니란 거다. 주변 소국들을 통일하면서 유온 그가 전통을 잇기 시작했다고 하더군."

"처음 듣는 얘기야. 한 번도 실화일 거라고 생각지 못했는데."

목소리가 흥분으로 떨려왔다. 청월루를 구경하게 된 것도 모자라 그녀가 좋아하는 유온과 규비의 전설에 대해서 몰랐던 사실들을 유온의 후손에게서 직접 전해 듣게 되다니, 정말 오길 잘했다는 뿌듯함마저 어렸다. 수련국으로 돌아가서 들려줄 이야기가 하나 더 늘어난 셈이다. 문득 말없이 빤히 쳐다보는 그의 시선이 불편해 화린은 화제를 돌렸다.

"만월이면 여길 찾는 사람들이 많겠어."

"그런 편이지. 그날엔 혼인을 앞두거나 올리는 사람들이 백년해로를 기원하러 멀리서 오기도 해. 그럴 땐 그야말로 문전성시를 이룬다고 할 수 있지."

"행복하겠구나, 그 사람들은."

그들을 향해 진정한 부러움을 감추지 못하며 중얼거렸다. 그녀를 지켜보던 협의 눈이 느슨하게 가늘어졌다.

"그렇게도 부러운가?"

"응, 그럼. 어찌 되었든 그 순간만큼은 서로가 한마음이고 함께 있는 거니까."

망설임없이 재깍 대답했다. 부러움이 한가득 배인 목소리였다.

"듣고 보니 그렇군."

협은 어쩐지 의미심장한 눈빛이었다. 그는 해오라기 난초에서 몇 발자국 떨어져 있는 동백꽃을 그녀에게 건네주었다. 선명한 붉은빛이 참으로 고왔다.

"아, 예쁘다."

"그렇다면 다른 꽃을 답례로 받고 싶은데 괜찮겠소, 낭자?"

그가 장난기를 담은 눈으로 말하자, 화린은 바로 전까지 우울했던 마음을 잊어버리고 가볍게 웃었다.

"후훗, 좋아요. 그럼 어떤 꽃을 원하시나요?"

"그대 마음이 닿는 꽃으로."

그가 대답은 그렇게 했지만, 화린은 그 잠깐 새에 그의 눈이 동백꽃 옆에 놓인 가느다란 실 모양의 작은 꽃에 머물렀음을 알아챌 수 있었다. 그가 받고 싶어하는 꽃이리라. 연분홍 빛깔의 그 꽃은 손길이 닿자 잎사귀를 오므렸다.

"자, 답례예요."

"고맙소, 낭자."

꽃 한 송이를 받아 쥔 그의 손에서 이파리들이 나풀나풀 움직였다. 그의 장난스러움에 화린도 장단을 맞춰 새치름히 속눈썹을 내리깔았다. 둘째 여린 언니가 종종 짓곤 하던 표정이었는데, 몰래 훔쳐보기만 했지 이렇게 따라하게 될 줄은 몰랐다며 화린은 속으로 싱긋거렸다. 더욱이 우려했던 것과는 달리 협은 그녀가 불편해할 어떤 행동도 취하지 않은 채 스스럼없이 대해 주고 있었다. 그 표정없고 무뚝뚝한 사내, 협이라는 게 믿어지지 않을 정도였다.

"이젠 가야 해."

"그래, 나중에라도 또 오고 싶으면 말해라."

"응, 고마워. 덕분에 늘 상상으로 그리기만 했던 유온과 규비가 만난 곳을 보게 되어 너무 기뻤어."

"우선은 집으로 가져갈 짐들을 먼저 전하라 일러두었는데, 가마를 다시 부르도록 할까?"

"아니, 가마는……."

화린은 흠칫 굳었다. 떠올리지 않으려 해도 자연스레 균과의 일이 떠오른 탓이었다. 그리고 무엇보다 인부들에게 자신 하나로 인해 몇 리 됨직한, 가깝지 않은 길을 번거로이 걷게 하는 게 꺼려지기도 하였다. 그런 속내를 간파한 협이 나직이 말했다.

"좋아, 그럼 말을 타도록 하지. 바로 떠날 채비를 해."

"응."

그러나 막상 말에 타는 순간 화린의 어깨는 흠칫 움츠러들고 말았다.

이제 와 새삼스럽게 이 사내가 의식될 건 뭐람!

맨 처음 탔을 때처럼 힘주어 허리를 잡은 것도 아니고, 고작 말의 고삐를 잡기 위해 살짝 그의 팔이 스친 것뿐인데도 몹시 신경이 쓰였다. 등 뒤로 그의 가슴팍이 맞닿았고, 목덜미에는 그의 호흡이 쏟아졌다. 아마도 그때에는 말이란 동물을 처음으로 접해서, 이틀 전에는 균으로 인해 놀란 상태였기 때문에 그를 의식할 겨를이 없었던 것 같았다.

시선을 떨구자 한때 자신을 내리눌렀던 사내의 허벅지가 말의 움직임에 따라 꿈틀거리고 있었다. 이때 머리 속을 스쳐 가는 의문이 있었다. 교우 오라버니라면 어땠을까. 오라버니라면…… 저런 근육이 붙은 다리는 가질 수 없었겠지. 푸른 힘줄이 솟아 있는 굵직한 팔도 가질 수 없었겠지. 사내다움을 과시할 만한 체구는 가지지 못했을 거야.

그런 해괴망측한 상상이라니! 스스로가 놀라 주의를 흩뜨리는 바람에 화린은 균형을 잃어버리고 말았다. 그가 날래게 허리를 움켜잡았다.

"뭐 하는 거지? 말에서 떨어질 뻔했잖아!"

나무라는 그의 어조가 매우 딱딱했다. 많이 당황한 모양이었다.

"똑바로 고삐를 쥐고 있으라고!"

화린은 대꾸없이 앞만 바라보았다. 협이 자신의 얼굴을 보지 못해 너무나 다행이었다. 지금쯤 자신의 얼굴이 얼마나 벌겋게 달아올라 있을 것인가? 양쪽 뺨으로 화끈한 열기가 느껴졌다. 산호석도 이보다 붉진 않으리. 화린은 하도 창피해 입술을 있는 힘껏 깨물었다.

궐내를 벗어나서야 비로소 놀란 가슴이 진정되었다. 비껴가는 바람이 서늘하게 불어왔다.

"곧 비가 올 모양이군."

"……비?"

그를 따라 화린의 고개도 위로 젖혀졌다. 쾌청하던 하늘에 회색 빛 얼룩이 몰려들기 시작했다.

"하지만 너무 걱정하지 않아도 돼. 소나기에 그칠 테니까."

그가 말의 방향을 틀었다. 그리 멀지 않은 곳에 나무 한 그루가 있었다. 장정 여럿을 합친 듯 그 둘레가 상당한 나무였는데 작은 집 한 채쯤은 넉넉히 비를 가려줄 것처럼 보였다. 나무 그늘에 닿기도 전에 톡톡 이마 위로 빗방울이 떨어져 내렸다.

토독, 토독—

굵어진 빗줄기가 만발한 기화요초 더미에 떨어지는 소리였다. 그러더니 어느 순간에 이르러서는 쏴— 하면서 일제히 쏟아지는 빗소리가 주변을 둘러쌌다. 그의 부축으로 말에서 내린 화린은 나무 그늘에서 비를 피하며 어서 소나기가 그치기만을 기다렸다.

번쩍, 몇 가닥의 빛줄기가 거뭇해진 하늘의 틈 사이에서 벌어

지며 스쳐 갔다. 그러자 하늘은 그녀의 발이 딛고 있는 땅까지
울릴 만큼 커다랗게 기함을 토해냈다. 빗줄기가 더 거세어졌다.
갑자기 흙냄새가 진동했다. 나무의 진액 냄새 같기도 했다. 문
득 찾아든 한기에 화린은 양팔을 겹쳤다. 옷이 젖어 있었단 걸
그제야 깨달았다.

"네게 내 옷이라도 벗어주고 싶다만 이미 다 젖어버렸구나."

언제부터 그가 이렇게 가까이 있었던 걸까. 화린은 그것마저
도 이제야 깨달았다. 건조하고 메마른 그의 목소리마저 빗줄기
에 젖은 듯했다.

"아니, 괜찮아. 많이 춥진 않은걸."

그의 손이 살짝 그녀의 귀밑머리에 닿았다. 갑작스런 접촉,
예기치 못한 접촉에 화린은 움찔했다. 그의 손이 건드리고 지나
간 귀밑머리와 가장 가까웠던 귀밑의 맥박이 자박자박, 선명하
게도 느껴졌다.

그의 까만 눈이 습기에 젖어 더 깊어 보였다. 화린은 갑자기
심장이 더워지는 것을 느끼며 그에게서 시선을 거두었다. 이상
하기도 하지. 찬비를 맞아 몸은 이리도 추운데 왜, 유독 이 심장
만큼은 더운 걸까. 정말 이상하기도 해.

"……나도 그렇다, 화린."

그의 손이 다시 그녀의 고개를 돌려 세웠다. 꼭 말이 아니어
도 느낄 수 있는 순간, 바로 지금이었다.

'내 심장도 미치게 더워지고 있어.'

그의 숨결이 서서히 가까워 오고 점점 더워지고 있었다. 거리가 좁혀질수록 빠르게 뛰노는 그녀의 심장처럼.

화린은 누가 가르쳐 주지 않았지만 지금부터 그가 하려는 행동이 무엇인지 어렴풋이 짐작할 수 있을 것 같았다. 누구에게도 배우지 않았지만 자신의 입술이 그의 숨결을 갈구하며 파르르 떨리며 벌어지는 것도 알 수 있었다. 하지만…….

잠시잠깐 교우 오라버니의 얼굴이 비난하듯 기억의 수면 위로 떠올랐다.

동시에 그녀의 입술이 닫히기 시작했고, 동시에 그의 입술에 포개어지기 시작했다. 서로 만난 숨결이 급하게 섞여 들었다. 말캉하게 감겨든 그의 혀가 교우의 얼굴을 지워 버렸다. 그가 자신을 억지로 취하려 할지도 모른다는 두려움은, 협의 조심스러움에 차차 희미해져 가고 있었다. 오히려 그때를 상기시키지 않으려는 듯 협은 그녀에게 빠져나갈 여유를 남겨주고 있었다. 그녀가 싫다고 밀어내기만 하면 언제든 멈출 것처럼.

그는 화린을 이해시키기 위한 무언의 눈빛을 보내고 있었다. 입맞춤뿐이다. 강요하지 않겠다. 네가 싫어하는 건, 두려워하는 건 하지 않겠다…… 라고 말이다.

그래서 화린은 그를 밀어내지 않았다. 그가 불어넣는 숨결을 온전히 받아냈다. 온몸이 낯선 체취에 녹아들고, 열기로 뭉쳐진 감각은 혈관을 부유하기 시작했다. 그녀는 저도 모르게 입술을 더 크게 벌리며 난파당해 떠내려 가던 중에 겨우 구명줄을 붙잡

은 사람마냥 그를 끌어안았다. 드센 힘이 느껴지는 그의 체구가
얇은 옷감을 사이에 두고 있었다. 그 가운데서도 가녀린 그녀를
보호해 주려는 듯 섬세함이 묻어난 그의 손길은, 도리어 아직
깨어지지 않은 나머지 감각까지 격하게 흔들어 놓아버리고 말
았다. 아찔한 섬광이 머리 속을 비우고 일제히 일어선 감각들이
홍수를 이루었다. 그의 숨결이 더욱 깊숙이 들어와 더워진 심장
에까지 닿았다. 비어져 나오는 그녀의 숨결은 온전한 그의 차지
가 되었다. 흠씬, 그에게 스며들고 말았다.

　아직도 비가 오는가…….

　그저 아득하게 젖어버리고 만 입맞춤.

　세상을 고요하게 적셔오는 빗줄기에 그의 숨결이 더욱 더워
지고, 풀들의 초록 내음 또한 더욱 짙어졌다.

十一.
덫

황제 지륜은 화린이 보낸 편서를 손에 쥐며, 가장 내리고 싶지 않은 결론에 도달했음을 기어이 인정해 버렸다. 암담하게 굳은 용안을 바라보던 소운 황후도 초조하게 입술을 깨물었다.

"다시 한 번 더 화린에게 편서를 보내시는 건……."

"아니, 그럴 필요 없소. 그런다 하여도 화린은 받아보지 못할 테니."

지륜은 한숨을 내뱉으며 편서를 손에서 내려놓았다.

"허면, 정말로 화린이……."

"그렇게 생각할 도리밖에 없겠지. 그 단 한 모금의 초례주 때문에 화린은 기억을 잃은 게 분명하오."

물의 정령은 자신들이 움켜쥐고 있는 기억에 한해서는 교인들의 명을 따르지 않는다. 때문에 빼앗은 화린의 기억에 대해서만큼은 편서를 전해주지 않는 것이다. 벌써 몇 차례 보낸 편서에 답신이 없는 것을 보면 그리 여길 수밖에 없었다.

"그나마……."

지륜은 낮게 되뇌었다.

화린이 어디서부터 어디까지 기억을 하고 있을까. 그리고 어찌해야 화린에게 잃어버린 기억을 되찾게 해줄 수 있을까.

"그나마 망해에서 빠져나가 무사히 월국에 닿은 것을 다행으로 여겨야 할 거요."

지륜의 낮게 가라앉은 음성이 저 아래 깊은 심연으로 침잠했다.

"아직도 내게 서운한 감정이 풀리지 않은 게냐?"

화린은 하루도 빠짐없이 자신을 찾아와 친언니처럼 다정하게 대해준 다영을 쳐다보았다. 궁으로 불러들인 첫날에는 그저 황자비로서 체면이 있기 때문에 눈요기로 대접한 거라 여겼는데, 어쩌면 정말로 자신과 가까이하고 싶어서 그러는 것일지도 모른단 생각이 들기 시작했다. 그리고 시간이 흐를수록 그녀의 매서운 독설과 행동에 얼어붙었던 화린의 마음은 점차적으로 풀어졌다.

"여기 황궁 사람들은 너무 예의를 차리기 때문에 어울려 지내기가 힘들어. 내가 원하는 건 다른 무엇도 아니란다. 너와 허물

없이 지내고 싶은 것뿐이야. 그때는 정말 미안했다."

다영의 얼굴이 짙은 후회의 기색으로 물들어 있었다.

몇 차례의 차가운 냉대 속에서도 따뜻한 화해의 손길을 거두지 않았던 다영에게, 화린은 드디어 마음을 열기로 하였다. 다시 그녀와 마주하는 일이 없으리라, 용서하지 않으리라며 별렀던 분노를 거둔 것이다.

"아니에요, 마마. 이제 그날 일은 잊었어요."

"그럼 앞으로 날 언니라고 부르렴. 너마저 내게 마마라고 부른다면 정말 섭섭할 것 같구나. 모두가 날 마마라는 존칭어에 벽을 두고 있어서 누군가 한 명쯤은 그런 황자비라는 지위에 괘념치 않고 대해주길 바랐단다."

다영이 화린의 양손을 잡으며 뛸 듯이 기뻐했다. 화린은 웃으며 고개를 끄덕였다. 이후로도 계속 그녀와 함께 담소를 나누며 친분을 쌓아왔다.

그렇게 지내기를 며칠. 다영은 외동딸을 둔 것에 외로워하던 자신의 친부가 화린을 수양딸로 삼고 싶어한다는 이야기를 전해왔다.

고심하는 화린에게,

"어렵게 생각할 것 없어. 아버지께서 널 귀엽게 여기셔서 그런 거니까. 네 할머니와 함께 친가에 들어와도 좋지만 정히 부담스럽다면 그냥 지금처럼 지내면서 가끔 아버지께 인사만 드리면 된단다."

하고 웃으며 덧붙였다. 화린은 곰곰이 생각한 끝에 그저 동생의 칭호며, 수양딸로서의 칭호만 내리는 것이라는 다영의 말을 받아들이기로 하였다. 다영은 화린이 사과를 받아주었을 때만큼 이번에도 뛸 듯이 기뻐했다.

"이러고 있을 게 아니구나. 수녕전에 가서 네게 줄 것이 있단다."

다영의 손에 이끌려 금원을 빠져나가던 화린은 다른 궁정의 사내들과 한창 훈련 중에 있는 협을 발견하게 되었다. 소나기를 피해 나무 그늘 아래에서 덥고 더웠던 입맞춤을 나눈 이후 처음이었다. 그 일을 떠올린 화린의 얼굴이 눈에 띄게 붉어졌다. 가슴 밑은 살며시 열기가 솟는가 싶더니 또다시 그날처럼 귀밑 맥박이 자박자박, 도근도근 뛰놀기 시작했다.

궁의(弓衣)를 허리에 묶은 협은 화살 한 순을 허리에서 뽑아 과녁을 조준하느라, 다영과 화린의 인기척을 느끼지 못한 듯했다. 주변의 사내들도 그가 거의 백 보에 가까운 거리의 과녁에 명중을 시킬 수 있을 것인가에 관심을 두고 있었다. 그러던 와중에 다른 한 사내가 그의 곁으로 다가가 뭐라고 귀띔을 하였다. 협의 시선이 곧장 화린에게 옮겨졌다.

"마침 이곳을 지나치던 길이었습니다. 방해가 되지 않는다면 저와 아우가 구경을 해도 되겠는지요?"

다영이 앞으로 걸음을 내디디며 인사했다. 화린은 괜스레 그의 시선을 받는 것이 어색해 고개 숙여 짧게 인사를 대신했다.

"물론입니다."

협은 다영에게 대답하면서도 시선은 화린에게서 떼지 않았다.

그 어둡고 깊었던 눈. 고개를 숙이고 있었음에도 화린은 확연히 느낄 수 있었다. 더욱이 커져 버린 맥박 소리 때문에 귀가 다 먹먹해질 지경이었다.

"²⁾사두!"

누군가의 부름에 협의 걸음이 멀어져 갔다. 그제야 제멋대로 뛰놀던 맥박 소리가 잦아졌다. 아쉬움인지 안도인지 모를 한숨을 저도 모르게 포옥 내쉬었다. 협은 사내들 틈으로 돌아가 훈련을 재개하고 있었다. 다영이 그녀의 옷깃을 잡아당기며 작게 속삭였다.

"그가 각궁을 다루는 모습은 정말 사내답지. 자, 이리로 와서 보렴."

다영의 자리에서 보니 협의 모습이 훨씬 더 잘 보였다. 다영의 말대로 활을 연사하는 협은 거칠게 역동하는 사내의 기상을 그대로 드러내고 있었다.

짙고 선명한 굴곡의 검미, 빛의 투영을 담아낸 눈동자, 보기 좋게 깎아지른 광대뼈. 시위를 당길 때마다 팽팽하게 다물리는 매끄러운 입매…….

저렇게 아름다운 사내였던가.

---

2)사두(射頭): 활터에서 활을 쏠 때 우두머리를 지칭하는 말

화린은 생전 처음 보듯 협의 모습을 하나씩 뜯어보고 있었다. 부왕을 졸라 황궁에 안치된 용의 신전에 딱 한 번 가본 적이 있었는데, 그 충격이 너무도 생생해 몇 해가 지났건만 아직도 잊을 수가 없었다. 막 천장을 뚫고 비상하려는 웅장한 용의 꿈틀거리는 움직임을 담아낸 조각상. 지금 협의 모습 속에서 그 용을 보고 있는 듯한 기분이었다.

그것은 저들을 이끄는 우두머리이기 이전에, 온전히 그만의 내재된 힘에서 발산된 눈부신 생명력에 다름 아니었다. 화린은 그 힘에 배어난 땀 냄새와 바람, 흙, 활을 이루는 대나무 냄새까지 고스란히 느낄 수 있었다. 그와 함께 말을 타면서, 입맞춤을 나누면서 맡았던 체취이리라. 그 기억들이 일제히 되살아났다.

그의 차례가 끝났다. 그는 주위를 돌아가며 다른 사내들에게 지도를 멈추지 않았다.

"비정비팔(非丁非八) 흉허복실(胸虛腹實)이라 하였다. 발끝을 벌려도 오므려도 안 된다. 가슴은 비우되 배를 채워라."

"허면 시수가 나지 않는 것은……."

나이 어린 청년이 울상을 짓자 협이 다시 하교(下敎)했다.

"발이부중(發而不中) 반구제기(反求諸己)라, 쏘아서 맞지 않으면 네게서 그 원인을 찾아 반성하라 하였느니. 궁체가 틀어져서 그렇거늘 장비를 탓해서야 되겠느냐?"

"명심하겠습니다, 사두."

갑자기 협이 걸음을 옮기다 말고 화린에게 시선을 던졌다. 그녀와 허공에 마주친 그의 눈이 잠시 뭐라고 말할 것처럼 보였다가, 보일 듯 말 듯 미소를 담으며 스쳐 갔다. 항상 일자로 굳어 있기만 하던 그의 입매가 살며시 풀어지며 그날의 입맞춤을 일깨워 주는 것 같았다. 화린은 가슴이 죄어드는 기분을 느꼈다.

"늦겠구나, 그만 수녕전으로 가자."

그때 가만히 있던 다영이 화린을 일깨웠다.

화린은 이곳에 더 있고 싶단 말도 하지 못한 채 궁터를 빠져나왔다. 그러는 와중에도 등 뒤로 꽂히는 협의 시선에 신경을 곤두세웠다.

다영은 수녕전에 이르자마자, 화린에게 독특한 향을 지닌 향낭을 손에 쥐어주었다. 그녀의 아버지가 몹시 힘들게 얻은 귀한 것이라 한 번도 치장해 본 적 없는 새것이라며 그 향을 맡게 했다. 그리고는 시비들을 대령시켜 목욕을 준비하라 일렀다. 화린은 그저 다영 혼자 목욕을 하려는 줄로만 알았는데 오히려 그 반대였다. 뜻밖에도 그녀에게 목욕을 권하였던 것이다.

"아까 그의 수하, 야청에게서 전해 듣지 못한 게로구나?"

"그게 무슨 말씀인지……."

"저런! 협 황자가 회덕헌에서 널 기다리고 있겠노라, 하였단다. 훈련이 끝나는 대로 온다고 하였으니 지금 단장을 하고 가면 될 게야."

다영은 그녀의 대답이 이어지기도 전에 시녀들에게 그녀를 목욕시키라 명하였다. 어안이 벙벙해진 화린은 붉은 꽃, 하얀 꽃, 파란 꽃…… 여러 색깔의 꽃잎을 띄운 목욕물에 몸이 담가질 때까지도 다영의 말뜻을 헤아리지 못했다.

그가 날 기다린다니. 왜?

"그는 황족이라는 지위가 아니더라도 월국에서 제일가는 무사(武士)니라. 그뿐이겠느냐? 거친 듯하면서도 굽힘없는 성정을 지닌 탓에 그를 마음에 둔 여인들이 셀 수 없을 정도란다. 그런 그가 설국의 공주 예아에게도 보이지 않던 관심을 화린이 네게 보이다니, 너무도 기뻐 흥이 절로 솟는구나."

그러면 왜 협이 아닌 조 황자를 택했는지 궁금증이 일었지만 묻지 못했다. 뜨거운 물속에 몸을 담그고 있으니 너무도 나른해 이대로 잠이 쏟아질 것만 같았기 때문이다. 다영의 흥얼거림이 장막을 사이에 두고 있는 듯 아득하게만 들렸다. 화린은 겨우 알아들으며 도리질했다.

"아니에요. 그렇지 않아요."

"뭐가 그렇지 않다는 게니? 그는 훈련을 하는 중에도 틈틈이 너를 의식하고 있었어. 화린이 너 또한 그를 의식하고 있었지. 아니라고 부정하지 말거라. 줄곧 너를 몇 차례나 불렀는데도 내 목소리를 알아듣지 못한 것이 무엇 때문이라 생각하느냐?"

화린은 흐려진 눈으로 망연히 있을 따름이었다.

"혹 그에게 가진 감정을 내가 눈치챘다고 하여 부끄러움을 탈 필요는 없느니라."

"……아니야, 내겐 교우 오라버니가 있어요. 내가 사랑하는 사람은 교우 오라버니뿐인걸."

"교우? 그가 누구란 말이더냐?"

띄엄띄엄, 흐리고 불분명하게 되뇌는 말에 다영이 다그치며 물었다.

화린은 얼굴 가득 밝은 미소를 띠며 대답했다. 교우 오라버니…… 내 교우 오라버니.

"나와 혼인을 약조한 사람이에요."

"그, 그래?"

더듬으며 되묻는 다영의 얼굴이 눈에 띄게 굳어졌다.

"응, 곧 오라버니가 날 찾으러 올 거예요."

화린은 스스로에게 다짐하듯 말했다. 그리하면 정말로 오라버니가 '화린아!' 부르며 와줄 것만 같았다. 그러나 화린이 말을 이어갈수록 다영의 안색은 파래지는가 싶더니 점점 흙빛으로 변해갔다. 그녀가 이토록 충격을 받는 데에 화린은 의문이 들었지만 크게 염두에 두지는 않았다.

"협, 그가 알면 몹시 실망하겠구나."

"협은……."

그의 이름을 담은 혀끝이 아릿했다.

"……나도 그렇다, 화린."

그날 쏟아졌던 소나기보다 습하고, 다시 찾아든 햇살보다 더 웠던 그의 숨결을 기억하는 입술이 끝내 말을 잇지 못했다. 그 저 잔 경련이 파들파들 내려앉을 뿐.

"후, 안됐지만 인연이 아니라면 별수없는 게지. 그렇다면 설 국의 공주 예아와 가례를 치를 수밖에."

"서, 설국의 공주요?"

다영은 화린의 물음에 필요 이상으로 놀란 듯 보였으나, 정작 어조랄지 눈빛에 스민 당황함은 많이 가라앉아 있었다.

"아! 너는 모를 수도 있겠구나. 전부터 협을 사모하였던 여인 이니라. 내 그동안 많은 이들에게서 나의 미모를 칭송받아 왔건 만, 예아 공주에 비하면 그야말로 조족지혈인 게지. 비단 나뿐 만 아니라 다른 여인들조차도 그녀 곁에 있기가 초라해질 정도 로 예아 공주는 경국지색이란다."

"그렇군요."

"그런 미색을 마다할 이, 세상 천하 어느 사내가 있을까마는 협이 네게 보이는 관심이 심상치 않아 내 힘껏 도우려 하였던 참이니라. 아니, 너와 그가 이루어지길 내심 더 바랐다고 하는 편이 옳겠지."

"……."

"그래, 지금쯤 협이 회덕헌에서 기다리고 있을 터이니 그가 더 깊은 정을 품기 전에 네 진심을 말하려무나."

"싫어, 회덕헌에는 가기 싫어요."

그가 균과 다른 사내인 건 인정했지만 그렇다고 해서 협을 신뢰하는 건 아니었다. 자신을 강제로 품으려 했던 기억은 아무리 그에 대한 경계가 조금씩 무뎌지고 있는 중이라 하더라도 완전히 수그러들지는 않았다. 더욱이 그곳은.

"이런, 왜 그리 겁을 집어먹은 게니?"

화린은 그저 고개만 흔들었다. 싫어, 싫어…….

"설마 하니 그가 널 해코지라도 할까 봐?"

다영이 조심스레 살피는 눈으로 물었다. 약간 짜증이 실린 목소리 같았다.

화린은 저도 모르게 혼잣말로 중얼거렸다.

"……날 안으려고 했어."

"응? 뭐라고?"

지대한 관심을 보이는 다영의 눈빛에 화린은 힘차게 고개를 내저었다. 그녀가 들었을까? 모르겠다.

"가지 않아. 회덕헌에는 절대 가지 않아요."

"휴우. 그렇다면 나와 함께 가는 건 어떻겠니?"

망설이는 기색을 보이자 다영이 재차 힘주어 말했다.

"내가 곁에 있어줄게."

"화린이 회덕헌에를?"

궁터를 나서는 협이 믿을 수 없다는 듯 가늘게 눈을 좁혀 떴다.

이 시간에 화린이 무슨 일인가?

겹겹이 쌓여 두터워진 어둠. 이미 해가 저문 지는 오래였다. 즉 아까 다영과 함께 궁터를 들렀던 시간에서 훨씬 많이 지났다는 것인데 여태 돌아가지 않고 그를 기다렸다? 더구나 화린이 제 발로 회덕헌에 오다니, 더욱 믿을 수 없었다. 심지어 그와 밀폐된 공간에 있는 것조차 꺼리는 마당에…… 그럴 리가 없다!

하지만 다시 야청에게 되물으려던 협은 입을 닫아버렸다. 야청은 이제껏 실언을 한 적이 한 번도 없는 수하였다.

"수녕전에서는…… 아니 되었다. 회덕헌으로 가보는 것이 좋겠구나."

잰걸음이 회덕헌에 가까워질수록 낮에 보았던 화린의 모습이 또렷이 그려졌다. 협은 잠시 이맛살을 찌푸렸다. 그녀가 요즘따라 부쩍 다영과 어울린다는 보고를 들으며 우려 아닌 우려를 했던 게 사실이다. 이는 다영에게 개인적인 감정이 있어서가 아니라, 혹여 화린이 다영의 세속적인 기질에 물들까 저어된 탓이었다. 협은 어떤 식으로든 화린의 천진난만함이 변질되는 걸 원치 않았다.

그러나 막상 화린을 대하니 뜻하지 않게 그녀를 만난 것에 반가움보다 기쁨이, 그보다 그리움이 짙었음을 깨닫게 되었다. 때문에 그는 좀체 훈련에 신경을 쏟을 수 없었다. 비를 맞은 채 집으로 돌려보낸 것이 적이 마음에 걸렸던 차여서, 행여 고뿔이라도 든 건 아닌지 당장 그녀에게 묻고 싶기도 하였다. 그날처럼 단둘이 있을 수 있다면 오죽 좋으련만. 이렇게도 다른 이들의 눈길을 의식해야 하는 자신의 위치가 거추장스러운 적이 없을 정도였다.

다영의 옆에서 다소곳하게 인사하던 화린은 그날 그가 건네준 동백꽃처럼 붉게 물들어 있었다. 아직 그에 대한 경계를 늦추지 않는 그녀였지만 그럼에도 몹시 예뻤다. 훈련 중 간간이 불어오는 바람결에 동백꽃의 내음이 전해져 왔다. 그럴 때면 그녀가 답례로 건네준 야합화(夜合花)가 절로 떠올랐다.

언젠가 야합화가 상대방의 분노를 가라앉히기 위해 선물한다는 풍습 외에도 구애의 목적으로 남녀 사이에서 선물한다고 들은 적이 있던 그는, 그 많은 기화요초 중에서 동백꽃과 야합화를 발견할 수 있었다. 사내가 여인에게 동백꽃을 전하면, 여인은 그가 마음에 들 경우엔 한 송이 야합화를 답례로, 그렇지 않을 시엔 두 송이의 야합화를 준다 하였지. 이때에는 그녀가 그를 마음에 들지 않는다는 것 외에도 그녀에게 이미 다른 연인이 있다는 것으로 꽃을 선사한 사내는 더 이상의 구애를 할 수 없었다.

"후훗, 좋아요. 그럼 어떤 꽃을 원하시나요?"

"그대 마음이 닿는 꽃으로."

왜 그런 풍습에 기대어 그녀의 마음을 확인해 보고자 하였을까.

어찌 보면 참으로 그답지 않은 일이었으나 그 사소함마저도 욕심이 일었던 이유가 가장 컸으리라. 그녀의 손이 한 송이 야합화에게로 향하길 숨죽여 가면서까지 기다리고 바랐던 그의 마음 가장 첫 번째는 그녀를 원함에 있었으리라.

화린, 너를 원한다.

수줍게 벌어지던 그 보드라운 입술에 대고 그의 숨결은 각인하듯 말하고, 또 말했다. 화린, 널 원한다. 널 원해.

회덕헌에 다다른 그의 걸음이 가만 멈춰졌다. 박석 위에 아담하게 놓여진 사혜(絲鞋). 그것조차 제 주인인 화린을 닮은 듯해 그 코를 살며시 만져 주고 싶었다.

그러나 박석을 밟아 화린이 기다리고 있을 그곳에 당도한 협의 얼굴은 묘하게 굳어지고 말았으니.

"……!"

그녀를 응시하는 두 눈에 찬 서리가 얇게 내비쳤다. 목에서 쓴물이 올라왔다.

그녀만큼은 예외이길 바랐던 탓일까.

코끝을 자극하는 향기. 홍잣빛 나기(羅綺)의 엷은 비단이 화린의 몸을 감싸고 있었으나 살갗이 훤히 비쳐 벗은 것이나 다름없었다. 본래 그녀가 지녔던 은은한 꽃내음은 궁녀들이 사용하는 향유로 인해 잔향조차 느낄 수 없었으며 독하기까지 한 사향 냄새만이 방 안 가득 맴돌고 있었다. 그녀는 암내를 풍기는 요녀같았다. 협은 덧없이 웃었다. 양귀비 같은 자태로 그를 미혹시키려 함이었을까. 여느 궁녀들과 다르지 않은 모습으로? 작은 꽃 한 송이에 기뻐하던 화린은 이제 없다. 여기 처소에 있는 여인은 며칠 전 그가 꺾어준 동백꽃에 맑은 웃음을 짓던 제멋대로인 계집, 화린이 아니다.

일부러 잠든 척을 하고 있는지 화린은 그의 인기척에도 움직이지 않고 자리에 누워 있었다. 올올이 뻗은 속눈썹은 그 아래 짙은 그늘을 드리우기만 할 뿐 열리지는 않았다.

협은 쓴웃음을 지었다. 차라리 그를 거부할망정, 그와의 작은 접촉에도 경계심으로 곤두세우던 화린 쪽이 훨씬 더 반가웠다. 화린을 원한 건 변함없는 사실이었지만, 이런 식으로는 아니었다. 하지만 문득, 가슴 깊은 곳에서는 화린이 그토록 쉽게 다영의 꾐에 빠지지는 않았을 거란 생각이 들기 시작했다. 그 당돌하고, 고집이 센 화린이 고작 열흘 만에 탈바꿈을 할 수 있을까? 아니다.

협은 확신을 가지고 화린의 맥을 짚었다. 미약을 마셨는지 알아보기 위함이었다. 대체로 궐에서 사용하는 미약은 맥을 짚는 간단한 방법만으로도 식별이 가능했다. 그러나 화린의 회목에서는 별다른 이상이 발견되지 않았다. 비정상적으로 열이 오른 상태도 아니었다.

"화린."

그의 부름에 대답이라도 하듯 화린이 몸을 뒤척였다. 그때 어깻죽지에 걸쳐 있던 나기가 소리없이 옆으로 벌어졌다. 목 언저리에서 곱게 휘어진 어깨선이 허옇게 드러났다. 비 오던 날 그가 어루만졌던 귀밑머리는 요요롭게 흩어져 있었다. 그의 눈동자가 살짝 흔들렸다. 드디어 화린이 감았던 눈을 떴다.

"와주었구나, 안 올 줄 알았어!"

화린이 답삭 안겨들며 그를 반겼다.

"잠깐만, 화린."

목에 휘두른 팔을 떼어내려 하자, 화린이 꼭 껴안으며 도리질을 쳤다.

"안 돼! 가지 마. 얼마나, 얼마나 기다렸는데. 싫어."

"기다렸다고, 나를……?"

되묻는 말에 화린이 샐쭉거리며 그에게서 떨어졌다. 반쯤 벌어진 나기 사이로 가슴골이 훤히 내비치는 것조차 모를 정도로 화난 표정이었다. 그렇게 화를 내는 모습조차도 고혹적으로 보이기만 했다. 들썩거리는 가슴 위로 앙증맞게 솟은 유두가 살짝 모습을 드러냈다. 그의 호흡이 조금 거칠어졌다.

"내가 싫어진 거구나. 그렇지?"

협은 봉긋한 젖가슴에서 간신히 시선을 떼며 화린을 살폈다. 쌕쌕거리는 입김에서 단내가 나는 것 같지만 너무 희미해서 단정 짓기가 어려웠다. 미약을 먹은 것처럼 동공이 풀어지지도 않았다. 단지 아주 약간 동공의 빛깔이 흐려졌을 뿐.

그가 관찰하고 있는 순간, 화린이 벌떡 침상에서 일어났다.

"화린!"

"필요없어. 갈 테야."

"그 차림을 하고 어딜!"

협은 험상궂은 표정으로 화린을 돌려 세웠다.

"쳇, 이대로 가면 다른 사내라도…… 흐읍!"

화린의 나머지 말들은 협의 입속으로 삼켜졌다. 다른 사내에게 가겠다니! 그 말은 그의 망설임을 일시에 떨쳐 내기에 충분했다. 저런 옷차림이라면, 어떤 사내 놈이든 화린을 가만 놔두지 않을 것이다. 협은 상상만으로 가슴에 불길이 치솟았다. 누구에게도 화린의 이런 모습을 보여줄 수 없다. 오로지 자신뿐이어야 했다.

협은 맹렬히 입술을 빨았다. 그리고 나기 자락을 쭉 찢어내며 아까부터 그의 시선을 희롱했던 젖가슴을 감싸 쥐었다. 엄지손가락으로 유두를 매만지자 즉시 꼿꼿하게 일어섰다. 그는 천천히 고개를 숙여 달덩이 같은 젖무덤에 얼굴을 묻기 시작했다. 왜 갑자기 화린이 마음을 바꾸었는지, 어떻게 해서 경계심이 눈 녹듯 사라졌는지 묻고 싶은 게 많았지만, 당장은 화린도 그를 원한다는 사실이 중요했다. 아니, 더는 화린을 뿌리쳐야 하는 이유를 찾고 싶지 않았다.

"음, 교우 오라버니를……?"

화린은 다영이 데리고 온 나이 지긋한 나인을 바라보며 반문했다.

회덕헌에서 협을 기다리고 있는데, 어찌 된 일인지 아무리 기다려도 그는 오지 않았다. 날은 이미 저물었다. 대체 시간이 얼마나 지났을까. 지난번처럼 그가 말을 태워준다 하여도 산아할멈으로부터의 핀잔을 벗어나긴 글렀다. 혹시 다영이 장소를 잘못 전해준 것일까. 그도 아니면 애당초 그가 만나자고 한 것부터가 없던 일은 아니었을까. 수많은 생각이 교차하는 가운데 정작 협은 오지 않고 화장을 다소 진하게 한 나인이 다영에게 아뢰며 들어왔다.

"유타란이라 하옵니다."

그녀에게서는 강한 약초 냄새가 풍겼다. 또한 그녀가 입은 짙은 자색의 옷은 궐에서 보던 나인들의 옷과는 달라 보였다. 대체 무슨 일을 하는 나인인지 궁금한 찰나, 친절하게도 다영이 옆에서 알려주었다.

"유타란은 차비께서 귀애하는 치료사란다. 그냥 나인이 아니야."

"치료사? 난 아프지 않은데……."

화린의 대답에 다영과 유타란이 동시에 웃었다. 그리고는 놀랍게도 교우가 이곳으로 오는 중이라고 말하는 것이었다. 화린은 믿을 수가 없어 몇 번이고 사실인지 되물었다. 그때마다 유타란은 맞다고 대답해 주었다.

하지만 협의 처소에 교우 오라버니가?

역시나 믿을 수 없는 얘기였다. 바로 그 순간, 유타란이 차를 건네왔다. 머리를 맑게 하고 심신을 안정시키는, 귀한 꽃잎차라고 하였다. 달달한 향을 머금은 그 꽃잎차는 약간 쓰기도 했지만 그런대로 견딜만 했다. 하지만 찻잔을 비우고 난 얼마 후 화린은 어지러움증을 느끼며 인상을 찌푸렸다. 이상하게도 함께 마신 다영과 유타란은 정작 아무렇지도 않아 보였지만 말이다.

"저런, 잠깐 이쪽으로 누워보십시오. 그게 다 심신이 불안정한 탓이랍니다."

화린이 머뭇거리자 유타란이 재촉했다.

"어서요, 소저의 정혼자께서 오시는데 그전에 치료를 하려면 서둘러야 합니다."

"그런데 정말로 교우 오라버니가 오긴 오는 거예요?"

유타란이 확신에 찬 어조로 말했다.

"소첩의 말이 사실인지 아닌지는 기다려 보시면 곧 알게 될 겁니다."

화린은 그제야 마지막까지 남아 있던 의심을 떨쳐 냈다. 그녀의 말대로 기다리면 곧 사실 여부가 드러날 일이었다. 유타란은 하얀 가루를 희석시킨 무언가를 입가에 떠넣어주었다. 그러자 신기하게도 두통이 말끔히 사라지기 시작했다. 하지만 차츰 의식이 가물가물해져 더 견디지 못하고 스르르 눈을 감았다. 그게 전부였다.

"정신을 잃은 건 아니겠지?"

다영은 행여 화린이 들을세라 작게 말했다.

유타란이 화린의 옷을 벗겨내며 재빨리 향유를 바르기 시작했다. 그리고 자신있는 표정으로 대답했다.

"그건 걱정하지 않으셔도 됩니다. 이제 곧 황자께서 도착하시면 정혼자의 환상으로 겹쳐 볼 테니까요. 지금은 잠시 잠든 것뿐이랍니다."

"이 향유는 사향으로 만든 것인가?"

"아닙니다. 부분적으로는 맞다고 할 수 있지만 미약을 사용함으로 인해 상승할 체온을 식혀주는 역할을 하지요. 아까 마신 것은…… 독입니다. 치사량을 넘으면 생명에 위협을 주는 미약이지요. 그러나 황자비께서 특별히 분부하셨기에 염려놓으셔도 됩니다. 소첩, 미약임이 드러나지 않을 것임은 확실히 보장해드릴 수 있습니다. 그전에 먼저 드렸던 향낭의 향을 맡았다면 그 효과는 더욱 기대해 볼 만할 것입니다."

아까 화린에게 쥐어주었던 그 향낭을 일컫는 것이었다.

"그래?"

"네, 그렇사옵니다. 아무리 맥을 짚어도 소용이 없게 되지요. 그리고 눈을 뜨는 순간 황자 전하가 아닌 자신의 정혼자로 착각하게 될 것입니다."

"그래, 믿어보도록 하지. 만약 탄로나게 되면 자네의 목숨은, 차비마마의 비호가 있다 하더라도 성치 않을 게야. 알겠는가?"

유타란은 깊게 고두했다.

그들이 가고 난 후 화린은 몸을 뒤척였다. 자신이 눈을 감고 난 후에 웅얼웅얼거리는 대화가 이어진 듯했지만 의식의 반쯤은 수면을 헤매고 있었기 때문에 제대로 들을 수가 없었다.

몸이 이상해.

혈관을 타고 흐르는 피가 몹시도 뜨거워지고 있었다. 그런데도 막상 겉에서 만져지는 살갗은 뜨겁지 않았다.

여기가 어디인가? 아, 맞아. 교우 오라버니를 기다리던 중이었지.

화린은 겨우 기억해 냈다. 그리고 다시 몸을 뒤척이는데 정말로 교우 오라버니가 눈앞에 있었다. 꿈이면 어쩌나 싶어 잽싸게 품에 안겼다. 단단한 감촉과 체취가 어딘지 이상하다는 느낌이 들었지만 틀림없는 교우 오라버니였다. 하지만 깊고 긴 입맞춤을 나눈 순간, 화린은 깨달았다. 비록 모습은 교우 오라버니처럼 보일지 몰라도 이 사내는…… 협이었다!

또 한 번 놀란 것은 그 다음이었다.

아까까지 그녀의 살갗을 휘감고 있던 비단은 단 한 겹도 없이 벗겨져 있었다. 그뿐 아니었다. 자신의 드러난 나신을 그가 지그시 응시하며 매만지고 있었다. 마치 그녀의 전신에 벌레들이 기어다니는 것 같았다. 꿈이라면, 어서 이 잘못된 꿈에서 깨어나야 했다. 그가 자신의 가슴 끝을 계속해서 만지는 것도 잘못되었고, 그녀의 아랫배를 쓸어 내리는 것도 잘못되었다. 그의 손길 아래 이렇듯 달아오르는 자신도 잘못되었다.

"안 돼……."

그러나 그녀의 외침은 미미했다.

끊임없이 맴도는 말은 협에게 닿지 않는 모양이었다. 그의 입술이 그녀의 허연 젖가슴에 곱게 핀 꽃망울을 삼켜 버렸다. 화린은 그의 어깨를 꼭 쥐며 작게 신음했다. 뭔가 그녀의 안에서 불꽃이 탁탁 이는 것 같았다. 그의 손길이 있을 때면 더욱 격렬히 폭발하는 불꽃.

갑자기 허리와 가슴에만 맴돌던 그의 손이 허리를 지나 다리 아래로 내려갔다.

아니, 이건……? 그가 지금 하려는 것은……!

화린은 그제야 몇 번이고 달뜬 헛숨만을 들이키다가 번쩍 정신을 차렸다.

"……안 돼!"

그를 밀쳐 냈지만 그는 멈추려 하지 않았다. 그의 손이 다시금 아래를 건드리고 있었다. 화린은 이번엔 더욱 세게 그를 밀쳐 냈다. 그의 얼굴에서 열기가 걷혀졌다.

"안 돼! 안 된단 말이야!"

"뭐가 안 된다는 거지?"

그가 거친 숨을 토해내며 물었다.

움직이지 못하도록 머리채를 그의 손에 잡힌 탓에 고개를 돌리지도 못한 채 고스란히 그의 분노한 시선을 받아낼 수밖에 없었다.

"당신은 교우 오라버니가 아니야. 그래서 안 돼."

"그래?"

"응."

"교우가 누구지?"

"나와 혼인할 사람."

"그래서 내게 안길 수 없다?"

"……미안해. 내겐…… 교우 오라버니가 있어. 당신과 이럴 수 없어."

그의 얼굴이 딱딱하게 굳어졌다.

"못된 계집!"

화린은 어깨를 움츠렸다.

한순간 그가 자신을 때릴지도 모르겠다고 생각했었다. 그러나 협은 그러지 않았다. 대신 그 이상으로 지독하게 차가운 눈빛으로 그녀를 노려보고 있었다. 그 서늘한 안광이란 뼛속까지 얼어붙게 할 기세였다. 금방이라도 서걱거리며 부서져 내릴 것만 같은 한기 속에서 화린은 자신의 벗은 몸을 가렸다. 이미 그에게 보여서는 안 될 치부(恥部)까지 보여주고 말았지만 어쨌든 가려야 할 것 같았다. 그 행위마저도 가소롭다는 듯 협이 비웃었다.

"그렇다면 아까는 뭐였지?"

낮고 스산한 물음.

화린은 잔인할 만큼 솔직하게 대답했다.

"교우 오라버니인 줄 알았어."

그의 눈이 난폭하고도 예리하게 번뜩였다.

거짓말을 해야 했을까?

그러나 지금의 화린에게는 이 상황을 최대한 부드럽게 완화시켜 줄 만한 거짓말을 꾸며낼 정신이 없었다.

"뭐라고?"

"당신을 교우 오라버니라고 착각했다고."

"그럼 이제부터라도 잘 보아라, 난 교우 따위가 아니야."

몸을 겨우 가렸던 옷가지가 그의 억센 손에 의해 순식간에 찢겨지고 말았다. 화린의 입에서 비명이 터져 나왔다. 소나기 아래 보듬듯 입맞춤을 해주던 사내는 이곳에 없었다. 균으로부터 구해주었던 듬직한 사내도 없었다. 그 대신 상처 입은 눈으로 흉포한 행동을 서슴지 않는 낯선 사내가 있을 뿐이다.

다시 나신이 된 화린의 몸 위로 그가 올라탔다. 두 손을 아프게 움켜쥐고 거침없이 속살을 헤치는 그의 손길에 화린은 온몸이 뻣뻣하게 굳어옴을 느꼈다. 그가 얼굴을 갖다 대며 물어뜯을 듯이 차갑게 일깨웠다.

"똑똑히 봐라. 네 위에 있는 자가 누구인지, 널 가지는 자가 누구인지 똑똑히 보란 말이다!"

화린은 거세게 도리질을 쳤다.

"싫어! 교우 오라버니여야만 해! 교우 오라버니만 날 가질 수 있어!"

"그런 옷차림을 하고 날 찾아온 건 너다."

"아니야! 당신이 날 기다린다고 들었어. 그리고 이 옷은 내가 입던 게 아니란 말야!"

"거짓말하지 마. 나는 이곳으로 널 부른 적이 없다."

냉소 짓는 그의 눈이 화린의 전신을 쑥 노골적으로 훑어 내렸다.

일순 화린의 얼굴이 수치스러움으로 붉게 물들었다. 아니라고 설명해 봐야 소용없게 느껴졌다. 하지만 정말 이상했다. 아무리 찾아도 그녀가 입었던 옷은 보이질 않았다. 그가 숨겼을 리는 없는데 대체 어디에 있는 걸까. 게다가 그녀에게 먼저 기다리라 전한 사람이 그였으면서 왜 저런 엉뚱한 말을 늘어놓는 걸까. 도무지 이해할 수 없었다.

화린은 완전히 넋이 빠진 표정으로 고개를 내저었다.

"아니야. 그럴 리가, 그럴 리가 없어!"

그가 그녀의 양 어깨를 잡아쥐며 다그쳤다.

"사실대로 말해. 정혼자가 있다는 것도 다 꾸며낸 말이야, 그렇지 않은가?"

"아니야! 거짓말이 아니야!"

"그래? 그럼 방금 전까지 우리가 한 행동을 네 정혼자가 알면 뭐라고 할까?"

그가 가늘어진 눈으로 차갑게 빈정거렸다. 화린은 온몸에서 피가 빠져나가는 것 같았다.

만에 하나 교우 오라버니에게 이 일이 알려진다면?

가슴이 철렁 내려앉았다. 그 어떤 사내라도 자신의 처로 맞아들일 계집이 다른 사내와 살을 맞대었다는 사실에 관대할 수는 없을 터였다. 이제껏 그녀에 관해 넓은 아량을 보여준 교우라 하더라도 말이다. 안 돼! 그렇게 되면 그와의 가례는 물거품이 되고 만다.

화린은 다급하게 울부짖었다.

"안 돼! 안 돼!"

"좋아, 정혼자에게는 비밀을 지켜주도록 하지."

그리고는 가슴에 얼굴을 묻으며 딱딱해진 유두를 혀로 핥았다. 화린은 경직된 얼굴로 그의 말뜻을 되새겼다.

"무슨…… 말이야?"

"보면 모르나? 네가 자초한 일만큼은 해결을 봐야 하지 않겠어?"

어느덧 가슴에서 허리로 내려오기 시작한 그의 혓바닥이 그곳을 축축하게 적시기 시작했다. 화린이 몸을 비틀자, 협은 다리를 넓게 벌려 그의 어깨에 올려놓았다. 정말로 그녀를 가질 생각인 것이다. 그의 말랑말랑한 혀가 중심부의 좁고 연약한 안쪽으로 밀고 들어오기 시작했다. 뭉클하고 뜨거운 이물질이 속살에 섞여 들었다. 그가 내뱉는 격정적인 신음에 비해 그의 눈빛은 차갑기 그지없었다. 치욕스러움. 그것은 그가 내리는 벌이었다. 화린은 기어이 눈물을 쏟아내고 말았다.

"싫어! 그러지 마! 난 황자비의 말대로 한 것뿐이야. 당신이 날 기다린다고 했단 말이야!"

그의 움직임이 딱 멎었다.

"다영 황자비가?"

협은 고개를 홱 쳐들며 되물었다.

화린의 혼란 가득한 두 눈에 그렁그렁 이슬 방울이 맺혀들었다. 이제야 알 것 같았다. 이 일의 모든 중심은 순전히 다영에게 있었다.

"……응, 당신이 날 여기서 기다리고 있을 거라고 했어. 그래서 내내 기다렸단 말이야! 내가 당신을 기다리겠다고 한 게 아니야!"

협은 충격으로 잠시 멍해졌다.

그리고 눈물로 젖은 화린의 뺨을 매만지다가 다독이며 품에 안았다. 화린이 그에게서 벗어나려 발버둥을 치고 주먹으로 때렸지만 개의치 않았다. 유타란을 만난 일을 늘어놓는 화린의 울먹임에, 미약을 마셨음을 알게 되었다. 처음 그의 짐작이 들어맞은 것이다. 그는 심한 자기 혐오에 빠져 버렸다. 이런 짓을 꾸미다니. 근래 와서 다영이 그녀를 가까이한 것을 염두에 두었다면 충분히 짐작할 수 있었던 일이거늘 어찌 이리도 둔했던 걸까!

누구를 책망하랴?

협은 자신을 책망했다. 그녀를 이토록 놀라게 한 스스로에게 용서가 되질 않았다.

그러나 무엇보다 그녀에 대한 오해가 풀어졌음에도 여전히 씁쓸한 까닭은 다영의 더러운 속내에 대한 역겨움도, 그녀와 관계를 가지지 못한 아쉬움도 아닌 바로 그녀의 정혼자에게 있었다. 협은 쓴웃음을 지었다.

인정했다, 그것이 못난 질투였음을.

얼굴도 모르는 그녀의 정혼자에게 가지는 유감이 간교를 부린 다영에게보다 훨씬 더 크다는 것을, 마지못해 인정해야 했다. 그 아닌 정혼자를 위해 기다렸노라 들었을 때, 그는 태어나 처음으로 통제력을 잃었다. 그동안 화린에게 조심스레 다가가려 했던 모든 노력들을 한순간에 무너뜨리고 만 것이다. 그녀를 안은 손에 힘이 가해졌다. 그녀가 건네준 야합화를 받아 쥐었던 손이다. 혹 그녀가 한 송이 아닌 두 송이의 야합화를 건네준다 하더라도, 이미 뿌리 틀기 시작한 감정을 절대 접어버리지 않으마 하였던.

"진정해."

그는 화린의 이마에 입술을 갖다 대고 조용히 말했다. 가만가만 그의 손이 그녀의 등을 쓸어 내렸다. 그녀의 울먹임이 잦아들고 있었다.

그리고 그때였다, 다영이 불시에 들이닥친 것은.

"아니, 이게 대체 무슨 일입니까?"

추상처럼 날아든 다영의 비난에 천근만근 무게를 잴 수 없는 정적이 주변을 잠식했다. 다영의 뒤를 따른 시녀들이 가만히 숨을 죽인다. 칼날로 도려낸 정적은 선득한 느낌마저 자아냈다.

나신에 가까운 화린의 몸과 단의를 반쯤 풀어헤친 그의 모습.

누가 보아도 그들의 행동을 의심할 만했다. 협은 다영의 저의를 파악하는 동안에도 화린을 품에 안은 손을 풀지 않았다.

"화린이 너…… 어떻게 이런……."

다영은 놀란 얼굴로 말을 잇지 못했다.

그것이 처음부터 주도면밀히 계획된 표정이요, 행동임을 아는 협으로서는 혐오감만 부추길 뿐이었다.

"계집이란 자고로 몸가짐을 목숨처럼 소중히 하여야 하거늘! 내 너를 어쩌면 좋단 말이냐?"

다영이 고요롭던 정적을 휘저으며 탄식했다. 그러더니 턱을 치켜 올려 협에게,

"피를 나누진 않았으나, 화린이는 분명 하나밖에 없는 저의 아우입니다. 막내딸을 얻어 이제 비로소 적적함을 달래시던 아버지께서 혹여 이 일을 아시기라도 할까 두렵기 그지없습니다. 언니 된 도리로써 차마 이 일을 묵과할 수 없어 그 책임을 묻는 바이니, 화린일 어찌하시렵니까?"

"책임이라…… 허면?"

협은 짧게 받아쳤다.

다영이 서슴없이 대답했다.

"혼인으로 매듭을 지으셔야지요."

"헉!"

화린에게서 신음을 들이키는 소리가 터져 나왔다. 반대로 협은 무서울 정도로 침착했다. 다영의 배후에 휘옥이 있음을 짐작하기란 그리 어려운 일이 아니었다. 더욱이 다영이 명분처럼 내세운 의자매는 허울 좋은 구실에 불과하다. 그의 굳은 입매가 살짝 비틀어졌다. 결국은 혼인이라 이거군 그래.

그의 대답이 있기까지 길다면 긴 공백이 주어졌다.

"……혼인이라 하였습니까?"

무겁고도 예리한 침묵에 금이 가기 시작했다.

"허면 다른 방도가 있는지요?"

금 간 침묵 앞에 날카로이 비소를 날렸다. 혼인이라, 휘옥답군.

지난 만월의 밤, 그를 제거하려 하였던 계획이 수포로 돌아가
자 내심 불안함으로 전전긍긍했을 터. 명백한 저의를 품고 있는
휘옥에게 차라리 불쌍하다는 동정심마저 일었건만. 그의 어머
니인 황후 계연이 설국 예아 공주와의 혼사를 추진하고 있다는
사실에 미루어볼 때, 위협을 느낀 휘옥이 다영을 앞세워 화린과
의 혼인으로 막으려 한 것은 정말이지 다시 생각해도 그녀다운
일이 아닐 수 없었다.

협은 화린을 안은 손에 더욱 힘을 실었다. 어찌 되었든 휘옥
의 손아귀에 그가 놀아났다는 것은 분명하지 않은가. 그의 마음
을, 화린을 이용하려 했다. 못내 그것이 가장 분하고 괘씸했다.
요동치는 분노로 피가 들끓었다.

"그러지 않아도 돼요. 내겐 교우 오라버니가……."

"너의 정혼자에게까지 이 일을 알릴 참이더냐? 그 사내가 제
대로 된 정신을 가진 자라면 가차없이 파혼을 요구할 게다. 굳
이 그런 추문을 만들 필요가 있겠느냔 말이다."

다영은 무작정 화린을 벼랑으로 내몰았다. 그와의 혼인이 아
니고서는 무엇도 안 되게끔.

그래도 화린은 고집을 꺾지 않으려 했다. 보다 못한 협은 또
한 번 다영의 독설이 이어지기 전에 서둘러 중간에 나섰다.

"좋다. 네가 그 사내를 그렇게나 연모한다면 며칠의 말미를

주도록 하마."

"며칠?"

화린이 눈을 동그랗게 떴다.

"그건 아니 됩니다!"

다영이 소리쳤다. 협은 차갑게 한번 다영을 노려봤다. 그러자 뭐라고 반대할 것 같던 다영의 입이 꾹 다물어졌다.

그라고 해서 화린에게 다른 사내를 기다릴 여유를 주고 싶을까?

아무리 원한다지만 이렇듯 억지로 혼인을 감행하겠는가 말이다. 그것도 처음으로 원해보기 시작한 여인에게.

누구보다 이런 상황에 처한 자신이 싫었다. 천하의 협, 그가 여인을 사이에 두고 다른 사내를 배려하다니, 참으로 기막힌 일이었다. 그러나 협은 내색하지 않았다. 이런 그의 마음을 일각이라도 알아챈다면 다영이 화린과의 혼인을 더욱 강제적으로 성사시키려 들 게 뻔했으므로.

"알겠어요. 그때까지 반드시 교우 오라버니를 오게 만들 거예요."

화린이 결심하듯 차분히 말했다. 협은 그저 묵묵히 감정 한 올 내비치지 않는 시선으로 일관하기만 하였다.

양보하는 것이 아니다, 화린.

이것은 이 보, 아니, 열 보 전진을 위한 일 보 후퇴일 뿐.

회덕헌을 나서는 다영의 얼굴은 완연하진 않으나 흡족함에 가까운 낯꽃이었다. 그것은 뜻하는 바를 반쯤 달성한 것에 대한 만족, 혹은 안도감이었다. 차비 휘옥도 휘옥이었지만, 앞서 나아가 조를 위한 것이 아닌가.

괜한 염려인지도 모르겠으나 근자에 들어서 조의 행동이 어딘지 조금은 달라져 있었다. 협과 달리 감정에 있어 늘 명쾌하던 조의 눈가엔 읽힐 듯 말 듯한 수심이 깃들어 있었다. 다만 그 미묘함이란 딱히 집어낼 수 없는 것이어서 직접 대놓고 물어보지 못했을 뿐.

더 더욱 마음에 걸리는 까닭은, 국혼 이후 찾아든 만월의 축제 때 향원루에서 협과 담소를 나누고 나서 달라진 변화였기 때문. 혹시…… 조가 알아버린 것은?

잠시 다영의 얼굴이 창백해졌다가 도로 혈색을 찾았다. 그녀가 아는 협은 그렇게 치사스런 사내가 되지 못한다. 더구나 상대는 그의 형이 아닌가.

'하지만 나중에라도 때를 보아 알아내야지 안 되겠어.'

그리고는 그 사실을 조가 알았을 리 없다고 스스로 다독이며 초조함을 달랬다.

사랑했지만 필요에 의해 버려진 사내가 협이라는 사실은, 사랑하지 않았지만 필요에 의해 사랑하리라 마음먹은 사내가 조라는 사실은 꿈에도 알게 해서는 아니 되었다.

十二.

응장성식

신부의 화려한 치장:凝粧盛飾

"지금 제정신인 게요?"

산아할멈이 노도와 같이 일렁이는 눈으로 절박하게 되물었
다.

아닌 밤중에 홍두깨라, 산아할멈이 끔찍이도 달가워 마지않
는 황실의 사내 협과 혼인을 치를 위기에 빠졌노란 화린의 말에
그만 언성을 높이고 만 것이다.

"그래도 약속했는걸. 교우 오라버니가 돌아오지 않으면 혼인
하겠다고 약속했단 말이야."

이미 사위는 왕사에게 둘러싸여 철저한 감시 아래 놓여진 상
태. 겨우 산아할멈을 달래고 나흘간의 유예 기간이 흘렀다. 그

렇게도 기다렸건만, 결국 교우는 약속한 시일이 다 되도록 오지 않았다. 절대 어머니 소운 황후나 사린 언니에게 들켜선 안 된다고 신신당부하며 몇 차례나 교우에게 편서를 전하였음에도 끝끝내 소식이 없었다. 그 외면에 망연자실. 기실은 화도 나고 슬프기도 하여 교우에게 원망하는 마음마저 일었다.

오라버니, 정말 오시지 않으려는 거야? 아니면 편서가 중간에 잘못되어 전해지지 않아 모르고 있는 거야? 정녕 이것으로 끝이라고 말하고 싶은 거야? 몇 번이고 자문한 끝에 화린은 겨우 인정해야 했다. 교우는, 오지 않는다.

"만약 이대로의 너와 내가 혼인을 하게 된다면 그것은 명목에 불과하다. 그토록 다른 사내에게 닿아 있을 너를 품지 않겠다는 뜻이다."

오늘 낮, 그녀의 초조함을 곁에서 지켜보다 못한 협이 들리지 않을 정도로 낮게 말했다. 그들이 부부의 연을 맺는다 하여도 관계를 가지지 않을 거란 얘기였다. 그렇게 말하는 그의 표정이 너무도 빈틈없어 보여 의중을 짐작하기 어려웠지만, 화린은 알았다. 그가 진심으로 말하고 있다는 것을.

그 약속에 대해 산아할멈은 실소를 터뜨리며 고개를 절레절레 저었다.

"이런 답답한 경우를 보았나! 그게 가당키나 한 말씀이오? 허허, 그런 거짓부렁을 믿다니 아니 되겠구랴. 어서 수련국으로 가오. 그 사내와의 혼인은 무슨 일이 있어도 아니 되오! 이 혼인, 쇤네의 눈에 흙이 들어가기 전엔 절대로 치를 수 없소이다. 남은 곱절의 인생을 버리고 저들과 잘 어울려 지내게 될 것 같소? 참말로 어림없는 말이오."

물론 화린도 수긍했다. 아무리 그가 진심으로 말했다손 치더라도, 화린은 그것이 지켜지리라 믿을 수 없었다. 그에 대한 경계심이 조금이나마 흐려졌을 즈음, 바로 며칠 전 무섭게 돌변해버림으로써 한층 더 불신감의 벽만 높아지고 말았으니. 그날, 자신을 강제로 가지려 했던 그의 모습은, 이유야 어쨌든 간에 치를 떨게 할 만큼 잊혀지지 않고 있었다. 명목뿐인 혼인이라 하여도 그가 또다시 변하지 않을 거라는 장담은 할 수 없었다.

"그러면 협은…… 그렇게 되면 협은 어떻게 되는 걸까?"

"아이고, 이런 답답한 경우를 보았나! 지금 그 사내를 걱정할 처지가 되오? 제발 쇤네 말 좀 들어주구랴."

산아할멈이 숨넘어갈 듯 다급하게 애원했다.

그리되면 협은, 자신이 교우 오라버니에게 가례 첫날부터 버림받은 것마냥 똑같이 그녀에게서 버림받는 것이다.

가례를 치를 내일, 신부 없이 홀로 남겨질 그를 머리 속으로 그려보았다. 고작 상상뿐임에도 그의 분노가 피부에 느껴질 만큼 생생했다. 그것은 그의 사내다운 강인함에 커다란 치명타가 될 터였다. 더군다나 그는 황족의 신분이 아닌가. 그런 마당이니 만인의 웃음거리를 사게 될 것은 불을 보듯 뻔했다. 그의 자존심이며 명예가 바닥으로 추락할 것은 더욱 자명했다. 그는 약한 사내가 아니었지만 앞으로 살아가는 데 있어 결코 잊혀지지 못할 악몽으로 남게 될 것이다. 그녀를 영원히 증오하게 되리라.

그런데 그렇게 잔인한 상처를 그에게 주라고?

다른 누구도 아닌 그녀 자신이?

화린은 약해지려는 마음을 단호히 뿌리쳤다. 약속하지 않았는가? 협과 약속하기 이전에 그의 생모인 정비에게 그와 혼인할 의사가 없다고 못 박은 자신이었다. 이렇게 떠밀려 혼인을 하게 될 위험에 처하자 정비는, 오늘 밤 매복해 있는 자들을 처리해 주겠노라는 편서까지 보내왔다. 그것은 두 번 다시 없을 절호의 기회였다.

화린은 조용히 산아할멈을 응시하며 고개를 끄덕였다.

'미안해, 협.'

오늘, 그의 곁을 떠나는 것이다.

바로 그때, 그들의 언성이 한참을 오가던 중에 빛이 새어드는 문지방 너머로 어두운 인영(人影) 하나가 스치고 갔으나 화린도, 산아할멈도 미처 알아채지 못했다.

화린은 다른 이들의 눈에 띄지 않기 위해 남루한 옷차림을 했다. 정비 계연이 보내온 편서에 따라, 자시에 움직였다. 내일이 만월이라 달빛은 몹시도 밝았다. 이곳에 있은 지 벌써 달포나 된 셈이다.

"산아할멈은? 같이 안 가?"

산아할멈이 고개를 내저으며 목소리를 낮췄다.

"먼저 살펴가시오. 쇤네도 공주님과 함께 가고 싶소만, 둘이 움직이면 위험하지 않겠소? 저들이 보통 사람들이 아니라 쉽게 눈치챌 거란 말이오."

"알았어. 그럼 먼저 가 있을게."

협의 경고 때문인지 산아할멈을 놔두고 가는 게 영 마음에 걸렸지만, 정리하는 대로 뒤따른다고 했으니 먼저 떠나는 수밖에 없었다.

"아마 다시 가례를 치르게 되면 월국 땅을 밟진 못하게 되겠지."

걸음을 서두르던 화린은 잠시 왔던 길을 되돌아보며 중얼거렸다. 협과 있었던 일 때문에라도 가례는 가람국이나 설국에서 하게 될 것이다. 그냥 애초에 사린 언니의 말을 따랐다면 이렇게까지 쫓기게 되지는 않았을 것인데.

하지만 그럼에도 후회는 없었다. 그녀가 어릴 적부터 그토록 좋아했던 유온과 규비의 전설도 더 자세히 알게 되었고, 그들이 만난 청월루까지 구경하게 되었으니 이로써 만족할 수 있었다. 조금 욕심을 부려 만월의 축제 때 교우 오라버니와 함께 아취를 즐기고 싶었지만 말이다.

그렇게 되돌아온 길에서 시선을 거두며 앞으로 가려는데, '쿵!' 하고 무언가에 부딪쳐 넘어지고 말았다. 화린은 이마를 문

지르며 땅바닥에서 일어났다. 가죽으로 덧댄 신발이 코 앞에 보였다. 일어섬과 동시에 서서히 시선이 위로 올라갔다. 그녀의 길을 막은 것은 나무도 돌부리도 아닌 사람이었다. 아, 별수없이 협의 일행들에게 잡힌 것인가? 낙담하며 고개를 쳐드는데 상대를 확인하는 순간, 화린의 표정이 싸늘하게 얼어붙었다.

차라리 협의 일행들에게 잡히는 편이 나았다. 오금이 저릴망정 협의 극렬한 분노에 맞서는 편이 훨씬 나으리라. 그녀는 목까지 치솟아오른 비명을 삼켰다. 그녀의 앞에 악연 중의 악연, 균이 버티고 서 있었던 것이다. 발이 먼저 움직인 것은 본능이었다. 어떻게든 저 사내에게만큼은 잡혀선 안 된다는 일념만이 굳건히 존재했다.

귓가에는 균에 대해 들려준 염의 목소리가 메아리처럼 떠돌았다. 치마 두른 계집이라면 당장 시집가는 처녀일지라 하더라도, 멀쩡히 남편과 아이가 있는 아녀자라 할지라도 제 욕심을 채우는 데 있어 조금의 거리낌도 없는 사내라 하였지. 얼마 전에는 무고한 부하를 역적으로 몰아붙인 후 멀리 유배지로 보냈는데, 그 일을 알고 도움을 청하러 온 부하의 아내를 욕보이기도 했었다. 그리고 그 아내는 행방불명되었다. 만행을 덮고자 납치를 한 모양이라고 뒤에서 수군거렸지만 누구 하나 그에게 대항하지는 못하였다. 그랬다간 자신뿐만 아니라 가족들까지 연좌로 죽임을 당하고 말 테니까.

그때 형부에서 당한 것으로 치면 화린은 천행(天幸)이라 하였다. 그 밖에 또 무슨 이야기가 있었더라. 그중 절반만 사실이어도 균은 사람이기를 포기한 짐승임에 틀림없었다.

하지만 거세게 내려쳐진 균의 일격에 의해 그녀는 바닥을 구르고 말았다. 균은 낄낄 웃으며 몸을 굽혔다.

"이런, 가만있어 보자. 내일이 내 아우의 가렛날이었던 것 같은데? 이게 누구신가?"

주춤주춤 바닥을 기며 뒤로 물러났다. 그녀가 한 발자국 뒤로 물러나면 균은 반 발자국. 두 발자국, 세 발자국 물러나면 한 발자국 다가올 뿐인데 그와의 간격은 조금도 넓혀지지 않았다. 되레 가까워지고 있었다. 쌕쌕 토해내는 화린의 다급한 숨결에 비해 사내는 여유작작 숨소리마저 제대로 들리지 않았다. 이제 화린은 궁지에 몰린 쥐, 그는 먹이를 앞에 두고 흥얼거리는 고양이였다.

"가까이 오지 마!"

비장하게 소리쳤다. 곧바로 비웃음이 뒤따랐다.

"이렇게 혼인을 앞두고 달아나는 걸 보면, 협이 만족시켜 주질 못했나 보군. 크크."

또 한 번의 요행을 바라는 건 무리일까? 피가 나도록 입술을 즈려 물며 화린은 협을 떠올렸다. 하지만 넌 그 사람에게 도움을 기대할 자격이 없어. 그와의 약속을 먼저 저버린 건 너야. 그가 그걸 알면서도 널 도우려 들까? 무시무시하게 굳은 협의 표정이 자락에 밟혔다. 아니, 적어도 이번에는 자신을 구해주지 않을 것이다.

"자, 나는 여기 이 차가운 돌침상도 마음에 드는데 말이야. 좀 딱딱해서 아플지도 모르지만 그건 네 사정이고, 나는 너를 깔고 있을 테니 상관없지. 굳이 번거롭게 다른 데서 찾을 필요 있나, 안 그래?"

곁눈질로 주변을 훑었다. 인근에서 멀어진 해안가. 아무도 없다. 바람 한줄기조차 없어 소리를 질러도 메아리치지 않을 성싶게 고요했다. 그래도 포기할 순 없다. 화린은 균이 잠시 주의를 판 사이에 냅다 달리기 시작했다. 그러나 둔해 보이는 체격을 가진 사내답지 않게 균의 주먹은 제법 민첩하게 날아들었다.

"아악!"

아까보다 훨씬 강도가 센 일격에 화린은 완전히 바닥에 널브러졌다. 격심한 고통에 뒤늦게야 정신을 차릴 수 있었다. 바로 그때, 균의 비대한 몸집이 화린을 짓눌렀다.

"가만히 있지 못할까!"

균은 호통 치며 바지춤을 아래로 내렸다. 아직 방사의 흔적이 남아 있는 아랫도리였음에도 뚜렷이 발기한 상태였다.

비은이라 했던가.

비은은 그가 잘못을 저지를 때마다 항시 입바른 간을 들려주던 부하의 아내였다. 처음에는 별로 시선을 끄는 매력이 없었는데 해를 더하자 갈수록 그 성숙미가 그를 동하게 했다. 아기를 낳고 난 후부터는 더욱 농염해져 더는 참지 못할 지경에 이르렀다. 그리하여 적당한 죄목을 뒤집어씌우고 부하를 멀리 유배지로 보내 버린 것이다.

이제 남은 사람은 부하의 아내, 비은.

비은은 자신도 유배지로 함께 가게 해달라고 그에게 청했지만 균은 들어주지 않았다. 대신 그동안 참아왔던 욕정을 며칠에 걸쳐 풀어버렸다. 처음엔 싫다고 반항하더니 아기마저 죽여 버리겠다 위협하니 그때부터는 마지못해 받아들이는 눈치였다. 계집이란 다 그런 것. 싫증이 날 때까지 맘껏 가지고 놀 속셈이었다. 하지만 그 즐거움도 며칠 가지 못했다.

비은이 살아만 있었다면야 아직까지 그녀의 몸을 주물럭대며 밤을 보냈을 테지만 괘씸하게도 그의 성은을 뿌리치고 자결하였으니 이젠 그럴 수가 없게 된 것이다. 그래서 부하들에게 비은의 시체를 처리하라 명한 후 길을 나선 참이었다. 그런데 마침 화린 요 맹랑한 계집이 눈에 들어온 것이 아닌가.

화린은 비은처럼 출산으로 인해 풍만해진 여체가 아니었지만 사내의 손을 타지 않아 나름대로의 순결한 매력이 있었다.

"흐흐. 꿩 대신 닭이 아니라, 닭 대신 꿩이로구나."

"뭐라?"

벽력같은 노성에 사위에 깔린 어둠마저 흔들리는 듯했다.

야청을 비롯한 무리들은 침통한 기색으로 얼굴을 들지 못했다. 누구 하나 감쪽같이 사라진 화린에 대해 아는 바가 없었다.

같이 살던 할멈을 다그쳐도 묵묵부답이었다. 협은 험악하게 인상을 굳히며 말에 올라탔다.

도주를 했다고?

이 혼인이 네게는 그렇게도 벗어나고 싶은 족쇄란 말이냐!

어젯밤 그녀들의 말을 얼핏 엿듣고야 만 협은 온몸의 피가 차갑게 식어버린 기분이었다. 말의 고삐를 좀 더 세게 당겼다. 그래, 기억하고 있었다. 피를 떠돌던 분노가 급기야는 예고도 없이 갑작스레 뇌리에 꽂혀든 것은, 바로 그날을 떠올림에 있었다.

그가 궐내를 구경시켜 주었던 그날, 유온과 규비의 전설에 애잔한 눈빛을 담으며 낮게, 느리게 혼잣말하듯 속삭였던 그녀.

그 눈빛이 너무도 깊어 보여 심상한 일은 아닐 거란 추측이 들었지만 끝내 묻지 않았었다. 그저 막연한 동경이라 치부해 버리고자 했었다. 그런데 알고 보니 다른 사내에게 향해 있었다. 그가 취했던 입술은 그 아닌 다른 사내를 위한 것이었고, 그가 한 손에 쥐었던 섬섬한 허리는 다른 사내의 손길을 위한 것이었다. 정혼자라 하였지. 노엽게 치밀기 시작한 불길이 가슴 밑바닥에서부터 강하게 움텄다. 그를 내버려 둔 채 도주를 계획할 정도로 연모해 마지않는 사내······. 그녀에게 있어 그와의 약속은 한낱 거짓 맹세에 지나지 않았던 것이다. 치미는 분노를 조용히 갈무리 지으며 말을 몰았다.

어제 낮, 그 잘난 정혼자로부터 소식이 없자 화린은 핏기 잃어 하얗게 바랜 얼굴로 두 손을 꼭 모아 쥐었다. 마치 사약을 들이기기라도 할 듯한 표정. 그래서 그는 어쩔 수 없이 그녀의 마음없는 몸을 취하지 않겠노라 말해 버렸다.

그제야 생기가 감돌아 빛나기 시작한 그 얼굴을 보며 얼마나 울컥했는지, 너는 알까. 고약을 삼킨 듯 쓰게 다신 웃음을 너는 알까. 그 말을 하는 내 속이 어떻게 문드러져 갔는지 너는 아느냐 말이다.

처음부터 네 정혼자에게 양보할 마음은 추호도 없었으니 내 손에서 달아날 생각은 버려라. 비겁하다 욕해도 좋다. 마음껏 욕해. 하지만 잊지 마라, 화린. 만약 널 가지게 된다면, 그 까맣고 영근 두 눈이며 네 입술에 남아 있는 숨결 한 자락까지 모두 나를 위한 것이 되었을 때이다.

협은 제일 먼저 화린을 붙잡았었던 해안가 근처를 누볐다. 그때에도 월국 땅을 떠나기 위해 해안가를 배회했으니 이번에도 그럴 가능성이 농후했다. 선편(船便)을 이용하기에도 늦은 시각. 드문드문 어선들만이 정박해 있었다.

벌써 떠난 것인가? 이대로 또 너를 놓치고 만 것인가?

으스러뜨릴 듯한 기세로 무섭게 어금니를 악물었다. 아니, 가지 못했을 것이다. 샅샅이 뒤져 찾아내고 말리라. 지금 미치는 건 이르다. 널 찾아, 네 앞에서 미쳐 버리고 말겠다. 행여 또다시 내게 불신의 벽을 쌓는다 하여도 좋아. 네가 치를 떨며 거부하는 혼인 따위 치르지 않고서도 얼마든지 널 묶어놓고 말겠다.

그렇게 짓씹으며 애써 이성을 부여잡았다. 당장은 미쳐 버릴 것 같고 닥치는 대로 부숴 버리고픈 폭력성을 화린의 얼굴 하나, 눈망울 하나를 떠올리는 것으로 겨우 버티고 있는 것이다. 그는 신경질적으로 고삐를 잡아당겼다. 숯처럼 타 들어간 그의 가슴은 서서히 평정을 잃어갔다. 그 애끓는 속을 아는지 모르는지 무심한 밤하늘은 짙은 어둠만을 켜켜이 쌓아가고 있었다.

이때 불현듯 귓가를 찌르는 소리가 있었다.

발작적인 신음 소리. 그리고…….

"이 건방진 계집! 그렇게도 죽는 게 소원이라면 못 들어줄 것도 없지, 암! 어차피 네년은 다들 도피했다고 믿고 있을 테니 쥐도 새도 모르게 죽이는 것쯤이야."

"아악!"

화린의 비명 소리였다.

협은 재빨리 소리의 출처로 향했다. 다 타버리고 재만 남았다고 생각한 그의 가슴이 불씨를 지펴 올리며 커다랗게 울려대기 시작했다. 화린, 화린!

그 무렵 화린은 균의 얼굴에 커다란 돌을 내려치고 있었다.

"으아아아악! 망할 계집!"

균이 한쪽 얼굴을 움켜쥐며 고함을 질러댔다. 그러면서도 나머지 손으로는 화린의 머리채를 놓치지 않았다. 심하게 다쳤는지 목줄기를 타고 흘러내린 피가 한가득이었다. 그의 단의는 절반쯤 적의(赤衣)나 다름없었다. 그에 반해 화린은 몇 군데를 제외하곤 심각하게 다친 곳이 없어 보였다.

"이렇게 된 이상, 곱게 죽여줄 수야 없지. 따라와!"

"그만!"

협이 으르렁거리는 목소리로 두 사람을 멈추게 했다.

혈전을 치르는 소리를 들은 것은 비단 그뿐만이 아니었던 모양인지 협의 뒤로 야청의 무리들이 줄지어 있었다. 균은 더욱 날을 곤두세우며 화린을 붙잡았다.

"아니, 그럴 수 없음이야! 오늘은 이 형님이 특별히 자비를 베풀어 네 대신 계집을 벌하여주기로 했다. 어차피 너와 혼인하기 싫어 도망친 계집이니 신경 쓰지 말아라. 내 비록 너처럼 왕재는 아니나, 그래도 황족인 몸이라 내게 흠집을 낸 이 계집을 어떻게든 죽여놓고 말 것이니라."

협은 대답없이 저벅저벅 다가갔다. 노여움과 분노가 잔뜩 묻은 발걸음이었다. 그러자 균은 거리를 좁혀올수록 화린을 위협함으로써 협에게 맞섰다. 그러나 정작 이들 가운데 놓인 화린은 협의 시선을 피하기만 했다. 그의 머리 속에는 잠시, 그녀가 가장 마주치기를 꺼려하는 사람이 균이 아닌 자신일지도 모른다는 생각이 스쳤다. 협의 얼굴은 더욱 딱딱하게 굳었다.

"무력을 사용하고 싶지 않습니다. 비켜주십시오, 형님."

협은 분연히 내뱉었다.

"뭐, 뭐라 했느냐? 무력이라? 그깟 계집 하나 때문에 내게 덤비려드는 게냐?"

예상대로 균은 즉시 발끈했다.

이때를 놓치지 않은 화린이 그의 팔을 세게 깨물었다. 균이 비명을 지르며 칼을 빼 들었다. 그 번쩍이는 서슬이 짙은 어둠 속을 날카롭게 갈랐다. 바야흐로 화린의 목에 내려쳐지려는 순간이었다. 그들 셋을 둘러싸고 있는 야청의 일행들이 막아서기엔 턱없이 부족했다. 누군가 장렬하게 몸을 던진다 하여도 소용없으리. 기어이는 피를 보게 되리라. 적어도 균의 칼이 허공을 가르는 동안만큼은 그리 여길 수밖에 없었다.

"허억!"

인육을 도려낸 칼끝이 뚝뚝 피를 흘리고 있었다. 차라리 그것이 계집의 피라면 이렇게 놀라진 않았을 게다. 그렇다. 계집이 터뜨린 신음성은 고통이 아닌 경악을 담아내고 있었던 것이다. 충격으로 팽창된 그들의 동공은 오로지 협에게 향해 있었다.

"모, 못난 놈!"

균이 칼자루를 떨어뜨리며 바닥에 털썩 주저앉았다. 그 역시 충격에서 벗어나지 못한 얼굴이었다. 하마터면 왕재를 죽일 뻔했으니 오죽하랴. 비록 뒤로는 협과 조, 두 왕재에 대해 음해 공작을 펼치고 있다 하더라도 말이다.

협은 왼쪽 어깻죽지를 베이고 나서도 화린의 허리에 두른 팔을 풀지 않았다. 이마 위로 실핏줄이 도드라지고 안색이 붉어진 것만 제외하면 그의 무표정은 변함없었다. 전장에서도 그래 왔던 그이니 하등 이상할 게 없는데도 주위는 술렁거렸다. 그는 서둘러 부하들에게 일갈했다.

"뭣들 하느냐? 형님을 모시지 않고!"

그러나 균은 순순히 물러나 주지 않았다.

"내 결단코 저 계집을 응징하고 말 것이다. 협, 네가 다친 것
은 유감이나 그건 네가 자초한 일이니 날 원망 마라."

일자로 굳었던 협의 입매가 비틀어졌다.

균이 저렇게 마음먹은 이상, 이번 일은 조용히 넘어가지 못하
게 생겼다. 화린이 화를 불러일으킨 셈이니 이번에는 협도 막아
낼 방법이 없었다. 그 한 가지의 방법만 제외하면 심지어는 부
왕조차도 막아낼 도리가 없는 것이다.

그때까지 쥐 죽은 듯 가만히 있던 화린이 그의 품에서 벗어나
려 했다. 협이 화린을 더욱 가까이, 거칠게 끌어당겼다. 그리고
비난하듯 눈으로 말했다.

왜 그랬지? 날 견디는 게 그렇게 역겨웠나? 저 칼끝에 내 목
이 달아나지 않은 게 안타까운가? 응? 그래도 널 놔주지 못해.
절대 놔주지 않는다. 왜 그토록 너에게 끌리는지 까닭을 알기
전엔 죽어도!

"도망가려는 거 아니야. 상처……."

화린이 그의 어깨를 가리키며 상처를 돌보고자 했다. 선혈을
머금은 한쪽 어깨에서 비린내가 진동하고 있었다. 협은 화린의
손을 쳐냈다. 그리고 단번에 고개를 내저으며 일깨웠다.

"아니. 내일이면 혼인을 치를 신부가 도주해 버린 사실을 알
았을 때보단 아프지 않다."

화린이 입술을 꾹 깨물었다. 금방이라도 눈물을 쏟아내고 싶은데 간신히 참는 표정이다. 죄책감, 후회, 슬픔으로 어지럽게 뒤섞인 눈에는 씁쓸하게도 그가 원하는 감정은 어디에도 찾아볼 수 없었다. 그것이 그를 더 화나게 했고 비참하게 했다.

"……월국에는 말이다."

협은 점점 더해지는 통증에 힘겹게 침을 삼키며 말문을 열었다.

"예로부터 황족을 해하려는 자들에게 극형이 내려졌다. 지금쯤 황궁에 닿았을 터이니 이미 왕명이 떨어졌을 게다. 이중에 나를 포함한 누구도 왕명을 어길 자는 없어. 아니, 내가 하명을 내려도 이들은 날 따르지 않아."

화린은 그저 돌처럼 굳어 있었다.

"극형에 대해 굳이 언급하고 싶은 마음은 없지만 궁금하다면 말해주도록 하겠다."

"……"

미약한 고갯짓조차 없는 침묵.

협은 그것을 긍정의 뜻으로 받아들이기로 했다.

"언젠가 연부에서 이렇게 말한 적이 있었지. 무사하고 싶다면 황족을 그렇게 빤히 쳐다보지 말라고. 황족의 명 없이 먼저 말을 걸고, 먼저 쳐다보는 것은 장형의 사유가 된다. 아까처럼 상처를 냈을 시엔…… 계집의 경우 윤간을 한 뒤 3)책형으로 다스

---

3)책형(磔刑): 기둥에 묶어 세우고 창으로 찔러 죽이던 형벌

린다."

화린의 얼굴이 하얗게 탈색되었다. 협은 이를 못 본 체하며 더욱 건조하고 메마른 목소리로 이야기를 마쳤다.

"이를 막을 방법은 단 하나, 바로 네가 황족이 되는 것뿐이다."

잠시 틈을 두었다. 고집스레 다물린 입술은 어떤 대답도 들려주지 않았다. 협은 화린의 턱을 들어올려 자신을 마주 보게 했다. 그녀의 눈동자를 통해서도 대답은 읽혀지지 않았다.

"지금 당장 혼인 의식을 마치면 선정대에 오를 수 있다. 왕재를 가려내는 곳이지만, 황족을 가려내는 곳이기도 하지. 황족이 되기 위한 혼인 의식은……."

잠시 망설였다.

거짓말은 얼마든지 할 수 있는 상황. 서로의 몸을 취해야만 의식이 성립된다는 말을 꾸며낼 수도 있었다. 어쩌면 화린이 도주를 한 게 아니었다면 주저없이 또 한 번의 거짓말을 했을지도 몰랐다. 하지만 협은 망설임을 떨쳐 냈다. 그렇게까지 하지 않은 것은 그의 마지막 오기였다. 그녀도 자신을 반드시 원하게될 거라는.

"서약을 마치면 된다. 네가 우려하는 일, 즉 내게 몸을 열어주지 않고서도 서약만으로 충분히 황족이 될 수 있다는 것이지."

협은 화린의 눈에 안도감이 스치는 걸 놓치지 않았다. 빌어먹을. 이 자리에서 화린을 쓰러뜨리고 자신의 씨를 뿌리고 싶은 욕구를 다시 한 번 참아내야만 했다.

"자, 선택은 네 몫이다."

선택이라……

담담히 말했지만 협은 인정했다. 엄밀히 말해 이것은 선택이 아니다. 한 마디, 열 마디의 그렇고 그런 협박보다 더 커다란 위력을 가지는 '강요'인 셈이었다. 조만간 화린에게서 어떤 대답이 들려올지는 너무나 빤했다. 그래서 협은 무서울 정도로 침착한 냉정함을 유지하고 있는 것이었다. 그렇지 않았다면 그의 안에서 거칠게 날뛰는 짐승 한 마리를 꺼내 보이고 말았을 일이다. 화린을 발견하기 전까지 그는 거의 반쯤 미쳐 있었으니까.

급하게 말을 몰고 오는 소리가 들려왔다. 기수가 말에서 내리기도 전에 화급히 명을 하달했다.

"왕명이오!"

"혼인 의식…… 할래."

화린이 결연한 빛을 띠며 말했다.

그러자 협은 대답없이 조용히 화린을 말에 태웠다. 이제 조금만 지나면 선정대에 닿아 있게 될 터였다.

"내일이면 혼인을 치를 신부가 도주해 버린 사실을 알았을 때보단 아프지 않다."

억양없는 말을 입에 담던 그의 얼굴은 여전히 무표정했지만,

화린은 알았다. 다른 때와 다르단 걸. 그의 눈동자는 조금 더 어두워져 있었고, 조금 더 가라앉아 있었다. 그를 보고 있지 않았으면 모르고 지나쳤을 사소한 부분이었다.

그때, 화린은 분노한 그를 대하는 게 무섭다던 자신의 생각을 비웃었다. 차라리 분노한 그를 대하기가 훨씬 수월했다. 그가 화를 터뜨리면, 별다른 죄책감 없이 그를 떠나겠다고 고집 피울 수 있을 것 같았는데, 필요하다면 애원이라도 할 생각이었는데. 아니었다. 상처 입은 그를 마주하고 나서야 얼마나 잘못된 생각인지 깨달을 수 있었다.

협은 선정대에 오르기 전까지 단 한 마디도 말을 건네지 않았다. 그를 만나고 처음으로 침묵이 불편했던 순간이었다. 혹시나 그녀가 달아날까 놓치지 않는 손. 그 온기만 나눠가지며 걸음을 놀렸다.

이윽고 선정대 앞에 다다랐다. 졸졸 물 흐르는 소리가 청아하게 퍼지고, 파릇한 풀과 향긋한 꽃이 어우러져 곳곳에 배어난 아취가 심신을 안정시켰다. 어디서 비롯된 소리인가 하였더니 선정대를 끼고 도는 여러 계곡에서 들리는 소리였다. 선정대를 오르는 계단에는 백, 청, 황, 홍색의 비단이 깔려 있고, 계단 끝의 가장자리마다 십이지 모양의 석상들이 줄지어 있었다.

"성모의 달 아래 그대와 나 있으리니……."

그가 나직이 읊으며 화린의 이마에 입술을 내렸다.

화린도 그가 일러주는 대로 따라 읊으며 그의 이마에 입술을 가져갔다. 그들의 산호석은 선정대 입구의 가운데에 내려놓은 상태였다. 서약을 읊는 순간, 신기하게도 선정대 중앙을 흐르는 물의 유속이 빨라지기 시작했다. 그리고 그 물에서 묘한 온기가 뭉글뭉글 솟아올랐다. 화린은 주변의 서늘한 공기가 따스해지는 기분을 느꼈다.

"찬연한 빛으로 굽어 살피는 양지에 핀 사랑, 믿음, 기쁨과……"

그의 입술이 이목구비를 천천히 스쳐 갔다.

"암연의 그늘 속 음지에 뿌리 내린 증오, 불신, 슬픔을……"

이번에는 맥박이 뛰는 귓가와 양쪽 손에 입맞춤을 했다. 그의 입술이 귓가를 스쳤을 때, 잠시 전율이 일었다. 정말로 혼인 의식을 치르는 것 같았다.

"오로지 그대라서 행복한 일념으로 감싸안으리."

갑자기 그가 한쪽 무릎을 꿇었다. 흙과 가장 가까운 그녀의 발등에 그의 입술이 와 닿았다.

"오로지 그대라서 영원한 일념으로 변치않으리."

그의 입술이 다시금 이마에 내려앉았다. 화린은 저도 모르게 두 눈을 감았다. 그의 더운 입김이 골수까지 스미는 기분이었다.

"성모의 달 아래 생을 거두고 난 영겁에도 세세상전, 산호석이 빛을 읽는 순간까지 세세상전."

서약을 마친 그가 화린의 손을 이끌고 선정대로 올라갔다. 그때까지 석주(石柱)로 버티고 있던 선정대의 입구가 자연스레 열렸고, 협의 지시에 따라 전서구가 날아갔다. 황궁으로 날리는 모양이었다. 화린은 슬쩍 곁눈질로 그를 살폈다. 서약을 읊는 동안 그의 얼굴이 부드럽게 풀어지고 눈빛도 온기를 품은 듯 보였지만, 그럴 리가 없었다. 다시 보니 눈앞의 그는 언제 그랬나 싶게 차갑고 빈틈없는 표정을 짓고 있었다. 일순 붕 하고 들뜬 기분에 사로잡혔던 화린은 고개를 내저었다. 터무니없는 착각이다. 아마도 생전 처음 서약을 읊느라 정신이 혼미해진 것이리라.

"이로써 서약은 끝마친 셈이다."

"……응."

"전서구가 다시 도착하면 화린 너는 월국의 스물아홉 번째 황족이 되는 것이다."

"응."

그의 말대로 전서구가 도착했다.

이제 비로소 균의 마수에서 자유로워진 것이다. 본래 첫 순서인 국혼보다 먼저 선정대에서 의식을 치르긴 했지만, 협은 정해진 관례대로 국혼이 거행되기 전까진 화린을 황궁으로 데리고 갈 순 없다고 말하며 곧장 산아할멈의 집으로 이끌었다. 황제께도 이미 균으로 인해 의식을 앞서 치르게 되었으나 국혼은 황제가 정한 대로 다음날 아침 거행하겠다고 전서구를 보낸 마당이었으니 말이다.

협은 산아할멈의 집에 다다라, 짤막하게 인사를 하곤 뒤도 돌아보지 않은 채 가버렸다. 산아할멈이 놀라움을 감추지 못하며 버선발로 뛰쳐나왔다.

"고, 공주님!"

"산아할멈······."

"결국, 이리 되고 마셨소!"

"······어쩔 수 없었어."

그제야 화린을 가까이서 본 산아할멈은 경악을 금치 못했다. 불그스름한 생채기들은 분명 폭력으로 인한 것이었기 때문이다.

"세, 세상에! 그 사내가 공주님께 손찌검을 한 게요?"

"아니야, 협은 그러지 않아."

"그럼 어떤 천하의 후레자식이란 말이요! 그 사내가 아니고서야 누가 있겠냔 말이오!"

쩌렁쩌렁한 산아할멈의 목소리에 화린은, 오늘의 일이 있기 이전에 균과의 일들을 어쩔 수 없이 털어놓고 말았다. 자초지종을 모두 들은 산아할멈이 분개함에 이를 갈았다.

"나, 많이 힘들어. 먼저 누워도 되지?"

화린은 산아할멈의 대답을 기다리지 않고 바로 이불 속으로 들어갔다. 산아할멈이 어깨를 축 늘어뜨리며 한숨을 내쉬었다.

"마음대로 하시오. 허나, 혼인을 하게 되더라도 그 사내에게 절대로 몸을 허락해선 아니 되오. 그것만큼은 필히 명심하셔야 하오!"

"알고 있어."

산아할멈이 내일 있을 가례에 대해 한참 동안 넋두리를 늘어
놓았지만, 화린의 귓가에는 전해지지 않았다. 내일, 협의 신부
가 되어야 한다. 그 생각만으로 화린은 잠을 이룰 수가 없었다.
어제까지만 해도 흔들리지 않았는데. 교우 오라버니가 곁으로
와줄 거란 확신은 이제 무너지기 시작했다. 물의 정령에게서는
여전히 답신이 없었다. 돌을 얹은 듯 가슴이 무겁다. 오늘 밤,
너무 많은 일들을 겪은 터라 알맹이는 모두 소진해 버리고 빈
껍데기만 남은 것처럼 지치고 혼란스러웠다. 무엇보다 그의 상
처받은 눈빛이 지워지지가 않았다.

'이 일을 어이할까나!'

산아할멈은 침상에 누워 잠에 빠져든 화린을 내려다보며 암
담한 한숨만 하냥 들이켰다. 엎친 데 덮친 격이라고 황궁의 사
내와 혼인을 하게 생겼으니 대체 어쩌면 좋단 말인가. 이 쉰네
의 하많은 근심도 모르고 새록새록 잠든 공주 아기씨, 대체 무
슨 생각인 게요?

밤은 더욱 깊어 은백색의 달은 아름답기만 하구나. 이 달 지
고 나면 화린은 다른 사내의 신부가 된다. 허위허위 이 밤 지새
고 나면 그녀의 어린 공주 아기씨는 교인이 아닌 인간에게 시집
을 가게 된다.

산아할멈은 이런 위태함을 모르고 계실 수련국의 황제, 황후

께 천벌을 짓는 것만 같아 하염없이 송구스러웠다.

날이 밝자, 정비의 편서가 도착했다. 가례를 치르기 전에 혜운궁으로 먼저 오라는 서신이었다.

협은 동틀 무렵부터 궁의를 갖추어 궁터에 머물고 있었다. 어느 틈에 왔는지 야청이 그에게 가례 치를 준비를 해야 한다고 아뢰었지만 끝끝내 침묵으로 일관했다. 활을 한발한발 쏘아 올릴 때마다 무표정한 그의 눈에 숨겨두었던 감정들이 서서히 드러나기 시작했다. 그러나 그것도 잠시, 가례 치르는 시간에 맞추어 오겠노란 말만을 남기며 말 위에 올라탔다. 주군의 복잡한 심경을 헤아린 야청은 더 이상 그를 만류하지 않았다.

"상처, 보게 해줘."

서약을 마치고 난 후, 무심결에 그가 내뱉은 신음에 화린이 고집을 피웠다. 협은 묵묵히 걷기만 할 뿐 화린의 말을 못 들은 체했다. 그렇게 몇 차례의 실랑이 끝에 화린이 그의 앞을 막아서며 쐐기를 박았다.

"상처 보여주지 않으면, 여기서 한 발자국도 움직이지 않을 거야."

손을 붙잡아서라도 끌고 가려는데 막무가내였다. 화린은 그의 손을 뿌리치며 상처를 보여달란 말만 했다. 협은 그대로 화린을 지나쳐 걸어갔다. 그의 등에 대고 화린이 발을 동동 구르며 크게 소리쳤다.

"바보, 협! 갈 테면 가. 난 이대로 있을 거니까!"

저러다가 제풀에 지쳐서 따라오겠지 싶었다. 그러나 다음 순간 버럭 목청을 높여 들려오는 소리에 협은 우뚝 걸음을 멈췄다.

"그렇게 내가 미우면, 차라리 날 때려."

그대로 걸음을 돌려 화린에게 성큼성큼 다가갔다. 아주 잠깐 화린의 눈에 두려움이 스쳤지만 뒤로 물러나지는 않았다. 협이 한쪽 팔을 들어올리자 화린은 본능적으로 질끈 두 눈을 감았다.

"상처, 보고 싶다고 하지 않았나?"

무뚝뚝하게 일깨우는 목소리에 화린이 두 눈을 떴다. 자신을 때리려고 팔을 들어올린 게 아니라 어깨를 드러내기 위해 그랬단 것을 알고 나자 겸연쩍은 표정을 지었다. 그리고는 조심스레 옷을 벗겨내기 시작했다. 하지만 이미 피가 말라붙어 상처에서 옷이 떨어지지 않았다. 끄응, 곤혹스런 신음을 흘리는 화린의 이마는 잔뜩 구겨져 있었다. 정작 아픈 것은 그인데.

협은 단의 밑단을 찢어 화린에게 건네며 말했다.

"여기서 조금 내려가면 냇가가 있다. 마른 헝겊에 찬물을 적셔서 가지고 오면 돼."

"응."

"하지만 그 여러 갈래의 물줄기 중에 가장 끝에 있는 물에는 손을 담그지 마라."

"왜?"

"그 한 곳에만 시수(屍水)가 흐르기 때문이다."

"근데 시수를 쓰면 안 돼?"

화린은 '응'이라고 대답하려다가 다시 고개를 갸웃거리며 물었다. 그의 설명이 화린에게는 충분하지 못했나 보다.

"네게 원혼이 씌울 수도 있는데? 죽은 자의 물은 산 자에게 빙의될 수 있다. 특히 이곳 선정대에서는."

"알았어. 그곳만 빼고 나머지 물을 쓸게."

혹시 또 도망을 가려는 건……?

급하게 화린을 돌려 세웠다. 처음엔 어리둥절한 눈빛을 보이던 화린은 곧 그가 무슨 말을 하려는지 눈치채고는 무섭게 표정을 굳혔다.

"가, 가지 않아. 나 때문에 다친 사람을 두고 어떻게…… 가."

"그럼 내가 다치지 않았더라면 도망갔을 것이다?"

화린은 고개를 끄덕이며 스스럼없이 대꾸했다.

"응, 어떻게든 도망갔을 거야."

협은 어처구니없는 눈으로 화린을 쳐다봤다. 참으로 맹랑한 대답이었다. 화를 내야 마땅한데 이상하게도 화가 나지 않았다. 오히려 아니라고 거짓말을 했으면 더 화가 났을 것 같다.

"그래도 못 믿겠으면, 나랑 같이 냇가로 가든지."

한순간 정말로 그래 버릴까 하는 망설임이 일었지만 협은 이

내 마음을 고쳤다.

"아니, 갔다 와라."

"응."

얼마 후, 화린은 약속대로 다시 돌아왔다. 그리고 상처를 젖은 형겊으로 닦아냈다. 협은 생각보다 심한 통증에 자신도 모르게 어깨를 움찔거렸다. 달빛 아래 상처가 완연히 드러났다. 화린의 입가에 날카로운 신음이 실렸다.

"……미안해."

화린의 목소리는 젖어 있었다. 미안해, 미안해 되풀이하면서도 다신 떠나지 않겠다는 말은 들려주지 않았다. 아까 솔직하게 대꾸하던 것처럼, 또 한 번 그가 이렇게 상처를 입을지언정 그의 곁을 떠날 수만 있다면 여지없이 떠나는 쪽을 선택할 게 분명했다.

결국 이런 맹목적인 이끌림은 그에게만 한한 것이란 말인가.

마음이 더욱 착잡해진 협은 대답 대신 엉뚱한 질문을 던졌다. 화린의 한결같은 마음을 독차지한 사내에 대해 강한 분노가 일었다. 대체 어떤 녀석이기에.

"교우…… 라 했던가?"

화린의 손이 멈칫했다.

"응."

"어떻게 해서 만나게 된 사이지?"

그저 집안끼리의 정략적인 목적에 의해 만난 것이기를 바라는 치졸한 욕심은, 그러나 화린의 대답이 이어지면서 무참히 깨져 버리고 말았다. 자신이 몰랐던 어린 시절부터 정을 나누었다는 얘기에는 맹렬한 질투심마저 솟구쳤다. 물어보지 말 것을. 상처 위에 소금을 뿌린 격으로 쓰라려 왔다. 협은 어깨를 단단히 동여매는 조그만 손을 자신에게로 잡아끌었다. 갑작스레 거칠어진 그의 행동에 화린이 긴장하는 게 느껴졌다.

"황족이 되었다 하더라도, 예정대로 가례는 내일 치르게 될 것이다. 아침에 입궁하는 것을 잊지 마라."

화린은 가만히 듣고만 있었다. 눈속에 담겼던 솔직함은 더 이상 찾아볼 수 없었다.

"이렷!"

그는 차게 읊조리며 말의 방향을 돌렸다.

이제, 그의 신부를 맞이할 시간이 온 것이다.

혜운궁. 돋을볕이 들기 시작한 이른 시각부터 정비 계연은 가지런히 정좌해 있었다. 맞은편에는 그 탐탁지 않았던 계집아이, 화린이 앉아 있다. 편서에 이른 대로 화린은 가장 먼저 그녀에게로 들른 것이다.

"처음부터 내내 신경에 거슬리더니 급기야는 이렇게 일을 만드는구나."

계연은 직선적으로 말문을 텄다. 그것은 호된 내침이라, 그런데도 계집은 뻔뻔스럽게 손이 발이 되도록 빌지도 않았다. 그저 또박또박한 어투로 죄송하다고만 말한다. 그것이 되레 계연의 눈에는 건방지게 비쳤다. 아예 뿌리까지 미운 털이 박힌 것이다.

어젯밤 겨우 기회를 마련해 주었더니 그도 실패해?

계연은 계집이 더욱 못마땅했다. 어제 자시가 넘은 늦은 시각, 협은 회덕헌으로 향하기 전에 분기탱천한 얼굴로 으르렁거리며 혜운궁을 찾았다. 화린이 감시망을 뚫을 수 있었던 내막에 그녀가 있음을 짐작한 탓이었다. 물론 계연은 모르는 척 시치미를 뚝 떼며 시종일관 노여운 표정을 유지했다. 이에 협은 조용하나 충분히 위협적인 기운이 실린 목소리로 다시금 제 뜻을 확고히 했다.

괘씸한 녀석! 다 저를 위해 그러는 것이거늘. 대체 어떻게 홀렸기에 제 몸의 상처도 돌보지 않은 채 이 어미한테마저 대항하는 것이냐!

계연은 협에게 지닌 원망까지 한데 담아 눈앞의 화린을 살차게 노려보았다. 냉철한 자신의 아들을 저렇게 만든 것이 순전히 화린의 탓인 듯싶었다. 계연은 재차 한숨을 들이켰다. 예아 공주를 무슨 낯으로 보나!

이 혼사에 대해 벌써 몇 차례나 부딪쳐 왔는지 헤아릴 수도 없었다. 하지만 드디어 오늘이 오고 만 것이다. 지금이라도 당장 궐 밖으로 내쫓으면 더할 나위 없겠으나, 그것은 부질없는 망상이었다. 밖으로는 균으로부터 보호하려는 왕사와 안으로는 계연 그녀로부터 보호하려는 협이 있었기 때문이다.

"긴말하지 않으마. 딱 달포의 여유를 주도록 하겠다. 그전까지는 무슨 일이 있어도 적당한 때를 보아 협의 곁을 떠나야 하느니라."

화린은 이번에도 얄미울 정도로 또박또박한 어조로 그러겠다고 대답했다.

"그리고 이것!"

그것은 약재였다, 아기가 들어서지 못하게 막는.

화린이 궁금한 눈빛으로 약재를 받아 들었다. 계연은 잔인하리만치 숨김없이 말했다.

"혹시 있을지 모르는 합방을 위한 것이니라. 네 정혼자에게 돌아가기 위해서라도 이 편이 나을 터이니 매정타 원망 마라. 약은 조식을 하고 난 후 하루 한 번씩 먹으면 된다."

잠시 굳는가 싶었던 화린의 얼굴이 원래대로 돌아왔다. 그리고 언제 그랬나 싶게 입가에 미소를 띠며 대답했다.

"네, 그러지요."

애써 웃는 것이 분명한데, 계연의 눈에는 참으로 도도하고 건방지게만 비쳤다. 이 궐내에 자신을 기만하는 차비 휘옥만 제외하고는 감히 누구도 자신의 면전에서 저렇게 웃지 못했다. 그래도 한 번쯤은 동정심이 생기려 하다가도, 제가 무슨 진짜 황족이라도 되는 양 굽힘없는 모습을 보고 있노라니 그럴 마음이 싹

가시고 말았다. 계연은 더 보기 싫다는 듯이 차갑게 손사래를 치며 말했다.

"그럼, 어서 가보도록 하여라."

화린은 무릎이 후들거렸지만 겨우 아무렇지 않게 혜운궁을 빠져나올 수 있었다. 등 뒤로 혀를 차는 나인들의 눈길이 느껴졌다. 혼인도 치르기 전에 소박이나 맞는 계집의 신세가 딱한 것이리라.

"전하!"

황궁으로 들어서자 야청이 급하게 다가왔다. 가례는 정오에 치러질 것이니 아직 시간이 남았는데, 혹시……?

"무슨 일이지?"

야청에게서 대답이 떨어지기까지 만감이 교차했다.

기어이는 그를 버리고 정혼자에게 가기 위해 또 한 번 도주를 한 것인가?

그러나 정작 야청에게서 나온 대답은 예상 밖이었다.

"화린 아가씨께서는 이미 아침 일찍 황궁으로 거동하셨는데, 방금 전 화린 아가씨의 비어 있는 집을 떠도는 사내가 발견되었다고 하옵니다."

화린이 도주하지 않았다는 야청의 말에 안도하였으나 누군가 그녀의 집에 찾아왔다는 소식에 다시금 가슴을 졸여야 했다. 화린의 정혼자라면, 그래서 그녀를 되찾겠다고 하는 거라면…….

하지만 걱정할 필요가 없다. 애당초 화린을 돌려줄 생각이 없으니까.

한참을 숨 쉬지 않아 얼어붙은 심장으로 협은 조용히 입을 열었다.

"계속 말해라."

"사내가 화린 아가씨께 전해달라 하였던 편서입니다."

종이보다 결이 두꺼운 편서에 다음과 같은 내용이 적혀 있었다.

화린아.

뒤늦게 답신을 보내는 나를 용서해다오.

너를 그렇게 홀로 떠나보내고는 한동안, 아니, 그 이후로 내내 괴로워 잠조차 이룰 수 없었단다. 화린이 너 또한 그리움에 잠겨 있을 거라 생각하니 더욱 견딜 수 없더구나. 네가 없어 이렇게 허전하기만 한 것을 이 못난 오라비는 이제야 알았다. 어서 네 곁으로 다가가 너와의 사랑을 확인해 보고 싶은 마음 가득하나 그것도 여의치 않구나. 다 못난 오라비의 탓이다. 아직 정리되지 않아 조금은 늦겠지만 무슨 일이 있어도 널 찾으러 월국으로 가마. 월국에서 만나는 그날, 반드시 부부의 연을 맺자꾸나. 산야할멈에게는 따로 전하도록 하겠다. 온 마음 다해 널 사랑한다.

―너의 유온, 교우.

편서를 다 읽은 협의 얼굴이 눈에 띄게 굳어졌다. 그의 짐작이 아주 틀리지는 않았다. 결국, 화린의 정혼자는 그녀를 버리지 않은 것이었다. 하하, 그녀가 버림받아 누구에게도 의지하지 않고 오로지 그에게만 기대어주길 바랐던가? 신랄한 자문이었다. 그리고 그예 알아버린 추한 속내였다.

"전하……."

야청이 염려를 담은 눈으로 불렀다.

"화린은 어디에 있다고 했지?"

"수녕전에서 다영 황자비와 함께 계신다 들었습니다."

"화린은 이것에 대해 아직 모르고 있다 하였지?"

협의 눈동자가 묘한 섬광을 품어 번뜩였다. 입가에는 힘이 실렸다.

"네, 편서는 전하께 바로 드린 것이옵니다."

"그렇다면 이것은 내가 가지고 있도록 하마. 화린에게는 따로 알릴 필요 없다."

야청이 고개 숙여 그의 뜻을 받들었다.

얼마 후, 연화문 초석이 정갈한 청원전(淸圓殿). 협과 화린은 어전(御前)에서 가례를 올렸다. 이날은 또 하나의 국혼을 치르는 날과도 같아서 만조백관들이 품계마다 줄지어 그들의 혼인을 축복하였다. 황제 재하는 근엄했고, 그의 우(右)에 앉은 정비 계연은 언제나처럼 차가운 얼굴이었다. 이런 경사에 웃음 한 번 내비쳐 준다면 좀 좋으련만. 그 붉은 입술은 절대 미소를 그리는 법 없이 인색했다. 좌(左)에 앉은 차비 휘옥은 정비와 대조를 이루며 시종일관 웃음을 잃지 않았고, 조와 다영도 실로 기쁜 기색을 감추지 않았다. 이방인처럼 저 끝에 앉은 균은 웃지도, 그렇다고 해서 화를 내지도 않는 기묘한 표정을 짓고 있었다.

휘이—

세로피리의 감미로운 음색이 먼저 들려오기 시작하면서 황실 악대의 연주가 이어졌다. 다시 한 번 모든 신하들이 그들의 혼인을 감축하였다. 그 크고 우렁찬 목소리가 궐내의 담을 넘어 백성들에게까지 들렸다.

협은 합환주를 마시면서 웅장성식한 화린의 모습을 슬쩍 넘겨다보았다.

명모호치(明眸皓齒)라, 아름답기도 아름다울싸! 그 어떤 꽃이 이같이 고울 것이며 향기가 아늑할까. 수나비 앉은 듯 섬월(纖月)이 높게 그려진 눈썹은 가지런했고, 고른 치아는 박속처럼 하얗다. 말갛도록 흑청이 영글게 담아진 두 눈은 천고의 비밀을 간직한 듯 깊이를 잴 수 없었으며, 볼과 입술은 홍화(紅花)보다 붉었다. 이것이 진정한 미태(美態)이니, 어찌 보는 이들마다 감탄을 금할 수 있을까. 걸음걸이 또한 백모래밭의 금자라처럼 아기작아기작 걸어 그 태가 더욱 곱게 드러났다.

자적(紫赤) 스란치마 아래 오색으로 엮은 사혜(絲鞋)가 보였다. 걸을 때마다 야무지게 솟은 코가 보였다가 말았다가 하는 것이 참으로 귀여웠다. 가는 허리춤엔 진주낭자를, 옻칠한 듯 반들반들하니 검은 머릿결엔 청옥(靑玉)을 박아 넣은 칠보 빗을 꽂아 그녀가 움직일 때면 풍경 소리처럼 찰랑찰랑 맑은 음색이 따라다녔다.

협은 합환주를 비워내며 시선을 거두었다. 비록 혼인도 치르기 전에 도주를 계획했던 신부라 하여도 그녀가 자아내는 이채로움은 부정할 수 없었다. 뿌리를 잘라내지 못하는 그의 마음까지도.

'모두가 지켜보는 가운데에서도 넌 이 선성한 약속을 깨뜨릴 궁리를 하며 네 정혼자만을 그리고 있겠지. 나 역시 널 붙잡기 위해 속였으니 이로써 비긴 셈인가. 그러나 신부여, 명심해라. 정혼자에게 향한 그 마음도 지금 내게 묶인 네 몸처럼 언젠가는 내 것으로 만들고 말겠다!'

협은 화린의 입가에 묻은 합환주를 닦아내며 조용히 다짐했다. 그의 손길에 화린이 움츠러들었지만, 누구도 오해하거나 의심하는 이는 없었다. 오히려 이를 수줍음으로 이해한 황제 재하가 흐뭇하게 웃음을 지었다.

"그간에 협이 이런 배필을 만나느라 짐을 애태웠구나. 하하."

"그렇믄요. 정말이지 너무나 잘 어울리십니다."

곁에 있던 휘옥도 한마디 거들며 황제의 기쁨에 부응했다. 계연은 여전히 침묵을 지켰다. 협은 보일 듯 말 듯 미소를 드러내며 화린과 함께 어전(御前)에 고두했다.

"이제 조와 협이 국혼을 치렀으니 앞으로 짐은 세손을 안아보는 일만 남았구나."

그것은 균을 제외한 두 사람의 황제 즉위를 기다린다는 뜻을 내포한 말이었다. 동시에 조와 협에 대한 각별한 애정을 드러내는 말이기도 했다. 황제는 실수라도 균에게 살가운 눈길을 보내는 일이 없었다. 아니, 눈길을 주지 않으려 애를 쓰고 있었다. 균이 그렇듯 포악함을 떨치지만 않았던들 벌써 자식을 거느리고도 남았을 테니까. 이 경사스러운 날 굳이 못마땅한 심사를 들춰낼 필요가 있으랴. 그는 좋은 것만 생각하기로 했다. 일시적으로 균의 얼굴이 붉으락푸르락해졌으나 곧 언제 그랬냐는 듯 술잔을 털어마시며 표정을 감추었다.

재하는 만조백관을 향해 잔을 들어올린 후 다시금 협과 화린의 국혼을 경하했다.

"자, 다영과 화린. 그대들 중 누가 먼저 짐에게 귀여운 손을 안겨주는지 두고 보기로 하겠다. 그럼 다같이 잔을 들라."

"다짐해 주셔야 하오, 무슨 일이 있어도 그 사내에게 몸을 허락하지 않겠다고. 교우가 돌아오면 그와의 혼인을 털어버리고 가람국으로 가겠다고 약조하시오."

산아할멈은 가례를 치르기 전까지도 잊지 않고 신신당부했다.

어느덧 밤은 더욱 깊어졌다. 어둠이 깊어진 만큼 방 안을 밝힌 화촉도 환하게 빛을 발했다. 아직도 바깥은 소란스럽다. 그런데도 사이사이 들려오는 향비파의 선율이 밤의 운치를 더해주고 있었다. 기다림의 시간도 그만큼 더해갔다. 화린은 협이 돌아오길 기다렸다. 어깨의 상처는 어떤지 묻고 싶었지만 가례를 치를 때조차 눈길 한 번, 말 한 번 걸어주지 않았기 때문에 도저히 물을 엄두가 나지 않았다. 어서 와주었으면. 더욱이 발에 잘 맞지도 않는 비단 버선 때문에 콕콕 쥐가 나 눈물이 날 지경이었다. 하지만 다영이 귀띔하길, 그가 벗겨주기 전까진 예복을 벗으면 안 된다 하지 않았는가.

"대체 어디서 무얼 하기에 이리 늦는담."

바로 한 발만 뻗으면 침상에 닿거늘.

화린의 입새로 원망 한 줌이 흘러나왔다. 아무리 그가 자신을 품지 않겠다 했을지언정 이대로 누울 순 없는 노릇. 발끝으로 손을 가져가 천천히 주물렀다. 이 버선만이라도 벗어버리고 싶은데…… . 무슨 혼례를 이리 거추장스럽게 하는 것인지.

이때 그가 방으로 들어섰다. 그녀와 눈이 마주쳤다. 화린은 퉁퉁 부은 발이 저리다는 것도 잊은 채 온전히 그의 시선을 받아냈다. 그가 무슨 말을 꺼낼 것처럼 보였다. 그에게 묻고 싶은 것도 있었다. 그러나 막상 그가 다가오자 그의 커다란 체구에 압도되고 말았다. 화린은 저도 모르게 어깨를 움츠렸다. 그러면서도 한편으로는 마냥 그의 시선에 얽히고 말았다. 불가항력 같은 이끌림이었다.

버선발을 주무르는 그녀의 손으로 그의 시선이 내려앉았다. 그믐달처럼 가늘게 좁아지는가 싶었던 그의 눈이 다시 똑바로 그녀를 응시했다. 그가 말을 꺼낸 순간이기도 했다.

"자지 않고 뭐 했어?"

"이제까지 기다렸잖아."

괜한 부아가 났다. 그를 기다리며 참았던 원망이 봇물처럼 터지려 했다. 자지 않고 뭐 했냐니!

"나를?"

그의 눈이 다시 그믐달처럼 이지러졌다.

"……응."

당신 아니면 누구를 기다렸을까. 그러나 그녀의 진실한 대답은 그의 비웃음으로 되돌아왔다. 하하하. 웃고 있으되 입도 눈도 웃지 않는. 화린은 그의 웃음소리가 한번두번 이어질수록 정체 모를 욱신거림에 가슴의 통증을 참아내야 했다.

"왜?"

가슴이 또 한 번 욱신거렸다.

"왜 기다렸지? 왜 기다린 거야? 어차피 너를 품지 않겠다고 하였는데, 왜?"

거침없이 잇새로 쏟아내는 그의 말은 화린을 궁지로 몰아넣기 충분했다. 그의 뒤틀린 표정이 너무나 무섭다.

아닌데, 이게 아닌데. 화린의 커다란 눈망울이 격심하게 흔들렸다. 이러자고 그를 기다린 건 아니었다. 어떤 기대를 한 건 결코 아니었지만 적어도 이건 아니었다. 저렇듯 찬 서리 스민 비웃음을 듣자고 기다린 건 더 더욱 아니었다.

"아니면 신혼 첫날부터 도주하려던 중이었나, 그래?"

화린은 휙 고개를 쳐들어 그를 노려보았다.

"아니야!"

"새삼스레 부인할 필요 없다. 어제만 해도 가례를 피해 달아나던 신부였으니까."

"그건……."

"그렇다면 나 아닌 교우를 기다린 거였군."

그가 툭 내던진 말에 가슴이 더 심하게 욱신거렸다. 아니, 지독하게 일그러진 그의 표정 때문인지도 몰랐다. 네가 상처를 준거야, 네가.

"아니야, 그렇지 않아."

"그러면? 내게서 달아나려는 것도 아니고, 너와의 약속을 저버린 교우를 기다린 것도 아니면 대체 뭐지? 날 왜 기다렸나?"

"나중에 떠날지라도……."

"……."

"어쨌든 지금은 당신이 내 지아비니까."

결국 자신도 모르게 내뱉어 버린 말.

그보다 화린이 더 놀랐지만 이미 그것을 자각하기도 전에 화린의 몸은 침상에 눕혀지고 말았다. 창졸간에 일어난 일이었다.

그의 육중한 몸에 짓눌려 꼼짝할 수 없게 된 것도, 그의 얼굴이 그녀를 향해 내려오는 것도, 그의 입술이 폭우처럼 거세게 덮치는 것도 미처 막아낼 수 없었다.

술을 마셨구나.

화염을 품은 그의 눈은 더할 나위 없이 맹목적이었다. 알싸하게 타고 내려오는 더운 기운 속에 그의 체취와 섞여든 술 냄새가 느껴졌다. 그런 취기 탓이다. 지금 그녀의 몸이, 심장이 더워지기 시작하는 까닭은, 그가 무섭지 않다 느껴진 것은 순전히 그의 숨결 가득 배어난 취기 때문이라고 여겼다. 붉어진 귀밑 아래 자박자박 뛰노는 맥박 소리. 서로의 옷이 마찰을 빚어내며 사르락거리는 소리. 오직 그 소리들만 들릴 뿐, 다른 소리는 들리지 않았다. 그리고 옷깃을 헤치는 소리 뒤엔, 희고 보얀 속살을 더듬어 내려가다가 아담하게 솟은 그녀의 맨가슴을 움켜쥐는 사내의 손길이 있었다. 크고 단단한 손이었다. 그 손이 주는 감촉에 화린은 작게 신음을 터뜨렸다. 그제야 화들짝 놀라 그가 몸을 일으켰다. 시야에 들어오는 그의 뒷모습이 딱딱하게 굳어 있었다.

"앞으로는 내가 늦더라도 기다리지 말고 자도록 해."

그가 널찍한 소매 품에서 무언가를 꺼내었다. 편서였다.

"……이것은?"

"정오가 되기 전에 야청이 전해주더군."

여전히 그의 어깨는 지나치게 경직되어 있었고, 음성 또한 지

나치게 낮아져 있었다. 뭔가 상당히 억누르고 있는 것처럼 보였
다. 화린은 겨우 그에게서 시선을 떼어 편서를 펼쳐 들었다. 그
녀의 교우에게서 온 편서였다. 이상하기도 하지. 방금 전까지
협으로 인해 마냥 들썩였던 가슴은, 오래토록 기다린 정인(情人)
의 진심에 기대만큼 고조되지 않았다. 평소 같았으면 '왜'라는
의문으로 끈질기게 답을 찾았을 텐데. 그와의 접촉이 가져온 혼
란으로 인해 화린은 그 의문에 집중할 수 없었다. 불식간에 덮
쳐 온 흥분은 판단력을 흐리게 했다. 그러나 무의식중에 교우를
기다렸던 기억이 깊게 자리 잡은 때문이었을까. 가슴보다 먼저
교우의 소식을 반긴 이성이 저절로 탄성을 자아내고 말았다.

"아, 역시 교우 오라버니는 약속을 잊지 않았어!"

협에게 편서를 전해주어 고맙다고 말할 생각이었다. 그런데
돌아선 그의 뒷모습을 다시 응시하자 차마 입이 떨어지질 않았
다. 그나마도 옅게 피어오르기 시작했던 반가움은 그녀도 모르
는 새 스르륵 내려앉고 있었다.

"……협!"

발갛디발간 핏자국. 그의 어깻죽지에 피가 흥건히 배어 있었
다. 아마도 어제의 상처 탓이리라. 이대로 그를 보내면 안 될 것
만 같았다. 그가 침상을 빠져나오려 할 때 화린은 그를 붙잡았
다. 협은 그 자리에서 등 돌린 채로 조용히 말했다.

"거기까지."

화린은 못 박힌 듯 멈춰 섰다.

"더는 잡지 마라. 그렇게 되면 나는 너와의 약속을 깨뜨릴지도 몰라."

이어진 그의 말에 옷깃을 잡아 쥔 화린의 손이 스르륵 아래로 떨어졌다. 멀어진 손길을 느낀 그가 갑자기 고개를 돌려 그제야 그녀와 마주했다. 화염을 품었던 그 눈은 어디로 갔을까. 열기는 종적을 감추고 차분한 평정만이 대신해 있었다.

"약속했지 않은가? 내 어여쁜 신부, 그대를 절대 품지 않겠노라고."

건조하게 되뇌는 그의 눈엔 아무것도 없었다, 아무것도.

만월은 여전히 밝기만 한데, 바람은 그의 목소리처럼 청량하기 그지없는데, 밤하늘은 깊고 어둡기만 한데…… 그의 눈엔 만월도 바람도, 밤하늘도 깃들어 있지 않다.

"나는……."

"기다리지 말고 자도록 해. 오늘 밤, 나는 돌아오지 않는다."

그가, 가버렸다.

화린은 떠나는 그를 잡지 못했다. 잡을 수 없었다.

차라리 그냥 당신을 떠날 걸 그랬나 봐. 선정대에서 당신의 마음이 조금이라도 약해진 틈을 타 어떻게든 떠나는 거였는데. 다친 당신을 두고 어떻게 가냐던 약속을 어기고 말았을 것을…….

후훗, 결국 당신에게도, 내게도 독(毒)이 되고 말았네.

화린의 몸이 쓰러지듯 문가에 기대앉았다. 만월이 그녀를 내려다보고 있었다. 멀리서 만월의 풍악이 한창 울려 퍼지고 있었다. 그래, 만월이었구나. 만월인 것을 몰랐어. 화린은 월국에서의 세 번째 만월을 가만히 바라보다가 작게 중얼거렸다.

"사린 언니, 언니 말이 틀렸어. 만월을 자세히 올려다보면 행복하게 웃고 있는 것 같다고 했지? 틀려. 만월이 어떻게 웃고 있다는 거야. 저렇게나 처연히…… 울고 있는걸."

화린은 더운 눈물을 훔쳐 내며 흐느낌을 삼켰다.

유온과 규비의 전설을 들으며 설렘으로 기다렸던 첫 번째 [4]꽃잠은 이미 한 달 전에 그녀를 매정하게 버렸다. 그랬건만, 결국 두 번째 꽃잠도 이렇듯 눈물 속에 흘려보내고 말았다.

그런데도 달아, 너는 서럽도록 밝구나.

님 향한 연심을 밝혀준다던 달아, 오늘만큼은 너를 미워하련다.

……그예 맺히고 만 눈물이 한없이 투명하기만 하였다.

---

4)꽃잠: 결혼한 신랑 신부가 처음으로 함께하는 잠

十三.
흑막에 가려진 달의 연심아!

망 일(望日)의 달아, 네가 데려온 저 여인은 대체 누구인고.

조용한 물음을 담은 눈이 달에게 닿았다. 협이 쫓기듯 걸음한 곳은 고즈넉한 정적이 흐르는 휘운당. 궐내 중심부에서 가장 멀리 떨어진 곳에 위치해 있다. 때문에 사람들의 이목으로부터 벗어나기에도 한결 수월했다.

"전하, 옷자락에 피가 배어났……."

"되었다. 그다지 신경 쓸 일 아니다."

협은 냉랭하게 잘라 말했다. 마음에 들지 않았다. 야청은 지금 그에게 감히 비난을 하고 있었다. 왜 화린에게 교우의 편서를 전해주었냐며 그의 변심을 나무라고 있는 것이다.

사실은 그도 자문하는 중이었다. 그리고 후회했다.

그를 그토록 거칠게 몰아세운 것은 치졸한 질투였다.

곱게 예복으로 단장한 화린이 그녀답지 않게 다소곳이 앉아 있었다. 그 모습을 보노라니, 미약에 취해 그에게 내뱉었던 말들이 무섭게 되살아났다.

"당신은 교우 오라버니가 아니야. 그래서 안 돼."

"싫어! 교우 오라버니여야만 해! 교우 오라버니만 날 가질 수 있어!"

그랬다. 성장한 화린은 그 자체로 자신을 밀어내는 것만 같았다. 그 아닌 교우를 위해 치장한 듯만 여겨졌다. 한 번쯤 웃어줄 수도 있었을 텐데. 화린은 그러지 않았다. 그와 눈이 마주치자 움찔 굳어서는 몸을 사리기만 했다. 그것은 급기야 울컥 솟구치는 감정을 건드렸고, 폭발하게 만들었다. 허겁지겁 안으려 하는데 화린에게서 달뜬 신음 소리가 들려왔다. 그러자 미약에 취해 자신을 다른 사내로 착각했던 일이 겹쳤다. 순식간에 열기가 얼어붙었다. 그 때문이었을 것이다. 결코 보여주지 않으리라, 없애 버리리라 다짐했던 정혼자의 편서를 꺼내 든 것은.

단숨에 꺾어버리고 말겠다는 투지마저 역으로 날려 버린 것이다.

"전하."

"허어! 더는 건드리지 말라 하지 않았느냐?"

협은 짜증스럽게 되받아쳤다. 그의 심기가 불편할 때면 알아서 물러나 주곤 하던 야청이었다. 그런데 정작 이런 순간에 눈치없이 굴다니. 더욱 불쾌하고 못마땅했다. 그러나 이어서 들려온 목소리는 그가 기대한 야청의 목소리가 아니었다.

"다름이 아니오라 균 황자께서 전하라 명하신 편서 때문에 소첩, 야심한 밤에 찾아뵙게 되었사옵니다."

나긋나긋한 계집의 목소리였다.

형님이? 그 뜻밖의 일에 협의 눈썹이 휘어졌다. 상당히 미심쩍었으나 일단은 들라 일렀다. 사향내를 은은하게 풍기는 계집은 고운 미색을 띠고 있었다. 이곳 황궁의 사람이 아니었다. 아마도 청루의 계집이리라.

일전의 일에 대한 작은 성의라고 생각해 주게. 적어도 이만하면 아우의 성에 찰 거라 믿겠네.

훗, 비틀린 웃음을 터뜨렸다. 이는 자신을 조롱하기 위함이 분명하다. 초야도 치르지 못한 그에게 위로랍시고 기녀를 보내오다니. 그것도 가례를 치른 오늘.

"뜻은 황송하나 그럴 필요가 없다고 전해라. 물러가라."

돌연 계집이 얼굴을 바닥에 묻으며 서럽게 목놓아 울었다. 하지만 협은 조금도 동요치 않았다. 더욱이 화린으로 인해 심기가 상할 대로 상해 있는 상태였다.

"무례하구나, 필요없으니 당장 물러가라지 않느냐?"

"흑흑…… 전하……."

"네가 지금 나에게 대항하려 드는 게냐?"

얼음장같이 차가운 음성에 계집이 움칠했다.

"저를, 저를 뿌리치시면 소첩은 죽임을 당할 것입니다요. 어차피 이래저래 죽은 목숨, 차라리 지금 죽여주옵소서. 소첩이 죽는 것은 두렵지 않사옵니다. 다만 이 못난 계집에게 딸린 노부와 동생들만큼은 살려주소서."

난처함에 이맛살이 찌푸려졌다. 공포에 젖은 계집의 눈을 보아하니 거짓은 아니었다. 이제까지 균의 성정에 비추었을 때 계집의 가솔들이 억울하게 당하는 것은 충분히 있을 수 있는 이야기였다.

"네 이름이 무엇이지?"

"소첩, 휘련이라 하옵니다."

휘련. 월국에서 가장 유명한 청루인, 화향루. 그곳에서도 명기로 이름을 날린 기녀라 들은 기억이 났다.

"내 그러면, 너의 가솔들을 함부로 해하지 못하도록 하명하겠다. 되었느냐?"

"아니, 이미 균 황자께서 가솔들을 볼모로 가두어놓은 터라 소용없사옵니다."

협의 이마에 깊은 골이 패였다. 이 난데없는 불청객의 등장으로 혼자만의 시간조차 방해받는 것이 그다지 달갑지는 않았으나, 그렇다고 해서 무작정 내칠 수도 없는 노릇이다. 평소 같았으면 뿌리치고도 남았을 자신인데……. 계집을 보니 안됐다는 측은한 마음이 일었다. 아니, 내가 지금 뭐라 하였지? 측은?

측은하다니!

협은 소스라치게 놀랐다. 이제껏 그런 인정 따위 그에게 존재하지 않았거늘. 단박 화린의 얼굴이 떠오른다. 이런 쓸데없는 감정 찌꺼기들을 느끼기 시작한 것이 화린을 만나고 난 뒤부터이니 화린의 탓이 분명했다. 쓴웃음이 입가에 걸렸다. 늘 냉정하다고 자부해 왔던 그도 한낱 계집 앞에서는 별수없는 사내요, 인간인 셈이다. 화린, 날 탓하지 마라.

"그렇다면 네가 원하는 바를 들어주도록 하겠다."

계집의 눈에 놀라움이 어렸다. 바깥에서 야청이 흠칫거리는 기색이 전해졌다.

부옇게 동튼 아침. 쾌청한 공기가 후각을 관통하고 전신을 떠돌았다. 거울을 살펴보던 화린의 표정이 찡그려졌다. 밤새 잠도 이루지 못한 데다가 울기까지 하여서 눈두덩이 부었다. 바로 전날에는 가례를 앞둔 터라 잠을 설쳤으니 연 이틀째다. 까만 동공 주위로 가닥가닥 퍼진 실핏줄들이 흉했다. 어쨌든 그와 가례를 치른 것인가? 실감나지 않았다. 단지 그녀가 일어난 곳이 산아할멈의 집이 아니라는 것만 빼면. 불현듯 머리를 매만지던 화린의 손놀림이 멎었다. 바깥에서 들려오는 수군거림 때문이었다. 화린은 그들의 목소리를 듣기 위해 문지방에 몸을 기댔다.

"쉿! 예가 어디라고 그리 입방정을 함부로 떠느냐!"

행여 목소리가 새어들어 갔을까 염려하는 목소리는 아침 시중을 들었던 나인의 것이다. 그들의 불화설을 전해 들은 균이 기막히게 예쁜 기녀를 협에게 보냈다며 한창 떠들던 계집은 매서운 호통에 입을 꾹 다물었다.

"치, 하지만 진짠데……."

"한 번만 더 그런 말을 입에 담았단 봐라. 내 이것을 그냥!"

"정말이라니까요. 참내!"

"됐다, 됐어. 어려도 한참 어린 너와 무슨 말씨름을 하겠니?"

"흥, 정 못 믿겠음 휘운당에 가보세요. 오늘 아침에 얇은 자리 옷만 입은 기녀가 있었단 건 누구나가 다 아는 사실이니까. 어제 전하께서 예서 안 주무시고 휘운당으로 가신 거야 말씀 안 드려도 아시죠?"

쉴 새 없이 말을 쏟아내는 이는 얼마전 궐에 머물렀을 때, 화린의 목욕 시중을 들었던 나이 어린 나인이었다. 하지만 지금 화린에게 그것은 중요치 않았다. 휘운당에 기녀와 함께라……. 적어도 그게 무얼 뜻하는지는 알았다. 화린은 문고리를 세게 쥐었다.

"너 나한테 한 대 맞고 사라질래, 아니면 좋게 말할 때 갈래?"

결국 나이 어린 나인은 퉁퉁거리며 가버렸다.

"아유, 저 쬐그만 게 어른들 흉내는 그대로 내려고 저러네."

"그나저나 이를 어째."

남아 있던 또 다른 나인이 딱하게 중얼거렸다.

"어쩌긴 뭘……. 어차피 사내란 그런 거지."

"쯧쯧, 든든한 아군이 되어줘도 모자를 판에. 우리 황자비마마만 불쌍하게 됐네."

"이것아, 너도 입조심해! 만에 하나 마마께서 들으심 어쩌려고."

"이렇게든 저렇게든 다 듣게 되어 있는 걸 가지고 새삼스럽긴. 저 계집이 저렇게 상황 파악도 못하고 떠들 정도면 벌써 궐 내에 파다하게 소문이 퍼졌단 얘기야. 그걸 모르겠니?"

"듣고 보니 그렇네."

"순진하니 세상 물정 모르는 분 같았는데……."

"계집이야 이부종사라고 하면 불벼락 떨어질 일이지만, 사내한테는 어디 그러느냐 말이야. 계집으로 태어난 죄지, 죄야."

가슴을 탕탕치며 한탄하는 나인의 목소리를 뒤로하고 화린은 오랫동안 움켜쥐었던 문고리를 놓아버렸다.

원망하지 않아. 원망하지 않을 거야…….

그는 내 진짜 지아비도 아니니까. 그러니까 그가 나한테 하듯 다른 여인을 품에 안고 입을 맞추든 살을 맞대든 신경 쓸 필요 없는 거야. 교우 오라버니가 온댔으니까. 나는 교우 오라버니만 기다리면 돼. 그사이에 그에게 정말로 사랑하는 여인이 생기면, 지금껏 내게 보여온 그의 행동들이 전부 다 거짓이면 그것만큼 잘된 일이 어디 있겠어.

되새기고 또 되새기는 화린의 두 눈에 짙은 혼란이 고여 있었다.

그리고 한참 만에 자신이 무얼 하려 했었는지 상기하곤 간소히 몸단장을 했다. 교우 오라버니의 소식을 전해 들은 염이 그녀를 찾아온다고 했던 것이다. 염이는 화린이 조식을 마친 후 두어 시진이 지나서야 찾아왔다. 염이의 눈에 눈물이 글썽글썽했다. 그것은 안도의 눈물이었다.

"흑, 참말로 다행이지 뭐예요."

"응, 그러게 말야."

"조금 늦은 감이 있지만, 이제라도 오신다니 정말 다행이어요. 사실 그동안 교우 도련님께서 안 오시면 어쩌나 내내 불안했단 말여요."

"고마워. 염이가 다 염려해 준 덕분이야."

"아녀요, 염려는 무슨. 쇤네가 어디 쥐톨만큼이라도 도움이 되어드렸어야 말이죠. 그런데 웬 표정이 그렇게 어두우시대요? 혹시 다른 일이라도 생기신 건 아니지요?"

염이 더욱 걱정하는 눈빛으로 되물었다.

"응, 별다른 일이 있을 턱이 있겠어? 이젠 교우 오라버니만 기다리면 되는 걸."

그럼에도 염의 걱정스런 눈빛은 풀어지지 않았다. 오히려 더 예리하게 빛났다.

"……설마 어제 가례를 올리는 중에 무슨 일이 있으셨던 건 아니죠? 쇤네도 그렇지만 산아할멈이 이만저만 걱정하는 게 아니라서요."

"아니래두."

"흠, 그러시다면야 안심이지요."

염은 그제야 포옥 한숨을 내쉬며 재잘거리기 시작했다.

"공주님께서 예복 입은 모습이 얼마나 예쁘셨을까. 그 모습을 보고도 가만히 있을 사내가 어디 있을까 했는데. 그럼 그 사내가 공주님의 털끝 하나도 건드리지 않은 게 정말 사실이어요?"

갑자기 화린의 안색이 어두워졌다. 그러다 못해 다른 계집을 찾은 사내가 바로 어제, 자신과 가례를 올린 사람이라고 하면 염이는 어떤 표정을 지을까? 염이도 그녀 스스로 다독인 것처럼 차라리 잘되었다 말해줄까?

하지만 이제는 아무럼 어떠랴 싶었다. 아까까지만 해도 복잡다난했던 심사가 서서히 정리되는 듯했다. 혹을 떼어낸 셈치는 거지 뭐. 다시 생각할수록 다행이잖아. 앞으로 그가 기녀와 함께 밤을 보낸다면 괜스레 걱정하지 않아도 돼. 실컷 예쁜 기녀들 끼고 한량질이나 하라지. 흥!

"공주님?"

화린은 자신을 빤히 쳐다보는 염이의 시선을 느끼고는 흠흠거렸다. 혼자서 이런저런 생각에 빠진 탓에 염이를 잊고 말았다.

"응, 미안. 협도 교우 오라버니가 온다는 사실을 알고 있어. 아니, 편서를 전해준 게 그인걸?"

염이가 두 눈을 휘둥그레 떴다. 도저히 믿기지 않는 얼굴이었다.

"쇤네가 지금 제대로 들은 게 맞죠? 중간에 편서를 가로챈 게 아니라 공주님께 손수 전해주었다구요?"

"응. 그렇대두 그러네."

"그 사내 참, 알다가도 모를 양반이네요. 척하면 척, 공주님으
로 인해 가슴앓이하는 사내임이 분명한데 그 좋은 기회를 왜 발
로 찼을까나? 암만 머리를 굴려도 이해가 안 가네요. 물론 편서
를 전해주어 다행이지만서두요."

'싫증이 난 모양이지.'

하지만 화린은 그 대답은 속으로 삼켰다. 염이의 말을 들으며
곰곰이 돌이켜 보니 조금 분하기도 했다. 그렇게 금방 다른 여
인에게 돌아설 거면서 그녀와의 혼인을 고집한 저의가 의심스
러워진 것이다.

"글쎄다. 어쩌면 이제야 진심이 아니란 걸 깨달았는지도 모르
지."

"휴~ 생각보다 일이 잘 풀어질 모양이네요."

"응, 나도 그렇게 생각한단다."

"그럼 쇤네, 나중에 또 찾아올게요. 너무 늦으면 산아할멈한
테 몰매 맞아요. 이젠 공주님도 안 계시니까 복날 개 패듯 수시
로 홍두깨를 들고 설치신다니까요. 어서 빨리 수련국으로 돌아
가든지 해야지 원."

염이가 샐쭉거리며 자리에서 일어섰다.

"그래, 가보렴. 교우 오라버니가 오면 네게 알려줄게."

"네. 아무쪼록 건강하셔야 해요. 그래도 혹시 모르니 조심하

시구요."

염이 빙긋 웃으며 화린의 손을 맞잡았다.

협과 화린의 가례가 있던 그날 밤, 잠을 못 이룬 이는 비단 그
들 뿐만이 아니었다. 만월의 손길이 잔약하게 미치는 수련국.
그중에서도 홍노의 처소는 심각하게 가라앉아 있었다. 날이 밝
아 아침을 맞이하는 동안에도 홍노의 얼굴은 여전히 충격의 기
운이 가시지 않은 채였다.

'그 사내다.'

틀림없었다. 그 사내가 분명했다.

등골을 얼어붙게 했던 그 느낌. 어찌 잊을 수 있겠는가.

몇 겁이 지나도 잊을 수 없는 기억이었다. 그녀를, 수련국을,
교인들을 위협했던 끔찍한 기억이었다. 그런데 또 하필이
면…….

처연하게 수련국을 떠나던 공주의 뒷모습이 겹쳐졌다. 그 모
습이 영 불안하더라니 이런 어마어마한 일이 터지려 그랬던 것
일까. 맺어져선 안 될 단 하나의 사내. 만월의 기운을 타고난 그
사내와 화린은 어제 가례를 치렀다. 그나마도 다행인 것이 아직
서로가 교접을 취하지 않은 상태였지만 이는 유예에 지나지 않
았다. 그들은 상극의 운명을 받아들이지 않고 서로를 갈구하게
될 것이다. 언제고 그 옛날 다른 아둔한 교인이 그러했듯이 섶
을 지고 불 속으로 뛰어들고 말 터였다.

헌데 왜 이제 와서 사내의 존재를 감지하게 되었을꼬.

홍노는 조용히 추측했다. 본래대로라면 화린이 그 사내를 마주치는 순간에 알아챘어야 했거늘. 벌써 실타래가 엉켜 버리고 난 뒤에야 깨닫게 되다니.

화린의 기억의 일부가 물의 정령에게 넘어간 터라 제대로 파악할 수 없었다는 것도, 그녀가 너무 감상적이 되어 경계심이 무뎌져 버렸다는 것도 허울 좋은 핑계에 불과하다. 그녀답지 않은 일이었다.

'그렇다면……'

홍노의 얼굴 위로 또 한 번 커다란 충격이 떠올랐다.

눈치챘음인가.

스산하게 똬리를 튼 먹빛 형체가 누구에게도 들리지 않을 음성으로 중얼거렸다. 그는 홍노에게 흑월의 기운을 내린 물의 정령이었다. 그는 다시 중얼거린다. '마음에 들지 않아' 하고. 결국 홍노도 어쩔 수 없는 교인이었다.

상대가 황제의 딸이라는 사실에 흔들렸던 홍노의 모습을 가만히 지켜보면서 설마 했던 의심은 점차 확신으로 굳어지고 있었다. 홍노는 어떠한 경우에도 축을 잃어서는 안 되는 존재. 황제의 딸이 아니라, 심지어 황제라 하더라도 흔들려서는 안된다. 절대로!

그런데 흔들렸단 말이지.

그뿐인가? 정해진 흑월의 운을 바꾸려는 괘씸한 시도까지 했다. 흑월의 뜻에 따라야 하는 숙명을 망각해 버리고 쓸데없는 인정을 낭비했다. 사랑하는—홍노는 깨닫지 못했을 테지만—사내의 딸이라는 이유만으로.

그래서 시험대에 올려놓은 것이다.

그것은 한번 홍노의 자질에 의심이 싹트기 시작한 이상은 어쩔 수 없는 결정이었다. 설사 망해가 소멸된다 하더라도.

하늘은 구름 한 점 없이 맑기도 하다. 그 하늘 아래, 찌를 듯 솟아 있는 대나무의 우듬지에 햇빛이 맺히며 청명함을 더했다. 화린은 사뿐사뿐 걸음을 뗐다. 죽원(竹園)을 끼고 있는 혜운궁은 금원(禁苑)보다 출입이 더 까다로웠다. 염이 다녀가고 난 며칠 뒤, 정비로부터 부름이 있었다. 오늘 협과의 문안이 없을 터이니 따로 조식 이후에 들르라는 것이었다. 그래서 홀로 혜운궁으로 나선 참이었다.

스슥스슥…… 잔바람에도 댓잎 스치는 소리가 유난한 이곳은 정비의 근엄한 분위기와 아주 잘 어울렸다.

"그래, 앉거라."

정비는 인사를 거두절미하며 앉을 것을 명했다. 곧 나인이 차탁을 들여왔다. 맑은 차향이 코끝에 감돌았다. 화린의 앞으로 찻잔이 내밀어졌다. 다섯 개의 꽃잎으로 담아하게 이루어진 화형잔(花形盞)이었다.

"협이 곧 설국으로 간다지?"

"네? 그건……."

금시초문이었다. 협이 설국엘?

"저런, 쯧쯧. 여태 전해 듣지 못했단 말이더냐?"

정비 계연의 한쪽 눈썹이 높게 휘어졌다. 명백한 못마땅함이었다. 그러나 화린은 차가운 표정을 짓고 있는 그녀에게 조금도 주눅 들지 않았다. 어째서 그가 자신에게는 설국으로 간다고 일언반구도 없었을까. 그저 어리둥절할 따름이었다.

"지금이라도 알았으니 되었다. 내 너를 부른 것은 고작 협이 설국으로 간다는 말을 전하기 위함이 아니니라."

"그럼……."

"긴말은 하지 않으마. 자, 받아라."

툭— 차르르르.

금화였다. 배가 볼록한 향낭이 화린의 앞으로 떨어지자 아가리를 벌리며 금화들을 쏟아냈다. 그녀의 눈엔 그저 노랗기만 한 무용지물에 불과한 이것을 왜 주는 것일까. 노란 반짝임이 깃들어졌던 그녀의 눈이 다시금 계연을 향했다. 대체 무얼 뜻하는지 묻는 표정으로.

"그렇게 놀란 척할 필요는 없느니라."

정비가 그런 화린을 비꼬며 말했다.

"황후마마, 이것을 제게 왜 주시는지 모르겠어요."

"네 정녕 그리도 내숭을 떨 참이더냐? 뻔뻔스럽기도 하지. 그게 아니면 더 모자라는 모양이로구나?"

그녀의 언성이 더욱 높아졌다. 화린도 답답하기는 마찬가지였다.

"전혀 헤아리지 못하겠는걸요. 알아듣게 말씀해 주세요. 더구나 전 이렇게 많은 금화는 필요없어요."

"내 너에게 누누이 일렀지 않느냐? 적당한 때를 보아 협의 곁을 떠나라고. 너와 가례를 치르기도 불과 얼마 전까지, 설국의 공주 예아와 혼담이 오간 것을 들어 알고 있을 게다. 이번에 협이 설국으로 가게 되면 예아 공주를 처로 맞이할 예정이니라. 그것이 장차 협을 위해서도 바람직하다고 여기는 바. 협이 이번에 설국에 접견을 가게 되면 같이 동행하다가 몰래 떠나도록 하여라. 그 아이가 자리를 비우는 사이 떠나는 것도 좋겠지만 궐 내는 보는 눈이 너무나 많구나."

화린의 눈이 비로소 커다랗게 열렸다.

"이 금화는 너뿐 아니라 네 정인의 몫까지 해당되는 것이니 받아두거라. 만약 금화가 더 필요하면 아랫것을 시켜 따로 전해주도록 하마."

뭔가 울컥 치밀어 올랐다. 화린은 떨리는 손으로 바닥에 쏟아진 금화를 주워 모았다. 그제야 내 말을 알아들은 게로구나 하며 계연이 좀체 보이지 않던 흡족한 미소를 지었다. 하지만 그 미소는 화린이 향낭에 담아 도로 그녀에게 돌려주는 순간 자취도 없이 사라지고 말았다.

"감히 네가……!"

"그의 곁을 떠난다 하여도 이것은 받지 않겠어요."

"무어라?"

"아까도 말씀드렸다시피 금화는 필요가 없는걸요. 그와 헤어지는 대가라 할지라도 말이지요. 이렇게 하시지 않아도 그의 곁을 떠날 터이니 금화는 거두어주세요."

혹여 그의 곁을 떠나지 않겠다고 고집을 피우는 것인가 하여 긴장했던 계연의 얼굴은, 화린의 말이 이어지면서 다시 부드럽게 풀어졌다. 그녀의 언성도 훨씬 많이 누그러져 있었다. 어리숙하지만 제 주제는 똑바로 파악한 모양인 게지. 신혼 초야부터 화린이 버림받은 일은 궐내 사람이라면 누구나가 다 알았다. 처음 그 사실을 접했을 땐, 협이 그렇게 경우없이 처신하였을까 싶어 적잖이 놀랐었다. 그러나 한편으로는 간사하게도 그것참 잘된 일이다 하였었다. 협 답지않게 저 아이에게 보이는 관심이 내내 신경에 거슬렸는데, 생각보다 빨리 시들해졌으니 다행이 아니고 무엇이랴? 이제 남은 일은, 저 계집이 허튼 꿈에 부풀기 전에 내쫓는 것뿐이다.

"그것이 참말이더냐?"

"네, 떠나겠어요."

"현명한 생각이다. 금화는…… 나중에라도 생각이 바뀌면 언제든 말하려무나."

十四.
선요의 익호

혜운궁의 적막함과는 반대로 햇빛에 무르녹아 달큰달큰
한 향기를 내뿜는 화계. 용마루에 걸린 구름마저 저 꽃들을 닮
아 분홍빛인 듯 보이는 예화당. 게서도 붉게 만발한 매화들이
매궁(梅宮)이라는 별칭에 걸맞게 소복한 꽃비를 내리고 있었다.
휘옥은 모처럼 만에 실로 기쁜 흥얼거림을 멈추지 못하고 있었
다. 그녀의 미소도 저 매화처럼 붉었다.

　보름 후면 설국 황제의 탄신일. 그래서 오늘 조식이 있은 후,
누가 설국으로 접견을 갈 것인가를 두고 황제 재하는 신하들을
비롯해 계연과 휘옥에게도 자문을 구했다. 마침 그 자리에는 조
와 협도 있었다. 일부 대신들은 조의 국혼 때, 설국의 황자 설흔

과 공주 예아가 접견했던 일을 떠올려 조를 추천했고, 또 어떤 대신들은 설국 반정 세력을 억누르는 데 크게 기여한 협을 보내야 한다고 주장하기도 했다.

"폐하의 병세가 깊어가는 마당입니다. 그런 이때, 초행(初行)인 조 황자께서 자릴 비운 채 접견을 가신다니요? 그건 당치 않은 말이십니다."

가만히 듣고 있던 휘옥이 그렇듯 끼어들자, 대신들은 놀라움을 감추지 못했다. 지금까지 설국에 크고 작은 일이 생길 때마다 협이 가는 것을 반대해 온 그녀였기 때문에 더욱 그러했으리라. 더러는 협 대신 조를 보내기 위해 드러내 놓고 반대한 적도 있었다. 설국의 예아 공주와 협이 가까워질 것을 차마 눈뜨고 볼 수 없었을 터이니. 그 뻔하디뻔한 속내를 누가 몰랐을까 이 말이다. 아무리 협이 평민 계집과 혼인을 하였다고는 하나, 저렇게 돌변할 수 있을까. 대신들은 전부 다 그런 표정 일색이었다.

그리하여 이번에도 협이 설국으로의 접견을 가는 쪽으로 의견을 보게 되었다. 아무리 드높으신 나랏님이라 하여도 노환에는 장사가 없음이라. 황제 재하는 쇠해진 건강을 추스르기에만도 벅차 윤허를 내리는 것에 그쳤다.

"마마, 미송 부인께서 오셨습니다."

"그래? 어서 뫼시어라."

휘옥이 주저없이 말했다. 그러잖아도 미송 부인을 따로 부르려던 차였다. 예화당에 모습을 드러낸 미송 부인이 가까이 다가와 인사했다.

"부인, 잘 오셨어요. 이번 설국 접견 일로 드릴 말씀이 있었답니다."

미송 부인이라면 그녀의 아버지와 사촌 오라버니들보다 더 믿음을 두는 이였다. 비록 아쉽게도 미수에 그치고 말았던 지난 만월의 일 역시 그녀의 후원이 있어 가능했었다. 미송 부인이 아랫것들을 물러가게 한 뒤 말문을 열었다.

"소인도 소식을 듣는 대로 마마께 전해 드릴 말씀이 있어 급히 찾아뵈었습니다."

"말씀해 보세요."

그래도 걱정이 되었던지 미송 부인이 더욱 가깝게, 더욱 낮은 목소리로 속삭였다. 그녀의 말을 다 들은 휘옥이 솔깃해져서는,

"그 생각을 아주 하지 않은 건 아니지만……."

"그 자객은 활과 검술에 능해 설국뿐 아니라 가람국은 물론 이곳에서도 모르는 자가 없을 정도라 합니다."

"이름이 뭐라 하였지요?"

"묘학입니다."

묘학? 휘옥의 미간에 주름이 잡혔다.

"글쎄, 이번 일은 신중하여야 하기 때문에 좀 더 생각해 보기로 하지요."

미송 부인은 조용히 고개를 끄덕였다.

혜운궁을 나선 화린은 산아할멈에게 편서를 보낸 후 궁터로 발길을 옮겼다. 협이 있을 거라 추측되는 장소였다. 내일 설국으로 떠날 예정이라 했으니 그를 따라가려면 미리 말해두는 게 낫겠다 싶었던 탓이었다.

"저, 협…… 그 사람은 어디에 있죠?"

지난번보다 훈련하는 인원들이 훨씬 많아져 그의 모습을 찾기가 어려웠다. 늘 그의 곁을 따라다니는 야청도 보이질 않았다.

"아, 사두께서는 이곳에 계시지 않고 다른 곳에서 마상 무예를 닦고 계십니다."

사내는 협이 마상 무예를 하는 장소를 일러주었다. 이곳 궁터에서 그리 멀지 않은 곳이었다. 도착해 보니 모두들 단순한 훈련이 아닌 겨루기에 한창이었다. 화린은 곧 어렵지 않게 협을 발견할 수 있었다. 중의적삼에 파풍을 걸친 그는 말 위에 올라타 활을 쏘고 있었다. 그의 이마에 질끈 동여맨 붉은 비단의 책(건(巾)의 한 종류)이 기다란 머리카락과 함께 바람결에 너울너울 휘날렸다. 과녁을 향해 집중하고 있는 그의 눈이 철촉처럼 예리하게 빛났다. 거칠고 굳센 그의 팔이 활을 당겼다.

휘이익—

명중. 사람들의 환호성이 이어졌다. 민첩하기가 바람 같고, 절도가 있어 침착하였으니 그 용맹스러움이 바로 군계일학이었다.

흡사 승전(勝戰) 분위기를 떠올리는 농익은 함성 속에서 그를 태운 말이 속도를 늦춰 천천히 돌아왔다. 땀을 닦기 위해 책을 끌러낸 그는 갑자기 내밀어진 섬섬옥수에 고개를 쳐들었다. 화린이 자신의 머리 장식 끈을 손에 쥐어 그에게 내밀었다. 가장자리에 자수가 놓여지긴 했으나 면사(綿紗)이기 때문에 오히려 땀을 닦기에 적당했다.

"자, 이걸로 닦으세요."

아직 다듬어지지 않은 거친 그의 호흡이 손끝에, 손가락 사이에 쏟아졌다. 그가 한참 동안 그녀의 눈 속을 응시했다. 그녀가 존대한 것을 눈치챈 걸까? 이렇게 마주하는 것은 가례를 치르던 그날 밤 이후 처음이었다. 이윽고 호흡을 내몰아 쉰 그의 입술이 벌어졌다.

"여기엔 웬일이지?"

"이거…… 안 받을 거예요?"

끈을 쥔 그녀의 손에 그의 시선이 내려갔다.

"고맙군. 혜운궁에 다녀갔단 얘기는 들었어. 어머니께선 왜 부르신 거지?"

그제야 정말 중요한 걸 잊고 있을 뻔했단 사실에 화린은 입술을 깨물었다. 그 순간을 떠올림에 있어 얼굴이 굳어지는 건 당연지사.

"아…… 그건……."

"어머니께서 간혹 엄혹히 꾸짖으시더라도 매사에 늘 신중하셔서 그런 거니 너무 가슴에 담아두지 마."

그녀의 얼굴을 스치고 간 그늘을 놓치지 않은 그가 살갑게 말했다. 그의 마음 씀씀이에 화린은 괜스레 뭉클해졌다.

"아니에요. 그냥 담소를 나눴을 뿐인걸요."

"그래? 다행이군."

"실은 부탁할 게 있어서 왔어요."

결연히 말하는 화린을 보며 협이 한쪽 눈썹을 위로 치켜 올렸다. 끝끝내 존대하는 그녀를 미심쩍은 눈으로 바라보고 있었다. 나인들조차 그녀를 어린아이마냥 순진하게 여기고, 정비도 업신여기는 것이 못내 싫었다. 다소 어색하고 불편하지만 이제부터라도 그에게 존대할 작정이었다.

"당신, 내일 설국에 가신다고 들었어요. 저도 따라가고 싶어요."

"안 돼."

그가 단칼에 잘라내며 다시 말 위에 오르려 했다.

"짐이 되지 않게 할게요. 같이 가게 허락해 주세요."

"화린이 널 데리고 간다는 것 자체가 짐이 되는 거야. 너한테도 고단한 여정이 될 테고. 미안하지만 그건 들어줄 수 없어."

"그렇지 않아요. 난……."

"잘 들어. 설국은 기후부터가 달라. 일 년 내내 눈으로 뒤덮인 겨울이라서 가는 길에 동상에 걸릴 수도 있어. 그리고 제일 근본적으로 말을 탈 줄도 모르잖아. 설마 그 험하고 척박한 곳을 가마를 타고 갈 생각은 아니겠지?"

그가 쉴 새 없이 반대의 이유들을 열거하자 화린은 할 말을 잃고 말았다.

"더 부탁할 일이 남았어?"

여지를 남겨두지 않는 눈빛이었다.

"아니요……."

"그럼 알아들은 것으로 여기도록 하지. 먼저 회덕헌으로 가도록 해. 나는 조금 더 있다가 갈 테니."

화린은 말에 올라 멀어져 가는 협의 모습을 복잡한 심경으로 바라보았다.

노을이 진분홍빛으로 물든 꽃구름들을 피워 올리는 해질녘. 화린이 수녕전에 들러 회덕헌에 닿았을 때에는 염이 초조하게 발을 동동거리며 그녀를 기다리고 있었다. 염이 궐내에 온 일은 이제까지 한 번도 없거니와, 만난 지 며칠이 채 되지 않았으므로 그녀가 찾은 데에는 뭔가 커다란 사연이 있는 것이 틀림없었다. 혹시 교우 오라버니가 돌아왔다는 전갈을 전하기 위함일까?

"휴, 공주님께서 오시지 않으면 어쩌나 걱정했어요."

염이 다소 지친 기색으로 말했다.

"그래, 무슨 일인지 말해보렴. 많이 기다리게 했다면 미안해."

"아니어요. 내일 아침, 설국으로 가신다는 말씀을 산아할멈에게서 전해 들었어요. 사실인가요?"

"……아, 그보다 하려는 말은?"

화린은 두루뭉술하게 염의 질문을 피해갔다. 내일 설국으로 떠나게 될 것 같다고 전한 편서에, 일이 이제야 풀리는 듯해 오늘부터 시름을 덜고 잠을 청할 수 있게 되었다며 그것참 반가운 소식이라고 기뻐했던 산아할멈의 답신이 떠올랐던 탓이다. 산아할멈은 정비가 또 한 번 도와주었다며 무척이나 흔쾌히 여겼다. 그리곤 덧붙여 교우가 오면 먼저 가람국으로 보내겠다고 전했다.

"전에 선요의 남편 이름이 익호…… 라고 했었죠?"

염이 희미한 듯 확인하며 물었다.

"응, 그런데 그건 뜬금없이 왜 묻는 게니?"

"아까 우연히 익호에 대한 소식을 들었어요."

"그게 정말 사실이니?"

화린이 숨 쉬는 것도 잊은 채 되물었다. 아직도 그녀의 허리춤에 달려 있는 향낭 속엔 선요가 남기고 간 밀화가락지가 들어 있었다.

"네. 쇤네도 믿기지 않았는데 얘길 들어보니 익호가 분명하지 않겠어요. 그뿐인가요? 그의 행방이…… 글쎄, 설국에서 살더란 거예요. 그래서 공주님께서 설국으로 가신다기에 꼭 전해줘야 할 것 같아서 이렇게 부랴부랴 왔지요."

"설국에?"

염이 고개를 끄덕이며 말을 이었다.

"그렇다고 들었어요. 그런데, 선요의 익호가 맞는지 모르겠다만 그는 설국에서 자객으로 이름을 떨치고 있대요."

"자객이라니……. 그래, 알았어. 설국에 가면 꼭 알아볼게."

염의 말이 사실이라면 그의 곁을 떠나겠다고 했던 정비와의 약속 외에도 반드시 가야 할 이유가 생긴 것이다. 수련국 사람들이 뭐라고 떠들던 그것은 진실이 아니라는 추측. 아마 익호를 만나고 나면 모든 일들이 밝혀질 터였다. 가서 진주령에서 선요가 기다린다고 전해주어야 했다. 그 애잔해 보였던 선요에게 이제까지 홀로 기다린 사랑을 되찾게 해주고 싶었다. 화린은 밀화가락지에 새긴 그들의 사랑을 믿었다.

"전하."

협이 가만히 눈을 떴다. 모락모락 피어오르는 더운 물의 수증기 덕분에 야청의 얼굴이 흐리게 보였다. 내일 설국으로의 긴 여정을 위해 쌓였던 피로를 푸는 중이었다. 바깥에서 희미하게 화린의 목소리가 들려왔다. 야청이 왜 그를 불렀는지 알 것 같았다.

"화린을 들여보내."

"네, 전하."

협의 눈이 잠시 가늘어졌다. 설국에 가게 되면 이참에 예아 공주와 함께 오라는 어머니의 말이 떠올랐기 때문이다. 물론 그는 그럴 수 없다고 반대했지만, 화린이 혜운궁에 불려갔다는 말을 듣고는 마음이 더욱 편치 않았다. 혹여 어머니의 날카로운 독설에 상처를 입었을까 우려가 앞섰음이라. 그런데 대체 무슨 생각으로 설국에 따라가겠다고 하는 것인가. 혜운궁에서 나오자마자 곧바로 그에게 들른 것으로 미루어보아 어머니와 연관이 있다고 짐작할 수밖에 없었다.

"협."

어느덧 그의 상념을 흩뜨리며 화린이 앞에 있었다. 궁터에서 보았던 대로 삼단 같은 머리채를 길게 늘어뜨린 모습이었다. 그녀가 건네준 머리 끈은 벗어놓은 단의 안쪽에 잘 넣어두고 있었다. 화린은 그의 벗은 상체에 놀란 표정을 짓곤 고개를 살짝 옆으로 돌렸다. 저 홍조 어린 뺨을 어루만지고 싶었다.

"나, 다시 한 번 부탁할게요. 설국에……."

"그건 이미 오후 나절에 안 된다고 말한 것으로 기억하는데?"

협은 무뚝뚝하게 일침을 놓았다. 그러자 멀찌감치 떨어져 있던 화린이 성큼 다가왔다. 그나저나 화린이 갑자기 왜 존대를 하는 거지?

"그때처럼 당신 앞에 타면 되잖아요."

"그래도 안 돼!"

거칠게 소리쳤다. 하마터면 실소를 터뜨릴 뻔했다. 화린은 그를 돌부처쯤으로 여기고 있는 걸까? 그러잖아도 그녀와 가까이 있지 않기 위해 안간힘을 쓰고 있는데 그의 품에 안겨 말에 타겠다니.

협은 말을 타며 느꼈던 그녀만의 감촉과 향기를 떠올렸다. 갑자기 목욕으로 인해 나른하게 풀어졌던 근육들이 죄 뭉쳐 오기 시작했다. 후, 지금도 이럴진대……. 그렇게 되면 모르긴 몰라도 그에게 있어 이제까지 설국으로의 여정 중 가장 힘든 여정이 될 게 분명했다. 그의 고뇌를 조금만 알아도 저런 말은 못할 터였다.

"날 데리고 가면 설국의 공주가 반가워하지 않으니 그런 거죠?"

화린은 말을 꺼내기가 무섭게 자신의 혀를 깨물고 싶은 심정이 되었다. 어쩌다가 이런 말이 나와 버렸담. 그 하고 많은 말들 중에 하필이면……. 애꿎은 입술만 잘근거렸다. 어찌 되었든 이미 뱉어버린 말, 주워 담을 순 없는 노릇이었다. 그러나 그때까지 거의 표정이 없던 그의 얼굴에 변화가 생기고 있었으니. 그의 눈엔 재미있다는 반짝임마저 스쳐 가고 있었다.

"지금 질투를 하는 건가?"

화린의 얼굴이 화르륵 붉어졌다.

"아, 아니에요. 그런 게 아니라……."

"알아. 그냥 농을 한번 걸어본 것뿐이니 너무 난처해하지 마. 네가 질투 따위를 할 리가 없다는 건 나도 잘 알아."

그의 말투에 씁쓸함이 묻어났다.

화린은 뭐라고 말을 더 하려다가 입을 다물었다.

"왜 그렇게까지 설국에 따라가겠다고 하는 거지? 그 이유를 한번 듣고 싶군."

그는 궁터에서 그랬듯 한참 동안 그녀의 눈 속을 들여다보다가 말했다.

"설국에는……."

선요의 익호를 찾아야 하는데 마땅하게 대답할 말이 떠오르질 않았다. 게다가 무엇보다 정비와의 약속을 발설할 순 없는 노릇이지 않은가. 당신을 떠나겠다고 약속했으니까요. 그 말만이 입가에서 떠나질 않고 마음속에서 맴돌았다.

하지만 그녀의 무응답을 다른 뜻으로 받아들인 그가 별안간 차갑게 되물었다.

"혹시 정혼자가 그곳에 있나?"

화린이 아니라고 대답하려 하자, 그가 손으로 막았다. 그리곤 시선을 피하며 잠시 드러나는가 싶었던 감정을 감춘 목소리로 낮게 말했다.

"아니, 됐어. 내일 아침 떠날 채비를 하도록 해."

깃털 같은 구름들이 붓으로 그린 것처럼 청청하게 놓여진 물빛 하늘. 회덕헌을 지나 월국 궐내를 벗어난 화린과 협, 야청과 휘련, 그리고 다른 몇몇의 부하들의 머리 위로 오늘따라 유난히도 따스한 햇빛이 쏟아졌다.

처음에 화린은 협이 아닌 야청의 말에 오르려고 하였었다. 이는 휘련 때문이었다.

"황자비 전하!"

야청이 당혹스레 그녀를 만류했다.

협은 나지막하게 으르렁거렸다.

"화린!"

"왜? 난 야청과 함께 말을 타고 싶은데."

내가 그렇게 사정할 때는 콧방귀도 안 뀌더니, 저 휘련이란 기녀는 애초에 데리고 갈 생각이었던 모양이지. 그것이 못내 분했다. 당신과 저 기녀가 무슨 짓을 하든 상관 안 해. 그치만 그럼 그리 애원했던 나는 뭐가 되느냔 말이야!

화린은 마치 자신이 쓸데기없는 짐꾸러미가 된 기분을 지울 수 없었다.

"당장 말에서 내려라, 화린."

모두의 시선이 모아진 가운데 협이 저벅저벅 걸어오더니 차갑게 명령했다.

화린은 눈도 마주치지 않은 채 대꾸했다. 잔뜩 토라진 얼굴이었다.

"싫어요."

그러자 협이 더없이 가차하고 단호한 음성으로 잘라 말했다.

"좋아. 너 하나로 인해 여행길이 지체되어야 한다면 이대로 놔두고 갈 수밖에. 당장 말에서 내리지 않겠다면 네 소원대로 야청에게 말을 몰라 이르겠다. 단, 설국으로 가는 건 꿈도 꾸지 마라."

그 말이 허투루는 아니었던 듯 협은 뒤도 돌아보지 않은 채
가버렸다. 결국 화린은 굴욕적인 기분을 느끼며 말에서 내렸다.
그리고는 감히 누구도 상상 못했을 툴툴거리는 걸음으로 그에
게 다가갔다. 먼지 바람이 화락 일었다.

그때 갑자기 '풋!' 하는 웃음이 들려왔다.

누구의 방정맞은 주둥이인가, 하여 주위를 살피니 그곳에 휘
련이 있었다. 옆의 야청은 거의 사색이 되었다. 이런 험악한 상
황에 숨죽이고 있어도 모자를 판에 미치지 않고서야, 그것도 아
니면 화린을 우습게 여긴 게 아니고서야 저리 웃을 수는 없으리
라. 화린이 살차게 쏘아보자 휘련은 또 한 번 방긋 웃는다. 화린
은 정말로 저 계집이 미쳤구나 싶었다.

"귀여우세요."

휘련의 작은 한마디에 화린의 기분은 더욱 나빠졌다. 꼭 자신
의 치기 어린 행동을 비웃는 것만 같았다.

"네게 귀여워 보이고 싶은 생각은 눈곱만치도 없으니 못 들은
걸로 해주마."

화린은 홱 쏘아붙이곤 협의 말에 올라탔다. 그 와중에도 자신
을 보며 '풋, 풋' 거리는 휘련의 웃음소리가 이어지고 있었다. 야
청이 황망히 얼굴을 굳히며 휘련을 이끌고 갔다.

"월국의 국경을 넘어서면 아무리 힘들어도 되돌아갈 수 없으
니 그 이전에 마음이 바뀌면 언제든 말해라."

어느 정도 궐에서 떨어졌을 무렵, 협은 근심 깃든 표정으로 말했다. 화린을 데리고 가는 것이 영 마음에 걸린 탓이었다. 겉으로는 차갑게 안 된다 뿌리쳤지만, 기실은 그렇지 않았다. 비록 다른 사내를 마음에 품었다고는 하나 그녀와 떨어져 있을 시간조차 그에게는 하냥 아쉬운 것. 더욱이 궐내에 그녀 혼자 두고 갈 수밖에 없게 되어 걱정 또한 만만찮았다. 많은 인내를 요하는 힘든 여정길이라 해도 그녀와 함께이니 차라리 마음이 놓였다.

"그렇게 될 일은 없겠지만, 알았어요. 새겨듣도록 하지요."

화린이 샐쭉거리며 대답했다.

장식없이 한데 묶은 머리. 곱게 드러난 이마가 만져 주고 싶을 정도로 예뻤다. 휘련을 동행하는 것에 대해 불만을 품고 있다는 건 알았지만 아직은 말할 수가 없다. 적어도 월국 땅을 벗어나기 전까지는. 협은 이참에 어제부터 궁금했던 한 가지를 묻기로 했다.

"존대하지 말라고 했을 텐데?"

"······."

화린은 대답없이 비죽거리기만 했다.

협은 경고를 대신해 지그시 그녀를 힘주어 안았다. 그러자 신기하게도 즉각적인 반응이 돌아왔다. 화린이 재깍 대답을 한 것이다.

"사람들에게 얕잡아 보이기 싫어."

무척이나 자존심이 상했다는 투였다. 협은 눈썹을 꿈틀거리며 다시 물었다.

"누가 널 얕잡아 본다는 말이지?"

"이곳 사람들은 자기네랑 조금만 달라도 경시해. 그저 난 이곳 사람들의 살아가는 방식이 낯선 것뿐인데, 그걸 어리석게 여겨. 마치, 날 모자른 아이처럼 대한단 말이야. 그러니까 분하지만 이곳에 있는 동안만큼은 그들이 정해놓은 범주에서 지내기로 했어요."

"그래도 내가 싫다고 하면?"

"이번엔 나도 양보할 수 없어요. 반대할 테면 하라지."

다소 호전적인 그녀의 목소리에 그만 껄껄 웃음을 터뜨리고 말았다. 대충은 알 것 같았다. 보나마나 남의 얘기에 귀 기울이길 좋아하고 입에 담기 좋아하는 궐내 사람들 때문이리라.

협은 말의 고삐를 잡아당겨 속도를 올렸다. 아직 갈 길이 멀었다. 서두를수록 좋았다. 뉘엿뉘엿 해가 넘어가려면 아직 한참을 더 달려야 했으나 설국의 혹한에 들어서면 백 리 길도 천 리처럼 더뎌지기 십상이다. 사시상절(四時常節) 얼음알갱이가 녹지 않는 그 땅은 언제나 초행(初行)인 듯 난관이었다. 물론 이번 여행길은 그에게 있어 추위란 것을 잊게 할 터였다. 자신의 품에 안긴 이 작은 여자는 온전히 그만의 불씨인 셈. 벌써부터 그의 심장에는 땀이 차 오르고 있었다.

한편 월국 담을 가까이 끼고 있는 북산(北山). 그들의 바쁜 움직임을 쫓는 눈이 있었다.

"저자가 지난번의 그자렷다?"

절제된 힘이 느껴지는 조용한 목소리였다. 그 표정에 서린 신중함이 거구의 사내를 더욱 무시무시하게 보이게 했다. 숯보다 검은 동공에 목표물이 정확히 포착되었다. 자그마한 계집을 끼고 말에 탄 황실의 사내였다.

"네, 그렇습니다."

옆에 있던 수하도 그의 시선을 따라가며 대답했다.

만월에의 그 일이 있은 후, 여러 달포가 지났다. 저 협이란 사내를 암살하란 부름을 받고 계획에 옮겼으나 모두가 전멸했다. 대신 임무를 맡았던 심복마저도 죽음을 피하진 못했다. 그런데 여기서 한 가지 의문점이 발견되었다. 심복은 싸우다가 죽은 게 아니었다. 붉게 피가 번진 왼쪽 가슴팍에 꽂힌 비표가 말해주고 있었다. 그것은 바로 열 명에 달하는 부하들 중에 첩자가 있었다는 뜻. 그들이 열세해지자 정체가 탄로날 것을 두려워한 황실의 짓이었다.

"약골처럼 보이진 않군. 내 명령이 있기 전까지는 어떤 행동도 개시하지 마라."

그의 수하가 깊숙이 머리를 조아렸다.

그들은 설국으로의 지름길을 향해 마을로 내려왔다. 그러자 그때부터 사람들의 놀란 시선이 그 사내에게서 비롯되었다. 그것은 그 사내의 복장이 유달리 어두워 보인다거나 생김새가 특

이해서, 혹은 그가 지니고 있는 5)대초명적(大哨鳴鏑) 때문일 수도 있지만 그중에서도 그의 체구가 팔(八) 척에 가까운 이유가 가장 컸다.

　벌써 며칠이 지났을까.

　어머니 예 부인의 만류에도 불구하고 교우는 황궁 앞에 꿇어앉은 채 단 한 순간도 몸을 움직이지 않았다. 황제께서 월국으로 가라 윤허를 내리시기 전까지는 어림도 없었다. 화린이 다른 인간 사내와 가례까지 치른 마당이니 한시가 급했다. 더욱 서둘러야 했다.

　'화린, 기다려. 꼭 널 구하러 가겠어!'

　끼니를 굶어 초췌한 얼굴임에도 안광은 흔들림없이 곧았다.

　갖은 수를 동원해 그에게 매달리는 혜금을 뿌리치며, 어머니 예 부인으로부터 호통을 들어가며 선택한 길. 그것은 바로 화린과의 사랑에 다름 아니었다. 이제 앞으로 어떤 난관이 닥쳐와도 화린을 포기하는 일은 없으리라. 황제를 설득하는 며칠의 시간 동안 교우는 더욱 결의를 다졌다.

　'제발, 아무 일이 없기를.'

　화린이 망해를 건너던 날, 근심으로 얼룩진 지륜 황제의 용안

---

5)대초명적(大哨鳴鏑): 우는살(嚆矢). 날아가면서 소리를 내는 화살. 촉 뒤에 속이 빈 나무 깍지를 달아서 날면 깍지 안에서 바람이 회오리를 일으키면서 소리를 낸다. 소리화살이라고 하며 사냥할 때 즐겨 썼다고도 함

이 떠올랐다.

한 모금 남아 있던 초례주를 발견하고는 당장 화린을 데려오라 명했던 그.

모두가 그녀의 뒤를 쫓았지만 결국 화린을 잡는 데에는 실패하고 말았다. 그때 화린은 이미 망해 한가운데를 건너고 있었다. 그 순간엔 교우도 가슴이 철렁했었다. 이미 망해를 건너기 전의 화린과 작별 인사까지 나누었던 자신이다. 그런데 화린이 초례주를 마저 비우지 않았다니!

불길한 마음을 가눌 수가 없었다. 교우는 맨정신으로 망해를 건너려 했지만 화린을 뒤따라온 나머지 교인들에게 붙잡히는 바람에 실패하고 말았다. 제발, 달의 가호가 있기를. 만약 화린이 잘못된다면 절대로 자신을 용서치 않으리라. 그렇듯 눈물을 삼키며 돌아올 수밖에 없었다.

그리고 지옥 같은 며칠이 흘러갔다. 지륜은 황제라는 직책을 벗어던지지 못한 스스로를 혐오했고, 황후는 충격으로 쓰러졌다. 수련국은 빛이 들어와도 어둠에 잠겨 있었다. 벌써 월국에 도착했어야 할 화린에게서는 이렇다 할 편서가 없었다. 답신도 없었다. 창자가 끊어질 듯 애간장이 탄 그들에게 화린의 편서가 도착한 것은 닷새가 지난 다음이었다.

화린이 무사한지 어서 빨리 확인해야만 했다.

"쯧쯧. 안으로 들어오라시는구나."

홍노는 안타까움을 감추며 교우의 어깨에 손을 얹었다.

"그럼……."

교우의 얼굴이 금세 기대감으로 밝아졌다.

눈앞의 청년이 어떤 표정을 짓고 있는지 짐작하기란 그리 어려운 일이 아니었지만 홍노는 애써 모르는 체하며 등을 돌렸다. 그래 보았자 안타까움만 늘 뿐인데 무엇 하러 그러겠는가. 그녀라고 해서 방도를 찾아보지 않은 것은 아니었다. 아니, 그녀 역시 고된 나날을 보냈다. 교우가 황제에게 시위하며 날밤을 새는 동안 그녀는 그녀대로 근심에 싸여 있었다. 그것이 얼마나 그녀의 본분에 어긋나는 일인지 알고 있었지만 막을 길이 없었다.

화린의 처지가, 화린으로 인해 나날이 안색이 흐려지는 황제가 너무도 딱해 냉정함을 지키기 어려웠다. 자신이 그런 감상에 젖지 않을 정도로 젊었다면 달라졌을지 모르겠으나, 어쨌든 감시당하고 있다는 사실로도 억누르지 못한 마음이었다.

불경하게도 망해가 소멸되는 줄 알면서도 화린을 협의 곁에 두는 방법은 없는지, 아니면 차라리 흑월의 뜻을 거슬러가면서까지 교우와 화린을 맺어줄 방법은 없는지 수차례 고민하고 망설였다.

하지만 교우와 협. 어느 쪽으로도 택할 수 있는 길은 없었다.

그렇기에 저 청년으로 인해 약해질 대로 약해져 있을 황제의 마음을 다잡아주기 위해 일부러 황궁까지 찾아온 것이었다. 자신이 이렇게 흔들리고 있는 터이니 황제는 더욱 심난할 게 분명했다. 그리고 그런 그녀의 예상이 정확히 들어맞았음은 반각도 채 지나지 않아 확인할 수 있었다.

"불쌍한 것……."

식음을 전폐하여 퀭해진 눈을 한 채 황후가 흐느꼈다.

그예 딸의 운명을 알아버린 황후는 한동안 딸을 구할 방법을 찾는 데에만 혈안이 되어 있었다. 그러나 홍노는 한결같은 대답만 되풀이했다. 피도 눈물도 없는 냉혈한이라 비난받으면서도 홍노는 표정 한 번 바꾸지 않았다.

갑자기 교우가 황제에게 다가서며 조용히 말했다.

"화린의 곁에 있겠습니다. 허락해 주십시오."

"진심이더냐?"

황후는 교우의 말에 놀라며 물었다.

"네, 그렇습니다."

실고의 고통도 두렵지 않았다. 어느 순간 너무나 커져 버린 화린에 대한 사랑은 교우로 하여금 모든 것을 버리게 했다. 예부인은 그와의 생이별을 받아들이지 않겠다며 반대했고, 홍노 역시 그를 설득하고자 했으나 교우는 고집을 꺾지 않았다.

"비록 달이 내려준 연(緣)은 아니나, 함께 자라며 화린을 제하나뿐인 배필로 여기고 있었습니다."

지륜 황제는 나직이 명을 내렸다.

"좋아. 네 뜻이 그러하다면 허락을 내리도록 하겠다."

"안 됩니다! 공주님의 배필은 인간 사내로 정해져 있습니다."

홍노가 선두에 서서 강력히 반대했다.

"흑월을 거스르다니! 교우, 네가 지금 제정신인 게냐!"

그러나 황제가 가만 내버려 두지 않았다. 황제는 교우를 야단치려는 홍노를 막아서며 재차 명을 내렸다.

"그만. 번복하지 않겠다. 나는 이미 교우에게 허락을 내렸다. 홍노 그대는 교우에게 초례주를 건네도록 하라."

"황제 폐하!"

"그만 하라지 않느냐! 당장 교우에게 초례주를 주도록 해라."

교우는 드디어 한줄기 빛을 발견한 기분이 들었다.

하지만 어쩔 수 없이 초례주를 건네주는 동안에도 홍노는 그의 마음이 바뀌기를 포기하지 않았다.

"다시 생각할 기회를 주겠다. 지금이라도 마음을 고쳐 먹으면……."

"아니, 싫습니다. 백일이 다하기 전까지 화린의 운명을 바꿀 수 있는 방법을 꼭 찾아내고 말 겁니다. 그래도 뒤바뀌지 않는 운명이라 그때 가서 화린의 손을 인간 사내에게 넘겨줄망정 손도 써보지 못한 채 이대로 허무하게 있을 수만은 없습니다. 걱정하지 마십시오. 수련국을 사해로 만들 생각은 없으니까요. 평생 바라만 봐야 한다 해도 화린의 곁에 있겠습니다."

홍노는 무력한 한숨을 쉬며 고개를 내저었다.

"그래, 정히 그렇다면 초례주를 건네주마. 이걸 마시고 망해를 건너야 한다는 건 알고 있느냐?"

"네."

"대신 조건이 있다."

"말씀하십시오."

"공주님께…… 흑월에 받은 간지를 꼭 확인하라고 전하거라."

"그뿐입니까?"

"그렇게 전하기만 하면 공주마마께서는 알아들으실 것이니라."

교우는 미심쩍은 듯 홍노를 주시했다. 그리고는 초례주 잔을 손에 받아 마셨다.

정해진 시한은 화린이 월국으로 올라간 날로부터 딱 백일. 그때까지 화린의 운명을 바꾸지 못한다면 그대로 달의 제물이 된다 하였다.

이는 방금 전 홍노의 처소까지 몸소 찾아온 지륜 황제를 통해 알게 된 사실이었다. 홍노의 만류에도 불구하고 지륜은 차근차근 이야기를 털어놓았다. 그것은 홍노가 끝끝내 숨기려 하였던 나머지 진실이었다.

"망해가 없어지면 돌아오는 백년마다 제물을 가려내지 않아도 될 것이야. 망해는 달의 기운뿐만 아니라 인간들의 침입으로부터도 막아주지. 선조 때에만 하여도 처음에는 망해가 없었다. 그때는 물의 정령이란 자체가 없었으니까. 선조들이 사해로 인해 물의 정령이 되었다는 사실은 알고 있겠지?"

교우가 그렇다고 대답하자 지륜은 다시 말을 이었다.

"인간들은 제멋대로 교인들을 납치해 갔고 끊임없이 문제를 일으켜 왔다. 때문에 선조들은 어쩔 수 없이 망해의 힘을 빌리게 되었지. 그때 인간들로 인해 억울하게 죽어간 교인들이 스스로 물의 정령으로 분해 망해를 형성한 것이다. 그리고 그때부터 흑월을 섬기고, 달의 제물을 가려내기 시작했다."

"그렇게 된 거였군요."

"그러나 망해를 없애는 방법은 아무도 알지 못한다. 다만 한 가지. 망해가 생겨난 까닭을 반대로 돌이키면, 달의 기운을 통해 망해가 멸하여지지 않을까 추측할 뿐이다."

"달의 기운을 대신하는 자가 화린이 되었으니 망해의 존폐를 가리는 실마리도 화린에게 있겠군요."

"내 생각도 그렇다."

그때 홍노는 표정을 묘하게 굳히며 그들의 대화를 듣고 있기만 했다.

지륜은 홍노의 처소를 나와 망해까지 마중을 나왔다. 교우가 인사를 올리고 망해로 들어서려는데 갑자기 지륜이 막아섰다.

"전하……."

"홍노의 말을 전부 다 믿지는 마라."

지륜의 목소리는 몹시도 낮았다.

"예?"

"특히나 망해에 관해서라면 홍노의 말을 곧이 들어서는 아니 된다. 홍노의 절반은 교인이나 나머지 절반은 물의 정령의 지배를 받고 있다. 그렇기 때문에 망해가 없어지는 것을 누구보다 탐탁지 않아하지. 물론 망해가 있음으로 해 교인들이 많은 보호를 받았지만 말이다."

"네, 명심하겠습니다."

지륜의 표정이 더욱 조심스러워졌다.

"그리고 화린을 만나거든 내가 보낸 편서의 내용을 기억하고 있는지 반드시 확인해 보아라."

"그 말씀은……?"

"화린에게 보낸 여러 통의 편서 중에서도 단 하나, 마지막 편서에 대한 답신만이 있었다. 나머지 편서들이 화린에게 도착하지 않았을지도 모른다고 여기던 참이었지. 만약 그렇다면 문제가 커지겠지만 일단은 알아보거라."

"네, 전하. 그럼 꼭 화린을 데려오도록 하겠습니다."

"그래. 무사하거라."

망해를 건너면서 교우는 잠시 생각에 잠겼다.

지륜의 말이 사실이라면, 자신의 편서 역시 화린이 받아보지 못했을 가능성 또한 높았다. 동문서답하듯 전해져 온 화린의 편서는 그가 보낸 편서에 대한 답신이 아니었기 때문이다.

교우는 더욱 조급해졌다.

잠을 제대로 못 잔 모양이로군.

협은 자꾸만 옆으로 기울어지는 화린의 머리를 자신에게 기대게 했다. 아까부터 내내 조는 모양이 안쓰러웠다. 하긴 보통 장정이라도 지치고 남았을 터인데 그녀가 고단해하는 것은 당연했다. 벌써 나흘째 이어지는 강행군에도 화린은 투정이나 어리광 한번 내비치지 않았다. 그의 입가에 피식 웃음이 물렸다. 힘들다는 말을 꺼내면 도로 월국으로 보낼 거라 으름장을 놓아버린 탓이 컸으리라.

그래도 제법 대단해. 잘 버티고 있어.

협은 그녀가 잠든 틈을 타 기특하단 표정으로 그녀의 이마에 입술을 눌렀다. 네가 잠든 동안만큼은 이리해도 되겠지. 안 된다 하지 않겠지. 그는 좀 더 욕심을 키워 그녀의 입술로 내려갔다. 그러자 파르르, 그늘을 만들던 기다란 속눈썹이 열렸다. 영글고 말간 두 눈이 드러났다.

"어? 이제 국경을 넘어섰나요?"

잠을 깨운 것이 못내 아쉬운 쪽은 순전히 그였다. 더 자지 그러렴. 널 조금만 탐낼 수 있게 이 품에 기대어다오. 그러나 그의 바람은 비껴가고 말았다. 화린은 완전히 잠이 달아난 눈으로 주위를 살피고 있었다.

"그렇다, 이곳은 가람국이야."

"아! 그렇군요. 어쩐지 조금 추운 듯해요."

약간은 서늘한 바람이 그들의 피부를 스쳤다.

"이 모포를 덮도록 해. 얇지만 따뜻할 거다. 이 산만 넘으면 곧 야영을 하게 되니 그때 가서 두터운 옷으로 갈아입으면 될 거야."

협은 월국에서 떠날 때부터 준비해 두었던 모포로 화린의 어깨를 감쌌다. 국경을 넘으면 산을 타고 내려온 바람이 유난히 거세어지는데 한 고개, 두 고개 그렇게 고개고개 넘어갈수록 추위도 더해졌다. 화린이 모포를 덮다 말고 생각난 듯이 말했다.

"당신은요?"

"난 춥지 않으니 염려하지 않아도 돼."

"이렇게 바람이 찬데 춥지가 않아요? 나, 아주 많이 추운 건 아니니까 같이 덮어요."

기분 좋게 늘어지는 입매를 그도 어쩔 수 없었다. 자신까지 챙기려 하는 그녀의 모습이 어찌 예쁘지 않을 수 있을까. 그에게는 그녀의 따스한 마음이 무엇에 견줄 수 없는 모포였다.

"괜찮아. 아직은 입은 옷만으로도 충분해."

"그럼 가다가 나중에 추워지면 말해요."

"그러도록 하지."

그녀가 자신만의 불씨가 될 거란 그의 생각은 정확했다. 더러는 그녀로 인해 뜻하지 않은 인내심을 발휘해야 하는 경우도 있었지만 함께인 것에 후회하진 않았다. 지금처럼 묶어 올린 머리카락 사이로 귀밑머리가 눈길에 들어올 때면, 소나기 아래 달게 맛본 그녀의 입술과 손 안에 가늘게 잡히던 저 허리의 감촉에 대한 기억으로 심장 한쪽에 경련이 일곤 했다. 눈앞에 두고도 손을 뻗을 수 없는 건 틀림없는 고행(苦行)이었다.

"그런데…… 나중에라도 네 정혼자가 널 찾으러 오지 않으면 어쩔 테지?"

그는 일부러 걱정해 주는 척, 심술궂게 한마디 던졌다. 이렇게 고역을 치르게 한 화린을 똑같이 약 올려주기 위함이었다. 예상대로 화린은 발끈했다.

"아니야. 교우 오라버니는 꼭 올 거예요!"

"뭘 믿고."

협은 엿가락처럼 물고 늘어졌다. 화린의 볼에 심술이 한가득 몰려드는가 싶더니 그것도 잠시, 이내 눈가에 이채가 떠올랐다. 그 모습에 협의 눈썹이 벌레처럼 꿈틀거렸다.

"예쁘니까."

"쿨럭."

갑자기 사레가 들렸는지 그때까지 잠자코 있던 야청이 연신 기침을 해댔다. 협은 그야말로 벌레 씹은 표정이 되었다. 아니, 보다 보다 이런 계집은 처음이라는듯, 신기한 생물을 쳐다보듯 무어라 형언키 부족한 무궁무진한 표정이었다. 화린은 그런 두 사람을 잠시 노려보더니 더욱 오만하게 턱을 치켜세우며 말했다.

"이렇게 예쁜 신부가 기다리고 있는데, 어떻게 다른 맘을 먹겠어?"

"진심인가?"

"그럼! 얼마나 사랑하고 있는데 그럴 리가 없어요."

철석같이 믿고 있는 얼굴. 누가 토를 달기라도 하면 곧바로 잡아먹을 기세였다. 하긴 그러고도 능히 남을 테지만.

협은 씁쓰레 한숨을 흩뿌렸다. 젠장, 되레 한방 먹고 말았다. 어쩌면 화린의 이런 유별난 모습 때문에 저도 모르게 매료된 것인지도 모른다고 그는 생각했다.

해가 지자 어둠이 가장 먼저 찾아든 곳은 산속이었다. 빛이 소멸한 산속은 이제 날개를 펴기 시작한 박쥐 떼들로 인해 더욱 스산해졌다. 협은 야청에게 서두를 것을 명했다. 다행히 경사진 와중에도 제법 평지에 가까운 곳을 발견해 야영을 할 수 있었다. 야청이 다른 부하들과 함께 구해온 섶나무로 불을 지폈다. 비축해 둔 식량이 있어 저녁 끼니를 간단하게 해결한 후 보초들을 제외한 나머지는 잠자리에 들었다. 내일부터는 사냥에 나서야 했다.

막사 안으로 들어선 화린은 모포를 깔고 자리에 누웠다. 옆에서 조금 떨어져 누운 협은 화린이 눈 감는 것을 지켜보았다. 부엉이 울음소리에 그녀의 눈이 다시 떠졌다. 이번엔 늑대 울음소리도 이어졌다.

"이게 무슨 소리예요?"

"들짐승들이 우는 소리야. 지금 소리 내는 녀석들은 대개가 야행성이라서 이맘때쯤 먹이를 찾아다니지."

커지는가 싶었던 화린의 눈이 더욱 커다래졌다.

"설마 사람도 먹잇감에 포함되는 건 아니겠죠?"

"글쎄."

협은 일부러 관심없다는 투로 툭 대답해 버렸다. 짓궂게도 그녀를 놀려주고 싶었다. 이미 놀라서 화등잔만 해진 저 눈이 어떻게 변할까.

순간 들짐승 우는 소리가 크고도 가깝게 들려왔다. 놀란 화린은 숫제 자리에서 일어났다. 태(態) 고운 아미가 잔뜩 찡그려졌다.

"농담이니까 염려 말고 자. 녀석들은 불을 두려워해서 이 근처로는 얼씬거리지 못해."

"……정말인가요?"

"그럼. 만에 하나 녀석들이 덤벼들면 여기 이 활로 쏘아 죽일 테니 염려 마."

그래도 화린의 얼굴에서 불안함이 가시지 않자 협은 자신의 자리로 손짓했다.

"이리 와."

화린이 망설이는 기미를 보였다. 그의 품이라고 안전할까. 저 짐승들에게서 피한다 치더라도 그에게서는 피할 방법이 없었다. 어쩌면 그의 품속이 더 위험할지도 모른다. 화린은 그가 지난 초야처럼 거칠게 덮쳐 오기라도 할 줄 아는 모양이었다. 그 속을 훤히 꿰뚫은 협은 모른 체하며 다시 자리에 누웠다.

"좋을 대로 해. 난 피곤해서 먼저 잘 테니까."

"자, 잠깐요."

그제야 머뭇거리던 기색을 접어버리고 화린이 그의 곁에서 몸을 눕혔다. 협의 입가에 슬며시 미소가 그려졌다.

"잘 자라."

"네⋯⋯."

대답하는 화린의 어깨는 단단히 굳어 있었다. 자리가 불편한 지 꼼지락거리는 자세도 잦아들지 않았다. 협은 자신의 한쪽 팔을 내밀어 그녀의 머리를 베게 했다.

"⋯⋯잠이 오질 않아."

딴에 놀린다고 가볍게 놀려본 것이었는데 적잖이 놀란 듯했다. 협은 조용한 곡조로 노래를 부르기 시작했다.

옷깃 옷깃 스며드는 밤의 향취
별들이 헤집어 놓은 하늘은 청명한데
꽃들이 들쑤셔 놓은 공기는 아늑한데
어이해 이 가슴은 괴롭더냐.
삭일 줄 모르는 임 향한 그리움
은빛 아롱진 조각달은 여전히 밝아서
구름몰이 바람도 흔쾌하게만 불어서
임 그립다 하는 것은 나뿐인가 하노라.

"그건 무슨 노래예요?"

화린의 눈엔 또 다른 놀라움이 어려 있었다.

"이건 규비의 노래다. 유온의 노래는 다들 잘 알고 있지만 규비의 노래는 많이 알려지지 않았지."

"아, 규비의 노래였군요. 너무 듣기 좋아요. 다시 한 번 불러줄래요?"

"물론."

협은 자장가처럼 읊어내리며 화린을 토닥였다. 한자한자 되새김질하니 곁에 화린을 둔 탓인지 그도 모르게 감상적이 되어 버렸다. 부부의 연을 맺을 뻔했던 다영에게도 들려주지 않았던 애가(愛歌)였다. 어쩌면 훗날에조차 자신의 입에 담게 될 일은 없을 거라 여겼던. 그것도 하물며 구애를 하기 위함이 아닌 자장가로 부르게 되다니…….

"이런…….."

어느새 화린은 잠들어 있었다. 협은 앞으로 숙여진 화린의 고개를 돌려놓았다. 그의 노래를 경청하려 자세를 튼 듯한데 이런 자세로 잠이 들면 내일 하루가 힘들어질 터였다. 자칫 그녀를 깨울까 마냥 조심스러웠다.

"너와 내가 이리 얼굴을 맞대며 잠든 적이 있었던가?"

그녀로부터 대답은 없었지만 협은 답을 알고 있었다. 바로 오늘이 처음이었다.

고요하게 잠든 화린은 더욱 앳되 보였다. 네가 잠들 때에는 이런 표정이구나. 이런 숨소리를 내는구나. 얕게, 낮게 쌔근거리는 화린의 숨소리에 조용히 지켜보던 협의 눈가가 부드럽게 접혔다. 갑자기 화린이 자세를 뒤척이더니 그의 품에 파고들었다. 난데없이 가까워진 그녀와의 거리에 협은 당황하고 말았다. 여기서 조금만 더 거리를 좁히면……. 다문 입매 사이로 그의 턱이 살짝 굳어졌다. 요 며칠간 유지해 왔던 인내심이 어디까지 버텨줄지 그 자신도 장담할 수 없었다.

괜히 약 올렸군 그래. 내 꾀에 내가 넘어간 것을. 이제 와 후회해 무엇 하랴.

자리옷이 벌어진 새로 보얀 속살이 보였다. 이른 봄에만 수줍게 보여주고 살짝 지는 목련꽃같이 새하얗다. 협은 겨우 시선을 떼었다. 새삼 처음 보는 것도 아니면서 눈길이 가는 것은 어인 이유인가. 손길이 가고자 하는 것은 어인 이유인가. 알고 있다. 그것은 사내의 음심(淫心)이었다.

잠든 너를 품을 순 없는 일.

다른 사내의 그늘에서 벗어나지 못한 널 품을 순 없는 일.

잠을 이루는 동안 협의 입가에 나직한 한숨이 몇 차례나 이어졌지만 이미 잠의 나락에 떨어진 화린은 도통 모르는 눈치였다. 결국 협은 조용히 막사를 나와 버렸다. 진작부터 더웠던 심장은 설국의 찬 서리에도 열기가 꺾이지 않을 터. 당장 머리만이라도 차게 식혀야 했다. 달무리에 곱게 둘러싸인 조각달이 밤하늘에 걸려 있었다.

이 애먼 속내를 모르고, 달아, 달아. 여전히 너는 밝기만 하구나.

　협은 [6]동개를 맨 후, 야청과 몇몇 부하들을 불렀다. 오늘부터
는 사냥을 통해 끼니를 해결해야 하기 때문이다. 다행히 가람국
땅의 절반을 지나기 전까진 사냥에 대한 걱정을 하지 않아도 될
정도로 많은 여우들이 서식했다. 오죽했으면 가람국에서 따로
기간을 정해 여우 사냥에 들어갔을까. 그럴 정도였으니 사냥은
매우 수월했다. 간혹 가뭇가뭇한 새끼 흑호가 발견되기도 했는
데, 그때마다 협은 놓아주어라 명하였다. 흑호는 희귀하기도 희
귀할뿐더러, 가람국에서조차 사냥에서 제하도록 규율을 내린
탓이었다.

　"전하!"

　사방을 살피던 부하 한 명이 소리쳤다.

　협의 눈이 경계심으로 번뜩였다. 부하의 손이 가리키는 곳에
는 사람이 머물었음이 분명한 흔적이 보였다. 흔적을 없애려 한
듯했지만 그 위를 여우들이 헤치고 간 탓에 채 없어지지 못한
것 같았다. 그리 오래되지 않은 흔적이었다. 마치 그들이 올 것
을 눈치채고 대피하기라도 한듯.

　"야청과 너는 이곳에 남아 뒤지고, 나머지는 산등성 너머까지
뒤지도록."

　딱딱하게 굳은 얼굴로 명령을 내린 협의 머리 속에는 두 가지

----

6)동개: 말을 탈 때나 등에 지고 다닐 때 활을 넣는 것

가능성이 스쳤다. 차비 계연이 보낸 살수이거나 아니면 화린의 정혼자이거나. 어느 쪽이든 달갑지 않은 건 마찬가지였지만 후자만큼은 아니길 바랐다. 그러나 일순, 그의 불길한 예감을 부추기듯 설국으로의 여정에 함께 오르게 해달라고 유별나게 조르던 화린의 모습이 기억을 덮쳐 왔다. 굳게 다문 그의 턱에 잔뜩 힘이 들어갔다. 다신 그런 기대조차 갖지 못하도록 만들어줄까, 화린? 이 난폭한 욕망을 네게 풀어버리면 날 원망하고 증오할지라도 그 더럽혀진 몸으로 정혼자에게 가지는 못할 테니 말이다!

목울대가 격하게 오르락거렸다. 당장 화린이 눈앞에 없다는 게 다행이었다. 그랬다면 통제력을 잃고 강제로라도 취했을 테니까. 불같은 분노는 그를 집어삼키기 직전이었다.

곧 흩어졌던 무리들이 그의 앞에 다가왔다. 그들은 아무리 뒤져도 사람의 흔적은 발견되지 않았다고 전했다. 그러나 협도 그의 부하들도 알고 있었다. 그들이 줄곧 협의 일행을 감시했으며, 이 어딘가에 반드시 숨어 있단 것을.

"이 일은 너희들만 아는 것이다. 막사로 돌아가 함부로 입을 놀리는 자가 있으면 가만두지 않겠다."

협의 명령에 모두들 긴장한 얼굴로 그러겠다고 대답했다.

사냥을 끝내고 돌아갔을 무렵, 언제 일어났는지 말에게 먹이를 주고 있는 화린이 보였다. 크릉크릉거리는 말에게 뭐라고 재잘거리는 화린의 뺨엔 지푸라기가 듬성듬성 묻어나 있었다. 그러자 신기하게도 눈 녹듯 분노가 사그라들었다. 화린을 보게 되면 가장 먼저 화를 터뜨리게 될 줄 알았는데……. 협은 그 자리에 멈춰 있다가 잡아 올린 여우들을 야청에게 건네주곤 그녀에게 다가갔다. 화린이 눈을 동그랗게 뜨며 물었다.

"어딜 갔다 온 거예요?"

"사냥하러."

"어제의 그 들짐승 같은 것 말인가요?"

화린의 얼굴에 정색하는 빛이 떠올랐다. 간밤에 놀랐을 터이니 그럴 만했다. 그녀를 놀린 덕분에 그도 호되게 겪지 않았던가. 겨우 머리를 식히고 막사로 들어갔으나 번번이 그의 품으로 달라붙는 그녀 때문에 도통 잠을 잘 수가 없었다. 정작 그녀야 아무것도 모르겠지만 말이다.

"그렇다고 할 수 있지."

그의 손에 들린 각궁으로 그녀의 시선이 내려갔다.

"나, 사실 그때에도 부탁하고 싶었는데……."

"뭐지? 말해봐."

화린이 눈을 빛내며 말했다.

"활 쏘는 법을 가르쳐 줄 수 있나요?"

"그거야 어렵지 않지."

그가 흔쾌히 대답하자 화린이 환하게 웃었다. 그 해사함에 협은 잠시 넋을 잃었다. 어찌 이리 고울까. 혹 들어주기 어려운 부탁이라 하여도 마찬가지로 그러마 대답해 버릴 만큼 그의 눈엔 마냥 곱게만 보였다. 이렇게 끓어올랐다가 내렸다가 하는 감정의 기복에 스스로가 얼간이처럼 여겨진다 해도 말이다.

점심을 끝낸 후, 화린은 그가 이끄는 대로 뒤를 따랐다. 발걸음이 마냥 가벼웠다. 궁터에서 훈련하는 그의 모습을 보며 한 번쯤 배워보고 싶단 생각은 하였으나 실제로 배울 기회를 가지게 될 줄은 몰랐으니 그저 신이 났다. 지형을 살피는 일이 끝났는지 협이 그녀와 마주하며 말문을 열었다.

"여기면 좋겠군. 활은 워낙 먼 거리를 날아가기 때문에 바람의 영향을 많이 받아. 물론 그건 외부의 요인일 뿐이지 시수를 결정짓는 요인은 되지 못해. 어쨌든 활을 쏠 때, 바람과 지형을 살피면 좋다고 할 수 있다."

협은 몇 가지의 활을 내려놓고 그녀에게 고르게 했다.

"아니, 그건 아니야……."

그녀가 들어올린 커다란 활을 보며 고개를 가로저었다.

"활은 힘에 무른 듯한 것으로 쏘아야 해."

그러면서 옆에 떨어져 있는 작은 활을 건넸다. 그래도 화린은 커다란 활에 미련을 버리지 못했다. 그가 가진 것처럼 멋진 활을 쏘고 싶었다. 그녀에게 적당하다며 건네준 활은 초라하게 보였다.

"자고로 활은 자기 몸이 이길 수 있는 활을 사용하는 것이 좋아. 힘에 무른 활을 고르는 게 쓰기에도 편할 거다."

"그래도 이걸로 한번 해볼래요."

화린은 고집을 버리지 않았다. 협의 입매가 희미한 웃음으로 늘어졌다.

"그러고 싶다면 말리지 않겠어. 단, 나중에 견비통에 시달리더라도 불평하지 마."

"후훗, 알았어요."

동개에 꽂힌 활을 한 발 빼낸 그는 제일 먼저 자세를 설명했다.

"그럼 봐, 이같이 활을 가득 당겨서 발시하는 거야."

활을 당기기 전, 그의 숨결이 깊어졌다.

이 체취……. 그를 담은 화린의 동공이 커다랗게 열렸다.

어젯밤, 대체 무엇으로 만든 모포라서 이렇게 따스하고 아늑한 걸까. 잠 속에 빠져들면서도 생각했었는데……. 그녀를 덮은 모포가 바로 그의 품이었음을 그제야 깨달았다. 그였구나. 이 사람의 품이었어.

아니, 어쩌면 무의식중에도 알고 있었는지 몰랐다.

며칠을 그의 품에 안겨 말에 올랐으니 저도 모르게 익숙해졌을 터.

갑자기 그에게 고마운 마음이 솟는 동시에 그가 불러준 규비의 노래가 떠올랐다. 그 노래 탓인지 수련국을 떠난 이후 처음으로 숙면에 빠져들 수 있었다.

그의 반대를 무릅쓰고 오른 여행길. 행여 그가 여행길에 올라서도 변함없이 냉대하면 어떻게 견딜 수 있을까. 월국을 떠나면서 걱정했던 것은 그저 기우에 지나지 않았다. 가례를 올린 후, 그녀를 돌림병 환자처럼 피해 다녔던 그는 다시 예전으로 돌아왔다. 차갑고 무뚝뚝하나 배려 깊은 모습으로. 넉넉하게 그의 어깨에 기대 며칠에 이르는 동안, 이렇게 되돌아온 그의 모습을 생각보다 많이 그리워했음을 발견하고 놀라기도 했지만 말이다.

어젯밤 그녀의 꿈속에 찾아든 유온은 뒤늦은 사랑 고백을 하였던 교우 오라버니가 아니라 바로 협, 이 사내였다. 그 꿈에 놀라 잠에서 깨었을 때에는 이미 아침이었고, 그의 자리는 비어 있었다. 누웠다가 일어난 그의 흔적만 아니었더라면 간밤의 일마저 꿈인가 여길 정도로 침상은 서늘했다. 월국에서도 늘 그녀 혼자 아침을 맞이했건만……. 명쾌하지 못한 허전함에 옅은 한숨만 입가에 맴돌았다.

"……!"

고요히 목표물을 주시하는 날카로운 그의 눈매. 힘있게 이어지는 동작. 시위 떠난 화살이 바람을 가르며 명중되었다. 나직하게 숨을 멈추고 있던 화린은 기쁘게 외쳤다.

"와! 과녁을 맞혔어요!"

"자, 이번엔 화린이 네 차례야."

협은 화린이 왼쪽 어깨의 통증으로 인해 그 몰래 인상을 긋는 것을 아까부터 알고 있었다. 그런데도 못 본 척하는 까닭은 엉뚱하게도 다른 데 있었으니. 끝끝내 작은 활에 손대지 않고 억지 부리는 저 모습이 그렇게 귀여울 수가 없었던 탓이다. 결국 통증을 견디지 못한 화린이 끄응, 앓는 소리를 내뱉었다. 웃음을 참지 못한 그는 파안대소하고 말았다. 화린이 입을 비죽였다.

"그렇게 신나나요?"

"미안."

들썩이던 혐의 웃음이 잦아들었다.

"쳇!"

못내 얄밉단 표정으로 화린이 눈을 흘겼다. 처음에는 몰랐는데 한발한발 연사하다 보니 어느 순간 한쪽 어깨가 저렸다. 눈물이 쏙 나올 만큼 아팠다. 그런데 저 사내는 그걸 재미있어라 웃었단 말이지. 내가 아픈 걸 즐겼단 말이지. 은근한 부아가 났다.

"자, 이번에도 그 활을 고집할 건가?"

"아니요."

그가 그럴 줄 알았단 듯이 씨익 입가를 늘이며 말했다.

"사람은 활을 이기고 활은 화살을 이겨야 하는 법. 힘에 부치는 활은 백해무익하다고 볼 수 있지. 이번엔 활을 반대로 쥐어봐. 그러면 통증이 줄어들 거야."

그가 다시 한 번 시범을 보였다.

또 명중이었다. 화린은 부러운 기색을 감추지 않으며 중얼거렸다.

"후, 대체 얼마나 연습해야 저도 과녁을 맞힐 수 있을까요?"

"가장 중요한 건 궁체야. 그러니 처음부터 무리하게 욕심을 내지 말고 아까 배웠던 궁체대로 연습하다 보면 될 거야."

"그렇군요."

"더러는 밤중에 활을 쏘기도 해. 그러면 살이 날아가는 모습이 보이지 않아서 자세를 흐트리는 일은 없으니 궁체가 바로잡히게 되지."

그의 동공에 깃든 빛무리들이 부서지듯 반짝거렸다.

그 멋진 미소를 어디에 비할 수 있을까. 그녀의 심장 한구석, 두근거리는 떨림이 훑고 지나갔다. 저 사내의 웃음은 헤프지가 않다. 그렇기 때문에 가끔 저렇게 불시에 보여줄 때면, 당혹스럽기까지 했다. 그 미소가 그의 얼굴에 가져오는 변화는 때때로 교우 오라버니보다 잘생겼다는 생각마저 들게 만들었다.

"그럼 다시 해봐."

화린은 천천히 자세를 취했다.

"아니, 틀렸어. 잠깐."

그가 귀를 스쳐 오며 말했다. 흩뿌려지는 그의 숨결은 창공에 걸린 태양처럼 뜨거웠다. 별안간 심장이 더워지기 시작했다. 심장 박동은 격해졌다. 귓가는 물론 얼굴까지 붉게 달아올랐다. 전부 다 그의 탓이다. 부러 그랬는지는 몰라도 그의 입술이 귓바퀴를 스쳤을 때엔, 아찔함에 눈앞이 다 하얘지는 것 같았다.

"이때 발시 순간에 턱을 치켜들면 안 돼. 그렇게 되면 높이까지 달라져 버리니까. 턱은 이대로 바짝 당긴 채 고정시켜야 하는 걸 잊지 마."

그의 손이 살며시 그녀의 허리에 닿았다. 뭔가 등줄기를 타고 싸하게 흘러내리는 느낌. 과녁을 바라보던 화린의 눈동자가 경련을 일으키듯 흔들렸다. 숨이 가빠졌다. 이렇게 머리 속이 비어질 정도로 그가 의식되는 순간이 있었을까? 기억나지 않았다.

가만히 숨을 몰아쉬었다. 진정해야지. 진정해야만 돼. 하지만 허리에 올려진 그의 손 때문에 도저히 집중할 수 없었다. 그의 손가락이 조금만 위로 움직이거나 아래로 움직이면 더욱 그랬다.

"......!"

결국 화살은 과녁으로부터 멀리 빗나갔다. 화린은 실망감에 입술을 깨물며 돌아섰다. 과녁을 명중할 턱이 없었다. 온전히 활 하나에 집중해도 모자를 판에 영 딴 곳에 정신이 팔려 있었으니 당연히 그럴 수밖에.

이때 그가 지나치려는 그녀의 손목을 홱, 낚아채 그에게로 돌려 세웠다. 그 갑작스런 힘의 반동에 화린의 몸이 부딪칠 듯 앞으로 쏠렸다. 고개를 든 화린은 그만 숨을 들이켜고 말았다. 잔뜩 어두워진 흑점 같은 그의 눈동자가 시야에 들어왔다. 심장이 미친 듯이 세차게 뛰기 시작했다.

"늦었지만 설국으로 가는 데 필요한 노자(路資)를 지금 받아도 될까?"

서로의 코끝은 닿고 입술은 닿지 않은 상태에서 그의 입술이 속삭였다. 그가 한 마디 한 마디 내뱉을 때마다 스친 입술의 감촉은 아까 활을 쏘았을 때 맛본 아찔함의 연속이었다. 일순 각궁을 쥔 화린의 손마디가 힘없이 풀렸다. 모난 바위틈에 각궁이 둔탁하게 떨어지는 소리가 이어졌지만 둘 중 누구도 듣지는 못했다.

"그건⋯⋯."

"그것도 안 된다 하면 너에게 활을 가르친 사두로서 명하노라. 입술을 벌려."

너를 원해. 어조완 달리 그의 눈은 밀어를 속삭이고 있었다.

"아⋯⋯!"

어떤 대답을 하기 위해 입술을 벌렸던가. 파들거리는 아랫입술 위로 그의 숨결이 덥게 내려앉았다. 화린의 입술이 저도 모르게 더 크게 벌어졌다. 그 순간을 놓치지 않은 그가 용의주도하게 빈틈을 차지해 버렸다. 커다래진 두 눈 사이로 벌겋게 상기된 그의 표정이 들어왔다. 귓전에서 고동치는 맥박 소리가 또다시 자박자박 이어졌다. 그의 혀가 강렬한 흡착으로 그녀의 혀를 휘감았다. 그의 숨결이 입속을 노니는 느낌에 정신이 혼미해졌다. 그녀의 심장은 덥지 않았다. 불을 삼킨 것처럼 데일 듯 뜨거웠다.

"아까부터 참았어, 아까부터. 알아?"

협은 더욱 커다래진 화린의 눈망울을 보며 고개를 숙였다. 그녀가 저 꽃잎 같은 입술을 닫아버리기 전에 서둘러야 했다. 가 둘 듯이 그녀의 어깨를 잡았다. 조금만 틈을 주면 새처럼 날아 가 버릴 것만 같아 자꾸만 안달하게 되었다. 그의 혀가 꿀을 찾 는 벌처럼 깊숙이 침투했다. 그녀의 새하얀 치열을 샅샅이 훑으 니 달달한 꽃내가 풍겨왔다. 달꽃. 그녀는 달이 데려다 준 꽃이 었다. 빛깔만 고운 꽃이 아니었다. 달고 촉촉하고 향기롭고 말 랑말랑했다. 청밀(淸蜜)을 간직한 화린의 입속은 그렇게 아늑할 정도로 달콤했다.

잠시, 잠시만이라도 이 단내 나는 숨결을 마실 수 있다면 그 것으로 족해.

마음은 그랬지만 몸은 그렇지 못했다. 그녀의 입술을 거칠게 빨아대는 동안 그의 손은 부위를 넓혀가고 있었다. 허리 아래 이어지는 동그란 엉덩이에, 만질수록 감질나는 젖가슴에. 그녀 의 부드러움이 지배력에 욕심을 싣게 했다. 욕심이 이성을 흐리 게 했다. 손끝에 묻어난 조급함이 옷깃을 벌려 맨살갗에 닿으려 할 때야 비로소 그는 정신을 차렸다. 그녀의 가느다란 목덜미 아래, 풍성하고 아름다운 곡선이 달처럼 새하얀 빛을 내뿜으며 오르락내리락거렸다. 이 얇은 옷깃에 조금만 힘을 실으면 또 다 른 꽃이 드러날 터인데…….

협은 간신히 몸을 추스르며 화린에게서 떨어졌다. 완전한 홍 조로 물든 얼굴. 그와의 접촉에 후회하는 기색은 아니었지만 혼 란스러운 것만큼은 분명했다. 그는 혼란으로 검게 번진 눈을 맞추며 낮게 말했다.

"미안하다 말하진 않을 테다."

"……응."

끄덕. 화린 역시 낮게 잠겨드는 목소리로 그의 시선을 받아냈다.

정점에 올랐던 해가 뉘엿하게 기울어 산등성에 턱을 걸쳤다. 바람이 불었다. 그들을 덥게 감쌌던 열기가 바람에게 밀려났다. 그럼에도 그들의 눈가에 고인 열기는 쉬이 흩어지지 않았다. 협은 화린의 관자놀이 아래로 손을 가져가 귀밑머리를 살짝 어루만졌다. 그녀의 머리칼과 어깨엔 엷게 배인 치잣빛 노을이 덧입혀지고 있었다. 한차례 바람이 지나간 자리에는 그들이 나눈 입맞춤처럼 그윽한 노을향이 났다.

협은 또 한 번 짧고도 깊게 화린의 입술을 가졌다.

『달의 노래』 제2권으로…

『퍼펙트 매치』

사랑을 믿지 않는 여자, 정은수.

사랑을 시작하지 않는 남자, 김혁준.

두 사람이 확신하지 못하는 단어, 그것은 사랑.

가장 불완전한, 가장 믿지 못하는 감정에 빠진 두 사람.

그 두 사람의 사랑이 시작된다.

그것은 축복일까, 불행일까?

● 박미연 지음 값 9,000원

『청실홍실』-신혼 이야기 1, 2

요즘 시대에 전혀 걸맞지 않는,

단지 뼈대있는 양반가문의 자손이라는 이유만으로

아버지가 진 빚 대신 차압 딱지 붙여져 시집온 파란만장 심청.

신분에 한이 맺힌 할아버지로 인해 안(?) 생긴 채무자와

반강제로 결혼한 왕싸가지 유신.

그들의 알콩달콩, 때로는 겁나게 유치하면서도

앙큼한 신혼 이야기.

● 현지원 지음 값 각 9,000원

C hungeoram *herstory* novel

■ herstory [hə́ːrstɔ̀ːri] n.
  여성의 시각에서 본, 여성에 의한 역사적 저작물

『은비현』上, 下

중원 남쪽에서 한 여인이 태어날 것이니

손과 음성만으로 병고 중생을 구원하리라.

그 여인만이 사납게 날뛰는 가슴을 다스릴 것이요,

황무지에서 새 생명을 빚어낼 것이니

피에 굶주린 사내를 길들일 자, 이 여인뿐이로다.

● 원주희 지음 값 각 9,000원

『소령아』1, 2

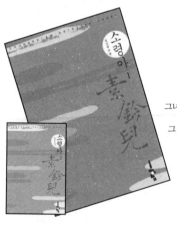

소령 안에 담긴 피처럼

그녀를 통해 유유히 세상으로 흐르는 남자, 회랑.

그 운명을 거스르고 싶게 만들었던 남자, 정석.

역사의 소용돌이에 휩쓸려 버린

세 남녀의 가늠할 수 없는 사랑 이야기.

● 김인숙 지음 값 각 8,500원

도서출판 **청어람** chungeoram@chungeoram.com
☎ 032-656-4452 FAX 032-656-4453